LOUISE CANDLISH

Der *fremde* Passagier

THRILLER

Aus dem Englischen von
Beate Brammertz

btb

Die Originalausgabe erschien 2020 unter dem Titel
The other passenger bei Simon & Schuster, London.

Penguin Random House Verlagsgruppe FSC® N001967

1. Auflage
Deutsche Erstausgabe August 2024
Copyright der Originalausgabe © Louise Candlish, 2020
Copyright der deutschsprachigen Ausgabe © 2024 btb Verlag
in der Penguin Random House Verlagsgruppe GmbH,
Neumarkter Straße 28, 81673 München
Umschlaggestaltung: semper smile, München
Umschlagmotiv: Pip Watkins / S&S Art Dept.
unter Verwendung von Motiven von © Arcangel & Getty Images
Redaktion: Eva Wagner
Druck und Einband: GGP Media GmbH, Pößneck
MA · Herstellung: sc
Printed in Germany
ISBN 978-3-442-77108-0

www.btb-verlag.de
www.facebook.com/penguinbuecher

Für jeden, der jemals versucht war,
sich nach oben zu vergleichen …

1

27. Dezember 2019

Wie alle Horrorgeschichten von Pendlern beginnt meine im trüben Licht des frühen Morgens – oder zumindest die *offizielle* Version.

Kit ist nicht da, als ich am St Mary's Pier das 7.20-Boot des River Bus nach Waterloo erwische, aber das ist nicht ungewöhnlich. In der Vorweihnachtszeit hatte er mehr als genug selbstverschuldete Krankheitstage. Eine frühmorgendliche Bootsfahrt erfordert selbst unter normalen Umständen einen starken Magen, doch für die schrecklich Verkaterten unter uns ist sie buchstäblich Folter (glauben Sie mir, ich weiß, wovon ich rede). So oder so kommt er immer nach mir an. Obwohl wir nur fünf Minuten voneinander entfernt wohnen und er auf dem Weg zum Pier direkt am Prospect Square vorbeimuss, haben wir nach der ersten Woche aufgehört, gemeinsam hinzugehen, nachdem sein notorisches Zuspätkommen – und meine neurotische Pünktlichkeit – sich als unvereinbar herausgestellt hatten.

Nein, Kit taucht lieber genau in letzter Sekunde auf, bevor sie die Gangway schließen, und hebt dann zum Gruß die Hand, in der festen Überzeugung, dass ich unsere Lieblingsplätze ergattert habe, den Vierersitz backbord neben der Bar. In St Mary's ist der

Einstieg vorne, und so kann ich beobachten, wie er den Mittelgang hinabspaziert, während seine Hände an den Metallstangen entlanggleiten – ebenso sehr aus Gründen der Coolness wie fürs Gleichgewicht –, bevor er mit einem unbeschwerten Grinsen neben mir auf den Sitz gleitet. Selbst wenn er bis spät in die Nacht gefeiert hat, riecht er immer toll, wie ein vollmundiges Walnuss-Feigen-Brot (»Kit riecht so *millennial*«, hatte Clare einmal gesagt, was mit fast hundertprozentiger Sicherheit eine Kritik an mir und meinem Generation-X-Geruch nach, keine Ahnung, abgestandenem Hundekuchen ist).

Schau uns an, sagt er gern, während er träge die anderen Fahrgäste mustert, die gemütlich in ihren cremefarbenen Ledersitzen fläzen. Es ist einer seiner Lieblingssprüche: *Schau uns an.* Hab Mitleid mit den armen Trotteln, die in überfüllten Regionalzügen zusammengepfercht sitzen oder in der U-Bahn ersticken – *wir* pendeln auf dem *Katamaran*. Dort draußen sind *Möwen*.

Und Abwasser, erwidere ich dann, denn Kit und ich, wir liefern uns gern bissige Wortgefechte.

Nun, zumindest früher mal.

Mit einem Räuspern schlucke ich genau in dem Moment den Kloß in meiner Kehle hinunter, als das Boot ein jähes Dieselgrummeln von sich gibt, fast als wären diese beiden Dinge miteinander verknüpft. Bei unserer Abfahrt gleiten über unseren Köpfen in rascher Folge Informationen über die Bildschirme – *Mit Halt in Woolwich, North Greenwich, Greenwich, Surrey Quays* –, doch inzwischen kenne ich die Strecke in- und auswendig, sodass ich ihnen wenig Beachtung schenke. Am Beginn durch die silbrig glänzenden Tore der Thames Barrier und am alten Kieswerk und den Lagerhallen vorbei. Dann erreicht man den Yachtclub und kommt in die mit Segelbooten gesprenkelte erste Schleife, mit den Wohntürmen der Halbinsel zur Linken, während man auf die riesige weiße Kuppel der O2-Arena zusteuert. Hoch über dem Fluss ist die Seilbahn gespannt, die die Halbinsel mit den Royal Docks verbindet, doch ich erlaube mir keinen Gedanken an meine bislang einzige Fahrt mit *diesem* Verkehrsmittel. Daran, was in jener Nacht geschah. Und was gesprochen wurde.

Nun, vielleicht ganz kurz.

Ich wende den Blick vom leeren Platz neben mir ab, als wäre Kit doch hier und könnte meine geheimen, schmutzigen Gedanken lesen.

»Dann bis Freitag«, hatte er am Montagabend auf dem Boot gebrummt, nachdem er sich über die Sturheit seiner Firma beschwert hatte, die auf diesem verwaisten Wochentag zwischen zweitem Weihnachtsfeiertag und dem Wochenende beharrte. »Verfluchte Geizkragen.« Normalerweise schreibe ich ihm eine Nachricht, wenn er das Boot verpasst, meine Solidaritätsbekundung: *Lange Nacht?* Vielleicht ein paar Bier-Emojis oder, falls ich mit von der Partie war, ein würgendes Gesicht. Doch heute tue ich nichts dergleichen. Seit kurz vor Weihnachten habe ich mein Handy kaum benutzt und muss gestehen, dass mir die Auszeit gutgetan hat. Dieses Old-School-Gefühl der Neunzigerjahre, nicht erreichbar zu sein.

Jetzt preschen wir an den spitzen Glastürmen von Canary Wharf in Richtung Greenwich vorbei, dem einzigen Teilstück, das immer noch die Macht hat, meinen Londoner Stolz zu wecken: die Zwillingstürme des Old Royal Naval College, der smaragdgrüne Park dahinter. Ich beobachte das Servicepersonal, das Weihnachtskekse mit weißem Zuckerguss zu Tee und Kaffee serviert – es ist überraschend, wie viele Menschen solches Zeug gleich morgens essen wollen, insbesondere meine Altersgruppe: weder jung genug, um sich keine Gedanken um ihre Silhouette (auch ein solches Melia-Wort) machen zu müssen, noch nah genug an ihrem Lebensende, um jegliche Gesundheitswarnungen in den Wind zu schlagen. Koffein und Zucker, Koffein und Zucker: So geht es immer weiter, bis endlich die Sonne tief genug steht, dass wir uns einen Schluck genehmigen dürfen, und, nun ja, das können wir besonders gut, nicht wahr? Wir sind doch alle Schluckspechte.

Erst als wir vor der *Cutty Sark* anlegen, ziehe ich mein Handy hervor und tauche wieder in die Nachrichten von Montagabend und die Nachwehen der kleinen Weihnachtsfeier der Wasserratten ein. Ich überfliege meinen Posteingang nach Kits Namen. Meine letzte Nachricht an ihn war völlig spontan gewesen und bezeichnenderweise ohne jegliches Emoji:

Pass lieber DU auf!

Geschickt am Montag um 23.38 Uhr und mit zwei Häkchen, was sie als gelesen markiert, aber keine Antwort. Dafür aber fünf verpasste Anrufe von Melia, ebenso wie drei Sprachnachrichten. Eigentlich sollte ich sie mir wirklich anhören. Doch stattdessen höre ich Clares Stimme von gestern Morgen, das »Erwachsenen«-Gespräch, das wir unter dem metallgrauen Himmel im Norden, 400 Meilen entfernt von hier, geführt haben:

Du musst diese Freundschaft beenden.

Nicht nur die mit ihm, Jamie. Auch die mit ihr.

Irgendwas stimmt mit den beiden nicht.

Und das sagt sie mir erst jetzt. Ich stecke das Handy wieder in die Tasche und erlaube mir noch ein paar Extraminuten der unschuldigen Ahnungslosigkeit.

*

An der Station Surrey Quays steigt Gretchen ein. Die einzige weibliche Wasserratte wirkt steif in ihrem schmalen petrolblauen Wollmantel, einen dieser breiten Bambusbecher mit ihrem Flat White in der Hand. Obwohl ich unseren Stammplatz ergattert habe, wählt sie einen Sitz irgendwo in der Mitte, mehrere Reihen entfernt vor mir. Sonderbar. Ich spaziere den Mittelgang hinab und lasse mich auf den Platz neben ihr fallen. Bei dem Boot um 07.20 hat man normalerweise keine derart freie Platzwahl, aber das Boot ist halbleer – selbst wenn man die Glückspilze außen vor lässt, die erst nach Silvester wieder zur Arbeit müssen, ist der Fluss bestimmt kein Ort, an dem man bei diesen Temperaturen sein will. Es ist einer der kältesten Tage des Jahres, Atemwolken sind vor den Mündern der Menschen am Kai und den Heizungsanlagen der Gebäude sichtbar.

»Jamie, hi«, sagt sie, ohne sich richtig zu mir zu drehen, ohne ein richtiges Lächeln. Ihre Wimpern sind marineblaue Spinnenbeine, und das Weiß ihrer Augen durchzieht ein rosafarbenes Netz.

»Ich dachte schon, du ignorierst mich absichtlich«, sage ich heiter. »Schönes Weihnachtsfest mit deiner Familie verlebt?« Sie war irgendwo in einer Stadt wie Norwich, wenn ich mich recht erinnere. Dort hat sie gesunde, unkomplizierte Eltern, einen Bruder und eine Schwester, eine Schar Nichten und Neffen.

Achselzuckend nippt sie an ihrem Kaffee. »Es dreht sich doch bloß um die Kinder, nicht wahr? Und ich hab keine.«

Es ist wirklich unnötig, dass sie noch deutlicher wird: Uns, unsere kleine Gruppe, verbindet die Kinderlosigkeit, unsere Freiheit, uns wichtiger als alle anderen zu nehmen. Unsere Selbstbezogenheit, unsere Risikobereitschaft. Kein Elternteil würde das tun, was ich dieses Jahr getan habe, oder zumindest nicht so bereitwillig, so bedenkenlos.

»Was ist mit gestern? Warst du auf Schnäppchenjagd?«

Gretchen blinzelt überrascht, als hätte ich angedeutet, sie wäre nackt auf einem Einhorn die Regent Street hinabgeritten. Sie hat reine Haut und eine zierliche Statur, aber von ihrem Temperament her ist sie eine Frau, die besser mit Jungs kann, sich über die Kompliziertheit ihres eigenen Geschlechts beschwert und glaubt, Männer wären zuverlässigere Verbündete (meiner Meinung nach eine gefährliche Verallgemeinerung).

»Alles gut bei dir, Gretch?«

»Ja, nur ein bisschen müde.«

»Ich frage mich, wo Kit heute Morgen steckt. Ich bin sicher, er hat gesagt, er müsste heute arbeiten. Hat er dir was gesagt?«

»Nö.« Ihrer Stimme haftet ein scharfer Unterton an, der mir vertraut ist, ein typisch weibliches Verschnupftsein.

Ab und an habe ich mich gefragt, ob zwischen Kit und ihr etwas läuft. Vielleicht gab es am Montagabend ein Techtelmechtel, vielleicht ist sie besorgt, was ich gesehen haben könnte. Habe ich etwas gesagt, das ich nicht hätte sagen sollen? Meine Güte, die Liste an »hätte nicht«-Dingen wird immer länger: Ich hätte mich nicht so betrinken, hätte mich nicht von ihm so reizen lassen dürfen.

Hätte ihm nicht diese letzte Nachricht schreiben dürfen.

»Was ist da passiert?«, fragt sie, als sie meine verbundene rechte Hand bemerkt.

»Oh, nichts Schlimmes. Ich hab mir bei der Arbeit den Daumen verbrannt. Habe ich ihn dir am Montag denn nicht gezeigt?«

»Ich glaube nicht.« Als Gretchen die Musik auffällt, die durch die Beschallungsanlage trällert – dieselben weihnachtlichen Klänge in Dauerschleife, denen wir seit Anfang Dezember wehrlos ausgesetzt sind –, stöhnt sie laut. »Ich ertrage diesen ›Frohe Weihnachten‹-Scheiß nicht länger, das ist alles so *fake*. Weißt du, was? Ich glaube, ich buche einfach eine Reise irgendwohin, wo es sonnig ist. Mach ein paar Tage blau und haue von hier ab.«

»Könnte über Silvester teuer werden.«

»Nicht, wenn ich irgendwohin fahre, wo es vom Auswärtigen Amt eine Reisewarnung gibt.«

Ich hebe eine Augenbraue.

»Ach, egal«, fügt sie hinzu, »was macht schon der eine oder andere Tausender mehr aus, wenn man sowieso im Minus ist?«

»Stimmt.«

Doch ich will nicht über Geld reden. In letzter Zeit ist es das Gesprächsthema Nummer eins. Wir kommen an der Polizeistation in Wapping vorbei, ganz knapp vor dem vielbefahrenen Themseabschnitt in der Innenstadt, wo die nach Westen fahrenden Boote genau in dem Moment das Tempo drosseln müssen, wenn die Ungeduld der Passagiere anwächst. Dann erreichen wir das London, das die Welt kennt – Tower Bridge, Tower of London, The Shard –, und während sich die Wahrzeichen vor uns erheben, gleiten Gretchen und Kit und ihre Probleme mit einem flauen Gefühl aus meinem Bewusstsein.

»Viel Spaß in Afghanistan, solltest du dahin fahren«, sage ich, als sie sich anschickt, in Blackfriars für ihren Bürojob in der Nähe von St Paul's auszusteigen.

Sie lächelt. »Ich hatte eher an Marokko gedacht.«

»Viel besser. Melde dich.« Mein Joker-Grinsen schwindet in der Sekunde, als sich die Türen hinter ihr schließen, ich die Wange an die Kopflehne presse und aus dem Fenster starre. 7.50 Uhr am Morgen, und ich bin bereits völlig erledigt. Das Wasser steht hoch, als wir in Richtung Waterloo fahren, und saugt mit seinem schmutzigen braunen Zahnfleisch an den Mauern, während am Flussufer das Wunderland aus Lichtern, das nach Sonnenuntergang so magisch erstrahlt, nun als ein betrügerisches Netz aus

Kabeln demaskiert ist. Es dauert genauso lang, am Westminster Pier auszusteigen und über die Brücke zu spazieren, wie, an Bord zu bleiben und abzuwarten, bis das Boot nach einer Kehrtwende am London Eye anlegt, aber ich sitze es lieber aus. Das Stampfen und Schaukeln, das mich früher in Alarmbereitschaft versetzt hat, fällt mir kaum mehr auf, ebenso wenig das Riesenrad selbst mit seiner ehemals wundersam anmutenden Mechanik.

Beim Aussteigen ignoriere ich die wartenden Ticketinhaber und laufe über den Anlagesteg mit einem jähen Anflug von Traurigkeit darüber, wie schnell das Gehirn das Wunderbare zur Routine verkümmern lässt: Arbeit, Liebe, Freundschaft, die Fahrt zur Arbeit auf einem Katamaran. Oder geht das nur mir so?

Genau in dem Moment, bei diesem Gedanken – direkt im Anschluss an das *so* – tritt ein Mann auf mich zu und zückt irgendeinen Ausweis.

»James Buckby?«

»Ja.«

Ich bleibe stehen und mustere ihn. Groß, Ende 20, mixed-race. Schick-leger gekleidet, empfindliche Haut, treuherziger Blick.

»Detective Constable Ian Parry, Metropolitan Police.« Er hält mir den Ausweis noch dichter unter die Nase, sodass ich den unverwechselbaren blauen Streifen samt weißem Schriftzug erkenne, und auf einmal pocht mein Herz mit einer grässlichen Saugwirkung, als wäre es mit Tentakeln bestückt, nicht mit Kammern.

»Ist was passiert?«

»Wir halten das für durchaus möglich, ja. Christopher Roper wurde als vermisst gemeldet. Er ist ein guter Freund von Ihnen, nicht wahr?«

»Christopher?« Es dauert einen Moment, bis ich den Namen mit Kit in Verbindung bringe. »Was meinen Sie, als vermisst ge-

14

meldet?« Jetzt fange ich an zu zittern. »Ich meine, mir ist aufgefallen, dass er nicht auf dem Boot war, aber ich dachte bloß ...«
Ich zögere. Vor meinem geistigen Auge sehe ich mein Handydisplay, die verpassten Anrufe von Melia. Ihr herzförmiges Gesicht, ihre gemurmelte Stimme, warm in meinem Ohr. *Wir sind anders, Jamie. Wir sind besonders.*
Der Typ zeigt zur Flussmauer zu meiner Linken, wo sein Kollege ein Stück entfernt von den Touristen steht und uns beobachtet. Zivilkleidung, also CID, Kriminalpolizei. Irgendwo habe ich gelesen, dass die Polizei nur in Zweierteams auftaucht, wenn mit einer Gefahrenlage zu rechnen ist. Halten sie mich etwa für gefährlich?
»Wahrscheinlich hat Melia Ihnen meinen Namen gegeben?«
Kein Kommentar, doch mein hinterhältiger Überraschungsbesuch will mich von den Gruppen trennen, die sich am Eingang zum Pier versammeln und wieder zerstreuen, Menschen mit Hunderten von Zielen, allesamt angenehmer als meins. »Wir wollen Ihnen keine Umstände bereiten, aber wenn Sie kurz Zeit für uns hätten, Mr Buckby?«
»Natürlich.« Während ich mich zu seinem Kollegen führen lasse, komme ich nicht über die leicht altmodische, gestelzte Formulierung hinweg. *Keine Umstände bereiten.* Als wären diese Umstände eine Bagatelle, kaum der Rede wert, ein kleiner Spaß am Montagmorgen.
Nun, wie sich noch herausstellen wird, ist das Gegenteil der Fall.

2

27. Dezember 2019

Aber zumindest bringen sie mich nicht auf ihr Revier in Woolwich.

DC Parry schlägt stattdessen meinen Arbeitsplatz vor – »falls Ihnen das besser passt?« Eigentlich hatten sie angepeilt, mich zu Hause abzupassen, bevor ich losfahre, fügt er an, doch dann gerieten sie in den Stau und sind umgekehrt – wobei sie im Grunde dem Boot entlang der Themse nachjagten. Wahrscheinlich sollte ich dankbar sein, dass sie nicht gleich an Bord gekommen sind und mich vor den Augen meiner Mitpendler verhaftet haben.

Beruhig dich, Jamie. Von einer Verhaftung war bisher keine Rede.

»Ich brauche für das hier also keinen Anwalt?«

»Nein, fürs Erste ist es nur ein informelles Gespräch«, sagt der zweite Detective *(fürs Erste?)*. Er hat helle Haut, ist kleiner und schmaler als sein Kollege, einen Tick weniger schick. Auch ein paar Jahre älter – Mitte 30, würde ich sagen. Während Parry den Eindruck vermittelt, dafür geboren zu sein, Verdächtige zu verhaften, kommt der hier meinem Konzept eines Mannes näher. Ein bisschen weniger zielorientiert.

Sei kein Idiot. Was sind Detectives, wenn nicht zielorientiert?

Dieses »informelle« Getue ist ein Trick, um Leuten die Art unverhofft ausgeplauderter Geheimnisse zu entlocken, die sie in einem Verhörzimmer im Beisein eines Spaßverderberanwalts, der jeglichen allzu unorthodoxen Fragen einen Riegel vorschiebt, nicht so leicht preisgeben würden.

»Um ehrlich zu sein, würde ich lieber nicht in meine Arbeit gehen. Es ist ein kleines Café, und man kann sich nirgends ungestört unterhalten.« Die Vorstellung, sich mit zwei Detectives von der Metropolitan Police in das Mitarbeiterzimmer zu quetschen, das kaum mehr als ein begehbarer Kleiderschrank ist, während Regan, meine Vorgesetzte mit großem Interesse für örtliche Verbrechen, draußen herumschleicht und vor Neugierde geradezu platzt, ist unerträglich. »Können wir uns nicht einfach irgendwo hier in der Nähe einen ruhigen Ort suchen? Da wäre ich Ihnen sehr dankbar.« Die unterschwellige Botschaft lautet, dass ich dann entgegenkommender wäre, und zu meiner Erleichterung geht mein Plan auf.

»Na klar. Es gibt keinen Grund, warum wir Ihre Kundschaft stören sollten«, sagt der zweite Typ.

Ich darf ihn im Stillen nicht weiterhin so nennen, deshalb bitte ich ihn, seinen Namen zu wiederholen.

»Andy Merchison.« Seine Stimme ist heiter, als würden wir uns auf einer Party oder bei einer Vertriebstagung treffen. Obwohl der Name schottisch klingt, gehört sein Akzent in die Kategorie sanft und neutral, die man unmöglich eindeutig zuordnen kann. »Wie wäre es dort oben?« Er hat eine Ecke der oberen Terrasse der Royal Festival Hall entdeckt, zugleich abgeschieden und menschenleer, da sie noch nicht geöffnet hat.

Herrgott, sie fangen dich so lächerlich früh ab, dass sämtliche öffentlichen Gebäude noch geschlossen sind!

Ruhig bleiben! Das hier ist reine Routine.

»Ja, gern«, sage ich.

Ein freundliches Nicken zu einem vorbeigehenden Wachmann, und wir sind allein und setzen uns an einen Tisch, wo wir vor dem Dezemberwind geschützt sind, der 20 Meter entfernt wie eine Warnung über das Wasser pfeift. Hier kann uns niemand hören.

»Ich muss meiner Vorgesetzten schreiben und ihr sagen, dass ich mich verspäte.« Ich zücke mein Handy und halte das Display aus dem Licht. Aus den Augenwinkeln sehe ich die neueste Nachricht: Eine Benachrichtigung für Melias Mailbox-Anrufe. Melia Roper. Aber in meinem Adressbuch ist sie immer noch unter ihrem früheren Namen gelistet, für mich ist sie immer noch Melia Quinn.

Ich erinnere mich, dass Clare mir gestern Abend erzählt hat, sie habe ebenfalls verpasste Anrufe von ihr, es sei aber keine Mailbox-Nachricht hinterlassen worden. Sollte sie Melia zurückrufen?, wollte Clare wissen, mit sichtlichem Widerwillen.

Lass es bleiben, habe ich geantwortet.

Ich blinzle und spüre bei meinem Zögern die eindringlichen Blicke der Detectives. Gewiss haben sie meinen Verband bemerkt, den ich heute Morgen gewechselt habe, der aber trotzdem schon wieder schmutzig ist. Ich suche die Nummer von Regan heraus, die sich inzwischen wohl längst um die Lieferungen von Milch, Gebäck und Kuchen gekümmert hat und mit dem Mahlen ihrer ersten Kaffeebestellungen beschäftigt ist. Es ist ihre Angewohnheit, eine halbe Stunde zu früh zu kommen, sich selbst einen Matcha Latte de luxe zuzubereiten und im Alleingang aufzusperren. Ihre WG hört sich wie ein besseres Hostel an, und diese 30 Minuten, bevor ich auftauche, sind die einzigen am ganzen Tag, die sie allein in einem Raum verbringt.

Komme heute später, sorry. Ich starre aufs Display, als erwartete ich jeden Moment eine Antwort, etwas, was mich retten könnte, aber natürlich hat sie keine Zeit, auf ihr Handy zu schauen. Um 8.30 Uhr reicht die Schlange längst bis vor die Tür.

»Fertig?«, fragt DC Parry mit einem leicht scharfen Unterton in der Stimme, als würde ich ihn verarschen. Offensichtlich ist er nicht so zuvorkommend wie sein Partner, und in dem Moment, als ich das Handy weglege, kommt er auch schon zur Sache: »Nun, laut Mrs Roper ist ihr Ehemann am Montagabend nicht nach Hause gekommen, und Sie sind der Letzte, der ihn … gesehen hat.«

Da ist eine bezeichnende Pause, wo das Wort *lebend* fallen müsste.

Meine Antwort ist höflich. »Sie meinen, auf dem Boot nach Hause? Streng genommen war Melia nicht dabei, also kann sie nicht wissen, wer das war.«

Doch diese Haarspalterei prallt an ihnen ab. »Crewmitglieder haben beobachtet, wie Sie beide von Bord gegangen sind, und wir haben mit einem weiteren Passagier gesprochen, der Sie allein zusammen gesehen hat. Mrs Roper hat die vergangenen paar Tage damit verbracht, Familie und Freunde zu kontaktieren, und ist sicher, dass ihn seitdem niemand mehr gesehen hat.«

»Ich hatte selbst verpasste Anrufe von ihr«, gestehe ich ein. »Bisher hatte ich nur noch keine Zeit, mich bei ihr zu melden.«

Meine Gedanken gleiten zu diesem anderen Passagier. Ganz offensichtlich nicht Gretchen, da ich sie eben getroffen habe und sie mit keiner Silbe erwähnt hat, dass sich die Polizei bei ihr gemeldet hat. Vielleicht Steve? Abgesehen von Kit die letzte Person an Bord, an die ich mich erinnern kann, aber er ist 15 Minuten vor uns in North Greenwich ausgestiegen. Er hat bis nächste Woche Urlaub, allerdings bin ich ziemlich sicher, dass er mich angerufen oder mir eine Nachricht geschrieben hätte, wenn die Polizei sich mit ihm in Verbindung gesetzt hätte.

Ich bleibe gefasst. »Ich schätze, Sie haben die Videoüberwachung an Bord bereits überprüft?«

»Das haben wir. Und nun zu Ihren Erinnerungen an den Montagabend ...?«, drängt Parry.

»Wir haben zusammen das letzte Boot genommen, das stimmt. Ein paar von uns sind in Blackfriars nach ein paar Weihnachtsdrinks im Henry's in der Carter Lane an Bord gegangen.«

»Die anderen wären ...?«

»Gretchen Miles und Steve Callister. Wir haben uns auf der Fahrt zur Arbeit kennengelernt und ein paarmal ein Bier zusammen getrunken. Wir sitzen immer zusammen.«

Die Namen scheinen ihnen nicht neu zu sein, obwohl Merchison etwas notiert, das ich nicht entziffern kann. Beide Detectives haben große DIN-A4-Blöcke vor sich liegen, doch nur er hat einen Stift gezückt.

»Aber es war nicht sonderlich spät, als wir St Mary's erreichten haben – das letzte Boot kommt um halb zwölf an. Bestimmt hat noch jemand anderer Kit danach gesehen?«

»Genau das versuchen wir zu eruieren«, sagt Parry stirnrunzelnd. Ich spüre, dass er mich für ungewöhnlich heiter hält, obwohl ein Freund von mir als vermisst gemeldet wurde. »Sind Sie und Mr Roper auf der Straße vom Pier nach Hause irgendjemandem begegnet?«

»Niemandem, an den ich mich im Speziellen erinnern könnte. Allerdings sind wir nicht zusammen gegangen, also wäre es gut möglich, dass *er* jemandem begegnet ist.«

Sein Blick verengt sich. »Sie sind nicht zusammen gegangen, obwohl Sie nur ein paar Straßen entfernt voneinander wohnen?«

»Nein. Normalerweise schon, aber ... Na ja, Sie werden auf dem Video doch wohl gesehen haben, dass wir auf dem Boot eine kleine Auseinandersetzung hatten? Ich bin davongestürmt. Ich wollte keine weitere Minute mehr mit ihm verbringen.« Die Aussage hängt zwischen uns in der Luft. Ich kann sie regelrecht hören, wie sie vom holzvertäfelten Gerichtssaal widerhallt – *Ich wollte keine weitere Minute mehr mit ihm verbringen –*, und mich überraschen die skeptischen Blicke nicht, die die beiden Detectives tauschen.

»Worum ging es bei dieser Auseinandersetzung?«, fragt Merchison.

Ich seufze. Meine Kehle fühlt sich wund und rau an. »Nichts Besonderes. Wir waren beide angetrunken. Aber ich wollte mich nicht weiterstreiten. Am nächsten Morgen musste ich früh raus, um einen Zug am King's Cross zu erreichen, und, wie schon gesagt, habe ich angenommen, dass er mir folgt.«

»Kommt es zwischen Ihnen und Mr Roper häufiger zum Streit?«, fragt Parry. Im Gegensatz zu seinem Kollegen, der die ganze Zeit über auf seinem Stuhl hin- und herrutscht, hat seine scharfsichtige Reglosigkeit etwas Eulenhaftes.

»Nein, überhaupt nicht. Wir sind gute Kumpels. Wir waren betrunken, das ist alles.« Unwillkürlich hebe ich die verbundene Hand an mein Gesicht, und natürlich kommt er zu der Schlussfolgerung, die ich lieber verhindert hätte.

»Sie haben sich bei dem Streit mit Ihrem Kumpel verletzt, nicht wahr?«

»Nein. Ich habe mich an der Kaffeemaschine in der Arbeit verbrüht. Apropos, besteht die Möglichkeit, dass wir Kaffee bekommen?« Mein erster, ein doppelter Espresso zu Hause, verliert allmählich seine Wirkung. Normalerweise wäre ich zu dieser Uhrzeit bereits in der Arbeit und hätte mir meinen zweiten gemacht oder wäre mit etwas Glück bei meiner Ankunft von Regan mit einem begrüßt worden. »Hören Sie, da gibt es sicherlich Überwachungskameras zwischen Pier und Hauptstraße. Warum überprüfen Sie die nicht, um festzustellen, dass ich die Wahrheit sage?«

Zufälligerweise weiß ich, dass mich der Weg zurück zum Prospect Square an mindestens einer Überwachungskamera vorbeiführt.»Vielleicht fragen Sie dann auch gleich in der Bar im Royal Way nach? Mariners, so heißt sie, an der Ecke zur Artillery Passage, keine zwei Minuten von der Anlegestelle entfernt. Wir gehen da oft noch etwas trinken, wenn wir das letzte Boot genommen haben. Vielleicht ist er diesmal allein dort eingekehrt.« Ich mache eine Pause, will mich selbst überzeugen.»Ja, ich wette, er ist auf einen Drink reinspaziert, hat jemanden getroffen und, Sie wissen schon, hat den Abend feuchtfröhlich ausklingen lassen.«

Während meines Monologs kratzt Merchisons Stift übers Papier, und als er den Blick hebt, sehe ich einen Anflug von Interesse in seinen Augen.»Wollen Sie damit etwa andeuten, er könnte die Nacht mit jemand anderem als seiner Frau verbracht haben?«

»Vielleicht. Wenn er nicht nach Hause gegangen ist, dann würde ich sagen, dass es eine Möglichkeit ist.«

»Sind mehrere Nächte auch eine Möglichkeit? Die gesamten Weihnachtsfeiertage?«

Den beiden Detectives steht die Skepsis mitten ins Gesicht geschrieben. Ich zucke mit den Achseln.»Hören Sie, ich will damit nicht sagen, dass er als Bigamist durchgebrannt ist. Nur dass er vielleicht weitergefeiert hat und in irgendwas verwickelt wurde und jetzt seinen Rausch ausschläft. Ich meine, die vergangenen paar Tage muss er doch *irgendwo* gesteckt haben, oder? Er ist kein zurückgezogener Einzelgänger, sondern ein sehr geselliger Typ.«

Einmal im Sommer, ein paar Wochen vor seiner Hochzeit, haben Kit und ich die ganze Nacht durchgemacht. Es war ein Freitag, und wir gingen in North Greenwich von Bord, wo wir in der Nähe der O2-Arena einen Club besuchten, der bis morgens geöffnet hatte. Ich erinnere mich, dass dort ein Charity Walk stattfand, der um Mitternacht anfing, und wie surreal es gewesen war, Tausende Frauen in Sporttights zu beobachten, wie sie mit strahlenden Augen an uns vorbeiströmten, bevor sie sechs Stunden später in einem Miasma der Erschöpfung zurückhumpelten. Melia, die bei einer Freundin am anderen Ende der Stadt übernachtete, war nicht daheim, um unser Verhalten zu missbilligen, aber Clare hatte regelrecht Schaum vor dem Mund, als ich schließlich gegen acht Uhr morgens nach Hause taumelte. »Er ist jung, Jamie, er kann das körperlich wegstecken. Aber du könntest einen Herzinfarkt bekommen!« Und den ganzen restlichen Tag über pingte mein E-Mail-Postfach mit Links zu Artikeln über Männer mittleren Alters, die nach einem Besäufnis tot umgefallen sind.

Nichts davon erzähle ich der Polizei. Stattdessen blicke ich von einem Detective zum anderen und teile meine Integrität gleichmäßig zwischen ihnen auf. »Im Ernst, er wird jeden Moment wiederauftauchen und sich wahrscheinlich nicht mal schuldig fühlen, Ihre Zeit vergeudet zu haben. Deshalb sollte ich jetzt auch lieber zur Arbeit gehen – meine Kollegin kommt allein nicht zurecht. Außerdem ist es kein Job, bei dem man bezahlt wird, wenn man nicht erscheint.«

Es folgt ein kurzer, süßer Moment, in dem ich glaube, ich hätte die Sache ins Lot gebracht und sie würden sagen: *Na schön, auf Wiedersehen, entschuldigen Sie vielmals, dass wir überreagiert haben.* Doch das tun sie nicht. Vielleicht erinnern sie sich an Melias Gesicht, außer sich vor Angst bei dem Gedanken, ihr frischgebackener Ehemann könnte verletzt oder entführt worden sein, oder Schlimmeres. Sie ist so attraktiv, selbst mit vor Verzweiflung geröteten Augen und laufender Nase, so überzeugend.

Sie hat dich ganz offensichtlich um den kleinen Finger gewickelt, Jamie, hatte Clare vor nicht allzu langer Zeit gesagt.

»Dürften wir Sie bitten, uns noch ein bisschen ins Bild zu setzen?«, sagt Merchison. »Würde es helfen, wenn wir kurz mit Ihrer Vorgesetzten telefonieren?«

»Oder vielleicht ist es doch das Beste, wenn wir aufs Revier fahren«, erklärt Parry. Er wirft Merchison einen besorgten Blick zu, und ich weiß, ich habe recht, dass sie die Vorschriften umgehen, indem sie inoffiziell hier mit mir reden. Wahrscheinlich ist es nicht einmal legal. Aber unter gar keinen Umständen will ich, dass meine Worte aufgezeichnet und durch ein Lügendetektorsystem gejagt werden (gibt es das überhaupt?). Oder dass eine medizinische Untersuchung stattfindet, bei der die hässlichen blauen Flecke an meinem Schlüsselbein zutage gefördert werden, jetzt sicher versteckt unter meinem Rollkragenpullover – der eindeutige Beweis, wie heftig die Rauferei mit Kit tatsächlich war.

»Nein, alles gut.« Ich ziehe die Jacke fester um meinen Oberkörper und verschränke die Finger gegen die Kälte in den Ärmelaufschlägen. »Was auch immer Sie brauchen. Ich muss nur bei der Arbeit Bescheid geben.«

»Vielen Dank, James«, sagt Merchison, »wir wissen Ihre Kooperation zu schätzen.«

»Jamie. Keiner nennt mich James.«

Und keiner nennt Kit Christopher. Der Gebrauch unserer vollen Namen durch die Polizei betont nur den Umstand, dass sie nichts über uns wissen, rein gar nichts.

»Jamie. Wie wäre es, wenn wir die Sache vereinfachen und am Anfang beginnen? Sie erzählen uns alles, was wir über Mr Roper wissen müssen.«

Herrgott! Ausgerechnet sie müssten wissen, dass »alles, was es über jemanden zu wissen gibt« *niemals* so leicht ist, wie es klingt. Während über unseren Köpfen eine Möwe kreischt, nicke ich zustimmend.

»Wie lang kennen Sie sich schon?«

»Fast ein Jahr«, sage ich. »Wir haben uns Ende Januar kennengelernt.«

»Dieses Jahr im Januar?« Sie wirken beide überrascht. »Also nicht sonderlich lang.«

»Nein.« Und es stimmt, es ist kaum der Rede wert.

Doch andererseits fühlt es sich wie das längste Jahr meines Lebens an.

3

Januar 2019

Bevor ich anfange, möchte ich klarstellen, dass nicht ich uns mit den Ropers verkuppelt habe, sondern Clare. Die Frau, die jetzt die schärfste Kritikerin der beiden ist, war gleichzeitig ihre Entdeckerin und einst ihr größter Fan. Eine Weile fand Clare sie fabelhaft – sie beide.

Melia tauchte als Erste auf. Egal, welche Schwierigkeiten sich später einstellten, hege ich an einer Sache keinerlei Zweifel: Das Aufeinanderprallen unserer beiden Welten war reiner Zufall. Von allen Maklerbüros in allen Städten der Welt spaziert sie ausgerechnet in das von Clare.

Clare erwähnte sie an einem ihrer ersten Arbeitstage im Januar. »Ich habe mit diesem neuen Mädchen zu Mittag gegessen, das letzten Monat bei uns neu angefangen hat. Sie heißt Melia. Wie es aussieht, wohnt sie gleich hier um die Ecke.«

»Mädchen?«

»Nun ja, sie ist Ende 20. Vielleicht 30. Ganz ehrlich, keine Ahnung.«

Uns, die wir stramm auf die 50 zugingen, fiel es schwer, das Alter jüngerer Erwachsener einzuschätzen. Für uns sahen sie alle wie Zwölftklässler aus.

»Wie dem auch sei, sie ist die neue Juniormaklerin, die Richard eingestellt hat, um mit den Relocation Consultants zu arbeiten. Sie passt richtig gut ins Team, und er bekommt tolles Feedback über sie.«

Der Umzug von gut bezahlten Managern mit ihren Familien aus dem Ausland ist ein nicht zu unterschätzender Bereich im Vermietungsgeschäft, und ich wusste aus Clares Erzählungen, dass einige Kunden unglaublich anspruchsvoll sind.

»Sie ist also umwerfend schön, nehme ich an?«

»Eine solche Bemerkung würde heutzutage in der Personalabteilung gemeldet werden.« Clares Mund kräuselte sich. Uns verband, dass wir ein Übermaß an Political Correctness hassten. *»Solltest du jemals hören, dass ich das Wort* woke *benutze, erschieß mich«*, sagt sie gern.

»Wunderschön, ja«, fügte sie hinzu. »Dunkle Haare, Bob, zauberhafte Augen, mit einem leichten lohfarbenen Schimmer. Ihre Haut ist extrem elastisch.«

Ich lachte leise. »Woher zum Teufel willst du das wissen? Mit welcher Skala wird die Hautelastizität überhaupt gemessen?«

»Mit dem menschlichen Auge, Jamie.« Mit einem Ausdruck von angewiderter Faszination zupfte Clare an ihrem Handrücken. »Zumindest weiß ich, dass sie *keine* solchen Falten wirft, also muss sie viel natürliches Elastin haben. Oder ist es Kollagen?«

In letzter Zeit schwadronierte sie mit stolzer Stimme über Wechseljahresbeschwerden, verwies ganz offen auf sinkende Östrogenspiegel und das Herunterfahren der Gebärmutter. Ich hatte gelernt, mir nicht anmerken zu lassen, wie sehr mich solche Gespräche anwidern. Wie dem auch sei, Clare sah in meinen Augen immer noch prächtig aus. Sie ist groß und schlank (zumindest einigermaßen, aber ich habe selbst kein durchtrainiertes Sixpack). Das blonde Haar frisierte sie sich für die Arbeit zurück, nach

Geschäftsschluss jedoch trug sie es wild und punkig, ein bisschen wie Debbie Harry im Video »Heart of Glass«. Als wohlerzogenes Mädchen aus Edinburgh hatte sie die Vorteile einer exzellenten staatlichen Schulbildung genossen, gefolgt von einem Studium in London, wo sie wegen ihres Freunds weiter wohnen blieb, der jedoch kurz darauf von der Bildfläche verschwand. Nachdem sie meine Wenigkeit mit Ende 30 auf einer Weihnachtsfeier kennengelernt hatte, hatte ihre Karriere im Immobiliengeschäft auf geschmeidige und einträgliche Weise zur Gründung ihrer eigenen Firma mit Richard geführt. (Dabei war es hilfreich, dass sie von jeglichen Unannehmlichkeiten verschont war, die eine Mutterschaft zwangsläufig mit sich brachte und deren Ausbleiben, nur nebenbei bemerkt, eine völlig bewusste Entscheidung und keiner irgendwie gearteten biologischen Fehlfunktion oder einem aufgezwungenen Wunsch ihres aktuellen Partners geschuldet war.)

»Und, worüber hast du dich mit Millennial-Melia unterhalten, abgesehen von der Arbeit?«

»Über alles Mögliche. Leben, Familie, unsere Beziehungen. Oh, ich habe ihr von dem Karrierecoaching erzählt, und sie hält es für ein geniales Geschenk.«

Weil sie keine Ahnung hat, was es in Wirklichkeit bedeutet, dachte ich damals. Mein eindeutig sehr kostspieliges Weihnachtsgeschenk von mehreren Kursstunden mit einer Art Guru oder wem auch immer markierte das Ende von Clares Toleranz für meine nichtexistente Karriere. Während sie nicht bestritt, dass meine Aussichten durch die Diskriminierung von Älteren beeinträchtigt wurden – wie viele ihrer eigenen Neueinstellungen waren über 30, ganz zu schweigen Ende 40? –, kam ihr Geschenk, wenige Wochen nachdem sie mich wieder einmal bearbeitet hatte, ich solle mich selbstständig machen. »Ich *bin* Freiberufler«, hatte ich ihr geantwortet. »Ein freiberuflicher Cafémitarbeiter.«

»Acht Einzelsitzungen, wow«, sagte ich, als sie mir den Geschenkgutschein überreichte. Ein neues Hemd wäre mir lieber gewesen. »›Traumjob. Mit Erfolgsgarantie.‹ Immerhin muss ich mir jetzt wegen meiner Neujahrsvorsätze keine Gedanken mehr machen. 2019 werde ich endlich einen Weg finden, mit weißen Tigern zu arbeiten.«

Clare lächelte. »Du reißt Witze, aber vielleicht wirst du dich selbst damit überraschen, was du als Nächstes tun willst.«

Vielleicht ja wirklich. »Was ist mit dir? Irgendein Neujahrsvorsatz?«

»Tatsächlich habe ich einen«, sagte sie. »Ich habe mich entschieden, alles Neue mit offenen Armen zu begrüßen. Ich habe gelesen, das sei der Schlüssel, um glücklich alt zu werden.«

»Ich schätze, jegliches Altern ist schlussendlich unangenehm«, sagte ich mit einem Grinsen. »Was genau meinst du mit *Neuem*?«

»Alles Mögliche. Neue Hobbys, neue Ideen, neue Freunde.« Eindringlich suchte sie nach den richtigen Worten, und ich wusste, dass sie in dieser Hinsicht fest entschlossen war. »Ich bin offen für Anregungen.«

Und voilà, hier tauchte Melia auf, einen oder zwei Schritte hinter ihr Kit, beide mit ihrem anregenden Angebot von Jugend, Spaß, Freiheit. Alles, was Clare bald zu verlieren fürchtete.

Was ich damit eigentlich sagen will, ist nur, dass dies alles, wie man es sich natürlich denken kann, mit einer Midlife-Crisis angefangen hat – aber nicht mit meiner.

*

Sie kamen am dritten Samstag im Januar zum Abendessen. Ich war gerade in der Küche, als sie klingelten, und Clare entführte sie gleich zu einer Hausbesichtigung, weshalb mein erster Eindruck von ihnen der von zwei Köpfen mit glänzend dunklen

Haaren war, die an noch keiner einzigen Strähne ihre Pigmentierung verloren hatten, und fremden, verführerischen Düften, die sie umwehten. Als ich den Wein dekantierte, konnte ich ihre Stimmen auf der Treppe hören, wo sie die Dinge sagten, die Menschen bei der Besichtigung unseres vierstöckigen georgianischen Stadthauses immer von sich gaben.

»O mein Gott, das ist wirklich mein absolutes Traumhaus.« (sie)

»Ganz ehrlich, ist es nicht unglaublich schön?« (sie)

»Es ist echt krass.« (er)

»Sieh dir diese Steintreppe an. Sie ist so erwachsen, ich krieg gleich meine *Krise*.« (sie)

Und Clares entzücktes Gelächter, das nicht zu ihrer gemurmelten Bescheidenheit passte.

Wie schon gesagt, wir waren daran gewöhnt, dass das Haus Quell des Neids war, selbst unter unseren Altersgenossen. Der Prospect Square, keine fünf Minuten fußläufig von der Themse entfernt, ist ein Platz mit einer unversehrten georgianischen Wohnstraße, dessen Gebäude unter Denkmalschutz stehen und die manchmal bei Dreharbeiten für historische Filme benutzt wird, und Nummer 15 hat noch viele ihrer ursprünglichen Schmuckstücke: handgeformte Deckenrosetten, Innenfensterläden, solches Zeug. Vom hinteren Fenster unseres Schlafzimmers, das die gesamte oberste Etage einnimmt, haben wir freie Sicht auf den Fluss, nach vorne gibt es eine private Gartenanlage. Wir konnten uns in jeglicher Hinsicht glücklich schätzen, und gelegentlich überkam mich die Erkenntnis: *Ich habe es geschafft. Ich bin ein Glückspilz.*

Vielleicht knipste diese lobhudelnde Melia genau in diesem Moment Fotos für ihren Instagram-Account, so beschäftigt mit dem richtigen Winkel, Filter und Hashtag, dass ihr nicht auffiel, wie sie sich ein bisschen zu weit über das geschwungene Geländer beugte. Ein grausiges Bild blitzte vor meinem inneren Auge auf, von einer jungen Frau, die durch den Treppenschacht stürzte und bäuchlings auf den Fliesen der Eingangshalle landete, das blutgetränkte Haar fächerförmig um ihren Kopf ausgebreitet.

Was zum ...? Kopfschüttelnd verscheuchte ich den Gedanken.

Als die Gruppe wieder nach unten kam und sich ins Wohnzimmer setzte, verteilte ich große Gläser mit Burgunder. Höflicherweise hatte sich das andere Pärchen entschieden, sich uns gegenüber auf dem kleineren der zwei Sofas niederzulassen, einem hellen antiken Ding mit hoher Lehne, das ihr auffallend zwillingshaftes gutes Aussehen noch unterstrich. Beide waren von schmaler Statur, sie eine wunderschöne, knabenhafte Frau in einer gewagten, wenn auch einnehmenden Kombination aus kurzer Samthose, glänzender Strumpfhose und glitzerndem Oberteil von der Farbe blauer Hortensien, er mädchenhaft hübsch in schwarzer Jeans und hellblauem Hemd. Bei näherer Betrachtung war die Ähnlichkeit natürlich überhaupt nicht mehr so groß. Sie war feingliedrig, eine wahre Schönheit mit großen Augen, die Iris bernsteinfarben wie Pears-Seife, während er weniger makellos war: ungewöhnlich weit auseinanderstehende Augen, asymmetrische Augenbrauen, ein Zinken von einer Nase.

»Was für eine Erleichterung!«, rief Melia und umklammerte das Weinglas mit beiden Händen, als könnte es ihr im nächsten Moment entrissen werden. Ihre Nägel waren dottergelb lackiert. »Alle scheinen einen Dry January zu machen.«

»Wir machen das auch jedes zweite Jahr«, erwiderte Clare, was uns nicht nur als Langweiler deklassierte, sondern als Langweiler mit Ankündigung.

»Augenblick mal, dann wisst ihr jetzt schon, dass der nächste Januar grässlich wird?«, fragte Kit. Lebhaft und geschmeidig rutschte er auf seinem Platz hin und her. »Warum entscheidet ihr das nicht spontan? Und bewahrt euch zumindest einen winzigen Funken Hoffnung?«

»Und was, wenn kurz davor etwas Schreckliches passiert, etwa dass ihr euch trennt und ihr wirklich einen Drink braucht?« Melias Worte sprudelten charmant aus ihr heraus, und augenblicklich folgte die Entschuldigung:»Ich kann nicht glauben, dass ich das gerade gesagt habe! Natürlich werdet ihr euch nicht trennen!«

»Falls das passieren sollte, werden die Pläne für die Abstinenz im Einzelfall neu evaluiert«, versicherte Clare mit übertrieben ernster Stimme.

»Du warst also noch nie versucht, auf Alkohol zu verzichten?«, fragte ich Kit, und er bedachte mich mit einem spitzbübischen Lächeln.

»Ich höre auf, sobald ich tot bin.«

Auch wenn seine Antwort nicht besonders originell war, waren wir alle leicht aufgedreht und prusteten über seine Worte und den spielerischen Klaps, den Melia ihm auf den Hinterkopf verpasste. Mir fiel auf, dass sie sich häufig berührten und seufzten und wild mit den Händen gestikulierten, wie zur Bestätigung der Gegenwart des jeweils anderen.

»Das ist eine erfrischende Haltung für eure Generation«, sagte Clare zu Kit. Sie hatte längst einen Narren an ihm gefressen, das spürte ich.»Wir fürchteten schon, ihr würdet Soja-Hafer-Flat-Whites anstelle des starken Gebräus bevorzugen.«

»Soja *oder* Hafer«, korrigierte ich sie.»Entweder das eine oder das andere.«

»Jamie arbeitet in einem Café«, erklärte sie.

»Wirklich?«, fragte Kit.»Wo? Hier in St Mary's?«

»Nein, in Waterloo. Es heißt Comfort Zone, was ein adäquater Name ist, denn die Arbeit fordert einen in etwa so sehr heraus, wie sie Geld einbringt.«

»Es ist nur vorübergehend«, sprang Clare mir loyal zur Seite, »und im Grunde hört es sich tatsächlich anstrengend an.«

»Nun, körperlich ja«, sagte ich, und als Melias Blick an mir hängenblieb, fragte ich mich, was sie wohl sah. Im schmeichelhaft weichen Licht unseres Wohnzimmers hoffte ich, es wäre ein immer noch attraktiver Mann. Groß, gut gebaut, die Haare für mein Alter noch voll, die Kinnpartie immer noch einigermaßen definiert. Mit 48 hatte ich die Blüte meines Lebens doch wohl noch nicht allzu weit hinter mir gelassen, oder?

»Ich kenne diese Jobs«, sagte Kit. »Wir haben beide lang genug hinterm Tresen gestanden, nicht wahr, Me? Das tut man eben, wenn man Schauspieler ist.« Sein Ton wurde scherzhaft. »Im Grunde schauspielert man nie.«

»Ich dachte, Clare hätte gesagt, du arbeitest bei einer Versicherung?« Als sie mich briefte, hatte diese Berufswahl für einen Millennial farblos gewirkt – noch mehr, nachdem ich ihn nun persönlich kennengelernt hatte.

»Tu ich auch. Bei De Warr Insurance. Ich muss Schulden abbezahlen, bevor ich mich etwas Interessantem widmen kann. Aber eine Weile bin ich, du weißt schon, dem Irrglauben aufgesessen, ich könnte der nächste Superstar werden.« Er vollführte das ungezwungene Achselzucken eines Menschen, dem es kein bisschen leichtgefallen war, diese Erkenntnis zu akzeptieren.

»Dort haben wir uns auch kennengelernt«, fügte Melia hinzu. »Auf der Schauspielschule.«

Demnach waren sie beide gescheiterte Schauspieler – das hatte Clare mir verschwiegen. Obwohl ich sie kaum kannte, ergab dieses Detail Sinn und erklärte ihre Körperbetontheit, ihr Selbstvertrauen, ihr Bedürfnis, aufzufallen, wenn nicht gar bewundert zu werden.

»Wie lange habt ihr als professionelle Schauspieler gearbeitet?«, fragte Clare.

»Melia war eine Spielzeit im Ensemble eines Theaters«, sagte Kit. »Ich habe Unmengen unbezahltes Zeug gemacht, aber nach ein paar Jahren habe ich aufgegeben.«

Melia seufzte. »Ich habe noch ein bisschen länger durchgehalten, aber es war jedes Mal dasselbe. Man kam unter die letzten zwei, und dann hat das Mädchen die Rolle bekommen, deren Vater im Showbiz arbeitet.«

»Das Showgeschäft hört sich an, als herrschte dort die reinste Vetternwirtschaft«, sagte Clare.

»Es wandelt sich zu einem der Berufe, den allein die Reichen ausüben können«, sagte Kit. »Sie wohnen mietfrei in den Häusern ihrer Eltern in Hampstead, während man selbst riesige Schuldenberge anhäuft, nur um sich eine stinkende Matratze in Catford leisten zu können. Da hat man keine Chance.«

In seiner Bemerkung steckte mehr als nur ein Hauch von Verbitterung. Obwohl sie wunderschöne Blumen und eine teure Flasche Wein mitgebracht hatten, war das Thema finanzielle Not bereits auf dem Tisch, und sobald wir mit dem Hauptgang fertig waren – Beef vom Teppanyaki-Grill – und Clare ihr Kirsch-Pistazien-Trifle servierte, kamen wir richtig in Fahrt.

»Ich würde buchstäblich mein *Blut* geben, um an diesem Platz zu wohnen«, seufzte Melia.

»Menschen geben ständig ›buchstäblich‹ ihr Blut«, erwiderte ich mit einem Grinsen. »Man nennt es Blutspende. Aber ich glaube, man bekommt dafür nur 100 Pfund, kein Haus.«

»Okay, aber du weißt, was ich meine. Ich würde dafür ein Organ eintauschen oder sonst was.« Bei diesen Worten schloss sie die Augen, als würde sie sich vor dem Ausblasen der Geburtstagskerzen etwas wünschen. Ihr Lidschatten war ein bronze-

farbenes Glitzern, die Wimpern auf wundersame Weise verlängert. Unter dem Tisch zappelten ihre Beine unruhig. Sie war,
das war nicht zu leugnen, unglaublich süß.

»Nun, du hast den richtigen Job, wenn du hier in der Gegend
etwas kaufen willst«, sagte ich.

Die Augen wieder geöffnet, leckte Melia den Trifle-Löffel ab,
während sie mich nachdenklich musterte. »Von *wollen* ist hier
keine Rede. Wir haben nicht die geringste Chance. Selbst winzige
Zweizimmerwohnungen überschreiten schon die Halbe-Million-
Marke, zumindest in den Häusern, in denen *wir* wohnen wollen.«

Sie und Kit ließen erneut den Blick schweifen, ohne die Frage
zu stellen, die ihnen wohl unter den Nägeln brannte: Wie viel wir
für dieses Haus bezahlt hatten. Wie viel es wert war, stellte kein
Geheimnis dar, immerhin war ein ähnliches Haus an dem Platz
gerade für 2,3 Millionen Pfund auf dem Markt. In Greenwich oder
Camberwell wäre es noch eine Million mehr, in Kensington weitere fünf. Es war alles relativ, aber ich war lang genug auf der Welt,
um zu wissen, dass Menschen sich immer nur nach oben vergleichen, nicht nach unten – und das nicht nur in Bezug auf Immobilien.

»Zu unserem großen Glück sind wir so steinalt, dass wir gekauft haben, als St Mary's noch eine No-go-Area ohne direkte
Bahnverbindung in die Stadt war«, sagte Clare.

Ihre Standardantwort, obwohl in Wirklichkeit keiner von uns
beiden beim Kauf die Finger im Spiel gehabt hatte. Das Haus war
von ihren Eltern erstanden worden, als sie für kurze Zeit in den
Achtzigern in London gewohnt hatten, und nur sie stehen im
Grundbuch. Als Einzelkind würde Clare als Alleinerbin in den
Genuss ihres Besitzes kommen. Das Jahrzehnt, in dem ich mich
an den Nebenkosten beteiligt hatte, wurde kompensiert, indem
ich mir die Miete sparte. Selbst wenn ich einen Anteil an diesem

Haus beanspruchen wollte – was ich nicht tue –, würde kein Anwalt jemals behaupten, dass es etwas anderes ist als das Familienvermögen der Armstrongs.

»Ob ihr es glaubt oder nicht, damals bekam man für ein Haus wie dieses mit nur einem Hauptverdiener ein Darlehen«, fügte Clare hinzu, als würde sie einen pikanten Skandal aufdecken. »Der Durchschnittspreis für ein Haus in London betrug 1986 55 000.«

»Hör auf!«, stöhnte Kit, dessen Verhalten durch den Alkohol eine Spur affektierter geworden war. »Ich mag nicht gesagt bekommen, dass man nur ein paar Jahre früher hätte geboren werden müssen, um das zu bekommen, was man will, ohne auch nur einen Finger zu krümmen.«

»Nun, ganz so kann man es auch nicht sagen«, sagte Clare mit einem Hauch von Zurechtweisung.

»Man hat immer noch ein Näschen für die kommenden In-Viertel gebraucht«, stimmte Melia ihr zu, und ihre professionellen Instinkte erlaubten ihr einen nuancierteren Neid als Kit. »Und man musste unglaublich hart arbeiten, um die Anzahlung zusammenzusparen.«

Bei ihren Worten schnaubte er verächtlich. Seinem Wesen haftete etwas an, das sich nicht ganz greifen ließ. Etwas Kindisches, vielleicht der Hang zum Schmollen. »Ja, aber vergleich das mit heute. Wir könnten Tag und Nacht schuften, ohne jemals auch nur in die Nähe zu kommen. Wir könnten uns nicht mal unsere Mietwohnung in der Tiding Street leisten.«

Die Tiding Street ist eine Straße mit schmalen Reihenhäusern auf der anderen Seite der Hauptstraße, die vor nicht allzu langer Zeit von Quasi-Slums in begehrte Wohnungen umgewandelt worden waren, für Berufsanfänger zum Kaufen jedoch unerschwinglich.

»Hübsche Straße. Wie lang wohnt ihr schon da?«, fragte ich.

»Ein halbes Jahr. Davor in Blackheath. Wir lernen St Mary's also gerade erst kennen.«

»Was hältst du bis jetzt von uns?«

Er grinste. »Ich finde euch toll – abgesehen von all den Mums mit ihren Babys.«

»Kit!«, protestierte Melia. »Das kannst du doch nicht sagen!«

»Was? Es stimmt doch. Die preschen mit ihren Buggys die Hauptstraße runter und erwarten, dass man ihnen sofort aus dem Weg springt. Ich meine, verdammt noch mal, ihnen wäre es lieber, wenn man von einem Bus überrollt wird, als dass sie auch nur für zwei Sekunden abbremsen.«

»Ich schätze, frischgebackene Eltern bemerken so was nicht immer. Sie ticken einfach anders als wir«, sagte Clare amüsiert.

»Die ticken nicht richtig.«

Es folgte ein Moment der kollektiven Euphorie, wenn eine Gruppe erkennt, dass sie sich auf etwas Fundamentales einigen kann. Als kinderlose 40-plus-Menschen werden Clare und ich jedes Jahr zu einer immer selteneren Spezies, allein gelassen in einer Nachbarschaft, die an Familienfreundlichkeit stetig zunimmt, nun, da die Innenstadt für die meisten unbezahlbar geworden ist. Obwohl Kit und Melia immer noch jung waren, mutmaßlich fruchtbar, und durchaus noch ihre Meinung ändern konnten, waren sie zumindest vorerst in unserem Team.

»Der einzige wirkliche Nachteil ist das Pendeln«, sagte Kit. »Die Bahn ist ein Albtraum, nicht wahr? Ich komme regelmäßig zu spät zur Arbeit, und das auch nur, wenn ich es überhaupt schaffe, mich in den Zug zu quetschen.«

Clare und ich wechselten einen Blick.

»Zur Hauptverkehrszeit ist die Kapazität der Züge mehr als doppelt ausgelastet«, sagte ich. »Sicherlich mehr, als die gesetzlichen Grenzwerte erlauben. Ich habe mich mehrfach beschwert.«

Sie lauschten verblüfft, während ich das Beschwerdeverfahren bis in alle Einzelheiten beschrieb. Anscheinend hatten sie mich nicht für einen Verbraucherrechtler gehalten.

»Ich habe Platzangst«, erklärte ich, »also ist der öffentliche Nahverkehr der Fluch meines Lebens.«

»Die U-Bahn ging überhaupt nicht mehr«, sagte Clare bekräftigend. »Er mag keine Tunnel.«

»Ich mag es nicht, darin *steckenzubleiben*.« Ich verschwieg, dass das Fahrerlebnis über der Erde nur einen Tick weniger Panik in mir hervorrief. Die Züge besaßen verriegelte Fenster und waren angeblich klimatisiert, doch in Wirklichkeit waren sie überhitzt, die Leiber der Pendler aneinandergepresst wie Liebende. London würde bald diese Schieber wie in Tokio brauchen, die Menschen in U-Bahnen pferchen.

»Er musste eine KVT machen. Kognitive Verhaltenstherapie«, erklärte sie die Abkürzung, doch das war unnötig: Diese Altersgruppe kennt sich mit Therapien weit besser aus als wir.

»Mich regt ja echt auf«, sagte Kit, »dass es immer einen Idioten gibt, der auf die Gleise springt oder sonst was macht. Kürzlich ist einer von einer Brücke gehangen. Konnte sich wohl nicht recht entscheiden. Ich meine, wenn ich allem ein Ende setzen und mich verpissen wollen würde, würde ich es im stillen Kämmerlein tun, ohne den gesamten Bahnverkehr lahmzulegen. Das reicht doch glatt an Egomanie heran, nicht an mangelndem Selbstwertgefühl, wenn ihr mich fragt. Dieser Kerl sollte sich nicht erhängen, sondern bei *Britain's Got Talent* mitmachen!«

So viel zum Thema Verständnis für psychische Krankheiten.

»Dein Mitgefühl für die Schutzlosesten der Gesellschaft ist überwältigend«, scherzte Clare, als Kit über seine eigene Bemerkung lachte.

Er war also ein Polemiker, dachte ich. Ein Provokateur – kurz gefasst, ein Mann ganz nach meinem Geschmack.

»Ich hatte mir überlegt, auf den River Bus umzusteigen, wenn mein Monatsticket ausläuft«, sagte ich zu ihm. »Sie haben gerade die Strecke bis nach St Mary's ausgeweitet, und die Fahrt in die Innenstadt dauert nicht viel länger.«

»Es soll ganz schön teuer sein«, erwiderte er.

Melia zückte ihr Handy, um es zu googeln. »Es gibt einen Einführungsrabatt für Jahrestickets von St Mary's aus, wenn sie vor Ende Januar gekauft werden. Was sagt ihr, Jungs?«

»Ein Jahr ist eine echte Verpflichtung«, gab Clare zu bedenken.

Kit nahm Melia das Handy aus der Hand und spähte auf den Fahrplan. »Wann fängt deine Arbeit an?«, fragte er mich.

»Viertel nach acht. Montag bis Freitag. Nicht so anders als bei euch Anzugträgern, hm?«

»Dann scheint das Boot um 7.20 Uhr das Richtige zu sein. Kommt fünf nach acht in Waterloo an. Euer Haus liegt auf meinem Weg, ich könnte dich um zehn nach sieben abholen.«

Ich spielte mit. »Fünf nach, sicherheitshalber.«

»Sicherheitshalber! Jetzt zeigt sich dein Alter, Jamie.«

Clare schrie vor Entzücken. »Gib's ihm, Kit … er wird immer mehr zum alten Knacker!«

Nicht die schmeichelhafteste Bemerkung – der süße, kleine Protest, den Melia erhob, entging mir nicht –, aber ich konnte Clare ihre Hochstimmung nicht verübeln. Sie ließ sich von diesem Pärchen anstecken. Normalerweise hätte sie längst die Segel gestrichen und wäre wohlwollend auf das Gemurmel der Gäste eingegangen, bald ein Uber zu rufen, aber an diesem Abend flehte sie die beiden regelrecht an, noch zu bleiben, und beharrte darauf, sie an ihrer Liebe für Powerballaden aus den Achtzigern teilhaben zu lassen, indem sie feierlich alte Musikvideos abspielte.

»Ihr habt noch nie ›Alone‹ von Heart gehört?« Als die Musik einsetzte, presste sie ihre glühende Wange an meine, und ich spürte ihre Gesichtsmuskeln beim Singen arbeiten.

Stumm formte ich mit den Lippen brav den Text, während unsere Gäste sich über die Frisuren der Band lustig machten und von der Zeit sprachen, als handelte es sich um das Elisabethanische Zeitalter. Sie waren jetzt beide sturzbetrunken und wiegten sich elegant hin und her. Mit anderer Kleidung hätten sie durchaus in Warhols Factory gepasst: erwachsene Kinder, die hinter einer tanzenden Edie Sedgwick ins Bild schwebten.

»Und jetzt etwas, das *ihr* gerne hört!«, forderte Clare sie auf, als ihre eigenen Lieblingsstücke vorbei waren.

Melia überstimmte Kit und wählte eine einschläfernde Ballade von irgendeinem R&B-Star, die uns schließlich doch noch einen toten Punkt bescherte, und um kurz nach zwei schickten die beiden sich zum Gehen an.

»Es war toll, dich endlich kennenzulernen«, sagte sie an der Tür zu mir, als wüsste sie seit Jahren von meiner Existenz, und nicht erst seit ein paar Wochen.

»Dito. Es war mir ein Vergnügen, die Gelegenheit zu bekommen, deine berühmt-berüchtigte elastische Haut aus der Nähe zu betrachten.«

»Oh!« Sie kicherte. »Clare hat schon gesagt, dass du lustig bist.« Zwischen Umarmungen und Wangenküssen berührten ihre Lippen meinen Mundwinkel.

»Sie sind toll, nicht wahr?«, sagte Clare oben. »Das mit dem alten Knacker habe ich nicht so gemeint.«

»Oh, das stört mich nicht«, erwiderte ich und dachte im Stillen, dass es mich nur ärgern würde, wenn ich *wirklich* einer wäre.

Dennoch küsste sie mich entschuldigend, und ich schlug die

Wiedergutmachung nicht aus. Heutzutage kam Sex weder häufig noch heftig vor und wurde von mir dankbar angenommen, egal aus welchem Anlass.

Doch mittendrin loderte ein grässlicher, unverzeihlicher Gedanke in mir auf, und ich muss gestehen, ich hätte mir fast die Augäpfel an der Flamme verbrannt, bevor ich sie löschen konnte: *Wie schade, dass du es bist und nicht sie ...*

4

Januar 2019

Am nächsten Morgen erhielt Clare eine Dankes-Textnachricht von Melia, die in Kits Namen nach meiner Nummer fragte. Ein paar Minuten später kam eine SMS von ihm, zusammen mit einem Screenshot der Bestätigung seines Jahrestickets für den River Bus.

Bis morgen im 7.20er?

Mein erster Gedanke war schrecklich kindisch. *Das ist meine Idee, nicht deine,* obwohl es per Definition unmöglich ist, Besitzansprüche auf ein öffentliches Verkehrsmittel zu erheben. Ich war jedoch – ungewöhnlich für mich – sofort Feuer und Flamme, und während Clare unter der Dusche war, kaufte ich meine eigene Jahreskarte für 1500 Pfund.

»Ich hab's gemacht«, erklärte ich, als sie wiederauftauchte.

»Was gemacht?«

»Das Jahresticket für den River Bus gekauft. Du musst dir also nie wieder mein Gemeckere über den Zug anhören.«

»Oh, wirklich?« Sie wirkte irritiert und begann, sich mit übertriebenem Nachdruck die nassen Haare trocken zu rubbeln.

»Was? Geht's ums Geld?« Ich hatte unser gemeinsames Konto benutzt, das wir vor zehn Jahren für Haushaltsausgaben eingerichtet hatten. Getrennte Finanzen hatten uns bis zum Verlust meines sicheren Angestelltendaseins im vergangenen Sommer gute Dienste geleistet, und jegliche Ersparnisse, die ich aufgebaut hatte, waren rasch aufgebraucht gewesen. Jetzt waren wir in einem Graubereich angelangt, den wir nur vage besprochen hatten: Ich könnte »jegliche« gemeinsame Rücklagen benutzen, die ich bräuchte, bis ich wieder »anständig« verdiente.

Clare legte sich das feuchte Handtuch um den Nacken und strich sich das Haar aus der Stirn. Am Haaransatz zeigten sich kleine silberne Würmer. »Diese Aktionsangebote kann man nicht umtauschen, oder?«

»Ist das ein Problem? Den Rest meines Zugtickets bekomme ich ausbezahlt«, fügte ich mit einem gekränkten Tonfall hinzu, der mich selbst überraschte.

»Nein, mir war nur nicht bewusst, dass du diesen Job noch ein weiteres Jahr behalten willst.«

Sie stand vor mir, ihr Gesicht durch das riesige Dachfenster in natürliches Licht getaucht. Ohne Make-up war ihre Haut von tiefen Falten durchzogen, das Abbild eines gelebten Lebens, und mit einem Mal kam mir der Gedanke: *Wie sonderbar, dass wir älter werden.* Ich verstand genau, warum sie verkündet hatte, sie wäre offen für alles Neue: Uns lief die Zeit davon.

»Ich werde trotzdem reinfahren müssen, egal, was ich als Nächstes mache«, erklärte ich. »Wie wir nur zu gut wissen, gibt es hier in der Nähe keine anständigen Jobs.« Als ich mich zur Überbrückung in der Umgebung nach einem Arbeitsplatz auf die Suche gemacht hatte wie dem, den ich gerade in der Innenstadt innehabe, war es eine düstere Erfahrung gewesen: Bei den zwei Gelegenheiten, an denen ich tatsächlich zu einem Vorstellungsgespräch eingeladen worden war, wurde ich als überqualifiziert abgelehnt, ausgestochen von Kandidaten, die halb so alt waren wie ich.

Ich bemerkte, dass Clare meine Bemühungen begrüßte, ihr auf halbem Weg entgegenzukommen. Lächelnd nickte sie. »Nun, ich finde es toll, dass du eine Veränderung vornimmst. Keine Zugdramen mehr. Kit ebenfalls?«

Ich weiß, es hört sich verrückt an: Ich kannte ihn erst seit ein paar Stunden, aber einfach so war er der Motor geworden, der neuen Wind in mein Leben brachte. Einfach so hatten wir uns verpflichtet, uns ein-, vielleicht sogar zweimal am Tag, Montag bis Freitag, das restliche Jahr über zu sehen.

»Ja, Kit ebenfalls.«

*

Die Rahmenbedingungen an jenem ersten Morgen passten nicht zur strahlenden Jungfernfahrt zur Arbeit, wie wir sie uns womöglich in Gedanken ausgemalt hatten. Fürs Erste war es tiefster Winter und noch dunkel, als Kit um fünf nach sieben am Prospect Square auftauchte. Der Sonnenaufgang hatte, als er endlich kam, kaum mehr Wirkung als eine Milchglaslampe mit einer schwachen Glühbirne. Und der Geruch des Flusses war leicht widerlich.

Das Boot war mir von der Website vertrauter als in natura. Erstaunlich, wie man jahrelang in der Nähe eines weltbekannten Flusses leben kann und die Schiffe keines Blickes würdigt, die dort stromauf- und abwärts gleiten. Es war ein Hochgeschwindigkeitskatamaran mit 150 Sitzplätzen, der *Boleyn* hieß (die anderen in der Flotte waren ebenfalls nach misshandelten Tudor-Königinnen benannt) und, verglichen mit dem Zug, wie ein Palast aussah. Viel Platz, große Ledersitze. Eine Bar. Fernsehbildschirme, auf denen die Nachrichten liefen.

»Der erste Tag vom Rest unseres Lebens, hm?«, sagte Kit spöttisch, aber ich spürte, dass er ebenso aufgekratzt wie ich war, eine derart fundamentale Veränderung so überstürzt vorgenommen zu haben. Er sah aus wie aus dem Ei gepellt in einem teuer aussehenden Wollmantel und mit einer ebenso kostspieligen Messenger Bag aus Leder um die Schulter. Neben ihm in Jeans und meiner North-Face-Jacke fühlte ich mich schäbig, wie ein kraftloses Relikt aus den Neunzigern.

»Hoffentlich hält er sich an den Fahrplan«, fügte er hinzu, als der Motor ansprang und wir so geschmeidig losfuhren, dass man es kaum spürte. Erhellt durch die kräftigen Lichter des Boots, hatte der Fluss genau die Farbe von schwarzem Americano. »Ich habe eine neue Chefin, die die Woche gern um Viertel nach acht mit einer ›Motivationsansprache‹ beginnt. Und sie trägt dich in irgendeiner Liste ein, wenn du zu spät bist. Man würde glauben, wir sind immer noch in der Schule.«

Wie ich später erkannte, war Arbeit für Kit ein notwendiges Übel. Er äußerte nie die vielgepriesene »Leidenschaft«, die seiner Generation, wie man ihr eingeredet hatte, zustand – und die von meiner erwartet wurde, wenn man sich mit ihnen messen wollte.

»Es ist eine Versicherungsgesellschaft, nicht wahr? Du musst tolle Vergünstigungen bekommen. Autoversicherung und solches Zeug?«

»Ich habe gar kein Auto, Kumpel«, erwiderte Kit.

»Na schön, dann eine Lebensversicherung?«

»Hm, ja, Melia würde ein Vermögen kassieren. Aber das nützt uns beiden nichts, da ich plane, am Leben zu bleiben.«

»Tun wir das nicht alle? Rente? Lass mich raten, du hast nicht vor, alt zu werden? Schön, wir werden deine Versicherungspakete nie wieder ansprechen.«

Das brachte ihn zum Lachen. Sein Gelächter war eine Schnellfeuerwaffe, die immer noch weiterschoss, wenn man längst erwartete, sie hätte aufgehört. Und als Köpfe sich in unsere Richtung drehten, verspürte ich die Genugtuung eines Schuljungen, der neben dem coolen Kind saß.

Längst hatten wir Woolwich erreicht, wo weitere Pendler zu uns stießen. Das Einsteigen verlief schnell, die Crew war ein eingespieltes Team. Die Passagiere waren allesamt gut betucht: Mir wurde bewusst, dass ich der einzige Geringverdiener an Bord war – abgesehen von dem Typen, der Kaffee servierte –, und genau das sagte ich auch Kit.

»Wie lang arbeitest du schon in …?«

»Der Gastronomie? Noch nicht lang, erst seit vier oder fünf Monaten. Davor war ich im Marketing, Unternehmenskommunikation, aber die Firma, für die ich gearbeitet habe, war in Nordlondon, und die Fahrt eine echte Odyssee. Die Northern Line, wenn du weißt, was ich meine?«

»O ja, deine Klaustrophobie. Wie bekommt man die überhaupt?« Bei ihm klang es, als handelte es sich um Syphilis oder etwas in der Art, das Ergebnis von Promiskuität.

»Könnte etwas Posttraumatisches sein oder vererbt. Der Therapeut, bei dem ich war, hat mir erklärt, dass Menschen mit dem dringenden Bedürfnis, ihre Privatsphäre zu verteidigen, eher darunter leiden.«

Er ließ die Schultern kreisen und zeigte auf die großzügigen Sitzreihen und breiten Gänge. »Keine Ahnung, aber damit dürfte es hier keine Probleme geben.«

An jenem ersten Tag waren Kit und ich Touristen. Nannten die Stadtviertel und Gebäude, die wir bisher immer nur von Land aus gesehen hatten, ließen uns absichtlich von den Flussbiegungen verwirren, die man vergaß, wenn man auf der Straße oder in der U-Bahn fuhr, zählten die Brücken ab, eine nach der anderen.

»Warst du jemals auf der Millennium Bridge, als sie noch Wobbly Bridge hieß?«, fragte ich ihn, bevor mir schlagartig auffiel, dass er damals ein Kind gewesen sein musste. Das raue, unverfälschte London, an das ich mich aus meinen Zwanzigern erinnerte, bedeutete einem Mann nichts, der seine mit Wi-Fi im Zug verbracht hatte. In meiner früheren Branche hatte ich sie in Scharen getroffen: erwachsene Kinder, die keinerlei Aufopferungsbereitschaft kannten, sich nie etwas hatten hart erarbeiten müssen und für die ich verständlicherweise ein alter Langweiler war. »Großer Gott, ich höre mich wie dein Vater an, der über die guten alten Zeiten schwadroniert.«

»Du klingst nicht wie er«, entgegnete Kit mit düsterer Stimme. »Er ist ein echter Loser.«

»Wirklich? In welcher Hinsicht?«

»Oh, in so ziemlich jeder. Ich meine, als meine Mum starb, hat er das Haus verkauft und das ganze Geld bei Buchmachern verprasst. Wir mussten bei meiner Oma einziehen.«

»Wow. Das tut mir leid.«

»Muss es nicht. Ich hab keinen Kontakt mehr zu ihm. Melia sieht ihre Eltern auch fast nie, wir reißen immer Witze, wir wären Waisen.«

Ein eher makabrer Witz, dachte ich.

»Leben deine noch?«, fragte er.

»Mein Dad. Wir verstehen uns ganz gut. Meiner Schwester Debs steht er allerdings näher, sie wohnen in der gleichen Stadt, und sie hat für Enkel gesorgt, was mir sehr gelegen kommt. Und Clares Familie ist toll. Wir haben sie gerade über Weihnachten gesehen – die Feiertage verbringen wir immer bei ihnen zu Hause in Edinburgh.«

»Manche Leute sind Glückspilze. Aber jetzt rück ein Stück zur Seite, alter Mann, ja?« Mit der Hand drückte er mich ein wenig nach hinten. »Du verdeckst mir die Sicht auf St Paul's.«

»Alles klar, Kleiner.«

War da etwas Väterliches im Spiel? Wenn auch nur der Hauch eines Ersatzdads? Oder war es unumwundene Rivalität, von Anfang an?

Keine Ahnung. Damals war ich einfach nur überglücklich, dem Erstickungstod im Pendlerzug zu entrinnen.

*

An meinem Arbeitsplatz hätte Kit zu den Oldies gehört. Obwohl die Mitarbeiter täglich in Waterloo Station ankamen, wusste kein Einziger von ihnen, wovon ich sprach, wenn ich aus »Waterloo Sunset« zitierte. »›Terry meets Julie … Every Friday night‹. Ihr kennt die Kinks nicht? Aber zumindest die Beatles sind euch ein Begriff, oder?«

(Von den Beatles hatten sie gehört.)

Meine Vorgesetzte, Regan, war 24 und stammte aus den Midlands. Sie war eine glühende Verfechterin von diesem komischen Contouring, mit dem junge Frauen ihre Gesichter malträtierten, ein bisschen wie Bühnen-Make-up, weshalb ich ehrlicherweise nicht sagen kann, wie sie in Wirklichkeit aussieht, abgesehen von kastanienbraunen Haaren, braunen Augen und einer stämmigen Figur. Als Zugezogene, die erst seit anderthalb Jahren in der Hauptstadt lebte, war sie regelrecht besessen – zumindest morgens, nach einem kurzen Überfliegen der Nachrichten – von dem »Verbrechernest« London und den unzähligen Morden: Der junge Pizzabote, der kürzlich erstochen worden war, hatte sie noch tagelang beschäftigt. Glücklicherweise erachtete sie unseren Teil der Belvedere Road als zivilisiert, wenn nicht gar cool angesichts der Fülle an Hipstern unter den Touristen und Pendlern, den hiesigen Studenten und Anwohnern der eleganten neuen Wohnhochhäuser. Das Café nahm das gesamte Erdgeschoss eines heruntergekommenen Gebäudes aus derselben Zeit wie der Prospect Square ein, mit einer großen Fensterfront zur Straße, die aus neun Glasscheiben bestand (einmal hatte jemand über Nacht ein Tic-Tac-Toe-Spiel auf die Scheiben gesprayt. Die Kringel hatten gewonnen). Das Budget für die Deko musste ungefähr fünf Pfund betragen haben, ein paar alte Spiegel und Gegenstände aus Muscheln, die man auch im Müll findet, und überall Kissen – das sorgte für den gemütlichen Touch (während all der Monate, in denen ich dort gearbeitet habe, waren sie meines Wissens kein einziges Mal gewaschen worden). Die Leute kamen für unseren eigens gerösteten Kaffee, aber wir boten auch Gebäck und eine kleine Auswahl an »selbst zubereiteten« Sandwiches an. Regan postete in ihrer Freizeit auf Instagram über Kaffeekunst.

Ich will nicht spöttisch klingen. Die Sache ist nur so: Wir waren keine Chirurgen. Im Grunde waren all unsere Werkzeuge von IKEA, und unser einziges anständiges Messer hatte ich von zu Hause mitgebracht, da diejenigen, die uns zur Verfügung gestellt wurden, zu stumpf waren, um den Schinken zu schneiden, den wir in dünnen Scheiben in unser meistverkauftes Schinken-und-Feigen-Sauerteigbrot türmten. Wir bewältigten kleinere Probleme mit Bravour, etwa wenn das kontaktlose Handlesegerät Stress machte oder das Wi-Fi den Geist aufgab, wohlwissend, dass nichts von alledem eine Rolle spielte und wir am Ende unserer Schicht einfach davonspazierten, ohne jegliche Verantwortung. Unsere einzigen Reibereien gab es in Bezug auf Musik, und ich glaube mich zu erinnern, dass Regan sich mit Billie Eilish durchgesetzt hatte, als Clare am Vormittag anrief.

»Wie war die Flussfahrt?«

»Unglaublich. Eine Business-Class-Erfahrung. Ich fühle mich wie neugeboren.«

»Oh, gut. Solange du dich nicht wie ein Neugeborenes aufführst.«

»Ha.« Obwohl mein Blick auf Regan gerichtet war, die aus zwei halbleeren Körben Gebäck einen vollen machte, dachte ich unwillkürlich an Melia letzten Samstag. An die Art, wie sie auf dem gegenüberliegenden Sofa saß und wie ihre Beine aus ihren Shorts herausgeschaut hatten, hell in einer transparenten Feinstrumpfhose.

»Wenn ich dich gerade schon am Telefon habe ... Ich habe vorhin eine E-Mail von Vicky Jenkinson erhalten.«

»Vicky wer?«

»Dein Karrierecoach.« Ein Hauch Verärgerung mischte sich in Clares Stimme. »Sie schreibt, du hättest noch keine Termine ausgemacht, und sie wollte dich warnen, dass sie meist über einen Monat im Voraus ausgebucht ist.«

»Okay, ich kümmere mich drum.«

»Nun ja, ich will nicht wie ein Kontrollfreak wirken, aber ...«

Erfahrungsgemäß war es normalerweise eher im Sinne einer Entschuldigung und kein Dementi, wenn Menschen sagten, sie wollten nicht wie etwas wirken. »Aber?«

»Ich habe bereits ein paar Termine für dich in ihren Kalender eintragen lassen, ganz unverbindlich. Ich hoffe, das ist in Ordnung.«

»Na klar.« Es war kaum von Bedeutung, da ich bereits den Verdacht hegte, dass die einzige Karriere, die zweifellos von diesen Sitzungen profitieren würde, die von Ms Jenkinson war.

Während ich das Telefonat beendete, streckte ich die Hand aus, um einen schiefen Turm an Coffee-to-go-Bechern geradezurücken, der sonst auf den Boden gefallen wäre.

Auf dem Heimweg glitt alles in umgekehrter Reihenfolge an uns vorbei, wie es bei Pendlerfahrten üblich war. Noch nie hatte ich meine Stadt vom Wasser aus bei Nacht gesehen. Von den Tausenden leuchtend blauen Glühbirnen entlang der South Bank und den Deckenstrahlern der Großraumbüros in den Bürogebäuden war ich fasziniert. Es war grell und wunderschön wie eine Kunstinstallation.

Kit stieg in Blackfriars ein und kaufte an der Bar zwei Peroni, bevor er sich mit der Miene eines Mannes zu mir gesellte, dessen Tag erst jetzt richtig anfing. Da ich es am Morgen versäumt hatte, las ich gerade die Notfallinstruktionen durch und steckte die laminierte Karte zurück in die Sitztasche vor mir, als er mir das Bier in die Hand drückte.

»Du liest jetzt nicht im Ernst die Sicherheitshinweise«, spottete er, zog seine eigene aus dem Ablagefach und las mit höhnischer Stimme vor: »›Ihre Crew ist für jegliche Notfälle geschult ...‹ Verdammt, das hoffe ich doch mal!«

»Das ist nicht lustig«, erwiderte ich. »Anscheinend hast du noch nie von der *Marchioness*-Katastrophe gehört.«

Er schlürfte sein Bier. »Nein. Was ist da passiert?«

»Eine Kollision. Damals, 89. Ist in dem ersten Jahr passiert, als ich hierhergezogen bin.«

Und so knüpften wir einfach an unseren morgendlichen Wortwechsel an. (Vielleicht könnte ich meinem Karrierecoach vorschlagen, Reiseführer zu werden? Aber vermutlich würde das nicht Clares Vorgaben erfüllen.) Nachdem ich seine After-Work-Euphorie mit meinem Bericht über den schlimmsten Verlust an Menschenleben auf der Themse seit Menschengedenken gedämpft hatte, kramte ich nach weiteren historischen Perlen, an denen ich ihn teilhaben lassen konnte. »Wusstest du, dass der Thames Tunnel jetzt irgendwo genau unter uns ist? Es war der erste Unterwassertunnel der Welt. London ist die am meisten untertunnelte Stadt der Welt. Auf Lehm gebaut.«

»Ich war mal ich in dem Fußgängertunnel«, sagte Kit, als wir uns Greenwich näherten, wo die Kuppel des Tunneleingangs zur Begrüßung leuchtete. Von Tausenden Fußgängern täglich auf diesem brückenlosen Flussabschnitt benutzt, verbindet er Greenwich im Süden mit Millwall im Norden. »Was ist mit dir, Kumpel, könntest du da rein?« Er musste sich Gedanken über unser morgendliches Gespräch zum Thema Platzangst gemacht haben. Das musste man Kit lassen: Im Gegensatz zu vielen anderen seiner Generation stellte er Fragen, war an anderen Menschen interessiert.

»Ich könnte in alles rein, aber ich würde es vielleicht nicht gerade genießen.« Ich war tatsächlich sogar einmal im Greenwich-Fußgängertunnel gewesen, vor vielen, vielen Jahren. Als Mittzwanziger war eine Horde von uns durch den langen, schmalen Schacht gerast, viel zu sehr in Konkurrenz, um von dem Umstand verunsichert zu werden, dass er doppelt so lang ist, wie es vom Ufer aus den Anschein macht. »Wenn er nicht zu überfüllt ist, ist es kein großes Problem. Schlimmstenfalls könnte ich immer noch rennen.«

»Vor was würdest du davonrennen?«, fragte Kit.

»Vor nichts. Ich würde nur wieder zurück ins Freie wollen, über die Erde.«

Er ließ sich meine Worte durch den Kopf gehen. »So wie ich die Sache sehe, wäre es dort unten sicherer als hier oben.«

Ich blickte ihn an. »Warum solltest du hier oben nicht sicher sein?«

Er feixte. »Sichtbarkeit, Mann. Du weißt, was ich meine?«

Das tat ich nicht, und als er sich seinem Handy zuwandte und wegen irgendetwas auf Twitter gluckste, stellte ich fest, dass meine

Gedanken in der Röhrenwelt unter uns gefangen waren. In der Nähe der Fußgängerunterführung, nur viel tiefer, verlief der Docklands-Light-Railway-Tunnel zwischen der *Cutty Sark* und *Island Gardens*. Es war nicht schwer, mir jetzt das Gedränge an Menschen unter uns vorzustellen, zusammengepfercht in einem schwarzen Tunnel vor einem roten Licht, während irgendein Vorfall weiter vorne sämtlichen Verkehr zur Hauptverkehrszeit zum Stillstand brachte. Bildeten sich Schweißperlen unter den Lagen an Winterkleidung, während den Pendlern allmählich unangenehm bewusst wurde, dass sie eingesperrt waren, der Motor unheimlich still? Fragten sie sich bereits – oder ihren Nebenmann –: *Was ist los? Warum fahren wir nicht?* War dort unten jemand, dessen Verstand sich so wie meiner immer schneller drehte in Richtung Terror, jemand, der dachte: *Wann wird uns der Sauerstoff ausgehen?*

»Bei dir alles okay?« Kit spähte zu mir, eher neugierig als besorgt. Dann ließ er sein Handy sinken. »Du siehst aus, als hättest du eine allergische Reaktion aufs Bier.«

»Alles gut. Willst du noch eins?«

»Geht die Sonne im Westen unter?« Doch als er bemerkte, wie zügig wir vorankamen – auf dem Wasser gibt es keine Signalstörungen –, schlug er vor, stattdessen lieber auf einen Sprung im Hope & Anchor vorbeizuschauen, dem nächsten Pub in der Nähe des St Mary's Pier, direkt am Flusspfad gelegen, der nach Osten führt.

Während mein Nervensystem die Northern Line früher mit den Schützengräben der Westfront verwechselt hatte, war ich in der Rushhour nie zuvor in einem Pub gewesen, abgesehen für einen einsamen pulssenkenden doppelten Wodka, und ich war begeistert, mich diesem Pendlerritual zu unterziehen – oder unserem absoluten Menschenrecht, wie Kit es gesehen hätte. Obwohl er erst seit einem halben Jahr in der Gegend wohnte und das Pub bei Weitem noch nicht so oft besucht haben konnte wie ich, duzte er sich mit den Bedienungen.

»Im Sommer ist das ein nettes Fleckchen«, sagte ich zu ihm, als wir uns auf die Terrasse setzten, die weit über das Wasser hinausragte. »Wusstest du, dass das hier ein altes Schmugglernest ist?« Er senkte sein Pint. »Was haben sie geschmuggelt? Drogen?« »Wohl eher Wolle. Wegen der hohen Steuern. Wenn man tagsüber kommt, sieht man Galgen über dem Wasser.«

»Krass.« Als der Alkohol Kits Gesichtsfarbe leicht verdunkelte, tauchte ein spitzbübisches Funkeln in seinen Augen auf. »Nun, Jamie, hast *du* jemals etwas Illegales getan?«

»Was zum Beispiel?«

»Du weißt schon, das Übliche.«

»Ich weiß nicht, was *dein* Übliches ist, doch die Antwort lautet wohl Ja. Moment mal, du wirbst mich jetzt aber nicht für irgendeine Terrorgruppe an, oder?«

»Natürlich nicht.«

Und dann knallte er unsere Gläser so fest zusammen, dass ich fürchtete, sie bekämen einen Sprung, und stieß dieses Maschinengewehrlachen aus, bei dem sich die Köpfe zu uns umdrehten und die Gesichter bei Kits ausgelassenem Anblick einen weichen Zug annahmen. »Clare ist anscheinend auch für Spaß zu haben.«

»Nun, das war zumindest ihr Neujahrsvorsatz. Neue Dinge ausprobieren. Neue Menschen kennenlernen.«

»Neue Menschen kennenlernen? Ich verstehe.« Seine Augenbrauen wackelten. »Warum seid ihr beide eigentlich nicht verheiratet? Ich dachte, allein aus Steuergründen wäre es für reiche Menschen besser, verheiratet zu sein?«

»Wir gehören einfach nicht zu der Sorte Mensch, die heiratet.«

Ich wies ihn nicht darauf hin, dass Clare die Reiche war, nicht ich, und der Grund war offensichtlich: Ich wollte, dass er mich bewunderte. Dass er mich beneidete. Dass er glaubte, ich hätte – abgesehen von einem vollgestopften Archiv mit historischen Fakten – etwas, was ihm fehlte.

»Du hast echt keine Ahnung, wie viel Glück du hast, tun und lassen zu können, was du willst, ohne dich um Rechnungen scheren zu müssen. Wenn ich in einem Café arbeiten würde, könnte ich meine Miete nicht bezahlen. Dann wäre ich einfach ein weiterer Loser.«

Es war genau das Wort, mit dem er an jenem Morgen seinen Vater beschrieben hatte. Sein Gesicht nahm einen Zug an, der, wie sich später herausstellte, typisch für ihn war: teils Komplize, teils Peiniger. Eine sonderbar destabilisierende Miene. Als er aufstand, um eine weitere Runde zu holen, dämmerte mir, dass ich mir Kit Roper niemals zum Feind machen sollte.

5

27. Dezember 2019

Unter einem leuchtend weißen Himmel flackert der Fluss silbern, als hätte man ihn für die Weihnachtsfeiertage aufgehübscht. Ein Boot taucht im Osten auf, windschnittig und flach: die *Seymour*. Henrys dritte Ehefrau, Königin für ein einziges Jahr. Ich kann Gestalten ausmachen, die sich bereits in den Gängen anstellen, um in Westminster auszusteigen, es gar nicht erwarten können, eine neue Schicht zu beginnen, um für andere Geld zu scheffeln – oder es vielleicht im Auftrag irgendeiner Regierungsstelle auszugeben. Mit gerecktem Hals schaue ich nach oben und starre direkt in die Sonne, die gefährlich blass hinter dicken Wolken liegt. Ich habe eine dieser akuten außerkörperlichen Erfahrungen: *Das hier passiert wirklich. Das bin wirklich ich mit zwei Detectives von der Londoner Metropolitan Police!* Unvermittelt packt mich ein Anflug von Angst. Mache ich alles richtig? Wenn ich mich nicht korrekt verhalte, werde ich dann verhaftet und mit Schwerverbrechern oder Pädophilen in eine Zelle gesteckt?

»Alles in Ordnung, Jamie?«

Ich blinzle ins grelle Licht und beschatte mir dann mit der Hand die Augen. »Alles gut.«

Vielleicht aus Sorge, ich könnte die Konzentration verlieren, wo wir noch nicht einmal richtig angefangen haben, beauftragt Merchison seinen Partner Parry, Kaffee zu holen, und sobald wir allein sind, verändert sich spürbar die Atmosphäre. Er ist wie der Lehrer, der den Pausenhofschläger wegschickt, um mich vor meinem eigenen gesichtswahrenden Selbsterhaltungstrieb zu retten. *Jetzt kannst du dich sicher genug fühlen, um die Wahrheit zu sagen.*

»Welchen Dienstgrad haben Sie?«, frage ich ihn. »Inspector oder etwas in der Art?«

Doch wie sich herausstellt, ist er Constable, genau wie Parry. Das hier ist dann wohl doch keine so wichtige Ermittlung, denke ich ermutigt. »Hören Sie: Egal, was Sie über Kit und mich zu glauben wissen, wir sind keine siamesischen Zwillinge. Meistens sehe ich ihn nur auf dem Boot.«

Er lässt seinen Stift rotieren, ein Miniaturknüppel zwischen den Fingern. »Sie sind demnach *nicht* so eng befreundet, wie Mrs Roper meint?«

»Es kommt drauf an, wie eng Sie das Wort definieren.« Ich wünschte, ich hätte ein Transkript von Melias Vernehmung. Und wüsste, was sie ihnen offenbart hat und bei welchen Fakten sie sich entschieden hatte, einen Schleier darüberzulegen. »An den Wochenenden haben wir gelegentlich Pärchenabende. Drinks, Abendessen, so was in der Art. Und manchmal genehmigen wir uns nach der Arbeit auf dem Boot ein Bier.«

»Am Montag haben Sie auf dem Boot auch weitergetrunken, nicht wahr? Vor diesem Streit zwischen Ihnen beiden?«

»Wir hatten noch ein oder zwei Absacker, ja.«

Mit der Spitze des Kugelschreibers klopft er auf sein geöffnetes Notizbuch, was kleine Punkte auf der Seite hinterlässt. »Mr Callister und Ms Miles waren bei Ihnen, sagten Sie?«

»Ja, aber sie steigen beide vor uns aus. Gretchen wohnt in Surrey Quays und Steve auf der Greenwich Peninsula.«

Denk nicht an die Halbinsel.

Die Apartments, die Schlafzimmer, die Geheimnisse.

Ich spüre, wie ich erröte. »Danach gibt es nur noch einen weiteren Halt vor St Mary's. Wir waren die Letzten an Bord.«

»Eine der Letzten«, korrigiert mich Merchison mit sanfter Stimme. »Wie gesagt, es gab einen weiteren Zeugen, mit dem wir bereits gesprochen haben. Ich würde gern überprüfen, ob sich Ihre Darstellung der Dinge mit seiner deckt.«

Mir gefällt seine Annahme nicht, dass dieser namenlose Fremde der Maßstab aller Dinge ist, an dem andere gemessen werden. Ebenso wenig wie mir mein eigenes unvollständiges Gedächtnis zusagt: Ich erinnere mich nicht, abgesehen von der Crew, sonst noch jemanden bemerkt zu haben, nachdem Steve von Bord gegangen war. Allerdings weiß ich, dass die Stimmung erst danach hässlich wurde. Davor war ich ausgelassen, wenn nicht gar völlig überdreht. Eine Erinnerung vom Anfang des Abends, als wir noch in der Bar waren, steigt in mir hoch: *Weihnachten*, erklärte ich mit angetrunkenem Übermut, *die Zeit der Liebe für alle Menschen – auf die vor allem wir Männer hoffen …*

O Gott! Heutzutage muss man sein Publikum gut kennen, bevor man solche Witze reißt. Und gut aufpassen, dass einen niemand mit dem Handy filmt. War genau das passiert? Hatte dieser andere Passagier etwas, was wir sagten, als so anstößig empfunden, dass er oder sie uns *aufgenommen* hat?

Nein, das ist verrückt. Komm schon.

»Dieser andere Passagier, von dem Sie sprechen, ist das ein Mann oder eine Frau?«

Als ich das Wort *Frau* sage, zuckt unwillkürlich Merchisons Lid, und ich hake nach. »Wer ist sie? Wie heißt sie?«

Der Kugelschreiber verharrt reglos in seinem Griff. »Sie wissen, dass ich Ihnen das nicht sagen darf.«

Ich weiß überhaupt nichts. In Filmen ärgern Detectives Verdächtige ständig mit Aussagen von Zeugen, deren Namen sie unverblümt herausposaunen, und genau das reibe ich ihm jetzt unter die Nase.

»Das mag im Fernsehen so sein, Jamie«, erwidert er mit einem leichten Anflug von Freundlichkeit. »Das hier ist die Realität.«

»Dann verraten Sie mir zumindest, was sie Ihnen über Kit und mich erzählt hat. Warum haben Sie überhaupt zuerst mit ihr gesprochen?« Vor *mir*, der angeblich die letzte Person ist, die ihn lebend gesehen hat. Das ergibt keinen Sinn – außer …

Außer *sie* ist zu *ihnen* gekommen. Am nächsten Tag hat sie sich bei der Polizei gemeldet, um unsere heftige Auseinandersetzung als verdächtig anzuzeigen. So muss es gewesen sein. *Ich habe zwei Typen beobachtet, die sich geprügelt haben, und ich wollte nur sichergehen, dass nichts Schlimmes passiert ist …*

»Darauf kommen wir später noch zurück«, erklärt Merchison. »Lassen Sie uns zuerst kurz über Ihre beiden Freunde reden, Steve und Gretchen. Wie kommen die beiden ins Spiel?«

Mein Magen dreht sich grässlich, während der Trommelwirbel in meiner Brust an Fahrt aufnimmt und mir den Atem raubt.

Mir gefällt das hier nicht, denke ich.

6

Februar 2019

Eine der Freuden meiner neuen Form des Pendelns war die Möglichkeit, meiner Neugierde für die Menschen um mich herum zu frönen und so ihre Widersprüchlichkeiten zu beobachten, wie sie sich der Welt präsentierten. Da war etwa der Mann in den auf Hochglanz polierten, handgefertigten Budapestern und Seidenstrümpfen in Kornblumenblau, aber mit den verwahrlosten Haaren eines Obdachlosen; der jüngere Typ im billigen Anzug mit einem Plastikrucksack, aus dem er eine Bentobox mit perfekt geschnittenen tropischen Früchten auspackte; und die Frau, die dunkelgelbe Lederhandschuhe mit grünen Pompons trug und deren schnurgerade schwarze Haare sich an den rosa gefärbten Spitzen nach oben rollten. Man gewöhnte sich an, die morgendlichen Gesichter mit den abendlichen abzugleichen, wie eine Partie Memory: am Morgen erfüllt von Zielstrebigkeit oder zumindest nervöser Anspannung, am Abend zusammengefallen vor Erschöpfung oder Erleichterung.

Kit – welche Überraschung! – war kein stiller Beobachter. Er ließ lautstark Bemerkungen vom Stapel und griff jede noch so kleine Erwiderung auf, nur um ein scherzhaftes Gespräch in Gang zu bringen. Schon bald lernte ich, dass er sich zu Stimmungslagen hingezogen fühlte, die auf ein hartes Leben hindeuteten: Bei Steve, der eines Morgens in North Greenwich einstieg, lag es an der Art, wie er sich uns gegenüber auf der anderen Gangseite auf einen Platz plumpsen ließ, als wäre er die ganze Nacht auf den Beinen gewesen und würde sich erst jetzt die erste Auszeit gönnen.

»Auf der Halbinsel lässt's sich gut leben, hm?«, fragte Kit. »Wohnen Sie in einem dieser neuen Hochhäuser?«

Ohne sich zweimal bitten zu lassen, beschwerte Steve sich lang und breit, dass er vergangene Woche im Homeoffice gearbeitet hat und dabei den lieben langen Tag von ohrenbetäubenden Bauarbeiten gestört wurde. »Anscheinend soll der gesamte Komplex in 20 Jahren fertiggestellt sein, also echt kein großes Problem.«

»Dann werden Sie saftig abkassieren und reich in Rente gehen. Von mir bekommen Sie kein Mitleid«, sagte Kit.

»Ja, vielleicht, aber bin ich bis dahin nicht längst taub? Werde ich immer noch meine *Seele* haben?«

Die beiden grinsten sich an, stellten sich vor und steckten ihre Handys in die Hosentasche, um die Absicht erkennen zu lassen, sich den Rest der Fahrt zu unterhalten. Auf dem Fensterplatz und von Kits weggedrehter Schulter verdeckt, spähte ich verstohlen zu Steve. Er war Ende 30, breitschultrig, etwas untersetzt und sehr kurzsichtig – als er seine Brille absetzte, um sich die Gläser zu putzen, war ich überrascht, wie groß seine Augen waren und wie leuchtend graugrün. Seine Stimme klang nasal. Im Gegensatz zu Kit, dessen Aussprache vollkommen klar war, sprach er, als kämen seine Worte durch ein Gitter.

»Was arbeiten Sie?«, fragte Kit ihn nach zehn Minuten ehrgeizigem – manch einer würde sagen: grandiosem – Smalltalk über das E-Scooter-Start-up von einem Freund eines Freundes, in das er einsteigen wollte, sobald seine Schulden abbezahlt waren.

»Ich arbeite bei Finer Consulting. Unternehmenskommunikation.«

»Ist das nicht dein Bereich, Jamie?«

»War es.«

Ich beugte mich vor und begann Steve zu erklären, dass ich meinen Job aus gesundheitlichen Gründen aufgegeben habe, doch es war offensichtlich, dass er, egal welche Geschichte ich ihm auftischte, der Meinung war, ich würde in meinem Alter sowieso bald aufs Abstellgleis geschoben. (Höchstwahrscheinlich hatte er recht: In den Medien war 50 das neue 70.)

»Jamie wohnt in einem dieser riesigen Häuser am Prospect Square in St Mary's«, erklärte Kit ihm, »also muss er wohl *irgendwas* richtig gemacht haben.«

Ich war nicht sicher, ob dies zu meiner Verteidigung dienen sollte oder eine Anschuldigung war, aber Steve erklärte, er würde St Mary's überhaupt nicht kennen, und das Thema wurde zugunsten von irren Saufgeschichten fallen gelassen.

Am nächsten Morgen, als Steve sich auf denselben Sitz uns gegenüber im Gang niedergelassen hatte, gab Kit ihm eine kleine Vorwarnung wegen unseres Abendrituals, was sogleich zum Umzug auf den Viererplatz neben der Bar und einer Runde Peroni für drei führte. Nachdem sie herausgefunden hatten, dass sie beide rauchten, schlüpften sie für eine Zigarette hinaus aufs Deck. Als sie wieder zurückkamen, unbeschwert und beschwingt, als hätten sie zum ersten Mal frische Luft eingeatmet, überkam mich das lächerliche Gefühl, außen vor zu sein, als wäre mir mein Freund genau vor meiner Nase im Schulhof weggeschnappt worden.

»Schau uns an«, sagte Kit.

»Was für ein geiles Leben«, stimmte Steve ihm zu.

Ihm war ein Name für uns eingefallen, erklärte Kit: die Wasserratten.

»Heißt so nicht auch ein Pub?«, fragte ich.

»Wirklich? Noch besser.«

Sie standen kurz davor, sich abzuklatschen, bevor sie die Oberlippen hochzogen und Geräusche wie knabbernde Nagetiere machten. Zumindest würde Steve, da er zwei Haltestellen vor uns ausstieg, nicht ins Hope & Anchor mitkommen, das sich mittlerweile beim Jamie-und-Kit-River-Bus-Pendeln zu einem täglichen Zwischenstopp entwickelt hatte.

*

In jenen ersten Wochen redete Kit nur selten von Melia. Jeden Abend, während ich Clare meine voraussichtliche Ankunftszeit simste und die Einkaufs- und Haushaltsaufgaben im Voraus verhandelte, meldete er sich nie bei seiner Freundin. Ich hatte sogar gesehen, wie er ihre Anrufe wegdrückte und Steve oder mir die Sitcom-Grimasse des leidgeprüften Mannes zuwarf, der seinem Hausdrachen aus dem Weg ging. Währenddessen steckte Clare mir Beschwerden von der anderen Seite, allerdings auf eine solche Art, dass ich unmöglich sagen konnte, ob die Kritik von Melia oder ihr selbst stammte. »Du hast gesehen, wie umwerfend sie ist, aber er schenkt ihr keinerlei Aufmerksamkeit. Was für ein Idiot!«

»Er ist einer dieser Männer, für den der Zauber neuer Bekanntschaften oberste Priorität hat«, sagte ich. »Vielleicht liegt es an seiner Schauspielerausbildung. Jede Situation bedeutet ein Publikum, eine Möglichkeit zur Bestätigung. Es wundert mich, dass sie seine Aufmerksamkeit überhaut *will*. Sie sind schon fast so lang zusammen wie wir.«

Wenn dies implizierte, dass ich kein Interesse an *ihrer* Aufmerksamkeit hatte, nahm sie es mit Humor und organisierte vergnügt ein weiteres Treffen mit den beiden. Kit und ich verließen in Woolwich das Boot, um Melia und sie in einer neuen Foodhall zu treffen, die in einer stillgelegten Fabrik eröffnet worden war und in der es Pho, Roti, Ramen oder blanchierten Fenchel in Straußenurin (nur ein Werbegag) und Cocktails mit Thai-Basilikum-Stängeln gab, serviert in Campingbechern aus Emaille mit gestreiften Papierstrohhalmen. Trotz – oder wegen – der exorbitanten Preise und der anstrengenden Akustik war der Laden brechend voll, und allein das Erfolgserlebnis, einen Tisch ergattert zu haben, genügte, um Endorphine freizusetzen.

Wie bei unserem ersten Treffen saßen wir pärchenweise zusammen, Clare gegenüber von Kit und ich gegenüber von Melia.

»Ich werde meinen Kunden von dieser Location erzählen«, sagte Melia und schlürfte an ihrem Drink. »Wenn sie sich eine Wohnung auf der Halbinsel kaufen, können sie aufs Boot hüpfen und zum Abendessen herfahren.«

Clare nickte zustimmend. »Vielleicht können wir bald mit Brixton Village konkurrieren.«

»Das hoffe ich schwer. Dann wird es viel leichter, an Koks zu kommen«, sagte Kit, und Melia versetzte ihm einen ihrer spielerischen Klapse.

»Schau, wie sie mich misshandelt«, wandte er sich mit einem schiefen Lächeln an mich.

»Es gibt Männer, die würden gutes Geld für einen Klaps von deiner Freundin zahlen«, sagte ich, was nichts als die Wahrheit war, denn Melia war so attraktiv, dass sie die Blicke der meisten, wenn nicht gar aller vorbeikommender Männer auf sich zog. Diesmal waren ihre Beine nicht zu sehen, allerdings andere Vorzüge: Ihre tintenschwarzen Haare waren hochgesteckt und gaben den Blick auf ihren hellen Nacken preis. Als sie ihren Arbeitsblazer auszog, kam ein Top mit einem so tiefen Ausschnitt zum Vorschein, dass es an einer Schulter herabrutschte und den Träger eines schwarzen Spitzen-BHs preisgab.

Ich hatte mich für den Anlass ebenfalls ein bisschen schicker gemacht, war sogar in der Mittagspause zum Friseur gegangen und hatte das teure französische Rasierwasser benutzt, das Clare mir zu meinem letzten Geburtstag geschenkt hatte. Da merkte ich, dass Kit auf meine letzte Bemerkung geantwortet hatte und seine Frage nun wiederholte:»Wie viel, glaubst du? Genug, um den Studienkredit zu tilgen?«

»Oh, definitiv.« Ehrlich gesagt war ich nicht sicher, wie hoch ein durchschnittliches Studentendarlehen war. Doch ich hatte längst gelernt, nicht auf die finanzielle Ungerechtigkeit unseres Altersunterschieds hinzuweisen: Zum Beispiel zu erwähnen, dass ich studiert hatte, als die Uni noch kostenlos war – ich hatte sogar ein Stipendium erhalten –, hätte eine verbitterte Schimpftirade nach sich gezogen.

Clare, die mit der Gefahr weniger vertraut war, begann mit ihm über ihre klammen Finanzen während ihrer Studienzeit zu reden, was mir die Möglichkeit gab, mich ganz Melia und ihrem zauberhaften goldenen Blick zu widmen.

»Und, wie geht's dir, Jamie?« Betonung auf dem *dir*. Sie beugte sich leicht vor.»Auf dem Weg hierher ist mir aufgefallen, dass ich kaum etwas über dich weiß. Ich habe das Gefühl, als würde Kit dich völlig in Beschlag nehmen. Ich kann mir bildlich vorstellen, wie er sich dort auf dem Boot an dich kuschelt.«

Ich grinste.»Sei unbesorgt, kuscheln ist tabu.«

»Er hat erzählt, dass du viel weißt. Über den Fluss, die Gebäude. All die alten Pubs.«

Ich lächelte.»Nun, *die* zu studieren, habe ich mir zur Lebensaufgabe gemacht.« Ich beobachtete, wie das Ende ihres Papierstrohhalms sich allmählich an ihrer Unterlippe auflöste und wie sie die durchweichten Fetzen mit mattschwarzen Fingernägeln abzupfte.»Wie läuft's bei Hayter Armstrong?«

»Oh, großartig! Ich liebe es, all diese unglaublichen Wohnungen zu sehen, vor allem die am Flussufer. Mit ihren Terrassen, auf denen man einfach stehen und aufs Wasser schauen kann.«

»Du hast Glück, im oberen Preissegment des Mietmarkts zu arbeiten.«

»Nicht so viel Glück, als wenn ich in einer davon wohnen würde«, sagte sie und zog einen mädchenhaften selbstmitleidigen Flunsch.

Ich hob eine Augenbraue. »Ein paar von denen stehen doch leer, nicht wahr? Du könntest jederzeit nach der Arbeit hinfahren und dort abhängen. Such dir dein Lieblingsapartment aus, und triff dich dort mit Kit. Leg dich auf das Sofa eines anderen und genieß den Gratisausblick. Bleibt über Nacht.«

Eine ähnliche Bemerkung hatte ich damals gemacht, als ich Clare gerade kennengelernt hatte, und sie hatte fest behauptet, die ehrenrührigen Praktiken, für die Makler früher verschrien waren, seien längst passé.

»Was für eine geniale Idee!« Ein Lächeln breitete sich auf Melias Gesicht aus, wie ein Licht, das die Wolken durchbricht. »Und wenn ich auf frischer Tat ertappt werde, sage ich Clare einfach, dass alles deine Schuld ist.«

»Was ich natürlich abstreiten würde«, erwiderte ich, und wir grinsten uns über die Basilikumstängel an. »Was ist mit deiner Familie, Melia? Du hast eine so ungewöhnliche Augenfarbe.«

»Ich bin halb Jaguar, halb Löwin«, sagte sie mit todernstem Tonfall, und unser Gelächter brachte die Unterhaltung unserer Partner zum Verstummen.

In Clares Miene schlich sich, wie mir auffiel, ein Hauch von Erleichterung, und ich war auf die Beschwerde vorbereitet, die später in unserer Küche über ein Glas Wein vor dem Zubettgehen folgte.

»Kit bringt das Thema Geld ganz schön auf die Palme. Ist dir das auch schon aufgefallen?«

»Definitiv«, stimmte ich ihr zu. »Er ist sehr ehrgeizig.«

Clare seufzte. »All die Jungen in der Arbeit sind so. Sie wollen mehr, mehr, mehr und fühlen sich schikaniert, wenn sie es nicht bekommen. Richard behauptet, diese Generation wäre in dem Glauben erzogen worden, dass man ihnen alles auf dem Silbertablett servieren muss, und nehmen es persönlich, wenn man es nicht tut.« Sie zögerte und blickte sich in ihrer eleganten Edelholz-und-Naturstein-Küche um, die vor meiner Zeit aus dem Souterrain ins Erdgeschoss verlegt worden war, um die hohen Fenster und das luftige Raumgefühl auszunutzen. Die Esszimmerstühle waren witzigerweise alle unterschiedlich, einschließlich des antiken Shaker-Stuhls mit dem Schaffell, auf dem sie immer saß.

Etwas illoyal dachte ich: *Wurde dir das alles nicht auch auf dem Silbertablett serviert?*

»Kit ist allerdings der Schlimmste, dem ich jemals begegnet bin«, fuhr sie fort. »Du hättest ihn heute hören sollen, sein Gerede, als glaubte er wirklich, es gäbe ein Anti-Roper-Bündnis, das sich jede Woche trifft und sich neue Wege ausdenkt, um seine Träume zu durchkreuzen.«

»Du musst allerdings zugeben, dass das Leben für sie tatsächlich schwerer ist als für uns damals«, sagte ich mit so viel – oder so wenig – Feingefühl, wie meine vier Cocktails und das große Glas Rotwein es erlaubten. »Wegen Leuten wie dir, die die Immobilienpreise in die Höhe treiben.«

Sie grinste. »Ganz genau, schiebt den Maklern jedes Übel der Welt in die Schuhe. Wir geben nur weiter, was unsere Kunden zu zahlen bereit sind.«

»Ist das Hayter Armstrongs neuer Werbeslogan?«

»Ha! Aber mal im Ernst: Wie können sich Kit und Melia ihren Lebensstil leisten? Sie tun so, als nagten sie am Hungertuch, und natürlich haben sie diese Schulden, und trotzdem kleiden sie sich so schick und gehen ständig essen. Kit hat angedeutet, Koks zu konsumieren, nicht wahr? Das kann nicht billig sein.«

»Ich schätze, sie hauen ihr Gehalt in der Sekunde auf den Kopf, sobald es auf ihren Konten landet, und überbrücken den Rest des Monats mit Kreditkarten«, sagte ich. »Sie leben so, wie sie annehmen, sie hätten ein Anrecht darauf, und nicht, wie ihr Budget es hergibt.«

Clares Blick flammte auf. »So würde ich mit *meinen* Finanzen nicht umgehen wollen.« Da lag ein Hauch Überheblichkeit in ihren Worten, der mich ärgerte.

»Fairerweise muss man sagen, dass ihnen kein Haus von ihren Eltern in die Wiege gelegt wurde.«

Sie schwieg, obwohl sie jedes Recht hatte, angesichts der Selbstverständlichkeit, mit der ich ohne jede Widerrede all die vielen Jahre von der Großzügigkeit ihrer Eltern profitiert hatte, an meiner plötzlichen Frömmelei Anstoß zu nehmen. Auf einmal erschien es mir unglaublich, dass es mit diesem fundamentalen Ungleichgewicht so lange schon so gut klappte. Wenn ich mich in dem Zeitrahmen, den sie für passend erachtete, nicht angemessen neu erfand, würde ich dann nicht hochkant hinausgeworfen werden?

»Würdest du tauschen wollen? Wärst du lieber wieder jung, trotz der wirtschaftlichen Schwierigkeiten?« Unvermittelt wurde sie todernst. Clare war eine bewundernswerte Realistin. Hypothetische Fragen hatten für sie denselben Stellenwert wie echte Probleme.

»Gott bewahre, nein«, rief ich. »Du etwa?«

»Vielleicht. Keine Ahnung.«

Was ein Ja bedeutete. »Wirklich?«

»Vielleicht würde ich auch so denken, wenn ich ein Mann wäre.«

»Wo liegt da der Unterschied?«, fragte ich.

»Was ist das für eine Frage? Die Leute finden dich immer noch attraktiv – ich sehe, wie du angeschaut wirst. Aber Frauen in unserem Alter sind unsichtbar.«

Zwangsläufig musste ich an Melia zuvor denken, an das köstliche Leuchten in ihrem Blick. Ich fragte mich, ob sie mir auch so viel Aufmerksamkeit geschenkt hätte, wüsste sie von meinem nicht vorhandenen Vermögen.

»Männer unseres Alters ohne Geld können genauso unsichtbar sein, glaub mir«, erklärte ich Clare.

*

Nun, vielleicht wäre die vielgepriesene Vicky Jenkinson in der Lage, eine Lösung fürs Älterwerden auf einem feindlichen Stellenmarkt zu bieten.

Erst als ich meinem Karrierecoach von Angesicht zu Angesicht in Mid-Century-Sesseln in delfterblauen Bezügen gegenübersaß, wurde mir klar, warum Clare die Angelegenheit in die Hand nehmen und für mich einen Termin ausmachen musste: Ich wollte mir überhaupt keinen neuen Job suchen. Ich war zufrieden mit dem, den ich hatte.

Damit will ich nicht sagen, dass ich Vicky oder ihr sehr cooles Wohn-Arbeits-Ensemble in einer ehemaligen Lagerhalle für Gewürze in Shad Thames, wo ich zweimal am Tag mit dem Boot vorbeifuhr, nicht mochte.

Sie forderte mich auf, aus einer Vielzahl an Kräutertees auszuwählen, die einzeln abgepackt waren und Namen wie »Regeneration« oder »Resistenz« trugen. Mit den Augen suchte ich nach einem ohne »Re«, aber es gab keinen, weshalb meine Wahl auf »Revitalisierung« fiel.

Sie sprach mit forscher Bestimmtheit. »Sie sind entmutigt, da Sie sich für Jobs beworben haben und zu keinem Vorstellungsgespräch eingeladen wurden. Wir hören viel über Arbeitslosenzahlen, aber nicht sehr viel über die mehr als eine Million Menschen, die arbeiten wollen, aber selten für die Positionen in Betracht gezogen werden, für die sie sich bewerben.«

»Wie wäre es damit, dass der Eingang der Bewerbung noch nicht einmal bestätigt wird?«, sagte ich, doch in Wahrheit hatte ich mich, seit ich beim Comfort Zone arbeitete, nicht ein einziges Mal für einen Job in meinem alten Tätigkeitsfeld beworben.

»Sie dürfen nicht vergessen, dass die Entscheidung, jemanden einzustellen, ein risikoreiches Investment bedeutet. Sie müssen sich auf Ihre Ressourcen konzentrieren.«

Ich verzog das Gesicht, und als sie meine Reaktion bemerkte, schaltete sie mit ihrem Phrasendreschen einen Gang herunter. »Jamie, ich kann Ihnen helfen, zurück ins Marketing zu kommen, indem Sie Ihr Netzwerk vergrößern und lernen, sich besser zu verkaufen oder alternativ eine neue Berufslaufbahn zu finden – eine, die Ihnen viele Perspektiven bietet. Haben Sie sich schon überlegt, was es sein könnte?«

»Weder – noch«, sagte ich und schlürfte an dem heißen grünen Revitalisierungsgebräu. »Die Sache ist die: Irgendwie gefällt mir der Job, den ich gerade mache. Im Moment bin ich dort glücklich.«

Sie ließ sich nicht entmutigen. »Ist Ihr derzeitiges Gehalt akzeptabel?«

»Ich schätze, es passt zu der ungelernten Arbeit. Clare meinte, es wäre ein besseres Taschengeld. Aber für Millionen Menschen, die ähnlich verdienen, ist es kein Taschengeld. Damit sichern sie sich ein Dach über dem Kopf und versorgen ihre Kinder.«

»Während sie sich in einigen Fällen, wie ich mir vorstellen könnte, gleichzeitig Qualifikationen erwerben«, sagte Vicky. »Qualifikationen, die Sie bereits haben, Jamie.« Sie sprach über das Aneignen von Macht, Selbstwertgefühl und Status, was mich an Steves gelegentliche Geringschätzung und bis zu einem gewissen Grad auch an Kit erinnerte.

»Die Sache ist die, Vicky: In öffentlichen Verkehrsmitteln bekomme ich Panikattacken, weshalb die Frage, wie ich zur Arbeit komme, für mich von größerer Bedeutung ist als die Art von Arbeit, die ich dort verrichte, oder was meine Freunde davon halten könnten. Deshalb müsste jeder neue Job fußläufig der London Bridge liegen – oder anderweitig mit dem River Bus erreichbar sein.«

»Der River Bus?« Da kam ihr wohl unvermittelt ein Gedanke, und sie öffnete eine Aufbewahrungsbox, die sich in Griffweite befand. »Ich habe eine Übung, die ich gern durchführe, um zu eruieren, wie man sich wegen seiner gegenwärtigen Lage fühlt, wenn man sie nur schlecht in Worte fassen kann. Probieren wir's aus.«

Ich dachte, ich hätte meine Lage durchaus angemessen in Worte gekleidet, doch ich sah mir dennoch die Bildkarten an, die sie auf dem niedrigen Tisch zwischen uns ausbreitete. Auf allen waren ein Mann und ein Boot dargestellt, etwa ein durchtrainierter Typ in einem Kanu, der in einen Tsunami paddelte, oder ein Arbeitstier auf einer Fähre, der mit leerem Blick aus einem regennassen Fenster starrt. Eine dritte zeigte einen verwegen aussehenden Kerl, der eine Yacht steuert, mit Freunden im Hintergrund, die Champagner schlürfen. Ich musste sagen, welche davon ich sei.

»Eine Klientin sagte einmal, sie wäre keine davon«, erklärte Vicky. »Sie sagte, sie wäre im Wasser und würde ertrinken. Jetzt ist sie in der Geschäftsführung einer Non-Profit-Organisation. Ihr Traumjob.«

»Das ist einfach«, erwiderte ich und zeigte mit dem Finger. »Ich bin der auf der Fähre.«

»Fahren Sie zur Arbeit oder zurück nach Hause?«

»Nach Hause.« Ich zögerte. Allmählich fand ich Gefallen an der Sache. »Aber mein Jahresticket ist abgelaufen. Ich fahre schwarz.«

»Interessant«, sagte Vicky.

»War der Tee auch ein Test?«, fragte ich und nahm einen weiteren Schluck.

»Der Tee? Nein.« Es folgte eine Pause. »Lassen Sie uns Ihre Kompetenzen von A bis Z abklopfen, in Ordnung?«

*

Eines Abends auf dem Boot kamen wir mit einer rothaarigen Frau ins Gespräch, die in Blackfriars mit Kit und Steve zugestiegen war und schneller als die beiden an die Bar stürzte, wo sie sich einen Gin Tonic holte, bevor sie sich ihrer Jacke entledigte und sich auf einen Platz in unserer Nähe sinken ließ, als wäre sie bei sich zu Hause. Während sie uns in Feierlaune ansprach, erkannte ich, dass dies nicht ihr erster Drink war.

»Was wir auf diesem Ding hier bräuchten, wäre anständige Musik, nicht wahr? Nicht dieser einschläfernde Scheiß.«

Müde nach einer Schicht im Café, die so hektisch gewesen war, dass ich ohne Pause durchgearbeitet hatte, lächelte ich nur matt bei der Vorstellung eines schwimmenden Dancefloors.

»Es gibt immer die Option einer Silent Disco«, schlug Kit lachend vor. »Genug Platz zum Tanzen gibt's allemal.«

Unsere neue Freundin hieß Gretchen und war Digital-Projektmanagerin. Ihr Lebenstraum war, eine eigene kleine Gin-Destillerie zu eröffnen. Ich schätzte sie auf 35, wusste es jedoch besser, als dies in aller Öffentlichkeit laut zu sagen, für den Fall, dass sie in Wirklichkeit 23 war (später fand ich heraus, dass sie 36 war).

Wir präsentierten ihr im Schnelldurchlauf unsere Berufslaufbahnen: Kit der unmotivierte Versicherungsangestellte, Steve der Marketing-Maverick, ich der Aussteiger, der seinen Lebensunterhalt mit geschäumter Milch und Avocadocreme verdiente.

»Bravo, Jamie«, rief sie, als hätte ich gesagt, ich würde ehrenamtlich in einem Hospiz für todkranke Kinder arbeiten. »Bei dir hätte ich *niemals* auf eine Versicherung getippt«, sagte sie zu Kit. »Wie schaffst du es überhaupt, in dieser Welt wach zu bleiben?«

»Ich habe meine Tricks.« Kit zwinkerte ihr zu.

Als er und Steve für eine Zigarette nach draußen schlüpften, war es keine große Überraschung, dass sie mich über ihn ausfragte. »Ist er verheiratet?«

»Nein, aber er lebt mit seiner Freundin zusammen.«

»Wie ist sie?«

»Wirklich nett.«

»Wirklich nett im Sinne von ›hässlich wie die Nacht, und du willst ihr nicht auf den Schlips treten‹ oder wirklich nett im Sinne von ›unglaublich hübsch, aber du willst *mir* nicht auf den Schlips treten‹?«

Ich bedachte sie mit einem Ausdruck übertriebenen Entsetzens. »Denkt ihr Frauen *wirklich* so?«

»Erlös mich einfach aus meinem Elend, Jamie.«

»Ich meine, sie ist wunderschön.« Ich lächelte wehmütig. »Er kann sich glücklich schätzen.«

»Verdammt. Habt ihr eine Art Dreiecksgeschichte laufen?«

»Nein, natürlich nicht. Kit ist sehr glücklich mit Melia. Und ich bin sehr glücklich mit Clare.«

Während ich diese Bemerkungen mit ruhiger und überzeugender Stimme machte, verspürte ich ein Zucken von Unsicherheit in meiner Brust.

Wie dem auch sei, Gretchen schloss sich unserer Gang mit oder ohne die Aussicht an, Kit zu erobern. Von nun an war der vierte Platz für sie reserviert. Von nun an bedeuteten auf dem Feierabendboot eine Runde vier Bier, was sich bei vier Pfund 50 pro Flasche auf fast 20 Pfund summierte, ein Betrag, für den ich über zwei Stunden arbeiten musste (und mit den Drinks im Hope & Anchor obendrein entwickelte sich mein Job schon bald zu einem echten Minusgeschäft).

Mir fällt auf, dass ich es fast so klingen lasse, als wären wir Ocean's Eleven, die für den Raub des Jahrhunderts ihr Team zusammensammeln, einer nach dem anderen, aber wir blieben zu viert.

Und der Gedanke an irgendein Verbrechen wäre mir niemals in den Sinn gekommen. Doch da kann ich wohl nur für mich sprechen.

7

27. Dezember 2019

Zwei junge Touristinnen, die anerkennend in DC Merchisons Richtung spähen, huschen in Bikerstiefeln und Pudelmützen an uns vorbei, und mir kommt der Gedanke, dass er tatsächlich nicht von schlechten Eltern ist. Er hat das gewisse Etwas, eine Unerschütterlichkeit im Auftreten, die mich ein bisschen an Kit erinnert. Wäre ich von meiner eigenen Unschuld am Montagabend nicht felsenfest überzeugt, könnte jemand wie er mich leicht in falscher Sicherheit wiegen – oder besser gesagt, mir ein falsches Geständnis abringen.

Denn dies ist keiner dieser Mordfälle, die im Vollsuff oder einer PTBS-induzierten Wahnvorstellung begangen wurden. Ich bin hundertprozentig sicher, dass ich nach den Weihnachtsdrinks am Montagabend nichts falsch gemacht habe, außer vielleicht mehr als geplant gesoffen zu haben, und wenn wir *das* als Verbrechen einstufen, dann bräuchte diese Stadt ein paar Millionen zusätzliche Haftzellen.

»Hat Mr Roper Ihnen womöglich Sorgen anvertraut, die ihn im Moment geplagt haben?«, fragt Merchison.

Das ist einfach. Jeder weiß, was Kit am meisten umtreibt. »Ja, er hat Geldprobleme.«

Der Detective gibt mir mit einer Handbewegung zu verstehen, dass ich dies genauer ausführen soll.

»Schulden. Studienkredite und auch neuere Darlehen. Obwohl er ein gutes Gehalt hat, haut er jeden Penny auf den Kopf, den er verdient, und beschwert sich, dass er niemals in der Lage wäre, auf die Immobilienleiter aufzuspringen.«

»Er hat Ihnen die Höhe seines Gehalts verraten?«

»Nein – aber es ist gewiss ganz anständig. Er arbeitet für eine große Versicherungsgesellschaft, und allein die Zulagen müssen fantastisch sein. Wahrscheinlich haben Sie bereits mit ihnen gesprochen? Meines Wissens müsste er heute wieder in der Arbeit sein.«

»Wir werden uns in Kürze mit seinem Arbeitgeber in Verbindung setzen«, sagt Merchison, als wollte er meine Ängste zerstreuen. Aber in Wirklichkeit bestätigt er damit nur den Umstand, dass ich nicht nur Priorität vor Kits anderen Pendlerfreunden habe, sondern sogar vor seinen Kollegen. Ich unternehme einen schmerzhaften Versuch zu schlucken, doch meine Speicheldrüsen scheinen den Geist aufgegeben zu haben. Wer weiß, wohin Parry verschwunden ist, um Kaffee zu holen. Hat er etwa die Stadt verlassen? Ich hätte ihn zum Comfort Zone für die indonesische Spezialröstung schicken sollen, die diesen Monat so beliebt ist. Ich stelle mir Regan vor, die ihn bedient, ohne den Zusammenhang zu kennen.

Dann kommt mir jäh in den Sinn, dass er sich womöglich so viel Zeit lässt, weil er meinetwegen einen Anruf tätigt – oder einen erhält. Vielleicht hat er jemanden losgeschickt, der jetzt an der Tür des Mariners hämmert und sich die Bänder der Überwachungskamera vom späten Montagabend ansieht. Gut. Aber Moment mal: Was, wenn es nun ein Problem beim Abspielen der Videos gibt? Wenn die Kamera an diesem Abend aus irgendeinem Grund nicht funktioniert hat und es tatsächlich keinen Beweis gibt, dass ich allein nach Hause gegangen bin?

Als mir die Stille bewusst wird, die sich immer weiter dehnt, fokussiere ich mich wieder. »Wie dem auch sei, seit Kurzem hat er sich irgendwie auf mich eingeschossen. Er erträgt es nicht, dass ich in einem großen Haus lebe und er nicht, auch wenn meines im Grunde meiner Lebensgefährtin Clare gehört und ich in Wahrheit so mittellos bin wie er. Doch er sieht es nicht so, sondern glaubt, ich hätte das große Los gezogen. Außerdem kann er Clare nicht ausstehen. Das letzte Mal, als wir alle aus waren, war er sehr unhöflich zu ihr.« Ich stoße ein freudloses Lachen aus. »Ich meine, wenn man mit der Vorstellung von vererbtem Reichtum nicht klarkommt, dann ist London wirklich nicht der richtige Ort für einen, nicht wahr?«

DC Merchison betrachtet mich mit zunehmendem Interesse. »Sind Sie sicher, dass die Feindseligkeit Ihnen gegenüber auf Ihre vermeintlichen Differenzen in puncto Finanzen herrührt?«

»Wie meinen Sie das?«

Er zögert und erweckt den Anschein, als würde er seine nächsten Worte mit besonderer Sorgfalt wählen. Dann beugt er sich ein paar Zentimeter näher, eine winzige Geste der Diskretion, obwohl es offensichtlich niemanden gibt, der uns belauschen könnte. »Sie sollten wissen, Mrs Roper war sehr ehrlich zu uns. Sie versteht, dass wir ein vollständiges Bild brauchen, wenn wir ihren Ehemann finden wollen. Wichtige Informationen zurückzuhalten, vergeudet nur unsere Zeit, und Sie sind sich wahrscheinlich bewusst, dass bei einer Vermisstensuche *unter gar keinen Umständen* Zeit vergeuden werden darf.«

»Oh. Na klar. Okay.« Mein Ton ist genauso wachsam wie mein Blick.

»Sie erwähnten, dass Mr Roper womöglich noch in diese Bar, das Mariners, weitergezogen sein könnte und die Nacht mit einer anderen Frau als seiner eigenen verbracht hat. Angenommen, das wäre der Fall: Ist es möglich, dass er damit Gleiches mit Gleichem vergolten hat?«

In meinen Ärmelbündchen balle ich die Fäuste. »Gleiches mit Gleichem? Sie meinen wegen Melia?« Eine unerwartete Woge Scham trifft mich, und ich begegne seinem Blick. »Ja. Ja, ich schätze, das wäre möglich.«

»Also haben Sie und Mrs Roper …«

»Bitte, können wir sie einfach Melia nennen?«

»Sie und Melia«, sagt er zuvorkommend. Und er legt den Kopf schräg, als würde er mich aufs Neue taxieren, um einzuschätzen, ob ich für eine Frau ihres Kalibers auch nur annähernd infrage käme. Da ist ein Flackern in seinem Blick, und ich stelle mir vor, wie er denkt: *Ja, das ist durchaus möglich.*

»Wann genau haben Sie angefangen, miteinander zu schlafen?«, fragt er.

8

März 2019

Ich fühle mich sehr zu dir hingezogen, Jamie …
Es war eine so schlichte Verführung, so direkt. Meine Reaktion? So *vorhersehbar*. Hand aufs Herz, solche Worte erwartete ich nicht einmal von meiner langjährigen Lebensgefährtin, ganz zu schweigen von einer unglaublich attraktiven, jüngeren Frau.

Damals kannten wir uns seit ungefähr sechs Wochen und hatten uns noch ein weiteres Mal zu viert getroffen, diesmal bei Kit und Melia zu Hause in der Tiding Street. Kurz bevor ein Ausbleiben zu auffällig geworden wäre, folgte eine Essenseinladung für einen Samstagabend im März.

Sie hatten ihre Wohnung als Bruchbude beschrieben, aber sie unterschied sich kaum von den ersten Apartments meiner eigenen jungen Jahre, abgesehen von der enorm überteuerten Miete (Clare kannte die marktüblichen Preise aus dem Stand heraus: 1800 pro Monat). Der Unterschied war nur, dass ich in ihrem Alter mit einer solchen Behausung sehr zufrieden gewesen war und mir von einem Monat zum nächsten kaum Gedanken darüber gemacht hatte.

Das Wohnzimmer wurde von einem knallgelben Samtsofa beherrscht, ein greller Farbtupfer in einem Meer aus neutralen

Mietstönen. Was auch immer vor den Fenstern gehangen hatte, war heruntergerissen worden, ein exhibitionistischer Zug ihrerseits in einer Straße, die äußerst schmal war – oder vielleicht einfach nur grobe Fahrlässigkeit ihres Vermieters. Abgesehen von den Blumen, die wir gekauft hatten – lila Tulpen mit etwas Grün, das nach Wald roch –, war die einzige Deko ein gerahmtes spanisches Poster von dem Film *Niagara*, sein Star abgelichtet mit leicht zum Protest geöffneten Lippen.

»Wer von euch ist der Marilyn-Fan?«, fragte ich.

»Wer ist *kein* Marilyn-Fan?«, erwiderte Melia. Sie trug einen malvenfarbenen, gelb geblümten Jumpsuit mit Reißverschluss und Plateauschuhe mit Korksohlen, die an jeder anderen Frau lächerlich ausgesehen hätten, ihr jedoch hinreißend standen. »Kit hat es mir zu Weihnachten gekauft«, fügte sie hinzu.

Vintage-Poster sind nicht gerade billig, dachte ich mir.

Es gab wenige persönliche Dinge. Clare und ich besaßen Dutzende Fotografien und hatten ein Vermögen für Rahmen ausgegeben, aber unsere Gastgeber beschränkten sich auf eine einzige (wahrscheinlich waren ihre Erinnerungen größtenteils digital gespeichert). Es war eine Gruppe von Schauspielern vor dem Bühnenbild eines Herrenhauses, Melia mit kindlichen Gesichtszügen, leicht zu erkennen in der Mitte, gekleidet in ein seidenes Trägerkleid.

»Waren das deine 15 Minuten Ruhm?«, fragte ich sie.

»Ganz genau. Rate, welches Stück es war!«

»Das müsste *Die Katze auf dem heißen Blechdach* sein.«

»Sehr gut! Ich habe die Maggie gespielt. Reich, aber unerfüllt.« Mit einem temperamentvollen Südstaatenakzent fügte sie hinzu: »Ich sollte mich so *glücklich* schätzen.«

»Du kommst nah an Liz Taylor ran.«

»Danke schön. Leider durften wir die Kostüme nicht behalten.«

Ihr Blick verweilte einen Moment auf ihrem Kleid – und meiner ebenfalls.

Dann nahm ich die anderen Gesichter genauer in Augenschein. »Ist irgendeiner von denen groß rausgekommen?«

Sie trat an meine Seite, sodass wir nun Schulter an Schulter standen, und bei der Berührung ihres Arms an meinem fühlte ich mich wie elektrisiert. »Freya ist im Moment Zweitbesetzung am Gielgud. Oh, und der da, Rollo, der ist mit einem großartigen Ensemble in Fernost auf Tournee. Das Problem ist, man bekommt einen solchen Gig, und dann endet er, und du stehst wieder ganz am Anfang. Zurück am Tresen, um die Miete zu bezahlen.«

»Ich bin es falsch herum angegangen«, witzelte ich. »Vielleicht sollte ich nun, da ich in einem Café arbeite, Schauspieler werden?«

Melia neigte den Kopf schräg. »Ich glaube sogar, du wärst gut, Jamie.«

»Und auf welcher Grundlage?«, fragte Clare lachend. Ich hatte nicht bemerkt, dass sie uns zugehört hatte. »Ich weiß immer, wenn er lügt.«

»Es muss einen feinen Unterschied zwischen Schauspielen und Lügen geben«, zeigte ich auf. »Denn andernfalls würde sich die Hälfte der Bevölkerung bei der Royal Shakespeare Company bewerben.«

Melia wiederholte den Kommentar, als wollte sie ihn sich im Gedächtnis abspeichern. In ihren eigenen vier Wänden verhielt sie sich leicht anders. Sie war erwachsener, anspruchsvoller, vielleicht sogar ein bisschen einschüchternd, als befände sie sich an dem einen Ort, wo das Leben nach ihren Regeln spielte und nicht nach denen von anderen.

Wir plauderten über mein Berufscoaching – »Ich werde Herr über meine eigene Geschichte« –, und als ich das nächste Mal aufblickte, sah ich, dass Kit Melias Besetzungsfoto auf dem Knie hatte und ein kleines Häufchen Pulver in Linien aufteilte, senkrechte Pfeile auf den Körpern aller Personen. Ich blickte zu Clare, da ich wusste, dass ich ihrem Beispiel folgen müsste, die gewiss für Enthaltsamkeit plädieren würde. Immerhin hatten wir seit Jahren keine Drogen mehr genommen. Doch als Kit ihr den Rahmen reichte, spähte sie zu den Gesichtern auf dem Foto und lachte.

»Ich muss wissen, wen ich hier missbrauche.«

»Nimm Si, ganz rechts«, sagte Kit. »Er arbeitet jetzt bei Harrods in der Abteilung mit Kleinelektronik. Er war außerdem derjenige, von dem wir alle ausnahmslos dachten, er würde es bis ganz nach oben schaffen.«

»Du bekommst Melia«, sagte Kit zu mir und zeigte auf die Linie, die genau in der Mitte über ihre spärlich bekleidete Gestalt lief.

Ich spürte, dass das Koks von besserer Qualität als früher war. Auf der Stelle erfüllte mich eine erschreckend köstliche Woge von Selbstzufriedenheit, ein Gefühl, das sich in den geweiteten Pupillen der anderen im Zimmer widerspiegelte. Wer weiß, wie viel Zeit verstrich, in der wir einander fasziniert anstarrten, bevor Clare fragte: »Essen wir heute Abend überhaupt etwas?«

»Oh, ja, da ist Zeug im Ofen«, erwiderte Melia, als hätte sie vergessen, was es war.

»Ich kann für dich nachschauen«, sagte ich. »Ich brauche sowieso noch Wasser.«

Ich gratulierte mir wegen des Wassers, da es meiner Meinung nach von einem hohen Maß an Selbsterhaltungstrieb zeugte.

»Dann bring auch noch eine neue Flasche Rotwein vom Weinregal mit, ja?«, bat Kit.

Der Grundriss der Wohnung ging noch auf den ursprünglichen Umbau zurück, die Kombüse von einer Küche auf der Rückseite, neben dem Badezimmer. Das Schiebefenster war halb geöffnet, und in einem der Nachbargärten bellte ein Hund und wurde lautstark von seinem Besitzer zurechtgewiesen.

Nachdem ich die Wasserkaraffe gefüllt und einen Wein ausgesucht hatte, drehte ich mich um und stellte fest, dass Melia in den schmalen Raum getreten war, mit dem Rücken zur Tür stand und mir den Ausgang versperrte. Ich lächelte, die Weinflasche in der einen Hand und die Karaffe in der anderen. »Gibt es einen besonderen Grund, dass du mich nicht rauslässt?«

»Ich wollte dich nur eine Minute lang für mich allein.«

»Das ist schön«, sagte ich verunsichert.

»Es *ist* schön.« Sie kam einen Schritt auf mich zu, ihre Plateauschuhe weich auf den Fliesen, und fügte für den Fall, dass ich sie missverstanden haben könnte, hinzu: »Ich fühle mich sehr zu dir hingezogen, Jamie.«

Nun ja. Ohne den chemischen Kick hätte ich angenommen, dass sie mich auf den Arm nimmt. Selbst *mit* war ich nicht überzeugt, ob es eine Feststellung war, die ich für bare Münze nehmen könnte, obwohl sie sich so nah an mich geschoben hatte, dass ich ihren Atem spürte. War dies ein abgekartetes Angebot für einen Partnertausch? Doch da ich Kit und Clare im Wohnzimmer hörte, die sich über den Brexit stritten, war dem wohl nicht so.

»Du glaubst mir nicht, oder? Warum sollte ich lügen?« Sie stieß ein rauchiges Seufzen aus. »Dann werde ich es dir wohl beweisen müssen.«

Ohne eine freie Hand war ich ihrer geisterhaften Umarmung auf Gedeih und Verderb ausgeliefert, ihren Armen, die sich an meiner Brust hochschlängelten, Fingern, die an meinem Nacken entlangglitten, kleinen straffen Brüsten, die zwischen unseren Oberkörpern zusammengepresst wurden. Ihr Selbstvertrauen war unverfroren, fast schon kränkend, und vor meinem geistigen

Auge stellte ich mir vor, wie ich sie von mir abschüttelte und zur Rede stellte, was zum Teufel sie da tat. Tatsächlich küsste ich sie jedoch, reagierte instinktiv, gedankenlos auf ihren Druck. Ab und an streifte die Seide ihres Einteilers meine nackte Haut, und das leise Knistern war unbeschreiblich erotisch.

Ich habe nicht den blassesten Schimmer, wie lang es andauerte – 30 Sekunden, vielleicht sogar eine Minute –, aber wir kamen schlagartig wieder zu Sinnen, als wir Kits Stimme von der anderen Türseite hörten. »Me? Kannst du auch noch eine Flasche Weißwein mitbringen?«

Melia löste sich so effizient von mir, wie sie sich mir an den Hals geworfen hatte. »Kein Problem, Babe«, rief sie.

Es folgte das Dröhnen der Lüftung, als das Badezimmerlicht eingeschaltet wurde, und dann das Geräusch einer Tür, die sich schloss. Mit ein paar geschickten Bewegungen schnappte sie sich eine Flasche aus dem Kühlschrank, nahm mir den Rotwein aus der Hand und drehte sich auf dem Absatz um, wobei sie die Tür behutsam mit dem Fuß aufstieß. Allein mit dem Wasserkrug, mein Ärmel durchnässt von unserer stürmischen Umarmung, fragte ich mich verwundert, ob das, was ich eben erlebt hatte, ein Quantensprung mit Konsequenzen für uns alle vier gewesen war oder das genaue Gegenteil: flüchtig, schwerelos, ein süßer Vorstadtfehltritt, der nie wieder Erwähnung fände und an den ich mich im Alter mit wehmütiger Nostalgie erinnern würde.

Zurück bei den anderen und wieder ordentlich nach Geschlechtern sortiert, stürzte Melia sich augenblicklich in ein tiefes, vertrauliches Gespräch mit Clare, während Kit und ich als DJs fungierten. Das Essen hatte unbeaufsichtigt nicht überlebt, und wir ließen uns etwas liefern.

*

»Wir haben es wohl gestern etwas übertrieben«, stöhnte Clare am nächsten Morgen, als sie mir Tee und Paracetamol ans Bett brachte. Im Grunde längst nicht mehr Morgen, wie ich bemerkte, während ich mein Handy unter dem Kissen hervorkramte und auf die Uhr schaute. Zurückgelehnt in ihre Kissen neben mir, sah sie aus, wie ich mich fühlte: kaputt. »Gut, sich wieder in Erinnerung zu rufen, warum wir keine Drogen mehr nehmen. Sie sind zu alt dafür. Ganz zu schweigen von uns! Nie wieder.«

Mühsam kämpfte ich mich in eine aufrechte Sitzposition, ignorierte die weißen Streifen in meinem Gesichtsfeld und trank den Tee auf ex, während sie eine Geschichte über ein Pärchen mittleren Alters googelte, die nach einer Koksparty ins Bett gegangen und nicht mehr aufgewacht waren. Im kalten Licht des Tages kam es mir merkwürdig vor, dass Melia in diesen prüden Zeiten vor einer Vorgesetzen aus der Arbeit Drogen konsumiert hatte. Doch andererseits war es nicht die einzige Linie, die sie vergangene Nacht unvorsichtigerweise überschritten hatte – mein Gedächtnis funktionierte gut genug, dass ich mit Bestimmtheit wusste, wer für unseren Kuss verantwortlich war. Was hatte ich mir nur dabei gedacht, sie zurückzuküssen?

Ich hatte überhaupt nicht nachgedacht, das war das Problem.

»Wer ist dieser Steve, von dem Melia mir erzählt hat?«, fragte Clare, die ihren Becher umklammerte. Mit dem gesenkten Kopf wirkten die Schatten unter ihren Augen dunkel und schaurig.

»Er ist ein Freund vom Boot. Ich glaube nicht, dass sie ihn getroffen hat, oder?«

»Nein. Wie ist er so?«

»Okay. Er nimmt sich bloß ein bisschen zu wichtig.«

»Heutzutage nimmt sich doch jeder ein bisschen zu wichtig. Wo sind nur all die Mauerblümchen und grauen Mäuschen hin?«, stöhnte Clare. »Wie dem auch sei, Melia misstraut ihm. Ich hatte mich gefragt, ob ihr zwei euch in der Küche über ihn unterhalten habt.«

In meiner Kehle war ein Geräusch zu hören, das wie ein verstopftes Rohr klang. »Nein, überhaupt nicht. Warum?«

»Keine Ahnung, nur als ihr zurückkamt, hat sie ohne Punkt und Komma über ihn geredet und dass er einen schlechten Einfluss auf Kit hat, solches Zeug.«

»Schon möglich«, sagte ich.

»Ja, oder vielleicht ist es eher *andersherum*.« Nachdem sie den letzten Schluck Tee geleert hatte, stellte sie den Becher auf ihren Nachttisch und sank tiefer ins Bett zurück. »Das wird sich wahrscheinlich klären, sobald sie den Typen persönlich getroffen und ihm den Kopf verdreht hat, so wie bei jedem einzelnen Mann, dem sie jemals begegnet ist.«

»Ich bin sicher, du hast recht.« Obwohl ich überzeugt war, dass ihre Bemerkung keine Anspielung sein sollte, rollte ich mich auf den Bauch und barg das Gesicht in meinem Kissen. Ich konnte nichts weiter tun, als meine Schande auszuschlafen.

9

März 2019

Es war eine Erleichterung am Montagmorgen, als Kit keine Anstalten machte, mich hinaus aufs Deck zu locken und über Bord
zu schubsen. Offensichtlich hatte er keine Ahnung von dem, was
in seiner Küche passiert war. Wie dem auch sei, Regen prasselte
herab, und das Deck war gesperrt. Die Gebäude waren im Erdgeschoss glitschig, ihre Dächer von tief hängenden Wolken verdeckt. Regenschirme, hauptsächlich schwarz, bildeten zerklüftete
Schutzgänge.

»Samstagabend, Mann«, sagte er statt einer Begrüßung. Wie
es die Tradition verlangte, hatte Clare die Dankesnachricht geschickt, nicht ich, und würde später eine Karte durch ihren
Briefschlitz schieben, obwohl jeder von uns sie persönlich hätte
übergeben können. Diese Edinburgher Gepflogenheiten waren
ihr einfach nicht auszutreiben.

Ich setzte einen typisch männlichen Gesichtsausdruck auf: un-
bedarft, aber ohne Reue zu zeigen. »Kann ich dir etwas Geld
geben für ... du weißt schon?«

»Nein, lass stecken. Wir sind einfach gute Gastgeber.«

Gratisdrogen und Rummachen mit seiner Freundin – oder genauer gesagt, von ihr befummelt zu werden. Als ich mich an

meine vorübergehende Wehrlosigkeit erinnerte, verspürte ich eine Woge der Begierde, drehte den Kopf von Kit weg und stemmte mich aus meinem Sitz.»Dann lass mich wenigstens Kaffee holen.«

»Großartig. Oh, bring mir auch noch ein süßes Teilchen mit, ja? Ich hatte keine Zeit zu frühstücken.«

An der Bar gab es eine Schlange, und als ich endlich zurückkehrte, hatten wir die Halbinsel erreicht, und Steve gesellte sich zu uns. Während sie die Fußballergebnisse des Wochenendes besprachen, machte Kit sich über sein Gebäck her, als hätte er seit Tagen nichts mehr zu sich genommen. Er aß immer so gierig.

»Du bist heute ganz schön still, Jamie«, bemerkte Steve.»Genießt du noch deinen kleinen Zen-Moment, bevor du dich im Cabinet Office einstempelst?«

»Ja, ja.« Es hatte nicht lang gedauert, bis ich in ihm einen dieser Menschen erkannt hatte, die es geschickt verstanden, einer spöttischen Bemerkung den Anschein eines harmlosen Witzes zu verleihen. Ich wandte mich von ihrer Lachsalve ab und blickte hinaus auf den Fluss.

Als ich zur Arbeit kam, hatte ich die Knutscherei am Samstag als unbedeutenden Ausrutscher abgetan (wie wäre es möglich, dass eine Frau, so schön wie Melia, sich zu einem Mann hingezogen fühlte, der Worte wie *knutschen* ohne Ironie benutzt?). Dennoch ist das Unterbewusstsein nicht zu unterschätzen, und ich stellte fest, dass ich dieses alte Special-AKA-Lied»What I Like Most About You Is Your Girlfriend« summte. Ich spielte es Regan vor – sie hatte noch nie von den Specials gehört – und überlegte, ob es vielleicht eines der Lieder wäre, die ich auswählen würde, wenn ich als Gast bei *Desert Island Discs* mitmachen würde. (Ich wagte nicht, sie zu fragen, ob sie von *Desert Island Discs* überhaupt einmal gehört hatte. Oder ob sie auch nur wusste, was eine *Hörfunksendung* ist.)

Dann bekam ich am späten Vormittag eine Textnachricht:

> Samstag war schön. Lust auf Treffen nur du &
> ich?

Eine Weile starrte ich auf mein Display, bevor ich antwortete: *Bist du das, Melia?*, und atmete mehrmals schmerzhaft ein, bis die nächste Nachricht erschien:

> Wie viele von uns gibt's denn? Ja, M. Do,
> 19.30?

Ich fing an, *Ich fühle mich geschmeichelt, aber* ... zu tippen, und stellte dann fest, dass ich zögerte. Ich kann nicht behaupten, dass ich von den Ereignissen überrumpelt und wie eine Art glückloser Antiheld mitgerissen worden wäre, denn ich hielt mitten im Schreiben inne und überdachte meine Antwort aus einer Perspektive, die das große Ganze im Blick hatte. Selbst ein langes Leben war tragisch kurz – würde ich jemals wieder ein solches Angebot erhalten?

Ich drückte auf *Löschen*, hämmerte hastig auf das kleine Kreuz ein, und tippte dann:

> Ja. Wo?

So einfach. So treulos und opportunistisch und – wie ich glaubte – untypisch für mich. Es war mir egal, dass ich jeden Morgen neben ihrem Freund saß, auf einem Platz, den meine Partnerin bezahlt hatte. Und es war mir egal, dass Melia mit dieser Partnerin zusammenarbeitete und auf der Karriereleiter mehrere Stufen unter ihr stand. Ich war ein Mistkerl und ein Schuft und verdiente noch viele andere Namen, die Kit und Melia nie zuvor gehört hatten. Und sie war das, was auch immer im Jargon der Millennials als weibliches Äquivalent dazu durchgegangen wäre.

Ihre Nachricht kam mit einem Emoji zurück, das ich nie zuvor benutzt hatte, aber von dem ich annahm, dass es »meine Lippen sind versiegelt« bedeutet.

Super. Ich schicke die Adresse asap.

*

An jenem fraglichen Abend war es ein Kinderspiel, Kit weiszumachen, ich würde mit dem üblichen Boot fahren, und es dann absichtlich zu verpassen, um dann das nächste zu nehmen. Selbst bei einem Niedriglohnjob – insbesondere bei einem Niedriglohnjob – wurde man ab und an aufgehalten, weshalb er den 17.55er und ich den 18.25er nahm.

Ich sollte Melia nach ihrem letzten Termin des Tages treffen. Die Wohnung lag im zwölften Stock eines sanierten Wohnblocks an der Ostseite der Halbinsel, mit Blick flussabwärts in Richtung City Airport. Die Abenddämmerung hatte eingesetzt, die Lichter der Flugzeuge bohrten sich durch den Smog.

Sie war bereits da und erwartete mich, als die Aufzugtüren aufgingen, dann küsste sie mich unverfroren auf den Mund, bevor sie ein Hallo trällerte. Ihre Haare waren offen, ein Hauch von Kastanienbraun an den Spitzen, das mir zuvor nicht aufgefallen war. Sie trug eine eng anliegende schwarze Hose und eine rot-pinke Seidenbluse.

Ich folgte den Schritten in ihren High Heels einen schmalen, mit Teppichboden ausgelegten Korridor hinab und durch die

Wohnungstür eines schummrig beleuchteten Eckapartments. Anders als in Filmen fielen wir nicht in der Sekunde, in der die Tür hinter uns ins Schloss fiel, wortlos übereinander her, sondern verhielten uns, als wären wir die Ersten, die zu einem Treffen einer ganzen Gruppe gekommen waren. Ich schraubte die Flasche Wein auf, die ich ausgesucht hatte, schenkte ihn in die von der Arbeit mitgenommenen To-go-Becher ein und machte einen kleinen Rundgang durch den offen gestalteten Wohnbereich. Vor den Fenstern hingen diese hauchdünnen weißen Gardinenstoffe, die man in Strandhotels auf Bali findet, die Möbel waren schwarz und elegant. Auf jedem Sofa und jedem Sessel war ein aufeinander abgestimmtes, aufwendiges System aus Überwürfen und Kissen drapiert, Kerzen – nicht angezündet – standen in Porzellantiegeln auf dem niedrigen Couchtisch, dazu ein opulenter Fotobildband, aufgeschlagen auf der Seite mit einem Infinity-Dachpool. Offensichtlich war das Apartment professionell in Szene gesetzt worden – eine Vorstellung, die mir immer lächerlich vorgekommen war, wenn Clare sie erwähnte, aber völlig angemessen für das hier, ein Adults-only-Drama mit einer Länge von … was, einer Stunde? Neunzig Minuten?

»Wem gehört die hier?«, fragte ich.

Hatte Melia Immobilien wie diese schon früher zweckentfremdet, oder hatte ich ihr die Idee bei diesem scherzhaft gemeinten Schlagabtausch in der Foodhall eingepflanzt?

»Einer Privatinvestorin«, sagte sie. »Sie selbst hat nie hier gewohnt. Ich bin mir nicht sicher, ob sie überhaupt jemals einen Fuß in dieses Apartment gesetzt hat.«

»Und schätzungsweise hat sie nicht die leiseste Ahnung, dass du es für deine außerehelichen Zwecke nutzt?«

Ihre Lippen pressten sich vergnügt zusammen. »Ich bin nicht verheiratet, Jamie.«

Genau wie ich. »Dann eben außerplanmäßig.«

»Und nur ein einziges Treffen. Beim nächsten Mal kommen wir nicht wieder hierher.« Sie beobachtete meine Reaktion auf diese beiläufige Annahme, dass wir an unterschiedlichen Orten weitermachen würden, und mein Nervensystem spielte verrückt. *Noch ist nichts passiert. Du könntest einfach aus der Tür spazieren.*

»Komm und sieh dir das Schlafzimmer an!«

Ich folgte ihr zu einer von trübem Lampenlicht erhellten Schuhschachtel, die in eleganten anthrazitgrauen Farbtönen gehalten war, so perfekt durchgestylt wie der Rest der Wohnung. Während sich vor dem Wohnzimmer ein großer Balkon anschloss, war das Schlafzimmerfenster eine einzige Scheibe über die ganze Front.

»Du hast doch nicht auch noch Höhenangst, oder?«, fragte sie.

»Auch noch?« Ich lachte. »In deinen Augen bin ich wohl völlig neurotisch, oder?«

»Neurotisch, das ist ein großartiges Wort. Aber nein, natürlich nicht. Wir sind doch alle auf die eine oder andere Art gestört. Wir alle haben unsere Ängste.« Sie hielt mir die Hand hin, Handfläche nach unten, Finger ausgestreckt, fast als erwartete sie, dass ich sie küsse.

Ein wildes Feuer loderte in mir. »Was ist deine?«

»Hm, vielleicht habe ich Angst vor Langeweile.«

Das war der Moment, als wir aufeinander zuglitten, und unsere doppelte Geschwindigkeit führte zu einem Zusammenstoß von unerwarteter Wucht. Dann küssten wir uns leidenschaftlich, taumelten schräg aufs Bett, Finger, die nach Reißverschlüssen und Knöpfen suchten. Nackt war Melia alabasterfarben und geschmeidig, heiß an meiner Haut und ständig in Bewegung: ein biegsamer Rücken, Beine, die sich an mich klammerten, ein suchender

Mund. Sie war so anders als Clare, dass es mir half, Clare aus meinen Gedanken zu vertreiben, was mir durchaus gelegen kam.

»Ich kann nicht glauben, dass wir das hier tun«, kicherte sie anschließend mit unbeschwertem Vergnügen, als würden wir Schule schwänzen oder Äpfel klauen. Auch wenn ihr solche analogen Tätigkeiten wahrscheinlich fremd waren: Denn sie bestellte alles vom Handy aus, selbst den Mann einer anderen Frau, und alles kam in dem Lieferzeitraum, den sie ausgewählt hatte.

»Machst du dir keine Sorgen, jemand könnte reinkommen?«, fragte ich.

»Nein. Wir haben den Alleinauftrag.«

»Aber du bist sicherlich nicht die Einzige, die einen Schlüssel hat. Und was, wenn Richard oder sonst jemand für eine spontane Wohnungsbesichtigung vorbeischaut? Du würdest deinen Job verlieren.«

»Dann such ich mir einen anderen.«

»Viel Glück mit dem Arbeitszeugnis. ›Ich kann Melia Deren-Nachnamen-ich-nicht-Kenne nicht mit gutem Gewissen als Immobilienmaklerin empfehlen, da sie in einem Luxusapartment in flagranti erwischt wurde und das Kunden-Makler-Vertrauensverhältnis missbraucht hat, indem sie mit dem Lebensgefährten ihrer Vorgesetzten vögelte‹ ...«

Melias Lippen kräuselten sich. »Es hört sich schlimm an, wenn du es so ausdrückst.«

Allmählich dämmerte mir, dass sie ein Mensch war, der die feste Überzeugung hatte, nichts verlieren zu können – und dass sie annahm, allen anderen erginge es ähnlich. Jetzt verstand ich, warum sie und Kit zusammen waren.

»Übrigens: Quinn«, fügte sie hinzu.

»Was?«

»Mein Nachname.«

»Wir können also nicht mehr hierherkommen, Ms Quinn?«

»Wahrscheinlich nicht. Es wird bald vermietet sein, vielleicht schon morgen. Ich habe es gerade einem Paar gezeigt, und sie waren begeistert. Aber es gibt andere Apartments. Ich muss nur eines ohne Concierge finden und eine Besichtigung kurz vor Feierabend legen. Dann bringe ich die Klienten nach unten, winke ihnen zum Abschied und fahre wieder hoch.«

»Was ist mit Überwachungskameras?«

Ihre Augen wurden groß, funkelten verschwörerisch. »Wer soll uns schon sehen? Und selbst wenn, bist du nur ein weiterer Kunde, der sich eine Wohnung anschaut.«

Um unsere Anonymität zu beweisen oder vielleicht ihre eigene Unbekümmertheit, schlüpfte sie aus dem Bett und stellte sich splitterfasernackt ans Fenster. Als ich protestierte, wickelte sie sich in die hauchdünne Gardine, drehte sich zweimal, dreimal, bis sie eine blickdichte meliaförmige Gestalt am Rand des Fensters war. Mit aller Gewalt versuchte ich, mir das Gefühl der Enge, des Gefangenseins nicht vorzustellen.

»Komm zurück, Melia, komm zurück! Du bist wie Kleopatra«, sagte ich, als sie sich wieder ausdrehte. »Genau so wurde sie Caesar präsentiert. Allerdings nicht in einem Vorhang, sondern in einem Teppich.«

Melia kehrte zum Bett zurück. »War er erfreut?«

Ich presste sie an mich, strich mit den Händen an ihrem Rücken und Hintern hinab. »Sehr, schätze ich.«

Nachdem wir uns wieder angezogen und die Bettwäsche glattgestrichen hatten, ging ich selbst zum Fenster, die Nase fast am Glas. Es war unmöglich, keine Art Urlaubshoch zu verspüren. Sex mit einer Frau, 20 Jahre jünger als ich, in einem Schlafzimmer im Himmel. Lichter von den Flugzeugen, die vom City Airport in die Höhe steigen, als wäre es eine Inszenierung für unser lustvolles

Abenteuer, und nicht für die Passagiere in seinem Innern. Das beleuchtete Boot, das sich leise seinen vorgeschriebenen Weg bahnte. Es musste die Verbindung sein, die kurz vor halb zehn in St Mary's anlegte.

Als Melia ein Foto auf ihrem Handy zu Rate zog, um die Überwürfe und Kissen wieder genau so anzuordnen, wie wir sie vorgefunden hatten, warf ich einen letzten Blick nach draußen und wusste mit absoluter Sicherheit: Was auch immer wir an diesem Abend begonnen hatten und egal, wie belastend der Betrug oder wie kräftezehrend die Schuldgefühle wären (und ich *fühlte* mich schuldig, das dürfen Sie mir glauben): Ich würde es nicht beenden können.

»Was?«, fragte Melia, die wieder neben mir stand und loswollte.

»Ich kann nicht glauben, dass du mich magst«, sagte ich wahrheitsgetreu.

Sie lächelte. »Das habe ich dir doch schon gesagt. Du weißt viel. Du bist lustig.«

Ich verfügte durchaus über einen gewissen Wissensschatz und war auch halbwegs unterhaltsam, sagte ich mir, ganz zu schweigen euphorisch genug, die naheliegendere Erklärung für diese wundersame Paarung aus meinem Bewusstsein zu bannen: Sie hielt mich für reich.

10

27. Dezember 2019

»Nun, Sie sind gewiss nicht der erste Mann, der sich in dieser Lage befindet«, sagt Merchison, und ich vermute, er meint ganz generell »zur Untreue verführt« im Gegensatz zu »von Melia Roper verführt« im Speziellen. Ich frage mich, ob er bei seinen Untersuchungen die Schlussfolgerung ziehen wird, dass *ich* derjenige war, der *sie* verführt hat, und sie diejenige ist, die »nicht die Erste« ist, die hereingelegt und verleitet wurde. Ein kleines Polizeispielchen, um einen Keil zwischen uns zu treiben und unserem Gedächtnis auf die Sprünge zu helfen.

Beim Anblick von DC Parry, der mit einem Papptablett mit Costa-to-go-Kaffeebechern auftaucht, bleibt mir eine Antwort erspart. Obwohl ich kein großer Costa-Fan bin, nehme ich zu diesem Zeitpunkt des Spiels den psychoaktiven Kick in jeglicher Form an, die sich mir bietet. Doch an der Hausecke bleibt er stehen, um mit jemandem zu reden, den ich von meinem Platz aus nicht sehen kann, und zu meinem Entsetzen stellt sich diese Person im nächsten Moment als Streifenpolizistin heraus. Ist sie zur Unterstützung der zwei Detectives hier, allzeit bereit, sofort einzugreifen, sobald ihr zugenickt wird? Im Fernsehen drücken sie einfach auf einen Knopf ihrer Funkgeräte und blaffen hinein:

»Verstärkung, SOFORT!«, und zwei Minuten später sind unzählige Beamte da, die ausschwärmen und sämtliche Fluchtwege abriegeln.

Sie späht in unsere Richtung, bevor sie außer Sicht gleitet und ich wieder leichter Luft bekomme.

Parry stößt wieder zu uns. »Ich habe auf schwarz getippt, kein Zucker«, sagt er zu mir, bevor er mir den hohen Becher mit einem lauten Rumms auf den Tisch knallt. Seine Hände, die nicht in Handschuhen stecken, sind grau vor Kälte.

»Das ist in Ordnung. Danke.« Kaffee ist teuer, sollte ich ihm anbieten, ihm meinen zu erstatten? Andererseits halten sie mich davon ab, Geld zu verdienen. Im Gegensatz zu Kit werde ich nicht bezahlt, wenn ich nicht auftauche.

Er bleibt stehen. »Sollen wir reingehen und uns ein bisschen aufwärmen? Es ist jetzt offen.«

Ich wende mich an Merchison, der bereits aufgesprungen ist und an seiner Espressotasse nippt: »Wie viel länger wird das hier denn noch dauern? Ich muss wirklich zur Arbeit.« Im Grunde erahne ich Regans Antwort auf meine Textnachricht auf dem Display: *WTF? Komm, wann du willst!*

»Nur noch kurz«, erwidert Merchison, »wenn das für Sie in Ordnung ist?«

Wiederum lese ich zwischen den Zeilen: *Entweder hier, oder wir nehmen Sie mit. Erheben Anklage.* Erheben Anklage weswegen? Offensichtlich wussten sie bereits von unserer Affäre, demnach kann es nicht das sein, was Merchison gehofft hatte in Parrys Abwesenheit aus mir herauszukitzeln, und egal, welche Instruktionen Parry in der Zwischenzeit erhalten haben mag, wird er sie in allzu naher Zukunft nicht preisgeben.

»Natürlich.« Ich folge ihnen in die riesige Eingangshalle und über jede Menge Marmor zu einem Tisch, weit weg von der Bar im Foyer und versteckt hinter einer dicken Säule. Meine Wangen sind steif vor Kälte und tun weh, als sie im beheizten Gebäude langsam auftauen.

»Nun, wir haben gerade in aller Schnelle den gegenwärtigen Beziehungsstatus zwischen Jamie hier und Mrs Roper festgestellt.« Merchison bringt Parry auf den neuesten Stand der Dinge, der beim Zuhören das Gesicht leicht verzieht. Ich spüre, dass ihn der Nebenschauplatz Sex nicht interessiert, zumindest nicht die Details.

Währenddessen denke ich an Clare. Die betrogene Partnerin. *Es geht nicht nur um dich, Jamie.* »Darf ich kurz fragen, ob Sie mit meiner Lebensgefährtin gesprochen haben, Clare Armstrong?« Schlagartig kommt mir, dass Melia ihren Kollegen gewiss von ihrer Situation erzählt hat und sie heute Morgen sicher nicht zur Arbeit gegangen ist. Ich male mir aus, wie sie im Pyjama auf ihrem gelben Sofa sitzt, blass und verweint, mit einer Opferschutzbeamtin, die sanftmütig nickt und die richtigen Worte parat hat – »Es ist wichtig, positiv zu bleiben. Man darf nicht vom Schlimmsten ausgehen.«

»Noch nicht.« DC Merchison kritzelt ihren Namen in seinen Notizblock und fragt nach der korrekten Schreibweise. »Sollten wir das denn?«

»Nein, ich habe nur darüber nachgedacht.« *Idiot.* Am liebsten würde ich mir den Kugelschreiber schnappen und seine Worte durchstreichen. Sollten sie die Entscheidung treffen, Clare anzurufen oder ihr einen Besuch abzustatten, werden sie ihr gewiss von Melia und mir erzählen – Diplomatie ist nicht gerade ihr Steckenpferd. Ich kann nur beten, dass ihr Schock von dem noch größeren Entsetzen über das Verschwinden eines Freunds in den Schatten gestellt wird.

»Vielleicht sollten Sie sie anrufen«, schlägt mir Merchison mit einem Seitenblick auf Parry zu.»Und ihr sagen, wo Sie gerade sind.«

Das ist ganz offensichtlich ein Test. Sie wollen hören, was ich über Kit sage.

Na schön. Ich fische mein Handy aus der Jackentasche, tippe auf Clares Namen und versuche, mir meine Erleichterung nicht anmerken zu lassen, als ich direkt bei ihrer Voicemail lande. Allmählich beschleicht mich das Gefühl, dass die Zeit jegliche Verlässlichkeit eingebüßt hat, eine Minute sich unendlich dehnt, während eine halbe Stunde wie im Flug vergeht.

Ich spreche mit leiser, bedachter Stimme: »Clare, ich bin's. Irgendwas stimmt nicht mit Kit. Allem Anschein nach wird er vermisst. Ich bin im Moment bei der Polizei und wollte dir nur Bescheid geben, dass sie dich womöglich anrufen werden.«

Um sich mein Alibi bestätigen zu lassen.

»Vielleicht hast du es bereits von Richard gehört«, füge ich hinzu, »oder von Melia selbst. Solltest du sie gesehen haben, hoffe ich, dass sie sich tapfer hält.«

Als ich den Anruf beende, bemerkt Merchison:»Ich nehme an, sie weiß nichts von Ihnen beiden?«

Der Klang von Clares aufgezeichneter Stimme und die Andeutung in seiner, dass er eine neue Form von Machtgefälle ausgemacht hat, verunsichert mich gleichermaßen, und ich kann den Schein von Höflichkeit nicht länger wahren. »Nein. Und ich wüsste es zu schätzen, wenn es so bliebe.«

»Das kann ich mir gut vorstellen.« Rasch notiert er etwas auf seinem Notizblock, bevor er sich zurücklehnt, mich angrinst und eine Von-Mann-zu-Mann-Atmosphäre heraufbeschwört, die sich erschreckend echt anfühlt, was mich seinen eigenen Erfolg bei Frauen nur erahnen lässt. Seine angeborene Erkenntnis, dass in unserer neuen Kultur peinlich genauer Gleichberechtigung die meisten Männer und Frauen immer noch Spaß am ursprünglichen Spiel des gegensätzlichen Geschlechts haben. Es verschwindet nicht einfach, nur weil wir behaupten, dass es das sollte. »Leider kann ich Ihnen das nicht garantieren«, erwidert er mit gespieltem Bedauern und streicht sich die Haare mit beiden Händen glatt.

Mein Blick gleitet zu seinem Notizblock, der kurzzeitig ungeschützt daliegt, und ich versuche, seine Schrift auf dem Kopf zu lesen. *Probleme mit CA*, entziffere ich. *CA weiß nichts von MR?* Warum das Fragezeichen? Zweifelt er meine Worte etwa an? Mit noch entschiedenerer Stimme sage ich: »Hören Sie, Clare ist nicht relevant, was auch immer Kit zugestoßen sein mag.«

Parry, der diesem Wortwechsel gelauscht hat, muss eine Kehle aus Asbest haben, denn er hat seinen Kaffee schon bis auf den letzten Tropfen getrunken. »Bis wir genau wissen, was Montagnacht passiert ist, müssen wir leider annehmen, dass *alles* relevant ist«, sagt er und beugt sich so weit vor, dass ich den Geruch des Americano in seinem Atem wahrnehmen kann.

Der Tisch ist kleiner als der draußen, eher ein Bistrotischchen für zwei, und unvermittelt steigt das Bild von Kit bei unseren Weihnachtsdrinks in mir hoch (*Auftakt*-Weihnachtsdrinks, wie er ständig auf seine bedeutungsschwangere Art wiederholte, als hätte er das Wort gerade eben erfunden, als wäre es sein Vermächtnis, ein Geschenk von ihm an uns), wie er in der Bar mit einer Runde Getränke an unserem winzigen Tisch auftauchte und die leeren Gläser an die Seite schob. Mit vor Spott triefender Stimme hob er sein Glas in meine Richtung: »Auf Jamie, der glaubt, seine Generation wäre die einzige, die wüsste, wie man richtig trinkt ...«

Lag da ... ein Hauch von Abschied in diesem theatralischen Gehabe? Was genau hatte er damals gleich noch mal über Selbstmord gesagt? *Wenn ich allem ein Ende setzen und mich verpissen wollen würde, würde ich es im stillen Kämmerlein tun ...*

Selbst als ich den Entschluss fasse, seine Worte vor diesen Detectives nicht zu wiederholen, trifft mich ein Gefühl von Verlust, so abgrundtief, dass mir die Luft wegbleibt.

11

März 2019

Zu meinem Glück war Clare am Abend unseres ersten Stelldich-
eins bei einem Geschäftsessen und verschaffte mir so die Zeit, den
Geruch des Seitensprungs von meiner Haut zu schrubben und
mich bei ihrer Rückkehr schlafend zu stellen. Am nächsten
Morgen in der Küche nahm ich meinen üblichen Platz neben der
Kaffeemaschine ein, deren Knöpfe beim Mahlen der Bohnen blau
leuchteten, während Clare sich an den Tisch setzte, Mangostücke
mit einer Kuchengabel aß und ihre E-Mails checkte. Sie wirkte
genau wie immer, bis sie unvermittelt rief:»Oh!«

Ich reichte ihr einen Cappuccino und stellte mich mit meinem
eigenen Kaffee knapp außerhalb ihres Blickfelds.»Schlechte
Nachrichten?«

»Von Vicky.«

»Vicky?«

»Dein Karrierecoach.« Sie bedachte mich mit einem bestürz-
ten Blick.»Sie schreibt, du hättest euren Termin gestern verpasst.«

Ich spürte, wie mir die Röte ins Gesicht schoss, und glitt auf
den Stuhl neben ihr.»Himmel, den habe ich völlig vergessen!«

»*Jamie!* Solche Dinge musst du dir in deinem Handykalender

notieren, damit du eine Erinnerung erhältst. Das alles kannst du doch nicht im Kopf behalten.«

»Ich dachte, er wäre heute Abend«, sagte ich und lieferte damit den Beweis, dass sie recht hatte.

»Es ist erst der zweite, nicht wahr? Was muss sie nur von dir halten? Wenn du es nicht mal zu diesen Terminen schaffst, wie kannst du dann erwarten, dir eine Karriere aufzubauen?«

Ihre Wortwahl ging mir auf die Nerven – *Vielleicht sind »eine Karriere aufbauen« und Pünktlichkeit zwei unterschiedliche Fähigkeiten,* dachte ich –, aber ich war nicht in der Stimmung, einen Streit vom Zaun zu brechen, während die Finger einer anderen Frau immer noch auf meiner Haut brannten.

»Ich werde mich entschuldigen und einen neuen Termin ausmachen«, versicherte ich ihr. »Warum mailt sie überhaupt dir?«

»Ich schätze, weil ich alles in die Wege geleitet habe.« Sie widmet sich wieder der E-Mail. »Sie schreibt, sie würde dir diese Stunde ausnahmsweise nicht berechnen. Das ist sehr zuvorkommend von ihr.«

»Wunderbar. Ich werde mich bei ihr bedanken. Und, Clare? Von jetzt an würde ich lieber direkt mit ihr kommunizieren. Ich schätze, mit 48 schaffe ich das auch ohne Mittelsperson.«

»Natürlich.« Und sie blickte vielsagend über den Tisch zu mir, wie ein Haustier, das von seinem Besitzer erwartet, dass er seine Bedürfnisse wortlos versteht.

Oder vielleicht war *ich* das Haustier.

Später an diesem Tag wartete ich auf Melias Bestätigung unseres nächsten Treffens – *19.30 Mittw.* –, bevor ich eine E-Mail an Ms Jenkinson verfasste, in der ich unsere Sitzungen aufgrund von Arbeitsdruck auf unbestimmte Zeit vertagte. *Ich melde mich bei Ihnen, sobald mein Terminkalender wieder freier ist ...* Ihre Antwort kam postwendend und professionell: die Bestätigung, meine

Terminwünsche abzuwarten, bis ich wieder mehr Zeit hätte. *(Ich muss darauf hinweisen, dass das Honorar im Voraus bezahlt wurde und nicht erstattungsfähig ist.)* In meiner Antwort dankte ich ihr vielmals und erklärte dann Clare, ich hätte den Termin auf den nächsten Mittwoch um halb acht verschoben. Prinzipiell hatte ich sechs weitere Joker mit derselben Ausrede.

Die Kehrseite der Geschichte war natürlich, dass Clare nun in erhöhte Alarmbereitschaft versetzt war, um mich genauer zu überwachen. In meinem Fall in dem Moment, als ich von meinem zweiten Treffen mit Melia nach Hause kam, wo sie mich mit einem Glas Wein für unsere kleine, unangenehme Nachbesprechung erwartete.

»Wie ist es mit Vicky gelaufen?«

»Toll. Sie ist sehr inspirierend. Wir haben anhand von Übungen Sehnsüchte ermittelt.«

Denk nicht an den Sex mit Melia. Die animalischen Gelüste. Den Rausch, als wäre es unsere letzte Tat auf Erden.

»Hat sie dir Hausaufgaben aufgegeben?«

»Ich soll mir diese Datei mit möglichen neuen Karrierezielen herunterladen.«

»Was schwebt dir im Moment vor?«

»Vielleicht ein Marketingjob im Bildungswesen. Oder sogar eine Lehrerausbildung.«

»Das habe ich dir schon vor einer Ewigkeit vorgeschlagen!«

»Ich weiß. Und jetzt lasse ich es mir gründlich durch den Kopf gehen.«

»Eine Umschulung ist definitiv der Schlüssel«, begeisterte sich Clare. »Im Gegensatz zu den Babyboomern werden wir arbeiten, bis wir mindestens 70 sind.«

Ich unterdrückte den Einwand, der in mir aufflammte, dass sie sich nicht zu dieser Personengruppe zählen durfte. Mit ihrem Vermögen müsste sie keinen Tag länger arbeiten, als sie wollte.

»Wann ist dein nächster Termin?«, fragte sie.

»Das weiß ich noch nicht – Vicky wird ihn in ein paar Tagen bestätigen. Hör mal, ich bin völlig geschlaucht. Ich werde nur rasch duschen, und dann kannst du mir von deinem Tag erzählen. Wie lief die Besichtigung von dem Wohnkomplex am Fluss in Woolwich?«

Clare nickte. »Wirklich gut. Es bleibt nur die Frage, für welches Apartment sie sich entscheiden. Nettes Pärchen, Anfang 30. Sie haben sich die Anzahlung seit Jahren vom Mund abgespart und all diese Nebenjobs angenommen. Im Gegensatz zu unseren jungen Freunden, *Who want what they want when they want it.*«

Sie begann, das Lied in heiserer Marilyn-Manier zu hauchen, aber da mir Melia immer noch im Kopf herumschwirrte, wartete ich nicht ab, um die nächste Liedzeile zu hören.

*

Natürlich war Clare nicht die einzige Schachfigur auf dem Spielbrett, die ich berücksichtigen musste, damit unser Verhältnis weiterhin unentdeckt blieb: Da war auch Kit. Ein Kinderspiel, ihm dieselbe Geschichte über die Karrierecoaching-Stunden aufzutischen. Schwieriger war schon der Umstand, dass die Wohnungen, die Melia und ich benutzten, in Greenwich lagen, meist auf der Halbinsel und demzufolge auf unserem Heimweg. Obwohl die Wasserratten eine eigene WhatsApp-Gruppe hatten, um einander Bescheid zu geben, welches Boot wir nahmen, hatte ich im Lauf unserer Affäre trotzdem zweimal Pech. Beim ersten Mal stieß Kit ohne Vorwarnung auf dem späteren Boot zu mir, und ich behauptete, Vicky in North Greenwich anstatt in Shad Thames zu treffen, eine unvorhergesehene Planänderung, die er nicht hinterfragte.

Beim zweiten Mal war Steve auf demselben Boot, und es wäre ein Ding der Unmöglichkeit, bei seiner Haltestelle auszusteigen und nicht zumindest einen Teil des Wegs von ihm begleitet zu werden. (»Ich muss jetzt hier lang, Steve. Das dort ist das Gebäude, in dem ich mit Kits Freundin Unzucht treibe.«) Mir blieb keine andere Wahl, als Melia kurzfristig abzusagen und den Kopf von ihm wegzudrehen, um mir meinen Ärger nicht anmerken zu lassen. Ich erinnere mich, dass die Fensterscheiben des River Bus mit getrockneten Schlieren von den schweren Regengüssen am Nachmittag überzogen gewesen waren, und in einer besseren Stimmung hätte ich sie wunderschön gefunden. Stattdessen hätte ich das Glas am liebsten mit den Fäusten zertrümmert.

Nachdem ich mit der fadenscheinigen Erklärung zu Hause aufgetaucht war, Vicky habe den Termin versehentlich mit einem VIP-Klienten doppelt belegt, musste ich die zusätzliche Unannehmlichkeit über mich ergehen lassen, dass Clare mir die Hand hielt, während ich die Anmeldung zu einer Lehrerfortbildung in Angriff nahm, die ich niemals machen wollte, und nicht die geringste Absicht hegte, sie tatsächlich abzuschicken. Manche Extremisten bestraften Ungläubige mit dem Tod, aber glauben Sie mir, das hier war fast ebenso schlimm.

*

»Hast du Schuldgefühle?«, fragte ich Melia, als wir nach dem Sex ineinander verschlungen dalagen. Wenn ich mich recht entsinne, war es unser viertes Treffen. Ein Stadthaus auf der Halbinsel, eine ultramoderne Version meines eigenen Zuhauses, wenn auch weniger schön und mit billigeren Materialien (die Monatsmiete? 4000 Pfund pro Monat). Das Schlafzimmer, das wir in

Beschlag genommen hatten, lag auf der Rückseite des Gebäudes, wo Nachbarn das Licht nicht bemerken würden, das Bett ein grotesk weiches Samtding, dessen geschmacklose Proportionen durch zwei mit Spiegeln bedeckte Wände ins Unendliche verzerrt wurden.

»Wegen Kit? Kein bisschen.« Im trüben Licht wies ihre Iris einen Umbraton auf, ihre schwarze Wimperntusche war verschmiert.

»Hast du jemals in Betracht gezogen, es zu beenden? Ich meine, wenn er dich so unglücklich macht, dass du das hier tust. Wenn du glaubst, er ist nicht gut zu dir.«

Lag ein Hauch von Hoffnung in dem Blick, den sie mir zuwarf, bevor sie ihren schlanken Arm hob und mit der Hand wedelte, als verscheuchte sie eine Wespe? »Ich glaube, dass er nicht gut *für mich* ist, ist das dasselbe? Und wo würde ich überhaupt wohnen, sollten wir uns tatsächlich trennen? Meine Bonität ist eine Katastrophe, ich könnte nicht mal die Kaution stemmen.«

»Du könntest doch gewiss etwas durch die Arbeit bekommen?«

»Nichts reicht auch nur annähernd an das heran, was ich gerade bezahle – und eigentlich kann ich mir nicht mal *das* leisten. Und ich habe nicht die geringste Absicht, in einer dieser schrecklichen WGs ohne Heizung und mit Schimmel an den Wänden zu wohnen, also versuch erst gar nicht, mich mit deiner Freundin von der Arbeit zu verkuppeln. Sie hat offensichtlich keinen Stolz.«

»Sie hat offensichtlich kein Geld«, berichtigte ich sie sanft. »Für deine Wohnung würde Regan über Leichen gehen. Wie hoch sind eigentlich deine und Kits Schulden? Von welcher Größenordnung reden wir?«

Ihre Antwort war irre: Weit über 100 000 Pfund hatten sich bei den beiden angesammelt. Die Zinsen, die sie abzuzahlen hatten, waren fast so hoch wie ihr Gehalt. War das in ihrer Altersgruppe normal? Es war wie eine hochverzinsliche Hypothek auf das Leben.

»Kann deine Familie denn nicht aushelfen?«

»Meine Eltern sind völlig mittellos – außerdem haben wir sowieso keinen Kontakt. Und meine Schwester würde eher, keine Ahnung, einen Pädophilenring unterstützen, als mir unter die Arme zu greifen.«

Ich hatte von Clare ein bisschen über die Feindseligkeit zwischen Melia und ihrer Schwester gehört, und in meinen Ohren klang es wie eine ganz normale Rivalität unter Geschwistern, wenngleich eine, die bei Melia zu einem Zerwürfnis mit ihren Eltern geführt hatte. Der Kern der Auseinandersetzung schien zu sein, dass Melia in ihrer Jugend das Aussehen und das Talent auf ihrer Seite hatte, die Aussicht auf Ruhm als Schauspielerin, jetzt jedoch von der Schwester übertrumpft worden war, die sich einen reichen Mann geangelt, Zwillingssöhne geboren und eine Firma für Schultaschen gegründet hatte, die bereits einen Gründerpreis eingeheimst hatte.

»Ich wünschte, ich könnte dir helfen, aber ich besitze selbst nicht viel.« Ich holte tief Atem. »Du weißt, dass das Haus Clare gehört, nicht wahr?«

Es folgte Stille, dann stemmte Melia sich auf den Ellbogen. Ihre Augen funkelten. »Im Ernst? Das wusste ich nicht, nein. Ich dachte, es gehört euch 50, 50.«

»Nein, es gehört zu 100 Prozent ihr – im Grunde wird es sogar treuhänderisch von ihren Eltern verwaltet, um sie vor Dieben wie mir zu beschützen. Ich bin arm wie eine Kirchenmaus.« Obwohl ich einen vergnügten Ton anschlug, spürte ich erneut ein Aufflackern von Ärger bei ihr.

»Ich hatte nicht den blassesten Schimmer«, sagte Melia.

Ihre Augen verdunkelten sich, und ich dachte: *Das war's*. Sie hatte geglaubt, sie könnte sich mich angeln, sie hatte geglaubt, wir könnten uns mit der Hälfte des Verkaufs ein schönes Leben machen. Es ergab Sinn, dass sie die Sorte Frau war, die von einer Beziehung in die nächste rutschte (meiner Erfahrung nach ist es so, dass mit dem Grad an Attraktivität die Wahrscheinlichkeit steigt, dass er oder sie zwei Eisen im Feuer hat). Und da ich es intuitiv ahnte, erkannte ich, dass ich sie ausgenutzt hatte. Ich hatte mich von ihr verführen lassen, wo ich von Anfang an wusste, dass ich ihr nichts zu bieten hatte, nicht einmal einen teuren Anhänger zu ihrem Geburtstag.

Doch sie überraschte mich, indem sie sich plötzlich an mich schmiegte. »Nun, das hätte ich mir denken können, denn ich fühle mich immer nur zu Männern hingezogen, die nichts besitzen. Ich meine, in materieller Hinsicht.« Ihr Tonfall war zärtlich, trostspendend. »Du lebst trotzdem in einem unglaublichen Haus, hast diesen tollen Lebensstil.«

»Du willst Soja-Lattes für Touristen machen? Dann nur zu! Ich werde nachfragen, ob es eine freie Stelle gibt.« Da ich ihr kein Kichern entlocken konnte, fügte ich hinzu: »Du könntest jeden haben, Melia. Gib Kit den Laufpass, servier *mich* ab und such dir jemanden, der dir das bietet, was du willst. Man muss sich nicht dafür schämen, einen angenehmen Lebensstil zu wollen. Es muss Tausende Banker oder reiche Tech-Nerds geben, die sich glücklich schätzen werden, mit dir auszugehen.«

»Ich habe dir doch gerade gesagt, dass ich auf solche Typen nicht stehe«, erwiderte sie.

Da kam mir der Gedanke, dass ich bei jemandem in Melias Alter erwartet hätte, sie würde protestieren und mir an den Kopf werfen, sie wäre lieber völlig unabhängig, eine gestandene Feministin, und genau das sagte ich dann auch.

»Wie bitte schön soll ich unabhängig sein?«, wollte sie wissen.

»Ich verdiene bei Hayter Armstrong nur einen Hungerlohn.«

»Du bist Juniormaklerin und absolvierst gerade ein Trainee-programm«, rief ich ihr ins Gedächtnis. »Alle lieben dich. Du wirst bestimmt bald befördert.«

»Das dauert viel zu lang!«, rief sie frustriert. »Ich will nicht im Alter reich sein, ich will reich sein, solange ich jung bin! Es wäre etwas anderes, würde ich von null anfangen, aber Schulden sind das Schlimmste. Sie sind wie eine Schlinge, die dich an den Start-block kettet. Jedes Mal, wenn du dich bewegst, zieht sie sich enger.«

»Nun, egal, was du tust: Heirate Kit nicht«, sagte ich. »Sonst haftest du neben deinen auch noch für seine Schulden. Besitzt du denn nichts, was du verkaufen könntest?«

»Nein. Gar nichts. Würde der Gerichtsvollzieher vor unserer Tür stehen, könnte er höchstens die Kleidung mitnehmen, die wir am Körper tragen.«

»Sollte das passieren, dann komm zu uns, und wir geben dir ein Zimmer für die Nacht. In der Zwischenzeit bleibt uns beiden wohl nichts anderes übrig, als Lotto zu spielen.«

Ich umfasste ihr Handgelenk, spürte, wie sich ihr Puls be-schleunigte, und kurz darauf war ich wieder in ihr und gab mein Bestes, sie auf andere Gedanken zu bringen, wenn auch nur für einen kurzen Moment.

Später sagte sie mit leiser Stimme, eher rührselig als wütend: »Ich bekomme nie diejenigen ab, die ich will. Es muss an mir lie-gen, an irgendwas, das Leute abschreckt.«

Ihr Verstand war zu etwas zurückgesprungen, das ich vorhin über Banker gesagt hatte. »Was meinst du? Was genau soll das sein?«

»Keine Ahnung. Wenn ich es wüsste, würde ich es sofort be-heben und mir einen Milliardär angeln. Scheiß auf Feminismus!«

So oberflächlich, wie ihre Wünsche waren, beeindruckte mich dennoch ihre Selbstreflexion. Denn sie hatte recht, sie *hatte* etwas an sich, das jemanden zum Nachdenken brächte, der nicht wie Kit eine Nach-mir-die-Sintflut-Einstellung hatte: das Gefühl, dass sie sich nicht mit Konventionen begnügte. Diese Männer hatten vielleicht den untrüglichen Instinkt, dass es auf lange Sicht Probleme geben könnte.

Wir lagen eine Weile schweigend da und starrten zur Decke. Trotz all des technischen Schnickschnacks im Haus waren die Decken vollkommen schlicht. Keinerlei Schmuck oder Stuckrosetten, nur der glatte, nüchterne Deckel einer Schatulle.

Nein, in diesem Zimmer war die einzige Schönheit, die einzige Poesie in Melias Gesicht. Der Schwung ihrer Nase und ihrer Kinnpartie, das farbintensive Aufblitzen ihrer Augen. Ich dachte: *Weiß sie denn nicht, dass es von unschätzbarem Wert ist, jung zu sein?* Clare hatte so gut wie zugegeben, dass sie ihr Vermögen für eine zweite Jugend eintauschen würde. Im Gegensatz zu Liebe, im Gegensatz zu Glück konnte man sie sich nicht erkaufen.

Erst als wir uns wieder anzogen und alles hinter uns aufräumten, ließ sie das Thema Geld fallen – auch wenn mir das nächste Thema ebenso wenig behagte.

»Clare macht sich Sorgen um dich.«

»Wirklich? Woher weißt du das?«

»Wir waren gestern zusammen mittagessen, und sie hat es mir anvertraut.«

Ich runzelte die Stirn. »Ihr wart zusammen essen, nur ihr zwei? Jetzt, wo wir, du weißt schon, wäre es da nicht taktisch geschickter, es lieber bleiben zu lassen?«

»›Taktisch geschickter?‹« Ihr Lächeln war verschmitzt. »Warum? Glaubst du, wir würden Erfahrungen austauschen und uns gegen dich verschwören?«

Ich konnte nicht glauben, wie unbekümmert sie war. »Aber hast du nicht Angst, dir könnte etwas rausrutschen?«

»Ich bin eine gute Schauspielerin, schon vergessen? Im Ernst: Sei unbesorgt, sie ist völlig ahnungslos. Sie hat sich allerdings auf Kit eingeschossen und glaubt, er würde mit all seinen Trinkexzessen einen schlechten Einfluss auf dich ausüben.«

»Echt? Nun, mir hat sie erzählt, du hättest gesagt, Steve würde *ihn* vom rechten Weg abbringen.«

»Das habe ich tatsächlich gesagt.« Melia küsste mich, und ihre langen Wimpern glitten sanft über meine Haut. »Irreführung, Liebling. Dieser Steve ist der große, böse Wolf. Es spielt keine Rolle, wer er im Grunde wirklich ist, solange niemand in unsere Richtung schaut.«

Offensichtlich hatte sie sich mit ausgeprägter Raffinesse in diese Affäre begeben. An der Wand erhaschte ich ihr schmallippiges Lächeln in einem der Spiegel. Sie waren wie Kameras im Zimmer, nahmen aus versteckten Winkeln auf, legten wohlgehütete Gefühle frei. Machten uns zu Fremden.

12

April 2019

Im April kam endlich die Sonne. Zwischen den vertrauten Braun-
tönen blitzten auf einmal Farben auf: metallisches Silber, Zinn
und Gold. Die Magnolien in der Stadt erblühten, und wenn sich
die Türen des Boots öffneten, war hin und wieder flüchtiges Vo-
gelgezwitscher zu hören. Während wir unter der Tower Bridge in
Richtung des ultramarineblauen Himmels glitten, war es schier
unmöglich, nicht die köstliche Stimmung eines Neuanfangs zu
verspüren. Ganz zu schweigen von der wiederauflebenden Arroganz eines frischgebackenen Ehebrechers.

Melias Einschätzung war akkurat: Clare hatte nicht den blassesten Schimmer. Für sie waren Melia und Kit weiterhin das jüngere Paar, mit dem wir uns angefreundet hatten, das Paar, das
hedonistisch, provokativ und gelegentlich aufbrausend war.

Ich erinnere mich an einen Abend bei uns zu Hause – es muss
mehrere Wochen nach dem Beginn unserer Affäre gewesen
sein –, als wir bei einem Streit zwischen den beiden zu Schieds-
richtern wurden.

Kit, der offensichtlich wusste, welche roten Knöpfe er drücken
musste, hatte eine bewundernde Bemerkung über Melias Schwester fallen gelassen. Am Wochenende zuvor war im Modeteil der

Sunday Times ein Foto von einer ihrer Produktlinien abgedruckt gewesen. »Wie es aussieht, habe ich mir wohl die falsche Schwester ausgesucht«, sagte er, und selbst einem außenstehenden Betrachter wäre diese Stichelei nicht entgangen.

»Hättest ja nur deinen Hut in den Ring werfen und sehen sollen, wie es läuft«, erwiderte Melia mit kühler Stimme.

»Ja, das hätte ich vielleicht tun sollen.«

»Dann hättest du bald herausgefunden, dass sie nur an Geld interessiert ist.«

»Nun, das hört sich doch irgendwie bekannt an, oder?«, zog Kit sie auf.

Es war kindisch, aber kurz darauf weinte Melia in der Küche und wurde von Clare getröstet, während er mit der Begründung, auf ihre Überempfindlichkeit nicht eingehen zu wollen, zum Rauchen vor die Haustür ging.

Mein Instinkt riet mir, ein zahlenmäßiges Gleichgewicht herzustellen. Draußen peitschte der Wind, und die Wipfel der Linden zitterten wedelnd wie die Pompons von Cheerleaderinnen und verströmten den Geruch von tausend Frühlingsabenden wie diesem hier: der Stein unter unseren Füßen, der feine Duft von den Bäumen auf dem Platz, die leicht salzige Luft vom Fluss.

»Tut mir leid wegen Me«, entschuldigte sich Kit, dessen Mund vom Rauch verdeckt war. »In Bezug auf ihre Schwester verhält sie sich immer sonderbar.«

»Clare hat etwas in der Richtung angedeutet«, erklärte ich vage.

»Im Grunde verhält sie sich im Moment bei allem sonderbar«, fügte er hinzu.

Ich wollte nicht darüber nachdenken, seit wann die beiden sich in den Haaren lagen, dass es womöglich auf denselben Zeitpunkt fiel, als sie eine Beziehung mit mir begonnen hatte. War sie sauer auf ihn, weil es ihm nicht aufgefallen war, dass er sie jetzt mit einem anderen teilen musste? Bei dem Gedanken wurde mir schwindlig vor Unbehagen. Warum zum Teufel hatte ich nicht längst Vorkehrungen getroffen und dafür gesorgt, dass Clare und ich uns von ihnen als Paar distanzierten? Vermutlich befürchtete ich, es könnte den gegenteiligen Effekt haben und ihren Argwohn erregen. Geh jemandem aus dem Weg, mit dem du sonst immer gut klargekommen bist, oder verhalte dich in seiner Anwesenheit weniger entspannt, obwohl du dich bei ihm zuvor vollkommen wohlgefühlt hast – das ist ein untrügliches Zeichen.

Das Problem war, dass wir alle vier Schnapsdrosseln waren und dass der viele Alkohol die Gefahr erhöhte, dass Melia oder ich eine Anspielung fallen ließ, die wir nicht machen sollten, oder uns geistesabwesend zärtlich berühren könnten, was Nur-gute-Freunde niemals täten.

Mir blieb eine Erwiderung über Melias »sonderbares« Verhalten dank der sich jagenden Wolken erspart, die unvermittelt den Mond enthüllten, dessen weiches Licht nun auf den Platz vor uns fiel und Kits Aufmerksamkeit bannte.

»Braucht man einen Schlüssel, um da reinzukommen?«, fragte er.

»Ja. Alle Anwohner besitzen einen. Für die Öffentlichkeit ist er nur einmal im Jahr am Tag der offenen Gärten zugänglich.« Ich hatte keine Ahnung, ob Melia die Information bereits geteilt hatte, dass das Haus Clares Familie gehörte, aber dort auf den alten, breiten Stufen verspürte ich ein so tiefes Gefühl der Ergebenheit wie nie zuvor für die vertraute Energie meines privaten Gartens in der Mitte der Häuserreihe.

»Was sind das da überhaupt für Bäume?«, fragte Kit.

»›Das da‹ sind Platanen und Linden. Dort drinnen gibt es auch jede Menge Sträucher und Blumenbeete. Wir zahlen alle in einen Topf ein, aus dem ein Gärtner finanziert wird.«

Er seufzte und stieß mit dem nächsten Atemzug eine Mischung aus Ehrfurcht und Groll aus. »Wie zum Teufel schafft man es, an einem Ort wie diesem zu wohnen? Ich wette, es gibt hier keinen einzigen Anwohner unter 40.« Wie es Murphys Gesetz wollte, hielt genau in diesem Moment auf der Westseite des Platzes ein Taxi und spuckte einen Chor gesetzter Stimmen mittleren Alters aus.

»Wenn ich ehrlich bin, gibt es eine Menge Familien mit erwachsenen Kindern, die immer noch zu Hause wohnen«, erklärte ich.

»Arme kleine Schnöselkinder«, höhnte er, und der Blick, den er mir zuwarf, war unerträglich vielsagend.

Vielsagend in Bezug auf etwas Spezielles, etwa meine Vertrautheit mit seiner Freundin? Oder ganz allgemein, die fest verankerte Überheblichkeit der Jugend? Er wusste alles besser, hatte bisher nur noch nie die Möglichkeit erhalten, es der Welt zu beweisen.

»Du bist nicht der Einzige, Kit, das weißt du, oder?«, sagte ich leise.

»Der Einzige was?«

»Der von der Immobilienkrise betroffen ist. Manch einer würde sagen, ihr hättet es gut erwischt. Ihr habt eine eigene Wohnung, ihr müsst euch Küche und Bad nicht mit Fremden teilen. Im Grunde gibt es gar nicht *so* viel, worüber ihr euch beschweren könntet.«

Er blies Rauch in meine Richtung. »Okay, Boomer.«

Er hatte ein Händchen, Konflikte beizulegen und mich zum Lachen zu bringen. »Generation X, vielen lieben Dank, Generation Schneeflocke.«

Wir standen eine Minute da und lauschten der Musik, die aus dem Wohnzimmerfenster kam, die Sechzigerjahre-Hits, die weiterhin gespielt wurden, obwohl unser Grüppchen sich längst aufgelöst hatte.

»Tolle Playlist«, sagte er. »Wer ist das gleich noch mal?«

»The Zombies.«

»Ja, mir gefällt all dein Sechzigerzeug. Zu deiner Zeit war die Musik definitiv besser.«

»Du weißt schon, dass ich 1971 geboren bin? Und dass ich definitiv noch nicht geboren war, als diese Songs rauskamen?«

»Ich beherrsche zumindest die einfachen Grundrechenarten«, schnaubte er. Er zündete sich eine zweite Zigarette an und reckte dabei das Kinn. Das Lied dröhnte weiter – »It's too late to say you're sorry« –, und ich ignorierte das Zittern, das die Worte in mir verursachten. »Willst du eine?«, bot er mir an.

»Was soll's?« Wenn man seit Jahren nicht mehr geraucht hat – Clare und ich hatten gemeinsam zu ihrem 40. Geburtstag aufgehört –, ist der erste Zug schmerzhaft, wie selbstverletzendes Verhalten. Andererseits sollen die Abgase von Londons Straßen genauso schädlich sein wie zehn Zigaretten am Tag. »Ich erinnere mich, als eine Schachtel Fluppen noch zwei Pfund gekostet hat«, sagte ich.

»Verdammt, das will ich nicht hören«, stöhnte Kit. »Scheißmusik, überteuerte Kippen, Wuchermieten. Brauche ich noch mehr Gründe, mir die Handgelenke aufzuschlitzen?«

»Klimawandel?«, schlug ich nicht ohne Mitleid vor. Das Leben war aufregend für mich – gefährlich aufregend –, aber ich beneidete Kit und Melia nicht um die Welt, die sie geerbt hatten. Gott sei Dank hatten Clare und ich keine Kinder, keinen Anteil an der Zukunft.

Fast als wollte es dieses Gefühl untermauern, war das weit entfernte Dröhnen eines Boots auf dem Fluss zu hören, eine Mahnung, dass das Wasser dort draußen war und noch lange, nachdem wir diese Stadt verlassen hatten, fließen würde. Als Antwort – oder zumindest kam es mir so vor – jaulte ein Fuchs in einer versteckten Ecke des Platzes auf, ein durchdringendes Heulen.

»Jamie«, sagte Kit.

»Ja?«

»Tu es nicht, okay?«

Mir stockte der Atem. »Was?«

»Ihre Partei ergreifen. Melias, meine ich. Ich weiß, Clare wird es tun, Frauen halten immer zusammen, aber *du* darfst auf ihr theatralisches Gehabe nicht reinfallen.«

»Niemand ergreift hier irgendeine Partei«, sagte ich entschieden, obwohl erhobene Stimmen hinter der Tür Melias anhaltende Verärgerung und Pläne für einen unmittelbar bevorstehenden Aufbruch ankündigten.

Als sie über die Türschwelle stürzte, wichen Kit und ich zur Seite, ohne jeden Blickkontakt.

»Kit, du solltest sie lieber nach Hause begleiten«, sagte Clare, nicht so sehr aus Sorge wegen der drei oder vier prekären Straßen von St Mary's, die zwischen unseren Häusern lagen, sondern eher als Kritik an Kits Vernachlässigung der emotionalen Bedürfnisse seiner Freundin.

»Natürlich«, erwiderte er, und wir beobachteten, wie sie fortgingen. Melia zornentbrannt in ihren hochhackigen Stiefeln, Kit, der nur mühsam mit ihr Schritt hielt, seine Zigarette ein glühender orangefarbener Punkt an seiner Seite.

Er unternahm den Versuch, sie zu berühren – vielleicht einen Arm um sie zu legen –, und ihr Kreischen durchbrach die Nacht: »*Fass mich NICHT an!*« Und dann waren sie vom Platz und aus unserem Blickfeld verschwunden.

»Na, das ist ja super gelaufen«, sagte Clare, als wir die Weingläser in die Spülmaschine einräumten und Essensreste in den Mülleimer kratzten.

»Nicht wahr?«

»Warum ist sie so sensibel? Und warum muss er so *un*sensibel sein? Außerdem hat sie den Verdacht, dass er mit dieser Frau vom Boot vögelt.«

Ich war vollkommen sprachlos. »Welche Frau? Meinst du Gretchen? Das wage ich zu bezweifeln.«

Clare hob eine Augenbraue. »Und trotzdem wusstest du sofort, wen ich meinte.«

»Weil wir auf dem Boot keine anderen Frauen kennen.« Obwohl ich eine weitere falsche Fährte seitens Melia vermutete, wurde ich bei jeglichem Gerede über Untreue nervös, ungeachtet der Teilnehmer – insbesondere so kurz nach diesem Gespräch mit Kit. Was würde Clare tun, wenn sie das von Melia und mir herausfände? Sich ein Messer schnappen und mir die Kehle aufschlitzen oder sich einfach wegdrehen und sich vor Lachen biegen? »Ich glaube wirklich, dass sie ihre Beziehung genau so führen wollen. Sie genießen es, sich gegenseitig zu quälen«, sagte ich.

»Das glaube ich auch. Wahrscheinlich haben sich ihre Eltern schon so verhalten«, erwiderte Clare. »Für sie ist es ganz normal.«

Trotz des Vorteils, mit einer der analysierten Personen zu schlafen, konnte ich Clare mit ihrer psychologischen Einsicht nicht das Wasser reichen.

»Versteh mich nicht falsch. Ich mag Kit, aber ich frage mich, ob es ihr mit einem anderen Typ Mann nicht besser gehen würde. Jemand, der ihr das gibt, wonach sie sich sehnt.«

Ich schluckte schwer. »Wonach sehnt sie sich denn?«

»Ihre Träume auszuleben.« Als Clare sich in einem seltenen Moment von Rührseligkeit ertappte, stieß sie ein selbstironisches Glucksen aus. »Oder besser gesagt, was sie für ihre Träume *hält*. Wie dem auch sei, wenn die beiden so weitermachen, könnte es noch schlimm enden.«

»Genau dasselbe habe ich mir auch gerade gedacht«, pflichtete ich ihr bei.

13

Es ist bald halb zehn, und unsere Kaffees sind ausgetrunken. Obwohl ich aufstehen und jederzeit gehen könnte, muss ich einräumen, dass ein skrupelloser Teil von mir diese Gelegenheit begrüßt, meine Gedanken zu ordnen und meiner unzusammenhängenden Geschichte mit Melia Struktur zu verleihen. Ich schätze, ich habe mich warmgelaufen.

Immer noch beschäftigt, schreibe ich Regan.

Parry sammelt die Becher ein, drückt sie mit der Faust platt und legt sie auf das raue Papptablett. Auf mich macht es den Anschein, als hätten seine Finger das Potenzial für Präzision, sogar für Grausamkeit – ich stelle mir vor, wie er einem Insekt die Beine ausreißt. Ich blicke an ihm vorbei und überfliege die Poster, die tief angebracht sind und eine Reihe an Konzerten der Londoner Philharmoniker im neuen Jahr bewerben, bis er fast freundlich sagt: »Sie dürfen nicht vergessen, Jamie, dass die Version der Ereignisse eines Menschen niemals die einzige ist.«

Soll das bedeuten, dass Melia über unsere Affäre etwas anderes erzählt hat? Das kann ich mir nur schwer vorstellen. Oder spielt er auf diesen anderen Zeugen an, den sie in petto haben? Wie dem auch sei, ich liefere ihnen nicht die einfache Lösung zu dem Rätsel von Kits Verschwinden, auf die sie gehofft hatten. Ich habe mich schuldig gemacht, mit seiner Frau geschlafen zu haben, so viel habe ich eingestanden, aber sie wollen mehr. Sie sind in einer Sackgasse gelandet.

»Meiner Erfahrung nach erinnern sich zwei Menschen niemals genau gleich an Dinge«, sage ich gelassen. »Manchmal würde man nicht mal ahnen, dass es sich um dasselbe Ereignis handelt.«

»Ja, natürlich«, stimmt er mir zu. »Das müssen Sie von früheren Gelegenheiten wissen.«

»Was meinen Sie damit?« Meine Augenbrauen heben sich so hoch, dass ich spüre, wie meine Stirn sich kräuselt. Mein verletzter Daumen fängt an, im Verband zu jucken.

»Ich meine, vielleicht ist jetzt ein guter Zeitpunkt, um darüber zu reden, was letztes Jahr im Juli passiert ist.«

Der Themenwechsel kommt so abrupt, dass es sich wie ein Schleudertrauma anfühlt. Was um alles in der Welt könnte meine Mithilfe bei ihrer Untersuchung wegen meines vermissten Freunds mit einem psychischen Problem zu tun haben, das mich vor eineinhalb Jahren in Gegenwart von völlig Fremden ereilt hatte? Ist es *das*, was er bei seinem ausgedehnten Kaffeeholen in Erfahrung gebracht hat? Taucht das etwa in der polizeilichen Datenbank auf, oder ist es das Ergebnis einer kurzen Google-Suche? Gewiss gibt es für Melia keinen Grund, es ihnen unter die Nase gerieben zu haben. Ich begegne seinem Blick abwehrend, fast stolz. Lasse ihn wissen, dass ich von seiner Taktik unbeeindruckt bin. Sie haben wohl noch nicht erkannt, dass sie mir hundertmal ein Bein stellen können und dass es nichts daran ändert, dass ich Kit kein Leid angetan habe.

Oder womöglich interessieren sie sich nicht für Fakten. Vielleicht interessieren sie sich nur für Aussagen. *Versionen.*

»Im Juli letztes Jahr?«, wiederhole ich und spiele auf Zeit.

»Ja. 2018. Das letzte Mal, als Sie mit der Polizei in Berührung kamen.«

Bei ihm klingt es, als wäre ich ein Serientäter, der im Wormwood-Scrubs-Gefängnis ein und aus geht. »Wenn Sie die Sache in der U-Bahn meinen, sehe ich nicht, was das mit dem hier zu tun hat.«

»Ich würde behaupten, es deutet auf einen gewissen impulsiven Charakterzug hin, der sehr wohl am Montagabend wieder zum Vorschein gekommen sein könnte«, sagt Parry.

Ich erröte. Jetzt bin ich wütend. »Ein ›impulsiver Charakterzug‹? Das soll wohl ein Witz sein! Was genau wollen Sie wissen, was Sie nicht in der Aussage nachlesen können, die ich damals bei der Polizei gemacht habe?«

Er lässt nicht locker. »Geben Sie uns einfach die Höhepunkte, Jamie. Oder wohl eher die Tiefpunkte?«

Ich funkle ihn finster an. Mir gefällt der respektlose Unterton in seiner Stimme nicht, der mich irgendwie an Kit erinnert. Was allerdings wohl keine generationsbedingte Eigenart ist, da sein Partner ihm einen Blick zuwirft, der selbst ein gewisses Maß an Missbilligung nahelegt.

»Psychische Erkrankungen sind anders«, sage ich mit ausdrucksloser Stimme. »Sie sind komplex, persönlich. Unterscheiden sich bei jedem Erkrankten. Wurde Ihnen das in Ihrer Ausbildung nicht beigebracht? Die Hälfte der Menschen, mit denen Sie zu tun haben, müssen psychische Probleme haben.«

Parry neigt entschuldigend den Kopf. Zweifellos erinnert er sich an die Warnungen über die unzähligen neuen Arten, wie Bürger sich beschweren können, dass sie von Polizeibeamten falsch angesprochen oder bezeichnet werden. Die Organisationen, die ihnen zu Hilfe eilen, die Aktivisten und Trolle. Er versucht es noch einmal: »Lassen Sie es mich anders ausdrücken.

Würden Sie uns bitte erzählen, wie die psychische Erkrankung, unter der *Sie* ganz speziell leiden, Auswirkungen auf Ihr Handeln vergangenen Juli hatte.«

»Bleibt mir eine andere Wahl?« Die Frage geht an Merchison, aber es ist Parry, der das Ruder in der Hand hält und es nicht so leicht wieder hergibt.

»Sie haben immer eine Wahl, Jamie«, sagt er. »Ein Mann wie Sie.«

14

Juli 2018

Es war schlimmer geworden, das wusste ich. Doch das Problem mit Phobien, die mit dem öffentlichen Nahverkehr zu tun haben, ist, dass man sich ihnen entweder stellt oder die Arbeit verliert. Man muss zu einem bestimmten Zeitpunkt an einem bestimmten Ort sein, der anderen passt, nicht einem selbst.

Damals arbeitete ich nicht im Comfort Zone, sondern noch in meinem »echten« Job – eine unzutreffende Unterscheidung allererster Güte, denn neun Stunden im Stehen Kaffee zu servieren, fühlt sich viel echter an, als neun Stunden in einem Meeting zu sitzen, Quatsch zu reden und Kaffee zu trinken, der von jemand anderem serviert wird. Wie dem auch sei, das Büro lag in North London, und um Punkt neun dort zu sein, nahm ich den Pendlerzug um 07.35 Uhr zur London Bridge und stieg dann in die Northern Line nach Chalk Farm um.

Der Zug war hoffnungslos überfüllt, aber zumindest konnte man sich mit dem Gesicht zum Fenster drehen und das Gehirn somit täuschen, dass es glaubte, man könnte die Welt dahinter berühren. Die U-Bahn erlaubte keine solche List: Blickte man aus dem Fenster, sah man nur, wie erschreckend nah man den schwarzen Tunnelwänden war – Tunneln, gebaut für Waggons, die für eine arbeitende Bevölkerung bestimmt war, deren Menge mit den heutigen Verhältnissen kaum zu vergleichen ist: keine Fluchtwege, keine Rettungsgänge, nur Kabel, die wie Adern herausstehen, und die geschwärzte, abblätternde Vertäfelung. In Bezug auf den Platzmangel wirkte der Pendlerzug wie der Orient-Express im Vergleich zur U-Bahn: Körper wurden dort in jeden Zentimeter des vertikalen Raums gequetscht, die Hälse derer, die sich als Letzte in den Waggon pressten, mussten sich schmerzhaft der Krümmung der Türen anpassen – Türen, die wie die Mäuler eines Krokodils aussahen.

Doch ich hatte keine andere Wahl. Die Straßen waren verstopft und ließen die Autos nur in Schrittgeschwindigkeit vorankommen. Das Fahrrad, das ich gekauft hatte, war vor dem Hope & Anchor gestohlen worden, bevor ich auch nur die Chance hatte, meine Fitness auszutesten, und war zudem noch ganz neu und deswegen noch nicht versichert. Und jetzt, im Juli, herrschte eine Hitzewelle. Die Zeitungen berichteten ständig über Temperaturrekorde und unmenschliche Zustände. *U-Bahn heißer als gesetzlicher Grenzwert für Vieh!* Die älteren, tieferen Linien waren am ärgsten gebeutelt: fast 40 Grad, dazu Erklärungen, wo die zusätzliche Hitze herrührte, nämlich durch eine Kombination von Reibungskräften durchs Bremsen und unzureichende Belüftung.

Die Northern Line ist die älteste und tiefste von allen. Außerdem ist sie der längste durchgehende Tunnel im U-Bahn-Netz mit über 17 Kilometern.

An dem Tag, an dem es geschah, hatte ich ein Bauchgefühl, dass etwas an der Fahrt anders war. Ich war wie die Vögel, die in die Höhe schießen, wenn die Erde 10 000 Meilen entfernt bebt – nur dass ich nicht in die Höhe gefahren bin. Das war unmöglich. Ich war gefangen.

Als die U-Bahn sich zwischen Euston und Camden Town in die Kurve legte, verschob sich die Menschenmasse in meine Richtung und drückte mich schmerzhaft gegen den hervorstehenden Hebel der Notbremse. Ich hatte so viel über die Dynamik von Menschenmassen gelesen, dass ich praktisch Experte auf diesem Gebiet war. Ein Gedränge sind sieben Passagiere pro Quadratmeter, mit Körpern, die so zusammengequetscht sind, dass sie sich wie ein Mensch, wie Flüssigkeit bewegen. Eine typische U-Bahn der Northern Line, bestehend aus sechs Waggons, bietet Platz für 800 Reisende, aber in dieser waren Tausende. Und nun, da es geschah, geschah es wirklich: Ich konnte nicht mehr einatmen und meine Lunge mit Luft füllen.

Die Wange fest an die Trennwand gepresst, flehte ich jeden erstickt an, der mir zuhörte: »Bitte, können Sie ein bisschen wegrücken, mir etwas Platz machen.«

»Vergessen Sie's. Wir sind wie Sardinen hier drinnen. Allen geht's gleich.«

Ich dachte: *Ich brauche einen Arzt, ich werde sterben.*

Zusammenpressen von heißen Gesichtern, heißen Oberkörpern, heißem Atem. Mein Blickfeld war rot und schwarz, am Rand zerknittert. Meine rechte Hand tastete von der Hüfthöhe nach oben, und ohne zu sehen, was ich da tat, umklammerte ich den Hebel und zerrte an der Notbremse.

Sofort gellte ein Alarm, obwohl die U-Bahn immer noch fuhr. Dutzende leise Stimmen stellten dieselben paar Fragen:

»Ist was passiert?«

»Hat jemand die Notbremse gezogen?«

Heute weiß ich, dass der Fahrer, wenn sich die U-Bahn bei einer Notbremsung mitten im Tunnel befindet, die Notbremse außer Kraft setzt und bis zum nächsten Bahnhof weiterfährt.

Währenddessen ruft er Hilfe herbei, aber er muss den Zug erst zum nächsten Bahnsteig bringen. Völlig logisch, wenn man vernünftig darüber nachdenkt.

Doch an diesem Julimorgen bremste die U-Bahn ab, ungefähr fünf Sekunden, nachdem ich den Hebel betätigt hatte, und kam dann mitten im Tunnel zum Stehen. Augenblicklich erkannte ich, dass ich die Situation viel, viel schlimmer gemacht hatte, und hasserfüllte Stimmen gingen mich jetzt an:

»Waren *Sie* das?«

»Verdammt noch mal, warum haben Sie das getan?«

Der Grund für unsere Geiselhaft verbreitete sich durch den Waggon in diejenigen dahinter, was tausend gemurmelte Flüche nach sich zog, und die kollektive Feuchtigkeit des menschlichen Atems erhöhte die Temperatur noch weiter. Meine Ohren waren gespitzt, um die erschreckendsten Bemerkungen herauszufiltern, diejenigen, die mein eigenes Katastrophendenken bestärkten:

»In dem Ding gibt es *buchstäblich* keine Luft.«

»Wie in einem Ofen, nicht wahr?«

»Wann kommen wir hier raus?«

Der Schock über das, was ich getan hatte, ebbte ab, und an seine Stelle trat das tosende Verlangen, zu fliehen, das so extrem war, so fanatisch, dass ich völlig den Verstand verlor und anfing, mit den Fingernägeln die Trennwand zu zerkratzen. Mein Gehör setzte kurzzeitig aus – ich musste kurz davorgestanden haben, in Ohnmacht zu fallen –, bevor es beim Geräusch meines eigenen Brüllens mit grässlicher Klarheit zurückkehrte, eine wilde, animalische Antwort auf die Gefangenschaft. Ein Chaos aus Stimmen und Akzenten folgte:

»Er ist verrückt, was ist los mit ihm?«

»Verdammter Idiot!«

»Seien Sie nicht so gemein. Er hat eine Panikattacke, er braucht Hilfe. Wir müssen ihm etwas Platz machen.«

»Es *gibt* keinen Platz!«

Damals dachte ich, wie überraschend es war, dass die wütendsten Stimmen weiblich waren und die einzige hilfreiche männlich. Er war es auch, der sich an die sitzenden Passagiere wandte: »Könnte jemand diesem Mann seinen Sitzplatz überlassen? Er muss sich beruhigen.«

»Sehen Sie mich nicht so an, ich bin schwanger!«

»Dann jemand anderer!«

Niemand kam seiner Bitte nach. Selbst in meiner Hysterie wusste ich, dass ich meinem Instinkt, mich einfach zu Boden gleiten zu lassen, nicht nachgeben durfte, da dies ein Loch im Menschengewühl erzeugt hätte, in dem andere auf mich gefallen wären. Es gelang mir, aufrecht stehenzubleiben, mit zitternden Beinen und fest zusammengekniffenen Augen – wenn ich nichts sah, konnte mein Gehirn die Enge vielleicht vergessen. Doch das Bild des Waggons und das höllische Gedränge an Leibern hatte sich in meine Netzhaut gebrannt.

Über den Streitgesprächen dröhnte die Stimme des Fahrers durch die Lautsprecheranlage: »Wir werden von einer anderen U-Bahn aufgehalten. Kann derjenige, der die Notbremse gezogen hat, noch ein bisschen durchhalten? Wir werden gleich weiterfahren und kümmern uns um Sie, sobald wir den nächsten Bahnhof erreichen.«

Die Kommentare veränderten sich:

»Er hat den Zug nicht angehalten, der wäre sowieso stehengeblieben!«

»Vor dem Bahnsteig wird es riesige Schlangen geben. Ich war mal 20 Minuten eingeschlossen.«

»*20 Minuten?*«

In diesem Moment gingen die Lichter aus, eine geringfügige Erleichterung für mich, aber eine Entwicklung, die bei den anderen mit allgemeiner Todesangst aufgenommen wurde.

»O mein Gott, ist das ein Terroranschlag?«

»Steckt der Typ mit denen unter einer Decke?«

»Machen Sie sich nicht lächerlich, haben Sie nicht gehört, was der Fahrer gesagt hat?«

Doch das »T«-Wort war gefallen, und überall im Waggon verloren die Menschen den Verstand. Jemand begann zu schluchzen, und die Stimme, die ich als die der Schwangeren wiedererkannte, wurde laut und wütend:

»Das ist unerträglich! Ich falle gleich in Ohnmacht! Es ist so heiß!«

»Sollten wir die Türen aufstemmen und etwas frische Luft reinlassen?«

»Es gibt keine frische Luft, wir sind eine Million Meter unter der Erde!«

»Hier, ich habe etwas Wasser.«

Ich schlug die Augen auf, wie ein Kind in meiner Dankbarkeit, aber das Wasser wurde der schwangeren Passagierin angeboten.

»Denken Sie, es gab auch oben einen Stromausfall?«

Eines der vielen Hundert Dinge, die ich über die Londoner U-Bahn wusste, war, dass täglich 47 Millionen Liter Wasser aus der Anlage gepumpt werden und dass, *falls* es oben einen riesigen Stromausfall oder ein Erdbeben gegeben hätte, der eine Stromabschaltung auf unbestimmte Zeit verursachte, auch die Pumpen außer Betrieb wären. Würde sich fauliges Wasser an unseren Füßen sammeln und langsam steigen?

Ich werde das Spektakel nicht Minute um Minute nachempfinden, aber wir waren eine halbe Stunde ohne Strom, ohne eine Durchsage vom Fahrer in diesem Tunnel. Meine Haut brannte, als wäre ich in einen Schmelzofen gestopft worden, und dennoch schaffte ich es, nicht das Bewusstsein zu verlieren. Licht strahlte von Handy-Apps ab, doch alles, woran ich denken konnte, war die Hitze von tausend Geräten, die gleichzeitig eingeschaltet waren.

Irgendwann erreichte uns die Neuigkeit, weitergegeben von einem Wagen zum nächsten: Wir sollten den Zug verlassen. Die U-Bahn vor uns war liegengeblieben und wurde jetzt evakuiert. Wir müssten durch den Tunnel und durch diesen anderen Zug gehen, um den Bahnhof Camden Town zu erreichen.

Ganz langsam, als die Türen zwischen den Waggons geöffnet wurden und die Passagiere weiter vorn anfingen, sich in Richtung Zugspitze zu schieben, löste sich das Gedränge auf. Dann erschienen die ersten Mitarbeiter der Londoner Verkehrsgesellschaft in Warnwesten und wiesen mit leistungsstarken Taschenlampen den Weg. »Geht's dem Gentleman gut?«

Gentleman. Daran erinnere ich mich. Eine tiefe, ruhige Stimme, die ein kleines bisschen Trost spendete. Meine Kehle war trocken wie Zunder. Mir wurde Wasser gereicht, und meine Hände zitterten so stark, als ich trinken wollte, dass ich es mir vorne übers Hemd schüttete.

»Wir müssen uns jetzt zum Anfang des Zugs aufmachen, Sir.«

Mit sanften Händen auf meinem Arm wurde ich durch die evakuierten Waggons eskortiert, an ausgebleichten, mit Zeitungen und weggeworfenen Kleidungsstücken übersäten Sitzen vorbei. Auf den Gleisen wurde es sogar noch schlimmer. Es war genauso stickig, aber der Geruch von sengender Hitze flirrte in der Luft. Wir waren wie Ratten in einem Lehmofen. Als ich zu keuchen begann, beruhigte mich mein Begleiter. »Es staut sich nur ein bisschen am hinteren Ende des Zugs vor uns. Bleiben Sie ruhig. Wir haben Bretter hingelegt, damit Sie sicher einsteigen können.«

Atme, atme. Doch die Luft war so dünn. Mein Kopf hämmerte, allerdings nicht im Takt mit dem Pochen meines Herzens.

Schließlich schlurften wir durch die U-Bahn vor uns. Sie war direkt außerhalb des Bahnhofs liegengeblieben, und Licht drang vom Bahnsteig zu uns, auf den wir mithilfe einer Rampe kletterten. Sie trauten mir zu, dass ich eigenständig Rolltreppe fuhr und nicht mit einer Rettungstrage nach oben gebracht werden musste, wo all jene, die medizinische Hilfe benötigten, in der Schalterhalle untersucht wurden. Die Northern Line wurde vorübergehend gesperrt, und an den Gittern wartete eine Menschentraube. Unter den üblichen Gaffern gab es ein paar sehr unfreundliche Blicke und Bemerkungen.

»Menschen regen sich bei diesem Wetter sehr leicht auf«, sagte ein uniformierter Polizist zu mir.

Die Schwangere, die hinter mir die Rolltreppe hinaufkam, meckerte laut hörbar: »Es *muss* eine Straftat sein, die Notbremse ohne berechtigten Grund zu ziehen! Wer weiß, genauso gut könnte er ein Terrorist sein!«

»Wir brauchen noch eine Aussage von Ihnen«, wurde mir gesagt, gerade laut genug, dass die in der Nähe wartende Menschenmenge es hörte.

Es folgte ein neuer Schwall spöttischer Kommentare.

*

Ich wurde natürlich nicht angeklagt, aber wer braucht eine polizeiliche Strafverfolgung, wenn es unsere Mitmenschen gibt?

Jemand hatte das »Geschehen« in der U-Bahn gefilmt, andere das Nachspiel in Camden Town, und den restlichen Tag über war es Thema Nummer eins in den sozialen Medien.

In der Berichterstattung wurde mein Name genannt, zusammen mit einer fehlerhaften Schuldzuweisung:

MASSENPANIK IN »CRUSH HOUR« – U-BAHN IM TUNNEL EVAKUIERT

Pendler James Buckby, 47, brachte die überhitzte Northern Line heute zum Erliegen, als er die Notbremse zog und eine weitreichende Folge an Verspätungen in Gang setzte. Drei Züge wurden evakuiert und Passagiere durch dunkle Tunnel in Sicherheit geführt. Sanitäter behandelten Buckby und andere Verletzte bei Temperaturen von fast 40 Grad vor Ort, während eine hochschwangere Frau mit Verdacht auf Dehydratisierung ins University College Hospital gefahren wurde.

»Es war die Hölle. Massenpanik, ausgelöst durch diesen einen Kerl. Hätte er nur noch ein bisschen durchgehalten, dann wäre er in ein, zwei Minuten draußen gewesen. Stattdessen mussten wir alle leiden«, sagte Abbie McClusky, eine 26-jährige Softwareberaterin.

»Wir waren fast eine Stunde im Tunnel gefangen«, sagte Charlotte Silva, eine arbeitende Mutter von drei Kindern. »Ich dachte, wir würden sterben. Wegen der Stromleitungen mussten wir im Gänsemarsch gehen. Ich habe den Mann nicht gesehen, der für das alles verantwortlich war, aber ich an seiner Stelle würde eine Weile untertauchen.«

Ein Sprecher des Transport for London (TfL) erklärte, Mr Buckbys Notruf habe nichts mit den Gründen zu tun, die zu der Notfallevakuierung führten. »Extreme Hitze war verantwortlich, dass die U-Bahn vor uns keine 20 Meter vor dem Bahnsteig liegenblieb. Auf der ganzen Linie stauten sich Züge an Bahnhöfen und in Tunneln. Es herrschte leider ein schreckliches Chaos.« Er fügte hinzu, dass Gerüchte, Buckbys Tat stünde mit einem vereitelten Terroranschlag im Zusammenhang, nicht der Wahrheit entsprächen.

Trotzdem ärgern sich Pendler weiterhin über Mr Buckby wegen der Unannehmlichkeiten, die er verursacht hat, und viele benutzen den Hashtag #PendlerHölle, um ihrem Ärger freien Lauf zu lassen. Waren auch SIE in der U-Bahn gefangen? Kontaktieren Sie uns für Ihren Augenzeugenbericht!

Ein Twittergewitter folgte, wenn denn Twittergewitter überhaupt vom normalen Katastrophentonfall im Netz unterschieden werden können, und ein spezieller #PendlerHölle-Tweet ging viral: Ein Foto von mir, wie ich zusammengekauert auf einer Sitzbank hocke, die Hände über dem Kopf verschränkt, der Waggon um mich herum halbleer, mit einem einzigen Wort als Überschrift: *Hier.*

Eine Mail wurde an meine private E-Mail-Adresse geschickt und brachte meinen Puls zum Rasen: *Bei mir haben Wehen eingesetzt nach dem, was passiert ist. Das Baby wäre fast gestorben!* Ohne Namen, nur die E-Mail-Adresse: sbm1989@gmail.com.

»Es muss eine Vorerkrankung vorgelegen haben«, sagte Clare, als ich sie ihr zeigte.

»Es war sehr heiß.« Allein darüber zu reden, ließ meine Lunge brennen.

»Aber das war nicht deine Schuld, Jamie. Du konntest nichts für die Temperatur dort unten. Im Grunde ist es geradezu ein Lehmofen, das hast du selbst gesagt.«

»Sollte ich antworten? Du weißt schon, mich nach dem Baby erkundigen?«

»Das würde ich nicht tun. Es könnte als Schuldeingeständnis

erachtet werden, und sie hängt dir dann noch eine Zivilklage an. Es könnte eine Betrugsmasche sein.«

Auf ärztlichen Rat hin nahm ich eine Woche Urlaub, und mein Hausarzt half mir, einen Platz in einer kognitiven Verhaltenstherapie zu finden. Als ich wieder in die Arbeit ging, nahm ich ein Taxi, aber der Verkehr war so schlimm, dass die Fahrt fast zwei Stunden dauerte. Anschließend versuchte ich eine komplizierte Route mit oberirdischen Zügen, geriet jedoch bei einem kurzen Stück Tunnel in Panik und musste beim nächsten Bahnhof aussteigen, sodass ich anschließend eine Reihe an überfüllten und im Schneckentempo kriechenden Busse benutzte.

Ich kündigte. Während ich es immer weiter aufschob, freiberuflich von zu Hause aus zu arbeiten, suchte ich nach einem Job, irgendeinem Job in der Nähe, und als mir das nicht glückte, weitete ich mein Suchgebiet fußläufig der London Bridge aus. Das Comfort Zone hatte eine freie Stelle.

Ich hatte schon in dem Café angefangen, als eine weitere E-Mail von meiner Antagonistin kam: *Du Feigling, kannst mir nich mal antworten? Hätt ich mir verdamt noch mal denken können.*

»Rechtschreibung ist wohl nicht so ihr Ding«, sagte Clare.

Damit darfst du nicht davonkommen, hieß es in der nächsten Mail.

Und dann: *Was man sät, wird man ernten. Vergiss das nie!*

»Du solltest diesen E-Mail-Account schließen«, riet mir Clare.

Was ich auch tat. »Wie sonderbar, dass es eine Frau ist, die so wütend ist. Damals war es genau dasselbe: Die Männer haben es gelassener genommen.«

»Die Zeiten ändern sich«, sagte sie, und vielleicht fügte sie, da ich immer noch mitten in meinem Nervenzusammenbruch steckte, nicht hinzu, was sie meines Erachtens gewiss dachte: *Gewöhn dich lieber dran.*

15

Mai 2019

Es war wenig überraschend herauszufinden, dass Melia mich gegoogelt und von meiner Schmach gelesen hatte. Überrascht hatte mich nur, wie lang es dauerte. Immerhin hatte ich *ihren* Namen gesucht, sobald unsere Affäre begann. Das war, was Liebespaare 2019 taten: Sie stellten abgeklärt Nachforschungen übereinander an. Kein mühevolles Zusammentragen von Informationen, kein Erzählen der eigenen Lebensgeschichte in aller Ruhe. Privatsphäre war jetzt eine Einstellung, kein Menschenrecht. Und so hatte ich mehrere dreizeilige Rezensionen über ihre Schauspielleistung überflogen, die bereits mehrere Jahre alt waren, ebenso wie veraltete Auflistungen von Engagements. Instagram war ihre Lieblings-Social-Media-Plattform, ihre Aktivität dort reichte von wildem Enthusiasmus in der einen Woche – #LiebedasLondonerLeben – bis zum völligen Verzicht in der nächsten (wahrscheinlich #HassedasLondoner-Leben).

»Wir haben von der U-Bahn-Sache gelesen«, erklärte sie. Es war Ende Mai, etwa zwei Monate nachdem wir unsere Affäre begonnen hatten. Ein weiterer Abend unter der Woche, ein weiteres ihrer Apartments, elegante und unpersönliche Schmelztiegel unserer heftigen menschlichen Leidenschaft. Ich lebte jetzt allein für unsere Treffen, war wie ein abgerichtetes Tier. »Wir wussten gar nicht, dass du es in die Zeitung geschafft hast.«

Wir. Kit und sie. Ich stellte mir die beiden vor, wie sie sich auf ihren Kissen abstützten und das iPad teilten, dunkle Haarschöpfe nebeneinander. Hielt er sanft ihren Kopf, wie ich es tat, wie ich es jetzt in diesem Moment tat, mein Daumen, der den weichen Flaum ihres Haaransatzes streichelte?

»Hört sich nach einem echten Drama an«, fügte sie hinzu.

»Das war es auch. Und noch viel schlimmer, weil die Leute darüber getwittert haben. Der *Standard* hat die Sache total aufgebauscht.«

»Kit liebt diesen Hashtag #PendlerHölle auf Twitter.«

»Der ist immer noch riesig, nicht wahr?«

»Ja, er meint, die Leute sind echt witzig.«

»Glaub mir, es ist nicht so witzig, wenn sie auf deine Kosten Späße machen. Wurde in dem Artikel, den ihr gelesen habt, erwähnt, dass es die U-Bahn vor unserer war, die liegengeblieben ist? Es hatte rein gar nichts mit mir zu tun. Und stand dort, was für ein unglaubliches Glück wir hatten, dass es zu keinem Riesengedränge an einem der Bahnhöfe kam? Die Bahnsteige sind genauso überfüllt wie die Züge. Es besteht buchstäblich kein Spielraum für Fehler, eine Person könnte stolpern und fallen, und das war's. Hunderte könnten sterben.«

Sie schauderte und nahm meine Hand. Unsere Handrücken waren ein Abbild unseres Alters: meine Haut faltig und fahl, mit hervortretenden blauen Adern, ihre blass und weich. War auch ihr Blut heller? Glänzten ihre Knochen stärker? »Vielleicht hättest du Rad fahren sollen?«

Ich erklärte ihr, dass mein Fahrrad kurz davor gestohlen worden war. »Dort gibt es keine Überwachungskamera, aber selbst *wenn* sie den Dieb aufgenommen hätte, hätte ich es niemals zurückbekommen.«

»Hast du jemals darüber nachgedacht, irgendwo anders hinzuziehen? Wo du mit dem Auto zur Arbeit fahren könntest.«

»Vielleicht. Aber Clare würde London niemals verlassen. Ihre Firma ist hier. Die ist wichtiger als all *meine* Belange«, fügte ich an und offenbarte damit mehr Verbitterung, als ich beabsichtigt hatte.

Es folgte Stille. Manchmal fühlte es sich mit Melia an, als wäre ihr Schweigen eine Botschaft, geschrieben mit unsichtbarer Tinte. Man trug die magische Flüssigkeit auf und gab die Worte auf eigenes Risiko preis. Diesmal las ich: *Was geht es Clare an?* Obwohl ich sie gefragt hatte, ob sie in Erwägung zog, Kit den Laufpass zu geben, hatte sie nie wissen wollen, ob ich Clare verlassen würde.

Da ließ sie meine Hand los und glitt mit den Fingern, flatternd wie Mottenflügel, über meine Brust. »Mir gefällt es, in der U-Bahn gegen Männer gepresst zu werden. Manchmal spürt man es.«

»Was?«

»Dass sie erregt sind.«

Ich musste lachen. »Du gibst also zu, Männer sexuell zu belästigen? Pass lieber auf, sonst zeige ich dich noch an.«

Sie zuckte mit den Schultern. »Es ist kein Verbrechen, wenn das Opfer nichts einzuwenden hat.«

»Du bewegst dich hier auf dünnem Eis, Liebling, rechtlich *und* moralisch.« Ich fragte mich, ob sie jemals ernsthaft über die Kurzlebigkeit ihrer sexuellen Macht nachdachte. In ein oder zwei Jahrzehnten könnte sie sich an einen Kerl pressen und dafür vorgeführt, bloßgestellt werden. Eine neue Generation an Melias würde sich nicht zweimal bitten lassen, sie zu verhöhnen.

»Ich hatte auch mal eine Panikattacke«, sagte sie.

»Oh, ja? Als dir aufgefallen ist, dass du deinen Freund betrügst und er es herausfinden könnte …« Das erinnerte mich an etwas anderes. »Clare hat gesagt, du glaubst, da liefe was zwischen ihm und Gretchen?«

»Es würde mich nicht wundern«, sagte sie ungehalten.

»War das der Grund, warum du dich bei uns zu Hause so aufgeregt hast?«

Keine Antwort.

»Komm schon, Melia, selbst wenn es stimmt, bist du wohl kaum in der Position, dich darüber zu mokieren, oder?«

Mit zornglühenden Augen drehte sie sich zu mir. »Er hat keine Ahnung von uns. Worüber ich mich *mokiere*, ist, dass er glaubt, er könnte alles tun, was er will. Alles sagen, was er will.«

Es fiel mir schwer, ihre Einschätzung mit meiner unter einen Hut zu bringen: Für mich war Kit ein Mann, der ständig frustriert von dem war, was er nicht tun konnte. Ich sagte nichts weiter, und sie kehrte zu ihrer Geschichte mit der Panikattacke zurück.

»Es war während eines Flugs. Es gab wirklich schlimme Turbulenzen, und ich bin ausgetickt. Ich habe mich erst zusammengerissen, als sie mir drohten, mich festzuschnallen. Ich habe weiter leise vor mich hin gewimmert und konnte die Menschen hören, die meinten: ›Kann sie nicht verdammt noch mal die Klappe halten?‹ Menschen können so gemein sein. Das war fast so schlimm wie die Turbulenzen selbst.«

Während sie die Beispiele von Gehässigkeit detailreich auflistete, als hätte ihr Trauma ihre Karriere beendet und ihr ganzes Leben schlagartig verändert, war mir nicht klar, ob ihr ursprüngliches Ziel war, mir ihr Mitgefühl zu zeigen – oder ob sie einfach nur über sich selbst reden wollte.

»Es gibt einen Grund, warum *Melia* mit *Me* abgekürzt wird«, sagte Clare später an einem kalten Vormittag in Edinburgh. »Es liegt daran, dass sie eine schreckliche Narzisstin ist.«

Aber ich greife vor.

*

Das U-Bahn-Drama war nicht das Einzige, worüber Kit und Melia sich unterhielten. *Oder die Wasserratten.*

Ich erinnere mich, wie Kit und Steve sich eines Morgens über schreckliche Chefs ausließen, ein abgedroschenes Thema – Kit hasste seine direkte Vorgesetzte, nannte sie »den Kalten Fisch«, und im Lauf der Zeit wurde das schlicht zu *Fisch* abgekürzt. Gretchen, die draußen an Deck war, arbeitete für »den Psycho«, und jetzt hatten sie sich auf einen Namen für Steves Chefin geeinigt, einen Fitnessfreak: »Iron Snake«.

»Was ist mit dir, Jamie?«, fragte Kit.

»Oh, meine Vorgesetzte ist ein tolles Mädchen. Ich mag sie wirklich sehr gern.« Es war eine Wiederholung unseres Gesprächs über unsere Väter: seiner eine Platzverschwendung, meiner ein anständiger Kerl.

»Wahrscheinlich bist *du* es, der einen Spitznamen hat«, sagte Steve. »Komm schon, raus mit der Sprache. Wie nennen sie dich drüben bei Starbucks?«

»Es *ist nicht* Starbucks«, murmelte ich.

»Vielleicht nennen sie dich Escort?«, schlug Kit vor. »Die wissen doch, dass du dich aushalten lässt?«

Heiße Röte stieg mir ins Gesicht. Also *hatte* Melia es ihm erzählt. Was hatte ich erwartet? Höchstwahrscheinlich hatte sie den Eindruck vermittelt, als stammte die Information von Clare.

Die beiden prusteten los. Während sie schenkelklopfend nach anderen, absurd unpassenden Worten für einen Mann mittleren Alters suchten – *Gigolo, Playboy, Partyhengst* –, gab ich auf und gesellte mich draußen zu Gretchen. Unter dem frischen Frühlingshimmel schimmerte der Fluss im Licht, fast als wäre er heiß. Fast als würde seine Temperatur, die so niedrig war, dass sie das ganze Jahr über für einen Kälteschock sorgen würde (ja, ich hatte mich auch in dieses Thema eingelesen), nicht die stärksten Arme und Beine lähmen und einen Atemreflex nach sich ziehen, der schmutziges Wasser in die gesündeste Lunge schwemmen würde.

Sie saß mit geschlossenen Augen da, den Kopf zurückgelehnt, während die Brise ihr das Haar ins Gesicht blies.

»Gretchen? Schläfst du?«

»Nein.« Sie würdigte meine Gegenwart mit einem Blinzeln. »Wenn du die Augen schließt, kannst du so tun, als wärst du im Urlaub und nicht auf dem Weg, um den Tag in einem Schlangennest zu verbringen.«

Herrgott, die Fahrt heute Morgen war eine echte Selbstmitleidsorgie. »Ist deine Arbeit wirklich so schlimm? Warum suchst du dann nicht einfach was Neues?«

Gretchen schlug die Augen auf, und ich erwartete, sie würde die Gelegenheit nutzen, sich wieder einmal über die Gin-Destillerie auszulassen, doch zu meinem Erstaunen schimmerten darin Tränen. »Oh, ich bin am Suchen, keine Sorge. Ich wünschte, ich könnte mir eine kleine Auszeit nehmen, aber das kann ich mir nicht leisten. Es gibt niemanden, der *mich* durchfüttert.«

Also wusste sie es ebenfalls. Die drei hatten meine ungewöhnliche Situation besprochen, und anstatt mich in die Schublade mittelloser, schutzbedürftiger Mensch zu stecken, wie sie es womöglich getan hätten, wäre ich die Frau in der Beziehung, hatten sie entschieden, es sei ungerecht, dass ich im Gegensatz zu ihnen finanziell unterstützt wurde.

»Es ist kein Durchfüttern, wenn man seit vielen Jahren ein Paar ist, das sich liebt«, sagte ich, und es war gewiss die Scheinheilig-

140

keit meiner eigenen Worte und nicht die kräftige Brise, die mir den Atem verschlug. Clare glaubte immer noch, ich würde zu den Coachingstunden bei Vicky gehen, eine List, die ich ausgeweitet hatte, indem ich behauptete, hier und da Networking-Veranstaltungen zu besuchen. Doch dieses Alibi würde nicht mehr lange funktionieren. Ich bräuchte ein neues Hobby, etwas, bei dem Clare nicht versucht wäre mitzumachen (vielleicht Taxidermie).

Gretchen ließ sich nicht aus ihren düsteren Gedanken reißen, weshalb ich wieder reinging und mich auf einen Platz ganz hinten setzte, anstatt mich zu den Männern zu gesellen. Melias Verärgerung über die Arbeit war das eine – ich teilte ihren Schmerz, weil ich in sie vernarrt war –, aber ständig mit anhören zu müssen, wie diese jungen Leute glaubten, ein Anrecht auf angesehenere und besser bezahlte Jobs zu haben als diejenigen, die sie sich tatsächlich erarbeitet hatten, war ermüdend. Werdet erwachsen! Es war wohl eine Mahnung, dass aus Zweckmäßigkeit geborene Freundschaften so windig sind wie die Seiten unserer *Metros*-Gratiszeitung.

Als wir uns der Tate Modern näherten, bewirkte eine Abfolge an Spiegelungen im Glas den Eindruck, dass die Stadt leicht zur Seite kippte und die Millennium Bridge wie eine Leiter in den Himmel ragte, an der die Menschen mit gesenkten Köpfen hinaufkletterten, ohne dem Wasser entkommen zu können.

Mir dämmerte, dass dieser Fluss mir Angst einjagen könnte, würde ich es zulassen.

*

Wenn ich nach dieser Fahrt ein bisschen niedergeschlagen im Café war, so übertrumpfte Regan mich noch – *und* Gretchen. Uns alle. »Ich fliege nächste Woche aus meinem Zimmer. Die eigentliche Freundin kommt von ihrer Reise zurück.«

»Hm, verflucht seien eigentliche Freunde«, sagte ich. »Ich wusste nicht, dass du nur Untermieterin bist.«

»Sie meinten, ich könnte in der Abstellkammer schlafen, aber die hat kein Fenster, und der Boiler ist mir suspekt.« Regan krempelte die Ärmel hoch. An ihrem linken Unterarm hatte sie das Tattoo einer Spinne, deren Beine ihren Arm wie eine Klammer umschlossen.

»Nein, du willst nicht an einer Kohlenmonoxidvergiftung sterben.«

»Ich kenne jemanden, der ein freies Zimmer hat, aber das ist genau da, wo dieser Teenager erschossen wurde. Hast du davon gelesen? Es war auf einem Parkplatz in Plumstead. Deshalb ist es wahrscheinlich auch so billig. Du könntest jederzeit abgeknallt werden.« Sie verdiente, wie ich wusste, exakt 40 Penny mehr die Stunde als ich, aber das hob ihr Gehalt nicht einmal auf das Existenzminimum, das in London im Moment bei zehn Pfund 55 die Stunde lag. »Meine Mum will, dass ich aus London wegziehe und zurück nach Hause komme. Sie glaubt, hier würden Gangs jede Sekunde des Tages Menschen abstechen.«

»Im Moment kommt es einem tatsächlich fast so vor«, stimmte ich ihr zu. »Aber wahrscheinlich muss man sie vorher irgendwie provoziert haben, und ich glaube nicht, dass du Gefahr läufst, das zu tun, oder?«

Es folgten mehrere Kaffeebestellungen, und wir gaben uns eine Weile ganz dem Mahlen und Zischen und Klopfen der Maschine hin – in diesem Café war es laut, und manchmal hatte man das Gefühl, wir wären Maurer oder Elektriker. Als der Andrang vorbei war, sagte ich: »Lass uns hier einen Zettel aufhängen. Zimmer gesucht.«

Als Regan bei der Vorstellung einer materiellen, handgeschriebenen Notiz, die mit einer Reißzwecke an eine Tafel gepinnt war, in schallendes Gelächter ausbrach und fragte, ob nicht *ich* vielleicht ein freies Zimmer hätte, idealerweise eines mit einem *richtigen Fenster*, fragte ich mich verwundert, was sie wohl sagen würde, wenn ich ihr ein Foto vom Prospect Square Nummer 15 zeigte, mit nicht weniger als neun Fenstern, und das waren nur die, die von der Straße aus zu sehen waren. Nein, der Reaktion der Wasserratten nach zu urteilen, wäre ich besser dran, wenn ich den Luxus meiner Behausung für mich behielt.

»Die Leute lesen immer noch Dinge auf Papier«, erklärte ich. »Sonst hätten wir wohl kaum einen Laden voller Flyer und Prospekte, oder?« Als wollte ein Kunde meine Worte widerlegen, nahm ich eine Kartenzahlung an, wobei er sich entschuldigte, keine Münzen für Trinkgeld zu haben. Selbst für Pennybeträge bezahlten die Leute kontaktlos. Wir hatten Geld unsichtbar gemacht, uns seines vulgären metallischen Klimperns entledigt, und dennoch redeten Menschen mehr darüber als jemals zuvor. Ich hatte noch nie zuvor erlebt, dass es so angebetet und wie ein Fetisch verehrt wurde.

Auf dem Heimweg – ausnahmsweise allein – sah ich Clares Nachricht, ob wir uns zum Abendessen nicht etwas bestellen wollten, während ich mich mit einem Anflug von Schuldgefühlen an das übriggebliebene Brot und Gebäck erinnerte, das Regan fast jeden Tag nach Hause mitnahm. Als wir an One Blackfriars vorbeikamen, dessen silbrig blaue Haut von den abendlichen Schatten durchsetzt war, nahm ich die Pendler um mich herum genauer in Augenschein. Wer von ihnen hatte gerade einen Bonus bekommen, und wer versank in immer größeren Schulden? Konnte die Frau in dem seidenen Wickelkleid mit Blumenmuster, die den Booker-Prize-Gewinner las, ihre Miete bezahlen? Steuerte der Typ mit dem schütteren Haar, der heimlich Pornos auf seinem Handy schaute, auf einen angenehmen Ruhestand zu? Was hielten *sie* von *mir*? In dieser Stadt ist es unmöglich, einen Bettler von einem Prinzen zu unterscheiden.

*

»Sollten wir uns einen Untermieter suchen?«, fragte ich Clare, während wir ein Dutzend Tacos auspackten, die uns aus der Foodhall von einem Jungen geliefert worden waren, der kein Wort Englisch sprach. Als Trinkgeld steckte ich ihm fünf Pfund zu.

»Warum sollten wir das tun?«, erwiderte sie.

»Einfach nur, du weißt schon, wegen der Wohnungskrise. Hier gibt's leere Zimmer.«

Sie verzog das Gesicht. »Ja, aber wir helfen auf andere Art. Wir bezahlen 40 Prozent Steuern.«

»*Du* bezahlst 40 Prozent Steuern.«

Sie biss von ihrem Taco ab und schaffte es geschickt, dass der Inhalt nicht auf ihr Oberteil tropfte. »Willst du wirklich, dass ein völlig Fremder hier aus und ein geht?«

»Er wäre nicht sehr lang ein Fremder. Oder wir könnten einen Freund einziehen lassen.«

»Das ist noch schlimmer. Es gibt immer Streitigkeiten, und dann wird man ihn nicht mehr los.«

Ich schluckte einen halben Taco hinunter, ohne ihn zu kauen, und spürte, wie er in meinen Magen rutschte, als wäre er am Leben. Als ich mit dicken, blasenwerfenden Pommes Guacamole auftunkte, achtete ich darauf, den nächsten Bissen anständig zu kauen. Ich versuchte einen anderen Ansatz. »Fühlst du dich schlecht, weil du weißt, dass all diese Apartments am Fluss leer stehen, während Verkäufer und Vermieter auf verrückten Preisen beharren und wir beide dennoch mit Menschen arbeiten, die in schrecklichen Verhältnissen leben?«

»Sie stehen nicht lang leer, zumindest nicht, wenn ich meinen Job richtig mache.« Sie wölbte eine Augenbraue, aber ich war nicht mehr gewillt, ihre Überheblichkeit zu unterstützen, egal wie drollig ihr Gesichtsausdruck war. »Apropos Menschen, mit denen wir zusammenarbeiten: Ich hatte heute ein interessantes Gespräch mit Richard.«

»Oh, ja?« Mein Herz hämmerte. Er konnte Melias Missbrauch an Befugnissen nicht bemerkt haben, oder? Wir hatten immer peinlichst darauf geachtet, unsere Treffpunkte genau so zu verlassen, wie wir sie vorgefunden hatten.

»Da du dich gegen eine Lehrerfortbildung entschieden hast und die Coachingstunden und Networking-Treffen zu nichts Konkretem geführt haben ...«

»Noch nicht«, unterbrach ich sie. »Sie waren allerdings sehr hilfreich. Psychisch gesehen bin ich meilenweit von dem entfernt, wo ich am Anfang stand. In Bezug auf Selbstvertrauen.« Es hätte mir nicht gefallen, wenn Clare herumposaunte, die arme Vicky Jenkinson wäre ein Scharlatan, oder noch schlimmer, wenn sie von ihr eine Rückerstattung verlangte.

»Was ich eigentlich sagen wollte, ist, dass es bei uns im Maklerbüro bald eine freie Stelle geben wird und dass ich vorgeschlagen habe, dass Richard sich mal mit dir unterhält. Ich weiß, du hast keinerlei Erfahrung in diesem Bereich, aber so war es auch bei Melia, als sie angefangen hat, und sie macht es klasse.«

Es dauerte einen Moment, bis ich meine Einwände gegen diesen neuesten Vorschlag sortiert hatte. Zunächst einmal könnte ich nicht für meine Partnerin neben meiner Geliebten arbeiten. Zweitens war es das eine, auf der Karriereleiter mehrere Sprossen unter seiner Freundin zu stehen, wenn es in verschiedenen Berufen war, aber etwas ganz anderes in derselben *Firma*. Drittens störte mich das Selbstbewusstsein, mit dem Clare mir das Angebot wie eine Vertreterin unterbreitete, so als könnte man darauf nur auf eine einzige Weise reagieren, nämlich auf ihre.

»Nein«, sagte ich.

Sie wählte ihren nächsten Taco aus. »Nein, was?«

»Nein, bring Richard nicht in diese Lage. Das ist nicht fair. Dir würde es auch nicht gefallen, wenn er dich bittet, seine Frau einzustellen.« Ein Klecks Sour Cream landete auf meinem T-Shirt, und ich verschmierte sie mit den Fingern.

»Im Grunde würde ich sie mit Handkuss einstellen, aber da sie eine freiberufliche, wohlhabende Interior Designerin mit Klienten in ganz Europa ist, wäre es höchst unwahrscheinlich, dass er das tut.« Sie reichte mir ein Blatt Küchenrolle. »Die Sache ist die: Ich habe ihm schon gesagt, du würdest ihn anrufen. Ich dachte, wir könnten am Wochenende ein bisschen fürs Vorstellungsgespräch üben.«

Es war ihre Miene, die mir den Rest gab, die beiläufige Annahme, ich würde mich sofort fügen. Wut flammte in mir auf.

»Clare, ich habe Nein gesagt. Die Coachingstunden waren ein sehr großzügiges Geschenk, aber würdest du es bitte von nun an mir überlassen, mich um eine Anstellung zu kümmern, und aufhören, die ganze Zeit in meinem Namen zu handeln? Tritt meine Gefühle nicht mit Füßen!«

Als ihr Blick niedergeschlagen wurde, versuchte ich, meinen eigenen Zorn zu hinterfragen, der, wie ich genauso deutlich wie sie erkannte, eine völlig unhöfliche Reaktion auf ein Hilfsangebot war. Vielleicht war es übertragener Schmerz, eine Manifestation meiner Schuldgefühle am falschen Ort (passender wären meine Eier) oder vielleicht Angst – um Himmels willen, hatte sie Vicky womöglich in einer E-Mail von der Jobidee geschrieben? Würde sie schon bald eine erstaunte Antwort erhalten? –, aber wie dem auch sei, ich könnte nur ein gewisses Maß an moralischer Entrüstung aufbringen, bevor meine Nase wuchs. Bevor die Götter sich auf die Seite der Unschuldigen schlugen und Hinweise für sie hinterließen.

Ich murmelte eine Entschuldigung.

»Nein, schon in Ordnung«, sagte sie. Ihre Wangen waren knallrot unter ihrem Make-up. »Ich hätte dich vorher fragen müssen. Ich erkläre Richard, dass du andere Pläne hast.«

»Danke.«

»Vielleicht wirst du diese Pläne irgendwann auch mal mit mir besprechen«, fügte sie hinzu, denn sie musste *unbedingt* das letzte Wort haben, und wer verdammt noch mal war ich, ihr das zu verwehren?

Mir war der Appetit vergangen, und ich schob das Essen weg.

16

Juli 2019

Melia und ich entwickelten einen Rhythmus für unsere Liaison, einen Ablaufplan für unsere Treffen, der zweifellos jedem vertraut ist, der jemals eine Affäre hatte: Drinks und Smalltalk, Sex, echte Unterhaltungen – »tiefe Gespräche«, wie wir es nannten, denn wir sagten all die süßen Dinge, die, wie ich völlig vergessen hatte, am Anfang einer Beziehung gesagt wurden und die Melia liebte.

Manchmal wurden die wichtigsten Dinge gesagt, während wir uns anzogen, so wie an einem Juliabend, als etwas außerhalb der normalen Routine vorfiel. Unser Treffpunkt war eine Penthousewohnung mit Smart-Home-Technologie, einem herrlichen Panoramablick auf den Dome und Canary Wharf, der mit einem Knopfdruck wie von Zauberhand durch Jalousien verdeckt wurde, und ich wäre liebend gern noch etwas länger geblieben, aber Melia hatte andere Pläne.

»Erinnerst du dich, dass wir uns einmal über unsere Panikattacken unterhalten haben? Mir ist eine total gute Idee gekommen, und ich denke, wir sollten es auf der Stelle ausprobieren! Es wäre für uns beide gut – im Sinne von, keine Ahnung, einer Therapie.«

»Was für eine Therapie?«

»Du müsstest es allerdings bezahlen«, fuhr sie fröhlich fort.

»Ich bin völlig abgebrannt. Meine Bankkarte wird ständig abgelehnt, ich muss wohl meinen Dispo überzogen haben.«

»Wie viel wird es kosten?«, fragte ich eingedenk meiner eigenen beschränkten Mindestlohnmöglichkeiten.

»Das finden wir raus. Komm schon, hast du noch eine halbe Stunde Zeit?«

Wir verließen das Gebäude und spazierten in Richtung O2-Arena. Irgendein cooler Euro-DJ spielte dort, und alle, denen wir begegneten, schienen high zu sein, auf natürliche oder chemische Weise oder beides. Obwohl wir nicht an Steves Wohnblock vorbeikamen und ich außerdem von der morgendlichen Bootsfahrt wusste, dass er an diesem Abend ein Geschäftsessen hatte, wirkte es wie ein viel gewagteres Spiel, draußen gemeinsam herumzuspazieren – und ich wusste, wie leicht Wagemut an Dynamik gewinnen und in Leichtsinnigkeit umschlagen kann.

»Da sind wir«, sagte Melia. »Deine Klaustrophobie, meine Flugangst. Zwei Fliegen mit einer Klappe.«

Es war die Haltestelle der Seilbahn, die die Halbinsel mit der Nordseite des Flusses verband. Fast 100 Meter über dem Wasser hoben sich die Gondeln funkelnd gegen bauschige graue Wolken ab. Ich war noch nie in einer gefahren, hatte nie die Notwendigkeit gesehen. Für mich hatten diese leuchtenden rechteckigen Kabinen einen rein dekorativen Charakter.

»Ich dachte, deine größte Angst wäre die Langeweile?« Doch ich bemerkte das Fieber ihrer Aufregung: Vor dieser Sache könnte ich mich nicht drücken. »Weißt du überhaupt, was auf der anderen Seite ist?«

»Das spielt keine Rolle, weil wir nicht aussteigen werden. Wir fahren direkt zurück. Man nennt es einen Three Sixty.«

Im Penthouse hatten wir zusammen eine Flasche Wein geleert, und ich war gerade entspannt genug, um die Tickets zu kaufen und ihr ohne Protest durch das Drehkreuz zu folgen. Lange nach dem Berufsverkehr war es kein Problem, eine Gondel für uns allein zu ergattern.

»Wie lang dauert es?«

»Zehn Minuten hin, zehn zurück. Also, der Zweck dieser Therapie ist, uns von unseren irrationalen Ängsten abzulenken.« Mit heißem Atem drängte sie sich gegen mich, als sie die Worte in mein Ohr flüsterte. »Was können wir in 20 Minuten tun?«

Während die Schalterhalle unter uns zusammenschrumpfte, sank sie zu meinem entsetzten Vergnügen auf die Knie. »Melia!«

Ihre Stimme drang zwischen meinen Beinen zu mir hoch. »Was, ist das nicht so dein Ding?«

»Kameras«, sagte ich. »Genau in dem Moment sitzt irgendein Typ vor einer Wand aus Monitoren und beobachtet uns.«

Sie zog meinen Reißverschluss auf. »Und was soll er tun? Alles anhalten und am Stahlseil entlangrutschen, um uns zu verhaften?«

Da behielt ich meine erbärmlichen mahnenden Worte für mich – mittlerweile war ich Melia hilflos ausgeliefert, das dürfte klar sein. Mich packte das sonderbarste Gefühl, eine nervenzerreißende Erregung, während die Stadt immer kleiner wurde und außer Reichweite geriet, bis die Türme und der Dome und die Hafenanlagen, die Landebahnen des Flughafens und das blaue Band des Flusses jede Bedeutung verloren und ich die Augen schloss und mich Melia hingab.

Dann eine jähe, schmerzhafte Leere, als ich Melia nicht mehr spürte, und ihre abgehackte Stimme hörte: »Nicht ausflippen, aber ich glaube, wir haben angehalten.«

Sie rappelte sich auf die Beine, um sich neben mich zu setzen, und wischte sich den Staub von den Knien. Ich zog den Reißverschluss hoch. Die Gondel bewegte sich nicht. In der nächsten Kabine stand ein Mann und blickte zu uns. Ich hatte nicht den blassesten Schimmer, ob er sehen konnte, was wir hier getan hatten. Keiner von uns reagierte.

»Ich bin sicher, alles ist okay«, sagte Melia. Ihre Arme legten sich um mich. »Sind wir schuld?«, flüsterte sie mir ins Ohr, als gäbe es in der Gondel Mikrofone.

»Keine Ahnung.«

Oh, welch ein Solipsismus, als könnte ein Pärchen, das sich vergnügte, eine gesamte Verkehrsverbindung zum Stillstand bringen. Es dauerte einen Moment, bis ich erkannte, dass ich den Atem anhielt, als hielte ich die Stille, als hielte sie uns in Sicherheit. Ich dachte: *Wäre der Wind stärker, würde die Seilbahn dann schaukeln und quietschen?* Wie würde es sich anfühlen, wenn man wüsste, dass man gleich 100 Meter in den Fluss stürzt? Würden die Türen beim Aufprall aufspringen, oder wären wir eingeschlossen wie Figuren in einer Schneekugel?

»Es geht weiter«, hauchte Melia.

Die restliche Fahrt saßen wir nebeneinander, die Rücken kerzengerade, die Finger ineinander verschlungen, ohne ein einziges Wort zu sagen. Mir kam es vor, als atmeten wir synchron. Beim Aussteigen vermied ich jeglichen Blickkontakt mit den Angestellten, doch Melia dankte ihnen voll ausgelassener Unschuld.

»Siehst du? Keine Verhaftung. Niemand hat sich für uns interessiert, Jamie.« Sie führte mich zurück durch die Station und aus dem Ticketschalter ins Freie. »Der Punkt ist der: Hattest du Platzangst?«

»Nicht direkt Platzangst, nein. Ich hatte eher Angst zu fallen.« Ich schob sie in den Schatten. »Und du?«

»Bei mir war es dasselbe. Als würde sich die Gondel lösen, und wir stürzten einfach wie ein Stein nach unten. Ich nenne das einen

Fortschritt: Wir haben unsere Phobien durch eine neue ersetzt!«
Sie boxte in die Luft, ihr Hochgefühl war ansteckend. »Ich fühle
auch sonst noch etwas Neues«, flüsterte sie mir zu, und ihr Gesicht war nah an meinem, ihre Augen weit aufgerissen, als wollte
sie mir gleich etwas beichten. »Ich werde es allerdings nicht sagen.
Es ist zu früh. Zu verrückt.«

»Was sagen?«

»Du weißt schon.« Mit einem Kuss auf die Wange, genau so,
als wären wir gute Freunde, die sich nach einer zufälligen Begegnung voneinander verabschiedeten, drehte sie sich um und
spazierte von mir weg, am Ticketschalter vorbei Richtung
U-Bahn.

Ich blieb, wo ich war. Was war hier los? Eine Lüge zu leben, sich
eine geheime Nebenhandlung zu erschaffen, war das eine, aber
das hier wurde zur Haupthandlung, zur Wahrheit. Zum ersten
Mal hatten wir unsere Affäre nach draußen getragen. Unser
unterbrochener Liebesakt mochte hoch über der Stadt passiert
sein, aber es war dennoch ein öffentliches Verkehrsmittel, mit
Kameras, womöglich sogar mit einem anderen Passagier, der uns
beobachtet hatte. Es war ein schockierendes Risiko, ein Akt des
Wahnsinns, außer …

Außer unser Wunsch wuchs, erwischt zu werden. Der Wunsch,
eine Entscheidung treffen zu müssen.

Und wenn dem so wäre, würden wir dann dieselbe Entscheidung treffen?

Wie im Delirium spazierte ich den kurzen Weg bis zum Anlegesteg und war erleichtert, als niemand auf dem Boot nach
St Mary's war, mit dem ich mich unterhalten musste und der mich
fragen würde, wie es kam, dass ich hier einstieg, oder auch nur,
ob ich einen guten Tag hatte, denn seiner oder ihrer war *schrecklich* gewesen. Ich schmeckte den Gin in der warmen Kabinenluft,

hörte das Klirren von Flaschen, während der Angestellte den Kühlschrank mit Bier auffüllte.

Als wir in St Mary's anlegten, blickte ich zur Halbinsel und Canary Wharf dahinter, den Türmen, die sich wie Silhouetten gegen die späte Abenddämmerung abzeichneten. Im Vordergrund die rotäugigen Wachen der Thames Barrier. Da bemerkte ich, dass ich mich so glücklich wie niemals zuvor in meinem Leben fühlte. Ich war in *Hochstimmung*.

Dann, wenige Augenblicke später, bekam ich einen Schock. Nicht weit weg vom Pier, ein paar Schritte die Artillery Passage am Mariners hinein, sah ich Kit. Er stand neben einem großen, knochigen Typ in Jeans und Turnschuhen, der überdimensionale Kopfhörer wie einen Schal um den langen Hals trug. Ich nahm an, er wäre ein Kumpel von ihm, doch als ich den Prospect Square erreichte, war ich überzeugt, dass er Kits Dealer war.

Geduckt eilte ich an ihm vorbei, bevor er mich sehen, bevor er mich nah genug zu sich winken konnte, um den getrockneten Speichel seiner Frau auf meiner Haut zu riechen.

*

Am nächsten Morgen tauchte Kit auf dem Boot auf und aß einen Donut, aus dem Erdnussbutter und Marmelade quollen. Er verschlang ihn auf die Art, wie Menschen es tun, die seit dem letzten Mittag nichts mehr gegessen haben.

»Ich dachte, ich hätte dich gestern vor dem Mariners gesehen«, sagte ich. »Gegen zehn.«

Während ich mir selbst in den Hintern trat – was, wenn wir tatsächlich auf demselben Boot gewesen waren, er aus den Augenwinkeln mitbekommen hatte, wie ich auf der Halbinsel zugestiegen war und jetzt seine Erinnerung aufrüttelte? –, zuckte er bloß mit den Schultern.

»Du warst mit einem Typen zusammen«, fügte ich hinzu.

»Jetzt mach aber mal halblang, Kumpel, es ist nicht so, als wären wir exklusiv.« Das sagte er in übertrieben tuntigem Tonfall. Sein Atem roch nach Erdnussbutter. Seine Augen waren gerötet, rosa Linien durchzogen das Weiß.

»Ich fand nur, dass er etwas zwielichtig aussah, das ist alles.«

»Vielleicht für *deine* Begriffe zwielichtig.« Doch er verriet nicht, wer der Kerl war, und bevor wir's uns versahen, war Steve an Bord und lenkte unsere Aufmerksamkeit auf eine schwarze Gestalt, die wie ein Monsterinsekt über ein Schrägdach von einem der am Wasser gelegenen Türme kroch.

»Selbstmord?«, sagte Kit ohne jegliche Anteilnahme.

Steve kicherte über seine Herzlosigkeit. »Nein, du guter Samariter. Das ist ein Fensterputzer.«

»Oder irgendeine Art Techniker«, erklärte ich, »der etwas an der Fassade repariert.«

»Wie zum Teufel ist er gesichert?«, fragte Kit.

»Seile«, erwiderte Steve. »Darüber habe ich neulich was gelesen. Die arbeiten auf Wolkenkratzern und Brücken, an verrückten Orten. Ich wette, sie bekommen eine Gefahrenzulage.«

»Ich wette, die bekommen sie nicht«, sagte Kit düster. »Ich wette, sie werden mit einem Scheißhungerlohn abgespeist.«

»Bring ihn ja nicht aufs Thema Geld«, warnte ich Steve.

»Bring *ihn* ja nicht dazu, ein Arschloch zu sein«, sagte Kit, und sein Gesichtsausdruck verdunkelte sich.

Zugegeben, ich war tatsächlich ein wenig gedankenlos gewesen, aber *das* hatte ich gewiss nicht verdient. Was war sein Problem? Als Gretchen an Bord kam, setzte er sich von uns weg und warf mir einen unfreundlichen Blick zu.

»Was ist denn dem über die Leber gelaufen?«, wandte ich mich an die anderen. »Verkatert?«

»Es liegt wohl daran, dass er die Beförderung nicht bekommen hat«, sagte Gretchen.

»Welche Beförderung?«

»Oh, *Jamie*, das hat er uns doch gestern lang und breit erzählt.«

»Ich habe gestern ein anderes Boot genommen«, rief ich ihr ins Gedächtnis.

»Mal sehen, ob er auf eine Zigarette mit rauswill«, sagte Steve, und Gretchen erklärte, sie würde mitkommen.

»Passt auf, dass ihr euch direkt neben ihn stellt. Ihr wollt doch nicht, dass er über Bord springt«, scherzte ich, aber keiner von ihnen lächelte auch nur müde.

Ich seufzte. Ich kannte Kit besser als die beiden, und obwohl er gerade diese Anspielung auf Suizid gemacht hatte, würde er es *niemals* selbst versuchen, insbesondere nicht wegen eines Rückschlags in der Arbeit. Ein anderer Pendler vielleicht. Jeder von ihnen könnte eines Abends nach einer Jobkatastrophe allein an Bord gehen, abwarten, bis das Boot ein besonders bösartig aussehendes Stück Strömung erreicht, dann hinaus an Deck spazieren und eine abgeschiedene Stelle finden, um es zu tun. Sich einfach ohne ein letztes Wort über die Reling fallen lassen, um für immer von der Bildfläche zu verschwinden.

Aber nein, die Crew zählte mit. Mir war aufgefallen, dass sie jedes Mal, wenn ich die Gangway betrat, einen dieser mechanischen Handzähler benutzten: Wahrscheinlich war das laut Seerecht Pflicht. Wenn die Zahlen später nicht übereinstimmten, würden sie es schon bald wissen.

17

27. Dezember 2019

Mein Handy summt, und trotz der forschenden Blicke der Detectives lese ich Clares Antwort auf meine letzte Nachricht:

> Ja, Melia hat Richard von K erzählt.
> Wie sonderbar!

> Ich hoffe, mit ihm ist alles in Ordnung.

Da sie das Wort *sonderbar* benutzt, anstelle von *tragisch* oder *schrecklich*, ist sie wohl skeptisch, ob Kit tatsächlich in Gefahr schwebt.

»Das war er nicht, oder?«, fragt Merchison.

»Nein.« Da kommt mir der Gedanke, dass ich Kits Nummer seit jener Nachricht am Montag nicht mehr versucht hatte. »Sein Handy ist aus, nicht wahr? Sie haben es nicht irgendwo gefunden? Also wirklich, zumindest *das* können Sie mir verraten?«

»Nein. Er könnte es immer noch bei sich haben, aber es ist außer Betrieb«, sagt Parry.

»Das ist definitiv ungewöhnlich.«

Sie würdigen meine Bemerkung nicht mit der Reaktion, die ihr zusteht – *Du meine Güte, vielen Dank, dass wir in Ihren Augen das Richtige getan haben, eine Ermittlung einzuleiten!* –, und ich komme mir töricht vor.

»Kennen Sie irgendjemanden in seinem Leben, der womöglich einen Groll gegen ihn hegt?«, fragt Merchison. »Was ist mit seinen Kollegen?«

Ich überlege. Wenn die Mitpendler alle in unterschiedlichen Branchen arbeiten, unterhält man sich nur wenig über die Arbeit. Auch wenn man über fiese Bosse nörgelt, aber wer möchte den Tag damit anfangen, den anderen seine Angst vor anstehenden Meetings oder Deadlines aufzudrängen? »Nein«, sage ich. »Tut mir leid. Er ist sehr beliebt. Ich könnte mir vorstellen, dass auch seine Kollegen ihn sehr mögen.«

»Wie sieht's mit seiner Familie aus?«

»Hat Melia Sie darüber etwa nicht ins Bild gesetzt? Sie hat mit ihrer den Kontakt abgebrochen. Seine ist größtenteils tot.«

»›Größtenteils‹ tot?«

»Seine Mum ist jung gestorben, da war er zehn oder elf. Kein Selbstmord, wenn es das ist, was Sie denken.«

Es folgt ein kurzer Moment des Schocks, als ich erkenne, dass ich in dem Versuch, eine Theorie zu bestreiten, nur dafür gesorgt habe, dass sie nun offen auf dem Tisch liegt. Ich kann mir nur schwer vorstellen, dass Melia diese Idee angesprochen hat. »Seine Mum ist an Krebs gestorben, und sein Dad hat ihr Haus verkauft und den Erlös bei Pferdewetten verspielt. Von dem, was ich mitbekommen habe, hatte Kit seitdem nicht viel Kontakt zu ihm. Im Grunde wurde er von seiner Großmutter großgezogen.« Mir fällt auf, dass dies Kit und seine verbitterte Anspruchshaltung ziemlich gut auf den Punkt bringt. »Aber ich bin sicher, Melia hat Ihnen alles darüber erzählt«, füge ich hinzu.

»Es gibt also niemanden, mit dem er kürzlich in Streit geraten ist, selbst über Kleinigkeiten?«

»Nein, bei der Hochzeit habe ich ein paar seiner Freunde getroffen, und sie wirkten alle ganz nett. Einige waren aus seiner Zeit an der Schauspielschule, zwei von der Arbeit.«

Meine Antworten sind absichtlich vage: Mein Ziel ist, es bei meinen Befragern wiedergutzumachen und einen Teil der Macht zurückzugewinnen, die ich mit dem Patzer über den Selbstmord verloren habe.

»Meines Wissens waren Sie und Ihre Partnerin Trauzeugen bei der Hochzeit«, erklärt Merchison. »Das muss durchaus eigenartig gewesen sein.«

»Melia hat Ihnen das erzählt?«

»Da müssen Sie, wie sagt man gleich noch mal …?« Er macht eine Pause. »… einen *inneren Konflikt* ausgetragen haben.«

»Ich habe mich für sie gefreut.« Unvermittelt steigt das Bild von Melia in mir hoch, wie sie sich in dem ersten unserer geborgten Schlafzimmer in diesen hauchdünnen Gardinenstoff wickelte. *Komm zurück, Melia,* hatte ich in einer Singsangstimme gesagt, mein sehnsüchtiges Schmachten nur halb gespielt. *Du bist wie Kleopatra.*

Himmel, waren wir viel zu sehr in unserer eigenen Mythologie gefangen gewesen? Haben wir uns zu viele Gedanken darüber gemacht, was unsere Gefühle *bedeuten?*

Merchison beobachtet mich, liest in meinem Gesicht. »Also wirklich, Jamie, Sie sind doch auch nur ein Mensch. Sie müssen ein kleines bisschen eifersüchtig gewesen sein, als Sie zugesehen haben, wie er die Frau heiratet, in die Sie …« Er zögert, sucht nach dem richtigen Wort, aber diesmal kommt es mir vor, als würde er es wie eine Stichelei zurückhalten. »Verliebt waren«, beendet er schließlich den Satz, und ich bin verunsichert, da er mich angrinst. Zum ersten Mal sehe ich seine Zähne, die vollkommen gerade sind, wie immer in Mündern von Männern, die jünger als ich sind (wenn man die schlechte Zahnhygiene erleben will, für die wir Briten bekannt sind, muss man sich an die Altersgruppe der über 40-Jährigen wenden).

Ich seufze. »Hören Sie, das hier ist keine Therapiestunde. Was hat das mit den Ermittlungen zu tun?«

»Das hat insofern etwas mit den Ermittlungen zu tun, als dass alles auf Sie zurückführt«, sagt Parry. »Sie sind derjenige, der Montagabend dort war. Sie sind derjenige mit den Gefühlsausbrüchen. Sie sind derjenige, dem Kit das Vertrauen geschenkt hat, Trauzeuge bei seiner Hochzeit zu sein, obwohl Sie ihn in Wirklichkeit auf die schlimmstmögliche Art betrogen haben.«

Es klingt schlimm, wenn er das alles so auflistet. Regelrecht unentschuldbar.

»Er hat recht, wissen Sie«, sagt Merchison. Und er sieht fast betrübt aus, als hätte er wirklich versucht, mich zu verteidigen, aber einfach keinen Weg für eine Wahrheit gefunden, die mich in ein besseres Licht rückt.

»Sie sind sein einziger uns bekannter Feind, Jamie.«

18

August 2019

Die Hochzeit an einem Samstag im Spätsommer kam mir völlig
verrückt vor, als ich davon erfuhr, noch unter Kissen vergraben,
die Vorhänge im Schlafzimmer waren noch zugezogen.

»Jamie! Du musst aufstehen!«

Clare stand im Türrahmen und wartete, bis ich den Kopf hob,
bevor sie zu den Fenstern marschierte, um die Vorhänge aufzu-
ziehen und das Zimmer mit Tageslicht zu fluten.

Ich schirmte meine Augen mit dem Arm ab. Kinder kreischten
in einem der Vorgärten an der Straße, und Hunde bellten als Antwort. »Warum?«

»Ich mein's ernst, steh sofort auf!« Ihre Stimme klang lebendig
und motiviert. »Du wirst es nicht glauben: Kit und Melia heiraten!«

Sie hatte recht: Ich glaubte es nicht. Ich setzte mich auf, von
einem schmerzhaften Stich in der Brust getroffen, da mein Herz
gegen die Nachricht protestierte, bevor mein Verstand eine Antwort über die Lippen brachte. »Das sind *tatsächlich* Neuigkeiten.
Auch wenn ich bezweifle, dass es stattfinden wird.« Widerwillig
stieß ich ein leises Lachen aus, bevor ich gegen die Kopfstütze
sank. »Du weißt, wie sie sind.«

Clare stand vor dem Schrank und schob Bügel mit einem grässlichen metallischen Kratzen über die Kleiderstange, das meine Nerven zerfetzte. »Nein, du kapierst es nicht! Es ist *jetzt*. Heute um zwölf! Sie wollen uns als Trauzeugen. Wir müssen uns fertig machen, es ist schon nach zehn.«

Wie erstarrt und mit weit aufgerissenem Mund fiel es mir viel zu leicht, mich ins Zentrum dieser Entwicklung zu rücken: Kit musste das von mir und Melia herausgefunden und ihr einen Antrag gemacht haben, um sie zurückzuerobern und an sich zu binden. Aber nein, wer lädt den neuen Liebhaber seiner Frau als Trauzeugen ein? Das wäre pervers, selbst für Kit. Der eigentliche Punkt aber war: Wie zum Teufel wollten sie eine Hochzeit bezahlen? Es würde sie nur noch tiefer ins Minus stürzen, die Schlinge noch fester zuziehen. Ich erinnerte mich an meinen Ratschlag an Melia, der viel zu frisch war, als dass sie ihn hätte vergessen können: *Heirate Kit nicht … Sonst haftest du neben deinen auch noch für seine Schulden.*

Clare warf mir ihr Handy zu. »Lies Melias Nachricht: *Können wir uns um halb zwölf am Standesamt treffen?* Ich habe zugesagt.«

Es irritierte mich, den Namen meiner Geliebten auf dem Handydisplay meiner Partnerin zu sehen, den langen Verlauf an Nachrichten zwischen ihnen, den Beweis einer engen Arbeitsfreundschaft. Meine Beziehung zu Kit war praktischerweise von der Gruppe überlagert. Bei unserem letzten Abend im Juni hatten wir in einem Club auf der Halbinsel die ganze Nacht durchgemacht, was mich eine volle Woche gekostet hatte, um mich von den Strapazen zu erholen, und mir noch Tage danach die Verbannung ins Gästezimmer eingebrockt hatte, da ich »Alkohol durch die Poren ausdünstete«. *Bitte sag, dass ihr es schafft!*, hatte Melia sie angefleht. *Aufregend!* Sie hatte ein Emoji mit einer errötenden Braut samt Schleier hinzugefügt.

Ich schwang die Beine über den Bettrand. »Kit hat gestern auf dem Boot kein Wort darüber verloren.« Es hatte an Bord die üblichen Biere gegeben, und er hatte jeden gefragt, welche Pläne wir für den nächsten Tag hatten. Doch ich erinnerte mich nicht, dass da ein geheimnisvolles Lächeln gewesen wäre, ein verschwörerisches Zwinkern. »Muss man sich nicht im Vorhinein anmelden, wenn man heiratet?«

Clare, die ein Kleid ausgewählt hatte, sammelte jetzt Unterwäsche und Accessoires zusammen. »Ja, 28 Tage, oder? Aber ich schätze, deine Gäste kannst du mit dieser Last-Minute-Aktion so spontan, wie du nur willst, überfallen!«

Mein Herz kehrte zu seinem grässlichen Hämmern zurück. Also wusste Melia seit vier Wochen von diesem Morgen. Vier Treffen mit mir – einschließlich des Seilbahnausflugs – und kein Sterbenswörtchen. Was für ein Spiel spielte sie, wenn sie erwartete, ich wäre der Trauzeuge auf ihrer Hochzeit, wo sie mir gesagt hatte, sie würde mich lieben?

Nicht gesagt. Angedeutet. Ich spürte, wie sämtliche Luft aus mir entwich: Was für ein Trottel mittleren Alters war ich, dass ich in Kategorien von Liebe dachte? Unter der Dusche drehte ich in dem Versuch, meine schwelenden Gedanken zu ersticken, das Wasser auf eiskalt. Melia und ich waren Vergangenheit. Es hatte nur fünf Monate gedauert, und dennoch hatte es Zeiten gegeben, an denen ich morgens erwacht war, die Bruchstücke in meinem Kopf sich nicht wieder zusammengesetzt hatten und ich das Doppelleben, das ich führte, nicht einmal ansatzweise begriff. Wie hatten wir so lang unentdeckt bleiben können? Kit fehlte, wie mir allmählich klar geworden war, das Einfühlungsvermögen, veränderte Schwingungen wahrzunehmen, aber Clare war anders. Wenn dies das Ende von Melia und mir bedeutete – was gewiss war –, dann kam dieser Schlussstrich womöglich in allerletzter

Sekunde, um meinen Kopf noch heil aus der Schlinge ziehen zu können.

Leichter gesagt als getan.

Sauber geschrubbt, rasiert und halbwegs chic gekleidet stürzte ich zu Clare nach unten, die reizend in ihrem mohnroten Kleid aussah, die Haare zu einer Föhnfrisur gestylt, eine klobige Panzerkette um den Hals, die auf ihrem Schlüsselbein auflag. Als Nächstes saßen wir im Taxi und hielten vor dem Rathaus von Woolwich, einem prächtigen Bauwerk mit Kuppeldach und Uhrenturm.

»Ich habe vergessen, wie hübsch dieses Gebäude ist«, sagte ich.

»Edwardianischer Barock. Warte, bis du drinnen bist. Für diesen Ort muss es eine Warteliste geben, die bis zum Mond reicht. Melia ist wohl bei einer Absage spontan eingesprungen.«

Sie nahm automatisch an, dass Melia die treibende Kraft war, und ich widersprach nicht.

Clare hatte recht, was das Innere betraf. Ein surrealer Anblick für Augen, die zu dieser Stunde am Wochenende normalerweise in eine Kaffeetasse starren: eine riesige Kuppeldecke, Schachbrettboden, Buntglas, eine Treppe, die eines Sultans würdig war, und alles überwacht von einer marmornen Königin Victoria.

Wir fanden das Brautpaar im Wartebereich der oberen Etage. Vielleicht lag es am Prunk des Gebäudes, aber im Vergleich dazu wirkten die beiden farblos und unschuldig, insbesondere Melia in ihrem taubengrauen Sommerkleidchen und Sandalen, die kaum mehr als Flipflops waren. Lange Ohrringe aus baumelnden Silberquasten drohten sich in ihren Haaren zu verheddern, die sie offen und natürlich über nackten Schultern trug. Abgesehen von Lippenstift und Wimperntusche präsentierte sie sich ihrem zukünftigen Gatten ohne jede Schminke. Kit trug eine maßgeschneiderte Hose mit Hahnentrittmuster und ein schwarzes Hemd – wie ein junger Mod –, aber die Eleganz seiner Kleidung schien nur seinen Mangel an Lebenserfahrung zu unterstreichen. Er wirkte noch nie so überfordert wie in diesem Augenblick.

»Sind das Mum und Dad?«, fragte der Standesbeamte Melia, und ich gab vor, es nicht gehört zu haben.

Ich hatte den sehr starken Eindruck, dass aus dem hier für keinen der Anwesenden etwas Gutes erwachsen würde, und nahm Kits Handschlag mit solchem Widerwillen an, dass er in Lachen ausbrach.

»Ich weiß, du glaubst nicht an die Ehe, Jamie, aber das kannst du besser.«

Peinlich berührt umarmte ich ihn fest. »Tut mir leid, Kumpel, ich bin von alledem nur etwas überrumpelt. Damit habe ich echt nicht gerechnet.«

Clare gab beiden einen Kuss auf die Wange. Für eine selbsternannte Hochzeitszynikerin war sie ausgelassen, fast überschäumend. »Moment mal, hast du etwa keine Blumen, Melia? Du brauchst unbedingt einen Strauß. Ich schlüpfe kurz raus und besorg dir einen.«

Als sie fort war, fragte Kit nach den Toiletten, und Melia und ich blieben allein zurück. Ihre Wangen hatten genau den zarten Rosaton, den man einer Braut mit dem Pinsel verpassen würde, aber ihrer war natürlich. Als ihr Blick sich hob, war er leidenschaftlich, und ihre Augen sprühten vor Zuneigung – angesichts der Umstände ein höchst befremdlicher Anblick.

»Jamie«, murmelte sie, »danke für das hier.«

Das hier? Ich wusste nicht recht, wo ich anfangen sollte. »Warum hast du mir nichts davon erzählt?«

Ihr Lächeln war schwer zu durchschauen, eine Mischung aus Aufregung und Entschuldigung und einer anderen Emotion, die sonderbarerweise an Verschlagenheit erinnerte. »Das wollte ich, als wir uns am Mittwoch getroffen haben, aber …«

»Aber dann ist es dir irgendwie entfallen?« Es geschah alles so rasch, dass ich nicht mit Sicherheit sagen kann, ob mein heftiger Schmerz von ihrer Entscheidung herrührte, Kit zu heiraten, einen in jeglicher Hinsicht ungeeigneten Ehemann, oder ihrem Entschluss, überhaupt zu heiraten. Mir war gleichermaßen übel vor Eifersucht auf ihn und Selbsthass wegen dem, wie ich ihn – und Clare – betrogen hatte.

Sie trat näher, umfasste meinen Ellbogen. Ihre Berührung war zärtlich, voll Mitgefühl. »Hör mal, jetzt haben wir keine Zeit, aber ich werde dir alles erklären, sobald wir uns das nächste Mal sehen.«

»Du musst nichts erklären, Liebling.« Ich riss mich zusammen und versuchte, mir den Anschein zu geben, mich für sie zu freuen.

»Wirklich?« Auf einmal spiegelte sich Kummer in ihren Zügen. »Willst du etwa, dass ich es nicht tue?«

»Ich sage nur, dass ich es nicht erwarte. Wenn es das ist, was du willst, dann …«

»Nächste Woche«, unterbrach sie mich und ging das Risiko ein, mir einen Finger auf die Lippen zu legen.

Nächste Woche? Damit konnte sie nicht meinen … Ich kannte sie gut genug, um zu wissen, dass sie ungewöhnlich bereit war – manch einer würde sagen, sie hielte es für ihr gutes Recht –, ihren Teil vom Kuchen abzubekommen und ihn zu essen, aber gewiss schloss das die Hochzeitstorte nicht mit ein? Behutsam schob ich ihren Finger beiseite. »Ich fahre nächste Woche in den Urlaub, Melia. Das habe ich dir erzählt. Wir reisen am Mittwoch ab. Ich werde zwei Wochen weg sein.«

»Ach ja. Dann eben, sobald du zurück bist. Ich habe meine Termine für die Woche noch nicht, also weiß ich nicht, welcher Tag passt. Aber Mittwoch oder Donnerstag, so wie immer.«

»So wie immer?«

»Ja.« Ihre Augen bohrten sich mit einem fast fanatischen Verlangen in meine, um mich zu überzeugen.»Vertrau mir, Jamie. Ich brauche dich. Wirklich … Oh, Clare, die sind so hübsch!«

Clare war mit einem süßen Strauß Wildblumen zurückgekehrt, den Melia sich schüchtern an den Bauch presste, während Clare mit dem Handy Fotos schoss. Allem Anschein nach hatte sie eine halboffizielle Rolle eingenommen.»Wollt ihr auf Hochzeitsreise gehen, Me? Ich hasse es, die Spielverderberin zu sein, aber du hast keinen Urlaub beantragt, oder? Unser Urlaubsplan wurde vor einer Ewigkeit ausgetüftelt. Soll ich für dich mit Richard reden?« Melia lächelte, als wollte sie einen Witz reißen.»Oh, wir machen keine Hochzeitsreise. *Das* können wir uns niemals leisten.«

Kit, der so lang auf dem Klo gewesen war, dass ich nur vermuten kann, was er dort getrieben hat, tauchte an ihrer Seite auf. »Wir können uns überhaupt nichts leisten«, stimmte er ihr fröhlich zu.»Wir fangen unser Eheleben als Bettler an.«

Und dann wurden die Namen der Bettler aufgerufen, und die Hochzeit fand statt. Der Standesbeamte war aufrichtig gut gelaunt, obwohl es eine lächerlich kurze Zeremonie in einem leeren Raum war, es keine Lesungen oder zusätzlichen Gelübde und keine weiteren Gäste gab, abgesehen von Clare und mir.

Anschließend flohen die Frischvermählten wie ein Filmstar und seine Hippie-Kindsbraut aus dem prächtigen Gebäude zu den Steinstufen im Freien, wo sie mit den Füßen das Konfetti der Verbindungen wegtraten, die sich vor ihnen das Jawort gegeben hatten. Sie hielten kichernd Händchen. Niemals würde man glauben, dass einer von ihnen kurz vor dem Ehegelöbnis versprochen hatte, seinen Seitensprung mit einem Dritten fortzuführen, und der andere illegale Drogen nahm, die er sich eigentlich nicht leisten konnte. Dann zückten sie ihre Handys und luden offenbar willkürlich Menschen ein, um mit ihnen im Stag anzustoßen, einem großen Pub am Fluss in Greenwich.

Wir teilten uns ein Taxi, Melia eingezwängt zwischen Kit und Clare auf der Rückbank. Ich konnte ihren Jasminduft riechen und fragte mich mit einem jähen Anflug von Panik, ob Clare ihn jemals an mir bemerkt hatte. Nein, natürlich nicht, andernfalls wären wir alle heute nicht hier.

Gott bewahre, dass es an ihrem besonderen Tag geregnet hätte: Die Sonne kam nun träge hervor, wärmte unsere Haut und reflektierte vom Wasser aus Licht auf uns, während wir wie eine Art zerrüttete Fab Four (oder vielleicht *Die üblichen Verdächtigen*) in einer Reihe nebeneinanderher gingen. Als wir uns der Tür des Pubs näherten, sagte Clare zu Melia: »Dürfen wir euch als Hochzeitsgeschenk den Champagner spendieren?«

Ich ertrug es nicht, in Melias verräterisches Gesicht zu blicken, als sie das Geschenk annahm, weshalb ich die Augen auf Clare gerichtet ließ. Sie strahlte, von ganzem Herzen beseelt von ihrem Freundschaftsdienst, und ich erkannte, dass es nicht so sehr der Akt der Ehe an sich war, der sie beglückte, sondern die Spontanität des Ereignisses. Ich sah auch die Emotion voraus, die ihr folgen würde, wenn nicht später an diesem Tag, dann schon bald danach: Enttäuschung über sich selbst, auf die Tradition gepfiffen zu haben, wenn sie diese so einfach wie Melia in den Wind hätte schlagen können.

»Wie nett von dir, die Rechnung für den Champagner zu begleichen«, sagte ich, als wir wieder allein waren.

»Ich dachte mir nur, du weißt schon, wir dürfen nicht vergessen, wie viel Glück wir haben«, sagte sie, wobei ich von früheren Gelegenheiten wusste, dass dies ein Code war für: *Wir dürfen nicht vergessen, wie talentiert und fleißig wir sind* –, denn Menschen, die Unterstützung genossen haben, lassen nie gelten, dass ihr Erfolg eine schlichte Konsequenz daraus ist. Sie glauben, sie wären ohne Hilfe genauso erfolgreich gewesen.

Und in meiner Pedanterie wusste ich, dass sie eigentlich *ich* meinte, nicht *wir*. Sie hatte sich wegen des Champagners nicht mit mir absprechen müssen, da es dafür keinen Grund gab. Umgekehrt hätte ich diese Geste nicht zeigen können, *ohne* es mit ihr zu beratschlagen. In Wahrheit hatte ich mich, indem ich meinen gut bezahlten Bürojob gekündigt hatte, in wirtschaftliche Hilflosigkeit begeben, die jener der Ropers ähnelte. Und in diesem Jahr hatte ich es nicht geschafft, mir das Karrierecoaching zunutze zu machen, und es kategorisch abgelehnt, mir von Richard unter die Arme greifen zu lassen. Stattdessen hatte ich meine gesamte Energie in eine geheime Liebschaft gesteckt, die enden würde, egal, was Melia auf dem Standesamt beteuert haben mochte.

So wie immer …

Unmöglich, Liebling, unmöglich.

Ich nahm das Glas und kippte Clares Champagner in einem Zug hinunter.

*

Im Lauf der nächsten zwei Stunden, während die Temperatur anstieg und der Regen ausblieb, trafen die Freunde der Ropers am Fluss ein. Clare lernte Steve und Gretchen kennen und ich mehrere Kollegen aus Melias Abteilung bei Hayter Armstrong. Ihr Chef und Clares Geschäftspartner, Richard, machte gerade Urlaub in seinem Ferienhäuschen in der Bretagne, in dem gleichen, in dem Clare und ich in der Folgewoche wohnen würden. Ich fragte mich, was er von Melia hielt. War er so bezaubert von ihr wie jeder andere, so sehr darauf erpicht, diese schwer zu fassende Schönheit zu besitzen, wie ich? Hatte sie *ihn* für ihre Affäre in Erwägung gezogen? *(Ich brauche einen Mann ohne all diese Schulden!)* Oder stellten seine drei Kinder ein unüberwindbares Hindernis dar, das in meinem Fall glücklicherweise fehlte?

Doch da sprach die Bitterkeit aus mir. Die Seelenpein. Melia hatte mich mit ebenso wenig zynischer Berechnung ausgewählt, wie ich sie. Wir mochten einander – liebten uns, wenn auch nur vorübergehend. Und Richard hätte, wenn er hier wäre, dem klammen Paar womöglich einfach sein Ferienhäuschen für ein paar Tage Hochzeitsreise angeboten und die Flüge obendrein als Hochzeitsgeschenk spendiert.

»Nun, das ist vollkommen verrückt«, sagte Gretchen zu mir, nicht gerade durch zusammengebissene Zähne, aber mit einer gewissen Schärfe in ihrem Enthusiasmus. In diesem Reich aus Schauspielern und Betrügern war sie echt. Es war offensichtlich, dass sie sich für dieses Ereignis eilig zurechtgemacht hatte – ihre Haare lagen flach an und hätten gewaschen gehört, ihr spitzenbesetztes Kleid war leicht zerknittert, der Nagellack auf ihren Zehen abgeblättert. Ich erinnerte mich an Melias Anschuldigung, sie und Kit hätten eine Affäre, und mir kam der jähe Gedanke, dass dies gleichermaßen der Fluch der Menschheit und sein versöhnendes Element war: Unser biologisches Bedürfnis, wissen zu müssen, wer wen mochte. Um alles am Laufen zu halten, Generation um Generation. Dieselben Verhandlungen, dieselben Gelübde, dasselbe Verhältnis zwischen Gewinnern und Verlierern. Ein Nullsummenspiel.

»Was ist verrückt?«, fragte ich. Ich war dankbar für den immer strahlenderen Himmel: Mit einer Sonnenbrille hatte ich weniger Angst, Emotionen zu zeigen, die für diesen Anlass völlig unangebracht waren. »Du meinst, dass Kit so überstürzt geheiratet hat?«

»Ich meine, dass er überhaupt geheiratet hat. Auf mich wirkt er wie der letzte Mensch, der Geld für so was ausgeben würde. Und um ehrlich zu sein, hat er, wann immer er von ihr gesprochen hat, sich nur über sie beschwert.«

»Und umgekehrt«, gestand ich ein.

»Nun, du musst es ja wissen, Jamie.«

»Wie meinst du das?«

Es folgte eine lange Pause. Wusste Gretchen über uns Bescheid? Wenn ja, woher? Die einzige mögliche Quelle war Kit selbst. Da erinnerte ich mich an meinen ersten Gedanken, als ich die Neuigkeit von der Hochzeit erfahren hatte, nämlich dass er seinen Anspruch auf Melia offiziell machen und mich warnen wollte. Doch mein Instinkt verriet mir, dass Clare recht hatte: Melia steckte dahinter. Hatte sie *seine* Untreue herausgefunden, und das war nun das Ergebnis?

Vertrau mir, Jamie. Ich brauche dich.

Der Gedanke ließ mich zittern.

Schließlich antwortete Gretchen: »Ich meinte bloß, du bist der Einzige von uns, der beide kennt. Steve und ich haben sie nie zuvor getroffen. Oder Clare.«

»Stimmt.« Unvermittelt verspürte ich einen Anflug von Desorientierung. Vor einem Jahr kannte ich noch keinen dieser Menschen. Selbst die anwesenden Angestellten von Hayter Armstrong waren aus der Abteilung mit den Vermietungen und deshalb unter meinem Radar hindurchgeschlüpft. Die einzige Konstante war Clare, und mir war bewusst, dass ich sie so dezent wie möglich mied, viel zu besorgt, meine Stimmung könnte mich verraten.

Ich entschuldigte mich, um auf die Toilette zu gehen. Als ich zurückkehrte, hörte ich Kit und Steve, die sich an der Bar miteinander unterhielten und indiskret genau die Frage besprachen, die allen Gästen auf der Zunge brannte.

Steves ansonsten verhaltene Stimme wurde glücklicherweise vom Alkohol verstärkt. »Und, wessen Idee war's, Kumpel?«

»Natürlich die von Melia.«

Meine Kopfhaut kribbelte.

»Es war entweder das hier – oder Trennung«, fügte Kit hinzu.

»Echt? Wow!« Steve stieß einen Pfiff aus. »Klassisches Ultimatum. Man würde denken, nach #MeToo und allem würden Frauen nicht mehr heiraten wollen, aber das stimmt nicht, oder? Es gibt also doch noch Hoffnung für mich. Apropos, mir gefällt ...« Er verstummte, und sein Tonfall schlug in Heiterkeit um: »Was drückst du dich da rum, Jamie? Belauschst du uns etwa?«

»Ja.« Ich trat vor und gesellte mich zu ihnen. »Wenn ihr meine unbedeutende Meinung hören wollt, dann kann die Angst vor dem Dreißigwerden ein mächtiger Antrieb sein. Meine Kollegin Regan hält sich mit 24 für steinalt.«

»Ja? Oder vielleicht will Me Kinder?«, schlug Steve mit der angewiderten Resignation eines Menschen vor, der entdeckt hat, dass er einen Strafzettel bekommen hat.

Kit hingegen sah aufrichtig geschockt aus. Geschockt von dem Gedanken, ein Kind zu bekommen, oder geschockt, dass Steve die Wahrheit erraten hatte?, fragte ich mich. Da stieg ein Bild in mir hoch, von einer schwangeren Melia und dem Baby, das womöglich von mir war, dessen Vaterschaft aber nie angezweifelt wurde. Mein Verstand jagte durch die schwarzmalerischen Konsequenzen: eine E-Mail von einem Teenager, der von einem DNA-Resultat aufgeschreckt worden war, Clare, die mich nötigte, Nachforschungen anzustellen und das Kleine in unserem Leben willkommen zu heißen.

Ein paar Minuten später, als Melia und ich das nächste Mal allein und im Freien waren, außer Hörweite der anderen, fragte ich sie: »Du bist nicht schwanger, oder? Ist das der Grund für die Heirat?«

»Äh, wir haben 2019, Jamie, nicht 1950.« Lachend prostete sie mir zu. »Und ich würde dann wohl kaum so viel trinken, oder?«

Wie aufs Stichwort kam Kit mit einer Champagnerflasche auf uns zugestolpert und füllte unsere Gläser auf. Über seine Schulter hinweg sah ich Clare und Steve beisammenstehen, ihr Kopf leicht schräg gelegt, um ihm mit einem breiten Lächeln zu lauschen. In der Zwischenzeit war das Wetter wunderschön geworden, nur zwei oder drei unbedeutende Wolkenkleckse bedeckten den Himmel, als wären sie von Kleinkindern auf das Blau geklatscht worden. Unsere Gruppe hatte ein Stück der Flusspromenade in Beschlag genommen, und jemand spielte Musik auf seinem Handy ab, blechern wie eine Spieluhr. Melia begann, mit einer Freundin zu tanzen, einer jungen Frau mit ernstem, eckigem Gesicht und gebräunten dünnen Beinen. Bei dem Lied handelte es sich um Lana Del Reys Version von »Doin' Time«, und die Frauen tanzten, als hätten sie alles um sich herum vergessen. Touristen, die den Mittelpunkt der nachmittäglichen Energie ausmachten, bildeten einen lockeren Kreis um das Grüppchen, schossen Fotos und sahen den jungen Frauen beim Tanzen zu. *I'd like to hold her* … formte ich mit dem Mund, während ich versuchte, mich an den Liedtext des Originaltitels von vor all den vielen Jahren zu erinnern, als ich selbst noch jung war.

Da bemerkte ich, dass Kit mich beobachtete, und verbannte das Lied aus meinen Gedanken. »Gratulation, Kumpel«, sagte ich mit einem angemessenen Anflug von Fröhlichkeit. »Du bist ein Glückspilz.«

»Ja, danke, Jamie.« Er drehte das Gesicht zum Wasser, als wäre er von der Wucht meiner Glückwünsche überwältigt, als hätte allein ich all das möglich gemacht. Der Fluss sah ausnahmsweise gesund aus, ein Band aus frischem Wasser, die Temperatur angenehm, die Strömung sanft.

Doch man musste nur ein paar Schritte vortreten, und die Art, wie die Sonne sich in der vertikalen metallischen Oberfläche von Canary Wharf spiegelte, konnte einen Menschen blenden. Und ihm die Füße unter dem Boden wegziehen.

19

September 2019

Unser Urlaub mit meinem Vater im Spätsommer war zu einer festen Tradition geworden. Wir holten ihn immer bei sich zu Hause in der Nähe von Winchester ab und nahmen die Expressfähre von Portsmouth nach Cherbourg, dann ging es weiter irgendwo in die Normandie oder Bretagne. Wir waren uns immer einig, wie fantastisch es ist, kinderlos zu sein und während der Schulzeit an wunderschöne Orte fahren zu können, die im August in der Gegenwart von schreienden Kindern unerträglich wären (das besprachen wir immer, *bevor* wir Dad einsammelten, von dem wir wussten, dass er unsere Kinderlosigkeit im Stillen als eine Tragödie erachtete).

»Stell dir den Verkehr in den Ferien vor!«, sagte Clare textsicher, während wir auf der A3 ohne einen einzigen Stau flüssig vorankamen.

»Ich weiß. Schrecklich!«

»Außerdem sagt mir das Septemberwetter sowieso viel mehr zu.«

»Das Beste aus beiden Welten«, stimmte ich zu.

So weit, so vertraut, doch dann überraschte sie mich, indem sie vom nächsten Teil des Drehbuchs abwich – die finanzielle

Ersparnis, die man machte, wenn man den August mied – und in tiefes Schweigen verfiel. Mein Blick war auf die Straße geheftet, auf den unablässigen Spurwechsel eines Lieferwagens genau vor uns, doch nach einer Weile spähte ich zu ihr und sah, dass sie finster das Armaturenbrett anstarrte.

»Was ist los? Du siehst verärgert aus.«

»Ich habe nur gerade an Melia und Kit gedacht. An die Hochzeit.«

Aha. Wie gesagt, im Anschluss an Ereignisse von echtem Enthusiasmus neigte Clare mehr als die meisten anderen Menschen dazu, der Wucht der Ernüchterung zu erliegen, weshalb ich diesen Stimmungswandel erwartet hatte. Was mich betrifft, hatte ich, um im Urlaub die angemessene gute Laune zur Schau zu stellen – und ehrlich gesagt, um nicht den Verstand zu verlieren –, die Entscheidung getroffen, die Trauung der Ropers als eine Halluzination abzutun.

»Ich meine, *sie* sind diejenigen, die sich ständig streiten«, sagte Clare. »Wir dachten, sie stünden kurz vor der Trennung, nicht wahr?«

Sie sind diejenigen: Sie meinte, im Vergleich zu uns.

»Vielleicht ist all diese Launenhaftigkeit in Wirklichkeit nur Leidenschaft«, fügte sie mürrisch hinzu. »Ich dachte, Millennials hätten keinen Sex. Das habe ich zumindest im *Telegraph* gelesen.«

Ich lachte.

»Warum lachst du?«

»Weil das, was du gerade gesagt hast, lustig war! Warum interessiert es dich überhaupt? Die Heirat war *ihre* Entscheidung.«

Sie ging in die Defensive. »Nach einer Hochzeit ist es Tradition, seine eigene Situation infrage zu stellen, nicht wahr? Seine Entscheidungen.«

Ich setzte den Blinker, um von der A3 abzufahren, und atmete genauso lang ein, wie mein Fuß auf die Bremse sank. Clare würde die Sache unter keinen Umständen auf sich beruhen lassen – ihre Kritik würde zwangsläufig aus ihr herausplatzen. Meine Beziehung zu Clare konnte ich leider nicht als eine Halluzination abtun.

»Es war echt hart für mich, Jamie«, sagte sie mit angestauter Wut.

»Was war hart?«

»Dich zu unterstützen.«

»Mich zu unterstützen? Ich kann nicht ganz nachvollziehen, warum das hart für dich gewesen sein soll.« Beim Kreisverkehr versuchte irgendein Trottel, mir die Vorfahrt zu nehmen, meine Stimmung schlug um, und ich wurde unvorsichtig. »Du brauchst meinen Verdienst nicht, du könntest auch ohne meinen Beitrag genau dasselbe Leben wie jetzt führen. Ich bin derjenige, der ein Risiko eingegangen ist und sich verschlechtert hat.«

Dann biss ich mir auf die Zunge, um keinesfalls zu viel aufzubegehren. Sie hatte vollkommen recht, an uns zu zweifeln, sie wusste nur noch nicht, warum. Unvermittelt fiel mir auf, dass das Nummernschild des Wagens vor uns dieselben drei Buchstaben wie unseres aufwies. Wie hoch war die Wahrscheinlichkeit dafür?

»Ich habe nicht von finanzieller Unterstützung gesprochen«, sagte Clare kühl. »Die Hochzeit hat mich nur dazu gebracht, Bilanz zu ziehen, das ist alles.«

Eine Woge der Angst traf mich. »Du meinst doch nicht etwa, dass *du* heiraten willst?« Mein Selbstvertrauen geriet ins Wanken. »Willst du dich von mir trennen?« Einen Moment lang wunderte ich mich, ob wir Frankreich überhaupt erreichen würden. Auf einmal verspürte ich den Drang, unserem passenden Nummernschild zu folgen, egal, wohin es uns brächte.

»Weder das eine noch das andere«, erwiderte Clare. »Ich habe bloß das Gefühl, dass sich etwas ändern muss.«

Nun, für Kinder war es zu spät, zumindest für eigene. Ich hoffte inständig, sie würde keine Adoption oder Leihmutterschaft oder sonst etwas vorschlagen, das eine offizielle Überprüfung meiner Gewohnheiten nach sich ziehen würde.

»Ich hätte gern etwas mehr Ehrlichkeit«, sagte sie. »Andernfalls kann ich nicht planen.«

Der Singular entging mir durchaus nicht. Gestaltete sie unbewusst ihre Zukunft unter dem Aspekt der Eigenständigkeit, oder machten die Schuldgefühle mich überempfindlich? Sie hatte gerade unmissverständlich abgestritten, sich trennen zu wollen. Ich spähte zur voraussichtlichen Ankunftszeit auf dem Navi. Wir waren sechs Minuten vom Haus meines Vaters entfernt.

»Ehrlichkeit ist gut«, sagte ich mit so viel Entschlossenheit, wie ich für einen solchen Humbug aufbringen konnte. »Aber vielleicht sollten wir das fürs Erste hintanstellen und uns auf die Reise konzentrieren.«

Sie nickte. »Du hast recht. Lass uns den Urlaub hinter uns bringen und dann sehen, wo wir stehen.«

Während sie ihre Stimmung neu ordnete, spürte ich einen drohenden Anflug von Trübsinn in mir aufsteigen. Dieser Wortwechsel gefiel mir kein bisschen. Was hielt sie vor mir zurück? Eine eigene heimliche Affäre? (Kein Partner könnte weniger misstrauisch sein als ich.) Da kam mir, dass ich ihr auf Gedeih und Verderb ausgeliefert war – ihr und Melia. Ich war von diesen zwei Frauen meiner Autonomie beraubt.

Wäre das nicht die Definition von Ironie? Wenn ich von ihnen *beiden* abserviert würde?

Ironie – oder einfach nur wohlverdiente Strafe. Eins von beidem.

Die Überquerung des Ärmelkanals verlief ruhig, die weitere Autofahrt tröstlich vertraut. Die blauen Autobahnschilder, der brühend heiße Kaffee aus Getränkeautomaten an Tankstellen, der blaue Himmel, der eine Atempause verhieß.

Ich freute mich, dass wir diesmal in die Bretagne und nicht in die Normandie reisten. Die Strände der Normandie sind endlos und wunderschön, aber jeder Schritt dort ist wie das Heraufbeschwören des Gespensts des Krieges. In diesem Urlaub wollte ich aber nicht an gestohlene Leben, wollte nicht an meine eigene schändliche Niederträchtigkeit denken.

Wir waren schon ein paarmal in Richards »Hütte« gewesen, einem Bauernhaus mit blauen Fensterläden, das von Wildblumenwiesen und Kiefernwäldern umgeben und von seiner Frau Agnes akribisch genau renoviert und eingerichtet worden war. Wir fühlten uns dort augenblicklich zu Hause, unsere Lebensfreude kehrte schlagartig zurück. Zumindest das eine konnte man von Clare und mir sagen: Wir wollten dasselbe in unseren Urlauben, dasselbe jeden einzelnen Tag: schlafen, spazieren gehen, schwimmen, kochen, essen, trinken. Mein Vater war keine Bürde. Er nahm an allen oben genannten Aktivitäten teil, mit Ausnahme der Spaziergänge, und er hatte Clare schon immer geliebt. Im Großen und Ganzen waren wir glückliche Urlauber – zumindest am Anfang.

»Das ist *so* inspirierend. Ich glaube, Gärtnern wird mein neues Hobby«, sagte Clare am vierten oder fünften Tag beim Abendessen. Sämtliche Mahlzeiten wurden auf der überdachten Steinterrasse eingenommen, umgeben von einem Garten voller Hortensien, die jedem botanischen Garten Ehre gemacht hätten. Ihre blaue Blütenpracht ergänzte sich perfekt mit dem Rosa der hiesigen Pflanzenwelt und erinnerte mich an die Farben, die Kit und Melia bei unserer ersten Begegnung getragen hatten.

»Wer kümmert sich eigentlich gerade um euer großes Haus?«, fragte Dad.

»Ein zauberhaftes Mädchen namens Delilah, die ganz in der Nähe wohnt«, erwiderte Clare. »Sie hat gerade ihren Uniabschluss gemacht und arbeitet an einem Drehbuch, also braucht sie ein ruhiges Fleckchen, um zwei Wochen zu schreiben. Es war Jamies Idee.«

Delilah, dachte ich und verdrehte die Augen. Die ein *Drehbuch* schreibt. Obwohl ich einen Housesitter vorgeschlagen hatte, war mir gewiss nicht vorgeschwebt, das Haus der Tochter einer wohlhabenden Freundin von Clare anzubieten. Meine erste Wahl wäre auf Regan gefallen, die sich jetzt ein Zimmer in South Croydon mit der Freundin einer Freundin teilte, die nachts im Krankenhaus arbeitete, was sie im Grunde zu Schlafgängern machte. Doch ich hatte ihr immer noch nicht offenbart, dass ich in einem Haus lebte, das eine Großfamilie samt Personal beherbergen könnte, weshalb ich mit dem Vorschlag gezögert hatte, und jetzt war stattdessen eine reiche Göre aus dem luxuriösen Kinderbett ihrer Eltern in Greenwich aus- und bei uns eingezogen, ein paar Meilen flussabwärts. Wie dem auch sei, es wurde von Tag zu Tag deutlicher, dass Clare die Entscheidungen über »unser« Haus traf, nicht ich.

»Sie ist nicht gerade der am Hungertuch nagende Schriftsteller im eiskalten Mansardenzimmer«, sagte ich. »Aus welchen Nöten und Entbehrungen speist sie ihr Schreiben? Dickens arbeitete in einer Fabrik für Schuhwichse, nicht wahr?«

Clare überging meine Bemerkung. »Ich freue mich, einen kleinen Beitrag für künstlerisches Schaffen zu leisten«, sagte sie an meinen Dad gewandt. »Es ist so schwer, sich über Wasser zu halten, wenn man nicht wirklich erfolgreich ist. Wir haben Freunde, die früher mal Schauspieler waren, aber nach ein paar Jahren konnten sie es sich nicht mehr leisten. Sie haben nur Schulden angehäuft und nie auch nur das Geringste verdient.«

Bei der Erwähnung von Kit und Melia blitzte Nervosität in mir auf.

»Noch dazu habe ich das Gefühl, dass beide echtes Talent haben«, fügte Clare an. »Das ist wirklich jammerschade.«

»Habe ich sie womöglich schon mal in irgendwas gesehen?«, fragte Dad.

Meine Stimme kehrte zurück. »Nein, sie waren nicht im Fernsehen. Sie hat in ein paar Theaterstücken mitgespielt. Ich glaube, das eine lief sogar kurz im West End.«

»Sie arbeitet bei mir«, erklärte Clare. »Sie ist ausgezeichnet, wenn sie denn auftaucht.«

Ich nahm die Karaffe mit dem Rosé und begann, unsere Gläser aufzufüllen. »Sie taucht nicht auf?«

»Nun ja.« Clare verzog das Gesicht. »Sie ist nicht die *Schlimmste*, die mir je begegnet ist, aber sie hat mehr als die üblichen Krankheitstage. *Wir* sind damals sogar mit gebrochenem Bein zur Arbeit gegangen, nicht wahr? Aber diese Generation ist sich einfach zu kostbar. Wie dem auch sei, Tony, sie haben kürzlich geheiratet, und wegen all dieser Schulden können sie es sich nicht leisten, auf Hochzeitsreise zu gehen.«

Dies führte genau wie erwartet zu einem Vergleich zwischen den Malediventrips der heutigen Romantiker und dem Bed & Breakfast in Margate außerhalb der Saison in Dads Blüte der Jugend. Clare und ich hatten ein tolles Foto aus den Sechzigern von ihm und Mum in der Schneckenbahn im Dreamland-Freizeitpark. Sollten wir uns trennen, müsste ich sicherstellen, dass ich dieses Bild mitnehme.

Sollten wir uns trennen. Ich griff nach meinem Wasserglas und spürte, wie die eisige Flüssigkeit meine Speiseröhre hinablief.

»Ihr hättet diesen Schauspielern euer Haus für die Flitterwochen überlassen sollen«, schlug Dad vor.

»Sie wären viel zu stolz, das anzunehmen«, erwiderte Clare. »Außerdem bin ich mir nicht sicher, ob ich ihnen über den Weg traue. Wir könnten nach Hause kommen und feststellen, dass sie sämtliche Möbelstücke verkauft haben. Oder das Haus selbst! Immobilienbetrug ist ein riesiges Problem, wie ihr wisst.«

»Oh, komm schon, sie sind keine Diebe!« Ich dachte an das Foto, das Kit mir an diesem Morgen von einem Boot der Wasserschutzpolizei geschickt hatte, das wie eine Eskorte neben dem River Bus lag:

> Die Wasserratten sind heute Morgen mit dem
> Gesetz in Konflikt geraten. Nur eine Übung,
> aber ich hab fast 'nen Herzinfarkt bekommen!

> Zeit für einen untadeligeren Lebenswandel?
> Du würdest Geld sparen.

> Tropfen auf den heißen Stein, Kumpel.

Die letzte Nachricht kam mit einem Schwitzendes-Gesicht-Emoji, gefolgt von einem Geldsack-Emoji. Schließlich, bevor Kit den Thread beendete, schickte er ein weinendes Gesicht. Wenn man darüber nachdachte, war es beeindruckend, dass er sich für eine Hochzeitsreise kein Geld geliehen hatte. Zum ersten Mal hatten er und Melia auf etwas verzichtet, von dem sie im Grunde glaubten, es stünde ihnen rechtlich zu. (Ich hatte Glück, dass Clare ihr freigiebiges Angebot von Champagner nicht auch noch auf einen gemeinsamen Urlaub ausgeweitet hatte.)

»Willst du wirklich, dass so jemand für dich arbeitet?«, fragte Dad Clare lachend.

»Sie hat doch gerade gesagt, dass sie richtig gut in ihrem Job ist«, fauchte ich ihn zu seiner Überraschung an.

»Das ist sie«, stimmte Clare mir zu. »Sie gehört zu den überzeugungskräftigsten Menschen, die mir jemals begegnet sind. Dich hat sie offenbar schon um den Finger gewickelt, Jamie – sieh nur, wie du sie verteidigst.«

»Weil sie unsere *Freundin* ist«, sagte ich. »Wir waren gerade erst auf ihrer *Hochzeit*.«

Während Clare mich anstarrte, stieg eine Erinnerung von jenem Abendessen in der Wohnung der Ropers in mir hoch, damals, als alles anfing, als Melia erklärte, ich würde einen guten Schauspieler abgeben: *Ich weiß immer, wenn er lügt*, hatte Clare behauptet.

Da juckte es mich plötzlich am Hals, und als ich kratzte, spürte ich die harte Schwellung eines Insektenstichs. Ich entschuldigte mich, um ins Haus zu gehen und eine Salbe zu holen.

*

Ein oder zwei Tage danach, als wir eine halbe Stunde unseres täglichen Spaziergangs durch den Kiefernwald hinter uns hatten, schreckte Clare mich auf, indem sie unvermittelt verkündete: »Ich weiß es, Jamie.«

Ich erstarrte.

»Ich dachte, ich könnte bis nach dem Urlaub abwarten, um die Sache zu besprechen, aber das kann ich nicht. Und genau das hat mir unter den Nägeln gebrannt, als wir uns auf dem Weg nach Winchester gestritten haben.«

»Was besprechen?« Meine Worte verloren sich in einem feigen Schlucken.

Ihr Gesicht war tief gerötet, und ich spürte, wie meines dieselbe Farbe annahm. »Ich weiß, du hast mich gebeten, dass ich mich raushalte, aber ich wollte mich nur bei ihr melden, um sicherzugehen, dass der Ratschlag, den ich dir gebe, ihrem nicht völlig widerspricht.«

Es dauerte ein paar Sekunden, bis ich erkannte, dass sie über die Karriereberaterin sprach. Am liebsten wäre ich vor Erleichterung in Jubel ausgebrochen. »Oh, du meinst Vicky.«

»Ja, natürlich Vicky.« Ihre Stimme hob sich vorwurfsvoll. »Ich weiß, dass du seit der ersten Stunde nicht mehr bei ihr warst.«

»*Noch nicht.*« Obwohl ich mich offensichtlich in einem Loch befand, hatte ich mich zumindest nach oben gestemmt und würde mir jetzt nicht mit einem Spaten auf den Kopf schlagen und mich lebendig begraben lassen.

»Wann wolltest du es denn tun? Ich habe diese Stunden vor Monaten gebucht. Jetzt ist September!« Nach einem scharfen Knacken unter ihren Schuhen kam sie abrupt zum Stehen. »Und warum tust du dann so, als würdest du hingegen? Das verstehe ich nicht. Was hast du stattdessen gemacht?«

In der Hoffnung, sie käme auf einen besseren Vorschlag als ich, spielte ich auf Zeit.

»Lass mich raten: Du warst mit Kit was trinken? So war es doch, nicht wahr? In dem blinden Vertrauen, er würde dich decken. Verdammt noch mal, Jamie, du wirst in weniger als zwei Jahren 50, und mit jedem Monat, den du nutzlos verstreichen lässt, wird es schwieriger, zurück ins Arbeitsleben zu finden.«

»Ich *stehe* mitten im Arbeitsleben«, sagte ich wie versteinert. »Ich bin neun Stunden am Tag auf den Beinen. Und der Grund, warum ich so getan habe, ist der, weil mir durchaus bewusst ist, dass es dir viel wichtiger als mir ist. Warum ist es dir so wichtig?

Wenn es nicht ums Geld geht, worum dann? Du schämst dich, einen Partner zu haben, der Hilfsarbeiter ist, ist es das?« Clare zog die Stirn kraus, ihr Blick war gekränkter, als ich ihn je gesehen hatte. »Ich finde, das ist ein bisschen zu kurz gefasst.«

»Zu kurz gefasst? Dann erweitere meinen Horizont! Erklär mir, wie ich mehr sein kann, als ich bin. Bitte, das würde mich brennend interessieren.«

Da war ein Zittern in ihren Händen, als sie die Finger ineinander verschränkte, höchstwahrscheinlich, um sich davon abzuhalten, mich zu schlagen. »Nach allem, was ich getan habe, um dir zu helfen, hast du kein Recht, einfach zu behaupten, *ich* wäre diejenige, die Schuld hat.« Sie marschierte mit großen Schritten vorneweg, meines Anblicks wohl überdrüssig, und das konnte ich ihr nicht einmal verübeln.

Während ich allein weitertrottete, brachte ich noch mehr Schande über mich, da ich nicht über sie nachgrübelte, sondern über Melia. Ich vermisste sie mit einer solchen Inbrunst, wie ich sie niemals erwartet hätte. Die Hochzeit war keine Wahnvorstellung gewesen, und der Gedanke an ihre wiederentfachte Intimität mit Kit versetzte mir einen Stich in der Brust. Es war wohl eine Art von Trauer: Was auch immer sie auf dem Standesamt gesagt haben mochte, so glaubte ich keine Sekunde, dass wir unsere Liebesbeziehung weiterführen würden. Nein, ich musste aus der Not unserer Trennung eine Tugend machen und mich allein darauf konzentrieren, in Clares Achtung zu steigen.

Ich kehrte als Erster zum Haus zurück und erzählte Dad, dass Clare einen Abstecher ins Nachbardorf gemacht hatte, wo die Boulangerie Bergean frische Galettes verkaufte, die wir alle liebten. Eine Stunde später schneite sie mit genau diesem Gebäck herein, und ich fragte mich, ob sie Gedanken lesen konnte.

(Wenn ja, was hatte sie sonst noch gesehen, wenn sie schon mal dabei war?)

»Tut mir leid wegen vorhin«, sagte ich und half mit den Vorbereitungen in der kühlen, mit Steinen gefliesten Küche. »Das war völlig daneben.«

Geschäftig bereitete sie Tee zu. »Du hättest mir zumindest sagen müssen, dass du das Coaching nicht nutzen willst. Ich hätte es auf jemanden in meinem Team übertragen können. Vielleicht Melia.« Während der Tee zog, bedachte sie mich mit einem langen, eindringlichen Blick. »Was ist nur los mit dir, Jamie?«

»Was meinst du?«

»Das frage ich *dich*. Seitdem du dich mit Kit und dieser Gruppe auf dem Boot angefreundet hast, stimmt irgendwas nicht.«

Ich riss ein Stück Galette ab und kaute. »Alles ist in Ordnung. Du hast sie bei der Hochzeit kennengelernt, du hast gesehen, dass es ganz normale Menschen sind. Steve ist natürlich ein Arschloch.«

»Ich mochte ihn«, entgegnete sie, mehr um mir zu widersprechen, als dass es der Wahrheit entspräche – so kam es mir jedenfalls vor –, aber zumindest löste sie endlich den Blickkontakt. »Er scheint ein geradliniger Kerl zu sein. Vielleicht wird sich die Dynamik ändern, jetzt, da Kit verheiratet ist«, fügte sie hinzu, nahm die Teekanne und gab mir mit einer Handbewegung zu verstehen, dass ich die Teller bringen sollte.

Sie ließ kein weiteres Wort darüber fallen. Doch mehrmals im Lauf des restlichen Urlaubs stellte ich mir vor, wie sie sich im Stillen dachte: *Du hast mich angelogen, Jamie. Warum sollte ich dir noch ein Wort glauben?*

*

Auf der Fähre nach Hause gab es einen seltsamen Moment. Eine Menschenmenge hatte sich auf dem schmalen Hinterdeck versammelt, ihr Chor aus dramatischen Schreien hallte durch die offenen Türen. Dad war auf dem Klo, Clare in ein Hörbuch vertieft, weshalb ich mich allein dem Pulk näherte, weil ich besorgt war, es könnte ein Mensch über Bord gegangen sein. Und ich räume eine gewisse atemlose Erregung ein, die mich trotz des Risikos packte, in dem sich dieser arme Mensch befand. Ich malte mir aus, wie ich mich ins Getümmel stürzte und den entscheidenden Vorschlag unterbreitete, der eine Seele rettete, oder es zumindest schaffte, eine hysterische Ehegattin zu beruhigen – irgendetwas, was mich zum Helden der Stunde machen würde. Doch nachdem ich mich durch die Menschenmasse bis ganz nach vorne geschoben hatte, stellte sich heraus, dass jemand einen Delfin gesichtet hatte, der nun offensichtlich wieder verschwunden war. So weit das Auge reichte, war die See ruhig und mit einer silbernen Haut überzogen, die nur von unserem eigenen Kielwasser durchbrochen wurde.

Und ungelogen, genau in dem Moment, als ich dort stand und das Wasser betrachtete, erhielt ich eine Nachricht von Melia:

> Bist du schon zurück? Verdammt, ich vermisse dich.

Die überstürzte Hast meiner Antwort überraschte mich, Melia hingegen wahrscheinlich nicht:

> Dito.

> Ich weiß, du musst verwirrt sein. Ich erklär dir alles, sobald wir uns treffen.

Ich konnte sehen, wie sich die Punkte bewegten.

Ich liebe dich.

Was für ein PS! Vielleicht ließ ich es mir nicht lang genug durch den Kopf gehen, bevor ich ihr antwortete:

Dito.

Morgen?

Ja, morgen.

»Genau so passiert es, dass Boote kentern«, sagte Dad, als ich mich wieder zu Clare und ihm gesellt hatte und ihnen von meinem Irrtum erzählte, ein Mann wäre über Bord gegangen. »Menschen, die von dem Gerücht angelockt werden, jemand wäre in Gefahr, geraten selbst in Gefahr.«

Wenn er wüsste.

20

September 2019

Es klingt heftig, aber wenn ich an das Wiedersehen mit Melia denke, denke ich lieber nur an den Sex, nicht an die Worte. Ich denke an ihre Haut, festgeklebt an meiner, ihre warme, feuchte Enge, das Kratzen von Zehennägeln an Schienbeinen. Haare mit einem verwirrenden neuen Duft – dunkel und erdig wie der Wald –, die mein Gesicht bedeckten, Finger, die meinen Hals packten, babyrosa Nägel, hart wie Mandeln.

Doch es gibt ein paar Worte, die ich dennoch wiederholen werde: »Den einen Mann habe ich geheiratet und mich in einen anderen verliebt.«

Ich wünschte, ich könnte mir eine brillante Metapher einfallen lassen, um die Ironie, das Theater, unsere Situation einzufangen, aber ich kann nicht. Ich erinnere mich jedoch, dass ich ihr sagte, wie sehr ich sie liebte, und es gebetsmühlenartig wiederholte. (Zumindest ist das hier ein Vergleich.)

Das Treffen fand in einem umgewandelten Fabrikloft mit hohen Decken, freigelegtem Mauerwerk und poliertem Betonboden statt. Obwohl der Abend mild war, hatten wir uns im Bett zusammengedrängt, als frören wir, weil unser Verstand getäuscht wurde von all den kalten Materialien.

Meine Stimme war brüchig, als ich wegen der Nachricht nachhakte: »Du liebst mich also, ja?«

Und flüssiger Honig in ihrer Antwort: »Ich dachte, das wüsstest du längst.«

»Einen anderen Mann zu heiraten, kann man als falsche Fährte verstehen.« Ich drehte den billigen Ehering an ihrem Finger. Obwohl er ein bisschen locker saß, behauptete sie, nicht die geringste Absicht zu hegen, ihn ändern zu lassen.

»Du solltest den von meiner Schwester sehen«, sagte sie wehmütig. »Ein riesiger Diamant. Muss, keine Ahnung, 20 000 gekostet haben.«

»Wahrscheinlich wird sie ausgeraubt und bekommt bei dem Überfall den Finger gebrochen«, erwiderte ich, erpicht darauf, sie zum Lachen zu bringen. »Du hast also keine Gewissensbisse, dein Ehegelöbnis zu brechen, nicht wahr?«

Jetzt sorgte ich bei ihr für Erheiterung. Ihr Gelächter war leise, ein Welpengebell der Zustimmung. »Du hast beim Standesamt anscheinend nicht richtig zugehört, oder? Bei unseren Eheversprechen haben wir nichts von Treue gesagt.«

»Nicht?«

»Nein. Lass uns hoffen, dass es Clare auch nicht aufgefallen ist.«

Ich erzählte ihr von dem Streit mit Clare in Frankreich, dass sie meine Unehrlichkeit entdeckt hatte, und wir kamen überein, uns noch mehr Mühe zu geben als bisher, unser Geheimnis zu hüten.

»Sie hätte gewiss nicht hinterm Berg gehalten, wenn sie von uns wüsste«, sagte Melia. »Apropos, sie hat mir Fotos von der Hochzeit geschickt. Lieb von ihr.«

»Stimmt, sie hat ganz schön viele gemacht.« Ich holte mein Handy hervor. »Weißt du, dass ich auch eins gemacht habe?«

»Eins? Wow. Ich hoffe, es war die Mühe wert.« Mit einem Lächeln auf den Lippen nahm sie das Bild in Augenschein. »Da haben wir getanzt, Elodie und ich. Das hatte ich völlig vergessen.«

»Im Grunde war es irgendwie magisch. Ihr wart wie, keine Ahnung, Kobolde oder so was.«

»Kobolde?« Sie kicherte. »Haben die nicht sonderbare Ohren?«

»Na gut, dann eben Feen. Elfen.«

Das Handy immer noch in der Hand, sagte sie: »Verrat mir dein iTunes-Passwort.«

»Warum?«

»Ich will dir ein Lied runterladen.«

Ich beobachtete sie: ihr filigranes Profil, das Glitzern in ihren Augen. Minuten verstrichen, in denen mir bewusst wurde, dass ich nicht nur verliebt war, sondern regelrecht süchtig – eine ganz andere Störung der Gehirnfunktionen. »Wie viele Lieder lädst du da eigentlich runter?«

»Ich habe dir ein ganzes Album zusammengestellt. Nun, eigentlich hast du es selbst gemacht.«

Ich schloss die Augen, trunken vor Zufriedenheit, als sie schließlich den Titel abspielte, zu dem sie am Wasser getanzt hatten, und mich mit neu entfachter Leidenschaft küsste. »Hast du das jemals für Clare empfunden … ich meine, *das hier*? Am Anfang. Was *wir* füreinander empfinden.«

»Nein«, erwiderte ich, ebenso sehr, weil sie es hören wollte, als auch, weil es der Wahrheit entsprach. Es stimmte wirklich.

Als das Lied ein zweites Mal abgespielt wurde, verstand ich die Zeile, die ich an jenem Samstag im August am Fluss nur mit halbem Ohr gehört hatte:

I'd like to hold her head underwater.

21

27. Dezember 2019

Am nächsten Tisch nimmt ein Mann mit einem grellgrünen Smoothie in der Hand Platz und spricht übertrieben laut mit dem leeren Stuhl ihm gegenüber: »Sag denen, dass das in Ordnung ist, ich müsste es aber spätestens um vier wissen, okay?«

Ich erspähe die AirPods und erkenne, dass er nicht geistesgestört ist. Währenddessen spielt DC Merchison mit seinem Notizblock und blättert die Ecken durch, als wäre es ein Kartenspiel, das er gleich mischen wird. Ich versuchte, mit reiner Willenskraft die Seiten dazu zu bringen, dass sie sich an einer Stelle öffnen, die mir hilft – die mich beruhigen könnte. Das ist das Problem mit der Polizei: Sie verteidigen Informationen so erbittert, wie sie nach ihnen suchen.

Ich darf mir hier nichts vormachen. Wenn das noch viel länger andauert, muss ich mich geschlagen geben und einen Anwalt anrufen, aber vorerst tröste ich mich mit dem Gedanken, dass ihre Mitschrift kaum der Rede wert ist, zumindest nach dem zu urteilen, was ich sehen kann. Anscheinend halten sie das meiste, was ich sage, für irrelevant.

»Sie haben Ihre Beziehung zu Mrs Roper nach dem Urlaub also fortgeführt?«, fragt Merchison.

»Ja.«

Immerhin war sie diejenige, die geheiratet hat, erwäge ich hinzuzufügen, aber es hat keinen Sinn, denn Clare war – ist – ebenso sehr Opfer wie Kit. Melia und ich sind gleichermaßen schuldig. Dies ist etwas, das ich allmählich mit absoluter Sicherheit weiß. Wir sind nicht gleichermaßen gewissenlos, aber wir nähern uns einander an. Unsere jeweiligen moralischen Unterschiede ergänzen einander wie ein leichtgängiger Reißverschluss.

Der Typ am Nebentisch rückt unvermittelt seinen Sitz zurecht, und das Kratzen von Stuhlbeinen auf Marmor scheint durch meine Beine in mein Becken zu schießen. Merchison, der vielleicht dasselbe Unbehagen verspürt wie ich, richtet sich auf und legt die Handflächen auf seine Oberschenkel. Ohne sein nervöses Herumnesteln klappen die Seiten seines Notizbuchs auf, und ich lese unter der Überschrift »C. ROPER« und einer Aktennummer einen weiteren Namen in Großbuchstaben. Es sieht wie »SARAH MILLER« aus.

»Wer ist Sarah Miller?«, platzt es aus mir heraus, bevor ich mir auf die Zunge beißen kann.

Als er nach unten blickt, bemerkt er seinen Fehler und dreht das Notizbuch so zur Seite, dass seine Anmerkungen für mich nicht mehr entzifferbar sind. Neben ihm legt Parry die Stirn in Falten, sagt jedoch nichts.

»Sie ist eine Zeugin in einer anderen Ermittlung. Hier nicht relevant.«

Er schlägt genau den richtigen Ton an brüsker Zurückweisung an, mit der er die meisten Menschen überzeugt hätte, doch ich habe das Gefühl, ihn mittlerweile gut genug zu kennen, um zu spüren, wann Gefahr droht.

Wenn Sarah Miller Teil *dieser* Ermittlung ist, dann ist es nicht schwer zu erraten, wer sie sein könnte. Sie ist eine tickende Zeitbombe, deren Projektil in meine Richtung fliegt. Der andere Passagier.

Und ich habe ihren Namen schon einmal irgendwo gelesen, da bin ich ganz sicher.

»Darf ich eine Theorie vorschlagen?«, frage ich.

Denn auf einmal weiß ich mit einem eiskalten Schauder, der mir den Rücken hinabläuft, dass es nicht ausreicht, wenn jedes Wort, das ich bisher gesagt habe, der Wahrheit entspricht. Heutzutage präsentiert sich die Wahrheit in Anführungszeichen, die ebenso vom Zuhörer wie vom Sprecher definiert werden können. Sofern diese zwei Detectives mir meine Geschichte nicht abkaufen, könnte sie ebenso gut frei erfunden sein.

Merchison rollt die Schultern, verzieht bei der Bewegung schmerzhaft das Gesicht und sagt eindringlich: »Natürlich, ich bin ganz Ohr.«

»Ich denke, Kits Verschwinden könnte etwas mit Drogen zu tun haben.«

Unvermittelt setzen sie sich aufrecht hin, Soldaten in Habachtstellung, und ich weiß, dass mein Timing perfekt ist. Nach all meinen Einwänden und Richtigstellungen, der ausschweifenden Darstellung meiner Untreue bin ich auf einmal derjenige, der ihnen etwas anzubieten hat. Etwas, von dem ich hoffe, sie werden es sich auf der Fahrt zurück zum Polizeirevier durch den Kopf gehen lassen. Etwas, das sie ihrem Vorgesetzten erzählen werden, wenn sie ihm den Bericht zu ihren Fortschritten vorlegen und besprechen, wie sie weiter vorgehen sollen.

»Vielleicht habe ich es heruntergespielt, aber er ist schwer kokainabhängig. Vielleicht nimmt er auch andere Drogen, und das muss ihn eine Stange Geld kosten. Ich war ein paarmal dabei, als er losgezogen ist, um seinen Dealer zu treffen.«

»Wo?«, fragt Parry. Merchison fängt an, sich Notizen zu machen.

»Gewöhnlich unten an der Flusspromenade, ein zwielichtiger Ort, an dem es keine Kameras gibt.«

»Wo genau liegt dieser zwielichtige Ort?«

»In der Nähe des Hope & Anchor. Manchmal sieht man dort Obdachlose oder sonderbare Gestalten, es ist nicht die hübscheste Stelle am Fluss. Wie dem auch sei, mein Punkt ist der: Vielleicht war er Leuten Geld schuldig und ist mit ihnen in Streit geraten. Was weiß ich, vielleicht hat er selbst gedealt.«

Ich verstumme und schätze ihre Reaktionen ein. Sie schlagen sich nicht mit der flachen Hand an die Stirn und rufen:»Natürlich!«, aber sie tun meinen Vorschlag auch nicht gleich ab. Sie lassen sich meine Worte grundsätzlich durch den Kopf gehen und suchen darin nach Logikfehlern.

»Und das ist Ihnen gerade spontan eingefallen?«, fragt Parry mit zweifelndem Unterton.

»Nicht ›gerade‹, aber …« Mein Kopf sinkt ein bisschen nach unten.»Ich dachte, es wäre vielleicht relevant.«

»Sie haben gemeinsam Drogen konsumiert, nicht wahr?«

Ich hatte vergessen, dass er nicht hier war, als ich das Abendessen in der Wohnung der Ropers beschrieben habe.»Nun, ein- oder zweimal, aber ich bin zu alt für diesen Kram.«

Beide Augenpaare blitzen auf, doch es fällt keine Bemerkung. Merchisons Stift ist bestürzend ruhig.

»Sonst noch etwas, das Sie uns mitteilen möchten, nun, da wir Ihrem Gedächtnis auf die Sprünge geholfen haben?«, fragt Parry.

»Wenn Sie mich so fragen, ja. Er wollte sich Geld von mir leihen. Ich glaube, das war im Oktober.«

»Wie viel?« Er sieht aus, als wollte er mich am liebsten ohrfeigen, da ich ihm diese pikanten Details bisher vorenthalten habe.

»5000 Pfund. Er meinte, es wäre wegen Mietrückständen, aber jetzt habe ich das Gefühl, es könnten Drogenschulden gewesen sein.«

»Haben Sie es ihm geliehen?«

»Nein, so viel Geld habe ich nicht auf der hohen Kante. Sehen Sie, ich weiß, im Vergleich zu seinen Gesamtschulden ist es wahrscheinlich nicht viel, aber ...« Ich zögere.

»Aber selbst *wenn* Sie es übrig gehabt hätten, hätten Sie es ihm nicht geliehen?«, errät Merchison.

Ich begegne seinem Blick. »Sie sollten das eigentlich besser wissen als ich. Aber was ich eigentlich sagen wollte, ist, dass Menschen schon für weniger umgebracht wurden, nicht wahr?«

Es folgt ein kollektives, scharfes Luftholen, das uns dreien zum ersten Mal einen kurzen Moment der Harmonie beschert.

22

Oktober 2019

Zugegeben, es war etwas spät, als ich mir langsam Sorgen um Kits Lebensführung machte, nachdem der Drogenkonsum, von dem ich angenommen hatte, er diene der Erholung und halte sich in Grenzen, allmählich den Anschein erweckte, als sei er davon vollständig absorbiert. Als bringe er alles zum Einstürzen. Sobald sich die Aufregung der Hochzeit gelegt hatte, nach dem Schulterklopfen und den Glückwünschen, führte er sich dennoch weiterhin so auf, als wäre er ungebunden – das genaue Gegenteil der neuen Dynamik, die Clare prophezeit hatte. Mindestens einmal in der Woche schaffte er es nicht rechtzeitig zum River Bus, was bedeutete, dass er zu spät zur Arbeit kam, wenn er denn überhaupt dort auftauchte.

Ich war nicht der Einzige, der ihn vermisste. Steves Enttäuschung war unübersehbar, wenn er sich unseren Plätzen auf der *Boleyn* näherte und bemerkte, dass es nur ich war – gefolgt von Gretchens, wenn sie nur Steve und mich sah. Mir kam in den Sinn, dass der verhaltene Flirt, den sie und Kit pflegten, nach seiner Heirat noch weniger tragbar war und dass er sie womöglich mied. Der Gedanke, er könnte vielleicht *mich* meiden, traf mich erst später, als wir uns eines Morgens zufällig auf dem späteren

Boot trafen – ich hatte den 07.20er um Sekunden verpasst – und mir der Anflug von Verärgerung in seinen Augen nicht entging, als er mich dort sitzen sah.

»Alles klar bei dir?«, fragte ich. Sein Teint sah schrecklich aus, leicht gräulich und fleckig, seine Augen wirkten glasig.

»Ja, alles klar.«

»Wie läuft's in der Arbeit?« Es war eine Weile her, seit er erzählt hatte, er wolle seine Firma voller Dinosaurier (und natürlich dem Kalten Fisch) verlassen, um bei einem Hightech-Start-up oder einem anderen klischeeartigen Unternehmen anzufangen.

Er machte sich nicht einmal die Mühe, mir eine Antwort zu geben, sondern drehte sich zum Fenster. Der Fluss war hell unter einem steingrauen Himmel, jeden Augenblick würde Regen einsetzen. Während wir in sonderbar angespanntem Schweigen dasaßen, malte ich mir aus, wie ich ihn fragen würde: »Habe ich dir irgendwas getan?«, und die berechtigte heftige Wendung seiner Antwort: »Das weißt du verdammt noch mal ganz genau.«

Doch ich war kein Idiot. Meine Aufgabe war, jegliches Eingeständnis meines Fehlverhaltens in seinen Angelegenheiten zu vereiteln und weiterhin vorzugeben, als habe seine miese Laune überhaupt nichts mit mir zu tun. Stattdessen versuchte ich einen anderen Ansatz. »Gibt es was, das ich tun kann, um dir zu helfen?«

Damit erregte ich seine Aufmerksamkeit. »Weißt du, was? Im Grunde schon.«

Mein Puls nahm an Fahrt auf, als ich die Qual in seinen Augen las. »Dann raus mit der Sprache.«

»Ich brauche ein Darlehen. Schnell.«

»Wie viel?«

»3000 oder 4000. Fünf wären super.« Seine Stimme zitterte voll verzweifelter Hoffnung, von der ich wusste, wie viel es ihn kosten musste, sie offen zu zeigen. »Ich kann es dir zurückzahlen, sobald ich im Dezember meinen Jahresbonus bekomme.«

»5000?« Ich war baff erstaunt. (Und wenn ich mir seine Leistungsbereitschaft im Job ansah, bezweifelte ich, dass er überhaupt einen Bonus bekommen würde.) »So viel Geld habe ich nicht zur Verfügung, Kit. Du weißt, dass ich in einem Café arbeite.«

Meinen Einwand wischte er natürlich beiseite. »Ja, aber du könntest es von Clare bekommen.«

»So einfach ist das nicht. Wofür überhaupt?«

»Bloß ein paar Cash-Flow-Probleme. Wir sind ein paar Monate mit der Miete im Rückstand.«

Der Regen strömte jetzt in diagonalen Linien am Fenster hinab.

»Ich weiß nicht«, sagte ich vorsichtig. »Ich denke, du müsstest sie selbst fragen – oder Melia vorschicken. Könntest du in der Arbeit nicht um einen Vorschuss bitten? Du bist bestimmt nicht der erste Angestellte, den sie haben, dem man ein bisschen unter die Arme greifen muss.«

Er verlor die Geduld. »Du bist derjenige, der mir gerade seine Hilfe angeboten hat! Vergiss es einfach!«

Dann würdigte er mich keines Blickes mehr, während seine Finger in einem unablässigen Rhythmus auf seine Oberschenkel klopften, als zählte er die Augenblicke ab, bis diese Folter endlich ein Ende nähme. Schließlich, lange vor seiner Haltestelle, sprang er auf und eilte zur Tür, als Erster, der sich zum Aussteigen anschickte. Unter uns war die Themse flüssiger, von Regen gesprenkelter Schlamm, seine tödlichen Strudel und Strömungen sichtbar an die Oberfläche getreten wie fressende Mäuler, und ich bemerkte, wie Kits Blick beklommen zum Fluss sank. Es ist schwer zu glauben, dachte ich, dass etwas länger als ein paar Sekunden dort überleben könnte, und rief ihm im Stillen zu, die Gangway mit größerer Vorsicht als üblich entlangzugehen.

Ich zermarterte mir den Kopf, ob ich seine Bitte an Clare weiterleiten sollte, entschied mich nach unserem Streit in Frankreich jedoch dagegen, noch mehr Aufmerksamkeit auf ihre finanzielle Macht und meine völlige Hilflosigkeit zu lenken. Meinen Groll konnte ich zwar nicht länger leugnen, aber ich schuldete ihr noch eine gewisse Zeit an Kooperation und würde sie in diese Sache nicht mit hineinziehen.

Stattdessen sprach ich es bei Melia an.

»Ich mache mir Sorgen um ihn. Er hat das Gefühl, die Kontrolle zu verlieren. Und in der Arbeit bewegt er sich auf dünnem Eis – das Letzte, was er gebrauchen kann, ist, seinen Job zu verlieren.«

Sie atmete schwer aus, ihre Nasenflügel bebten. »Ich rede mit ihm.«

*

Die Jahreszeit veränderte sich allmählich, Tageslicht wurde immer rarer und wertvoller, und die Speichen des London Eye glühten neonfarben gegen den sich verdunkelnden Himmel, zart wie Harfensaiten. Im Café trugen die jungen Leute in ihren kostspieligen Turnschuhen und der ultraleichten Sportkleidung nun auch Jacken, die zu einer Spritztour zum Lake District passten, nicht nach Waterloo. Aber natürlich lagen wir auch in der Nähe von einem der geschäftigsten Bahnhöfe in ganz Europa. Diese Menschen waren nicht allesamt Lohnsklaven, die auf ihren jährlichen Urlaub verzichteten und sich selbst Vitamin D vorenthielten. Viele von ihnen, vielleicht die Hälfte, holten sich einfach ihren Kaffee mit unseren speziellen biologisch abbaubaren Deckeln und fuhren weiter, wo auch immer ihr Ziel lag. Ich beneidete sie.

Laut Regan hatte es in diesem Jahr bisher mehr als hundert Tötungsdelikte in London gegeben. »Der Blutrausch in der Hauptstadt kennt keinen Abwärtstrend«, las sie mir laut, in Hörweite amüsierter Kundschaft, aus ihrer *Metro* vor.

Es war eine unruhige Zeit, gewiss, aber zumindest schien Melia Kit überredet zu haben, seine Fehlzeiten in der Arbeit wieder in den Griff zu bekommen, obwohl er das nervöse Gezappel auf dem Boot nicht einstellte – er konnte nicht länger als fünf Minuten auf seinem Platz stillsitzen.

Eines Morgens, als er für eine zweite Zigarette in einer halben Stunde an Deck verschwand, brachte ich meine Besorgnis bei Steve zur Sprache. »Glaubst du, Kit könnte ein Suchtproblem haben?«

Stirnrunzelnd spähte Steve mich durch die mächtigen Gläser seiner Brille an. »Das ist jetzt nicht dein Ernst, Jamie!«

»Doch. Als jemand, der, du weißt schon, es in der Vergangenheit selbst schwerhatte, weiß ich, wie es sich anfühlt, wenn Menschen dir ihre Hilfe nicht anbieten. Jeder glaubt, ein anderer würde es schon tun.«

»Du hattest eine Phobie, Mann. Kit lässt nur ab und an Dampf ab.«

Als er sich wieder auf sein Handy konzentrierte, entschied ich mich für die einfache Option. »Vielleicht hast du recht.«

»Sicherlich. Leben und leben lassen, okay?«

Ein anderes Mal, auf dem Feierabendboot nach Hause, beobachtete ich etwas, das mich hätte beunruhigen müssen, im Grunde jedoch den gegenteiligen Effekt hatte. Kit stand an der Bar für die Biere an, und Gretchen war aufs Klo gegangen. Bei ihrer Rückkehr gesellte sie sich zu Kit an die Theke und flüsterte ihm etwas ins Ohr. Eine Umbestellung, nahm ich an, doch dann streifte sie mit ihrer Hand die seine. Es war nicht erotischer Natur, so wie Melia mich berührte, sondern schwesterlich, als wollte sie ihm versichern, da wäre Nähe in seinem Leben, wahre Verbundenheit.

Mir fiel auf, wie er ihre Geste würdigte, mit einem Gesichtsausdruck, den ich nur schwer lesen konnte. Vielleicht ein Anflug von allgemeiner menschlicher Verzweiflung. Obwohl Gretchen abwartete und die sichtbare Wölbung seines Adamapfels sich beim Räuspern bewegte, wurden keine Worte gewechselt.

Ich gab natürlich vor, nichts bemerkt zu haben.

23

November 2019

Zum damaligen Zeitpunkt wusste ich es noch nicht, aber das Doppeldate, das Clare und ich mit den Ropers kurz danach hatten, war unser letztes. Es war Anfang November, schon seit mehreren Tagen war das Wetter düster und bedrückend, und wir saßen kaum eine halbe Stunde im Mariners, bevor ich begriff, dass Kits Laune den Abend unerträglich machen würde. Welche Phase des Drogenmissbrauchs diese Stimmung auch bedeutete – ich vermutete unfreiwilligen Entzug –, er war gereizt und unbeherrscht, bis hin zu dem Punkt, an dem es in Unverschämtheit umschlug.

Und inzwischen so schrecklich vorhersehbar. Melia war direkt aus der Arbeit gekommen, nachdem sie einem Relocation Consultant, der eine Familie aus der Schweiz vertrat, am Prospect Square ein Haus zur Miete gezeigt hatte, und sie bekundete gerade ihr Erstaunen über die jährlichen Nebenkosten, als Kit ihr unhöflich ins Wort fiel: »Oh, für die Art von Leuten, die dort wohnen, sind das doch nur Peanuts.«

»Wie kommst du darauf?«, fragte Clare und nahm die Herausforderung an, die bei mir mittlerweile kaum mehr als ein Augenrollen hervorrief. »Wäre es nicht möglich, dass ›die Art von

Leuten‹, die dort wohnen, sich in der Arbeit den Arsch aufreißen, um diese Rechnungen zu begleichen? Und sich den Kopf zerbrechen, wie sie sich über Wasser halten sollen, genau wie der Rest der Welt?«

»Natürlich«, pflichtete Melia ihr beschwichtigend bei, aber Kit gab nicht so leicht klein bei.

»Also war alles harte Arbeit, Clare? Du hast dieses riesige Haus abbezahlt, indem du dir im Job den Arsch aufgerissen hast?«

Sie funkelte ihn an. »Ja.« Zu meinem Leidwesen spähte sie nun zu mir und bemerkte meinen skeptischen Blick.

Ich hielt die Luft an. Das war genau das Gebiet, von dem ich immer befürchtet hatte, wir würden es eines Tages betreten – Vertraulichkeiten, die nur von mir stammen konnten und die bei den beiden Paaren als Allgemeinwissen kursierten, und es wirkte unglaublich, dass es so lang gedauert hatte, bis es auf den Tisch kam.

»Hör doch auf!«, sagte Kit höhnisch. »Du tust so, als wärst du diese Selfmadegeschäftsfrau, aber wir wissen doch alle, dass deine Eltern dein Haus für dich gekauft haben.«

»Das geht dich gar nichts an«, fauchte Clare und warf mir einen entrüsteten Blick zu. Ich konnte nur hoffen, dass sie annahm, ich hätte es Kit erzählt, nicht Melia.

»Kit«, warnte Melia, und ich konnte die Botschaft lesen, die unterschwellig mitschwang: *Halt den Mund. Vergiss nicht den Hochzeitschampagner. Vergiss nicht, dass ich für ihre Firma arbeite.*

Verdammt noch mal, benimm dich – das war, was *ich* dachte. Clare war ihm gegenüber immer großzügig gewesen, sie verdiente es nicht, von ihm so heruntergeputzt zu werden. »Red nicht so mit ihr«, sagte ich, aber ich spürte, dass meine Zurechtweisung für Clares Geschmack einen Tick zu spät kam.

»Natürlich kommt es *dir* super gelegen«, schnaubte Kit. »Du bist wie eines dieser erwachsenen Kinder in dieser Straße, das umsonst dort wohnt, während ein anderer die Rechnungen bezahlt. Wir alle wären gern ein besserer Untermieter, so wie du.«

»Ich *wohne nicht* umsonst«, protestierte ich, und er widerte mich an, aber Clare hob die Hand.

»Herrgott, warum muss sich bei euch immer alles ums Geld drehen?«

Bei euch. Sie meinte auch mich, und ich bemerkte in meinem Innern eine komplizierte Mischung aus Kränkung, Angst und Erleichterung, nun einen anderen Status zu haben.

»Nur jemand *mit* Geld würde so was sagen«, zeigte Kit korrekt auf, und als Clare antwortete, war ihr Tonfall weniger tyrannisch.

»Okay, es ist also nicht fair. Aber wir wissen doch alle, dass das Leben *an sich* nicht fair ist.«

»Nein, es ist ein wertvolles Gut«, höhnte Kit. »Wir sollten einfach dankbar sein, am Leben zu sein, nicht wahr? Um den Auserwählten einen Drink ausgeben zu dürfen?«

»*Kit*«, sagte Melia wieder. »Clare ist diejenige, die *uns* ständig auf Getränke einlädt. Du bist wirklich unverschämt.«

Clare legte ihr versöhnlich die Hand auf den Arm. »Alles gut, Melia. Wenn er es anbietet, nimmt die Auserwählte gern noch ein Glas Pinot grigio.«

Während ich sie für die Art bewunderte, wie sie sich so rasch wieder gefangen hatte, verspürte ich eine viel schlichtere Emotion als jede andere an diesem Abend: Traurigkeit. Traurigkeit wegen des Teufelskreises in unserer Beziehung mit den Ropers. Als Quartett schienen wir wieder dort angekommen zu sein, wo alles angefangen hatte, bei Clares Haus. Doch was als fröhliches

Abendessen just in den eigenen vier Wänden begonnen hatte, schien nun mit so viel Verbitterung zu enden, dass man ihr nicht verübeln könnte, wenn sie sich vor einem Ziegelstein durchs Fenster oder einem brennenden Streichholz im Briefschlitz gefürchtet hätte. Wenig überraschend verschwand sie nach diesem nächsten Glas und bestand vehement darauf, dass ich blieb, doch zwei gereizte Runden später folgten Melia und ich ihrem Beispiel. Normalerweise vermieden wir es, gemeinsam aufzubrechen, aber Kit war fest entschlossen, die Nacht zum Tag zu machen, und sein Blick scannte die Bar bereits nach möglichen Spielkameraden, während wir uns verabschiedeten.

Solange wir uns nicht berührten, bestand für mich kein Risiko, sie nach Hause zur Tiding Street zu begleiten. Wir gingen so nah beieinander, wie es sich gerade noch schickte, und unterhielten uns leise über Kit. Was nur los sei mit ihm, wie seine Bedürfnisse im Zaum gehalten werden könnten, bevor er etwas sagte, das ihn *wirklich* in Schwierigkeiten brachte. Obwohl es nicht spät war, waren die meisten Fenster ihrer Nachbarn dunkel, und ich fragte mich, was sie von den Ropers mit ihren Partys und ihrem theatralischen Getue hielten.

Wartend scharrte ich mit den Füßen, während Melia nach ihren Schlüsseln suchte.

»Komm mit hoch«, murmelte sie an meinem Hals.

»Das kann ich nicht, Liebling.«

»Mir gefällt es, wenn du mich so nennst. *Bitte* komm mit hoch. Nur für ein paar Minuten.«

»Nein. Kit könnte jede Sekunde nach Hause kommen.«

»Spaßverderber.«

»Ich weiß, aber glaub mir, die Gründe sind rein selbstsüchtiger Natur. Ich will nicht, dass es heute Abend endet.«

»Ich will, dass es *niemals* endet«, sagte Melia. Und trotz ihres betrunkenen Zustands – und meines eigenen – gestattete ich meiner Eitelkeit, ihre Huldigung als etwas anzusehen, das mir zustand.

*

Während ich zu Hause den Schlüssel im Schloss umdrehte, beobachtete Clare mich vom Wohnzimmerfenster aus mit wutschnaubendem Gesichtsausdruck. Ich eilte zu ihr und stolperte über den aufgestellten Rand eines Läufers, was meine eigene Stimmung in den Keller sandte, und der Streit brach in der Sekunde aus, als sie sich zu mir umdrehte.

»Was zum Teufel ist los?«

Ich sah ihr nicht gänzlich in die Augen. »Was meinst du?«

»Irgendwas ist los. Wie kannst du Kit sagen, du wärst ein – was war es gleich noch mal? – ein ›besserer Untermieter‹? Du weißt, dass das Unsinn ist.«

»Ich habe diesen Ausdruck nie benutzt, sondern *er*. Vergiss es einfach. Du weißt doch, wie er ist.« Durch das antike Glas hinter ihr war der Platz draußen ein Stillleben in Hunderten Schattierungen von Schwarz, während die Straßenlaternen ein mattes Bernsteinlicht auf die Oberflächen der Geländer warfen.

»Sieh mich an, Jamie. Das ist das zweite Mal, dass ich dich gefragt habe, was los ist, und ich bin mir nicht sicher, wie lang ich noch weiterfragen möchte. Wenn *du* es mir nicht sagen kannst, wer dann?«

Es war eine ausgezeichnete Frage – das waren Clares Fragen in der Regel –, aber ich hatte nicht die Absicht, ihr eine ehrliche Antwort zu geben. Aber ich blickte sie an. Ihre Augen glitzerten vor Kränkung, ihre Lider waren schwer vor Müdigkeit.

»Ich mache mir nur Sorgen um ihn«, sagte ich matt.

»Um wen? Reden wir etwa immer noch von Kit? Ich habe genug von ihm gehört, dass ich bis zum Ende meines Lebens die Schnauze voll davon habe.« Ich kannte dieses Gefühl. »Nun, wenn das *wirklich* alles ist, dann bin ich raus. Es liegt mir fern, mich in deine Freundschaften einzumischen.«

Sie hatte sich hinter ihrer Großspurigkeit verschanzt, aber das bedeutete nicht, dass sie nicht aufgebracht oder verwirrt war. »Du siehst ihn nicht mehr als unseren Freund?«

Sie gestikulierte und zeigte mit den Händen nach oben. »Ich sehe ihn als Melias Problem – und ich verstehe nicht, warum du darauf bestehst, ihn zu deinem zu machen.«

Die Präzision ihrer Einschätzung raubte mir den Atem. All die Abende mit unseren jüngeren, wilderen Gegenparts, die mit unseren wohlwollenden Gesprächen über sie geendet hatten: Die waren jetzt vorbei. Was in der Bar angedeutet worden war, war grundsätzlicher Natur: Clare hielt sich für die einzige verantwortungsbewusste Erwachsene, die noch übrig war. Und vielleicht hatte sie recht.

*

Gegen Ende November besuchte Melia mich zum ersten und letzten Mal im Comfort Zone. Es war drei Uhr, und Regan hatte Pause, als eine Reisegruppe auf der Suche nach einem späten Mittagessen hereinstürmte. Melia, die sich diesen Nachmittag freigenommen hatte, bot mir scherzhaft an auszuhelfen. »Komm schon, ich habe ständig in Cafés gearbeitet. Ich wette, ich kann das Monster ganz allein bedienen.« Und bevor ich mich's versah, schlüpfte sie hinter den Tresen und stand vor der glänzenden, verchromten Siebträgermaschine.

Ich wusste, es wäre ein Verstoß gegen jegliche gesetzliche Hygienevorschriften, wenn sie das Teil auch nur berührte. »Nicht, dafür brauchst du eine Extraeinweisung. Aber du kannst dich um die Sandwichbestellungen kümmern, wenn du willst? Die frischen Zutaten sind im Kühlschrank in den Vorratsbehältern.«

45 Minuten lang arbeiteten wir harmonisch Hand in Hand. Und dann, nach einem raschen Blick auf ihr Handy, verschwand sie so schnell, wie sie gekommen war.

»Wir sollten uns überlegen, gemeinsam ein eigenes Café aufzumachen. Das wäre lustig.«

Mich überkam eine Woge des Glücks, wie immer, wenn wir von einer gemeinsamen Zukunft sprachen. Nach Kit, nach Clare. Nach *dem hier*. Sie warf mir ein verruchtes Lächeln zu und klopfte auf die Stofftasche an ihrer Hüfte. »Wirst du nicht nachprüfen, ob ich nicht in die Kasse gegriffen habe? Immerhin bin ich eine allseits bekannte Schuldnerin.«

»Ich vertraue dir.« Ich grinste. »Weißt du, was, wenn wir das Trinkgeld aufteilen, bekommst du einen Teil von meinem.«

Zum Abschied gab sie mir einen Kuss auf die Lippen, und ein Kunde drehte sich an der Tür um und bedachte mich mit einem eigenartigen Blick. *Wie hat der sich die wohl geangelt? Er muss ein verborgenes Talent haben ...*

Nachdem sie fort war und Regan zurückkehrte, verfiel ich in eine sonderbar entrückte, fast berauschte Stimmung, als hätte ich mir das alles nur eingebildet.

24

27. Dezember 2019

Man kann einen Detective zum Wasser führen, aber trinken muss er schon selbst.

Nachdem Parry meinen Drogenhinweis in frustrierender Kürze in sein Notizbuch notiert hatte, bestand er darauf, *mich* zum Wasser zu führen, zurück zum Fluss und zu den Weihnachtsdrinks der Wasserratten.

»Wenn Sie sich nicht mehr so gut verstanden haben, warum sind Sie dann überhaupt noch etwas trinken gegangen?«, will er wissen, und ich spüre einen schmerzhaften Druck, der sich in meiner Brust aufbaut. Wir nähern uns dem Ende. Das hier ist der Teil der Geschichte, der zählt.

»Es war nicht so, als hätten wir uns überhaupt nicht mehr verstanden. Es war nur nicht mehr dasselbe.«

»Wessen Idee war es, sich zu treffen?«

»Daran erinnere ich mich nicht. Ich glaube, Kits.«

»Sind Sie sicher, dass es nicht Ihre war?«

Ich zucke mit den Schultern.

»Wie lang im Voraus war der Tag ausgemacht?«

»Wenn ich mich nicht täusche, war alles sehr spontan. Hören Sie, wenn das Organisieren einer kleinen Weihnachtsfeier Ihre

Vorstellung von einem Verbrechen ist, dann werden Sie diesen Monat ziemlich viele Überstunden schieben müssen.«

Doch ich weiß genau, worauf er hinauswill: geplantes Vorgehen. Böswilliger Vorsatz. Zum ersten Mal in diesem Gespräch fordere ich sie auf, den Scheiß beim Namen zu nennen: »Sie glauben also, ich hätte etwas mit seinem Verschwinden zu tun, nicht wahr?«

»Sagen Sie es uns«, erwidert Parry prompt.

»Das wäre ein guter Slogan für die Met: *Sagen Sie es uns.*« Ich entscheide, dass ist an der Zeit ist, dieses Verhör beim Schopf zu packen und ihnen meinen Trumpf zu unterbreiten, wenn sie mir die unzähligen Floskeln verzeihen. Immerhin würden sie es sowieso bald selbst herausfinden, sobald sie meine – und Kits – Handydaten anfordern. »Ich weiß, Sie werden die Überwachungskameras auf dem Weg überprüfen, aber ich will Ihnen den Beweis liefern, dass ich ihn nicht mehr gesehen haben kann, nachdem wir vom Boot gegangen sind.« Ich nehme mein Handy und zeige ihnen meine letzte Nachricht an Kit.

Parry liest die Worte laut vor – »›Pass lieber DU auf‹« –, bevor er einen bedrohlichen Blick in meine Richtung wirft. »Was genau soll das bedeuten?«

»Es war eine Antwort auf das, was *er* zu mir gesagt hat. Er hat mir gedroht und meinte, er würde Leute kennen, von denen ich nicht mal wüsste, dass sie existieren. ›Pass lieber auf, Jamie‹: Das war das Letzte, was er zu mir gesagt hat, das schwöre ich bei Gott. Ich habe diese Nachricht geschrieben, um ihm zu beweisen, dass ich mich nicht einschüchtern lasse. Ich musste das letzte Wort haben.«

Dieser letzte Satz hat in Anbetracht des Kontexts einen ungewollt unheilvollen Beigeschmack, aber ich kann ihn nicht rückgängig machen.

»Was meinte er mit diesen Leuten, von denen Sie nicht mal wüssten, dass sie existieren?«

»Ich nehme an, er meinte Kriminelle. Seine Drogenkumpel, Männer, die er bitten könnte, mir wehzutun. Er meinte, sie wären Tiere.«

Während Parry die vorhergegangenen Nachrichten zwischen Kit und mir überfliegt, beobachtet Merchison mich mit einer gewissen Skepsis.

»Vielleicht ist *drohen* ein zu starkes Wort«, berichtige ich mich. »Ich habe keine Angst vor Kit, es war eher eine unterschwellige Schikane. Doch der Grund, weshalb ich Ihnen die Nachricht zeige, ist der Zeitpunkt.« Ich nehme Parry das Handy aus der Hand, um mich selbst zu vergewissern. »Die Nachricht habe ich geschrieben, als ich zu Hause war. Sehen Sie die Uhrzeit? 11.38 Uhr. Das Boot legt um halb zwölf an. Als ich ihm geschrieben habe, bin ich gerade zu meiner Haustür reingekommen. Clare kann bestätigen, dass ich zu dieser Uhrzeit zu Hause war.«

»Ich bin nicht ganz sicher, ob ich weiß, worauf Sie hinauswollen«, erwidert Parry.

»Ich will darauf hinaus, dass er sie geöffnet hat, sehen Sie? Sie ist als gelesen markiert. Da er sie nicht geöffnet haben kann, bevor sie verschickt wurde, war er offensichtlich immer noch am Leben, nachdem ich zu Hause war.«

Ich wünschte, ich würde nicht ständig *offensichtlich* sagen. Wäre ich Polizeibeamter, würde mir das vorkommen, als wollte mir jemand eine Lüge unterjubeln. »Dann haben Clare und ich um sieben Uhr morgens ein Taxi nach Kings Cross für unseren Zug nach Edinburgh genommen. Sie wird Ihnen bestätigen, dass wir zusammen im 08.15-Uhr-Zug saßen, oder wenn Sie ihr nicht glauben, überprüfen Sie die Überwachungskameras am Bahnhof – und im Zug.«

Parry klopft mit den Nägeln seiner rechten Hand gegen die Knöchel seiner linken. »Sie scheinen sich ja sehr sicher zu sein, was die Kameras angeht. Fast, als hätten Sie es darauf angelegt, davon erfasst zu werden.«

Ich behalte die Nerven. »Es muss ja irgendeinen Vorteil haben, in einem Überwachungsstaat zu leben.«

»Das war also das letzte Mal, dass Sie mit Mr Roper kommuniziert haben? Was ist mit *Mrs* Roper? Sie meinten, Sie hatten keine Gelegenheit gehabt, sie zurückzurufen: Es ist ein ziemlich großer Zufall, dass Sie genau zu dem Zeitpunkt, als Ihr Freund als vermisst gemeldet wird, zu abgelenkt waren.«

Diesen Einwand hatte ich vorhergesehen. »Ich war im Elternhaus meiner Partnerin, da werde ich wohl kaum meine heimliche Geliebte anrufen, oder? Ich meine, ich habe gesehen, dass sie Nachrichten auf der Voicemail hinterlassen hat, aber ich habe nur angenommen, sie wollte mir, Sie wissen schon, Stress machen.«

»Weil Sie über Weihnachten keinen Kontakt mit ihr wollten, meinen Sie das? Die missachtete Geliebte?«

»Ja, wenn Sie es so ausdrücken wollen. Und da ich nicht wusste, dass Kit als vermisst gemeldet ist, war es für *mich* kein großer Zufall.« Wenn mein Blick fest ist, ist der von Parry granithart. »Warum holen Sie sich nicht seine Handyaktivitäten von Montagnacht und finden raus, wann er die Nachricht geöffnet hat? Überprüfen Sie, ob er anschließend noch Anrufe getätigt hat, reden Sie mit den Leuten, mit denen er telefoniert hat. Das wird Ihren für die Chronologie der Ereignisse mehr helfen, als mit mir zu sprechen.«

Also wirklich, ich bin derjenige, der hier der Detective sein sollte.

»Vielen Dank für die Ratschläge«, sagt Parry. Als das Durcheinander an Stimmen in der Halle unvermittelt anschwillt, wird seine ebenso plötzlich sehr leise, was mich zwingt, mich zu ihm vorzubeugen, um ihn zu verstehen. »Hier ist eine zeitliche Chronologie für Sie, Jamie: Sie sind nach diesem Streit auf dem Boot davonmarschiert und haben irgendwo versteckt gewartet, bis Kit an ihnen vorbeikommt. Sie locken ihn an diesen zwielichtigen Ort, von dem Sie uns erzählt haben, wo Sie Ihre Auseinandersetzung fortführen. Die Dinge geraten außer Kontrolle, und Sie töten ihn, vielleicht mit etwas, das Sie von Ihrem Arbeitsplatz mitgebracht haben, wo es, wie ich vermute, Küchengerätschaften gibt. Scharfe Messer.« Es folgt eine bedeutsame Pause. »Vielleicht haben Sie sich bei der Auseinandersetzung selbst geschnitten.«

Wir alle drei spähen zu meiner bandagierten Hand, und ich weiß, was sie denken. Wenn ich mich *wirklich* nur verbrannt habe, würde ich den Verband dann nicht einfach abnehmen und es ihnen beweisen? Und fast wie ausgelöst durch ihre forschenden Blicke, beginnt meine Wunde zu jucken.

»Sie schnappen sich sein Handy, um später die Nachricht zu öffnen, die Sie ihm anschließend schicken, und lassen es so aussehen, als wäre sie von ihm gelesen worden. Dann entledigen Sie sich seines Leichnams über die Flussmauer«, beendet Parry seine Ausführungen.

Mein heftiges Einatmen ist laut hörbar. »Über die Flussmauer? Das soll wohl ein Scherz sein, oder? Die ist ziemlich hoch – wer bin ich, der stärkste Mann der Welt?«

»Er ist nicht sonderlich schwer. Knapp 70 Kilo. Jeder Fitnessexperte würde zustimmen, dass es möglich wäre.«

Mit unverhohlener Bewunderung beobachtet Merchison seinen Kollegen. Egal, mit welcher Theorie sie hierhergekommen waren, sie stammt von Parry. Eine grässliche Vorstellung packt mich: Was, wenn ich mich mit diesem Eingreifen in allerletzter Sekunde nicht gerettet, sondern ihm geholfen habe, Einzelheiten zu ergänzen, die mich belasten könnten? Was zum Teufel habe ich nur getan?

»Beweisen Sie es«, sage ich, und meine Stimme nimmt wieder das Knurren vom frühen Morgen an, den animalischen Protest, als Einziger herausgepickt worden zu sein. »Beweisen Sie, dass all das von jemandem in dem Zeitraum getan werden kann, als das Boot um halb zwölf angelegt hat und ich um 11.38 Uhr unter den Augen einer Zeugin zu Hause angekommen bin. Acht Minuten! Das ist unmöglich, einfach völlig unmöglich. Überprüfen Sie die Kameras, wie oft muss ich Ihnen das noch sagen?« Aufgeregt springe ich auf. »Ich schätze, es ist höchste Zeit, einen Anwalt einzuschalten. Sie können mir keine solchen Anschuldigungen an den Kopf werfen, das ist gewiss illegal. Ich werde keine weiteren Fragen beantworten, bis ich Rat eingeholt habe.«

Merchison erhebt sich ebenfalls, die Hände beschwichtigend gehoben, sein Blick warmherzig vor Mitgefühl. »Das ist nicht nötig, Jamie, wir denken nur laut nach. Das hier ist alles völlig informell, nichts davon wurde zu Protokoll genommen. Und niemand beschuldigt Sie wegen irgendetwas. Wir sind Ihnen für Ihre Hilfe sehr dankbar, nicht wahr, Ian?«

»Absolut.« Nickend klopft DC Parry mit seinem Stift auf die geöffnete Seite und ringt sich sogar ein Lächeln ab. »Jetzt brauchen wir nichts weiter, als dass Sie uns den Rest des Montagabends erzählen, dann sind wir auch schon fertig.«

Ich starre ihn an. Wie erbärmlich, dass ich dieses seltene Lächeln genieße, aber so ist es. »Noch fünf Minuten«, sage ich. Und setze mich wieder.

25

Dezember 2019

Nun, wo ich darüber nachdenke, war es vielleicht Gretchen, die unsere kleine Weihnachtsfeier vorgeschlagen hat. »Ist euch eigentlich aufgefallen, dass wir noch nie ohne Schwimmwesten unter unseren Sitzen miteinander etwas getrunken haben?«

»Vergiss Kits Hochzeit nicht«, erwiderte ich. »Damals waren wir am Festland. Wie wäre es mit dem letzten Abend, an dem wir alle noch arbeiten? Wann wäre das?«

Abgesehen von Gretchen, hatten sich alle den Heiligabend freigenommen, was Montag, den 23., zum passenden Termin machte, und jeder notierte ihn sich in seinen Kalender.

»Bringt ihr eure Partnerinnen mit?«, fragte Steve Kit und mich hoffnungsvoll, und ich verkniff mir ein Grinsen. Er stand wohl auf Melia, genau wie Clare gesagt hatte.

»Nein, lieber nicht«, sagte Gretchen entschlossen.

In einer sonderbaren – oder vielleicht unausweichlichen – Parallele zum Niedergang der Freundschaft zwischen den Ropers sowie Clare und mir lag es in der Luft, dass unsere Tage als Pendlerquartett gezählt waren. Jeden Morgen freute ich mich jetzt auf das kurze Stückchen Einsamkeit, sobald die anderen von Bord gegangen waren. In wunderbarem Schweigen glitt ich durch die

rot-goldenen Bögen der Blackfriars Bridge, vorbei an den Fracht-
kähnen am nördlichen Ufer mit ihren Kränen und ächzenden
Baumaschinen, und am südlichen mit dem winzigen Sandstrand
und den hölzernen Piers, die von der Ebbe so malerisch freigelegt
wurden. Dann am National Theatre mit seiner brutalistischen
Architektur vorbei, ohne das Risiko, dass Kits Wunden aus seiner
Schauspielerzeit, dort nicht mehr vorsprechen zu können, wieder
aufgerissen wurden. Nein, mir kam es vor, als gäbe es an meinen
Mitpendlern nun mehr Seiten, die ich mied, anstatt ihre Nähe zu
suchen, aber deswegen war ich nicht traurig. Nicht so wie über
den Verlust der Freundschaft zwischen den Ropers und Clare und
mir. *Weinen hat seine Zeit, und Lachen hat seine Zeit* – wir alle
kennen die Stelle.

*

Dank der glänzenden Inneneinrichtung aus Holz und ohne jegliche weiche Stoffe, die den Lärm von über dreihundert Koma-
säufern abfangen könnten, war es in der Bar wahnsinnig voll und
schrecklich laut (so knapp vor Weihnachten war jeder Abend in
der Londoner Innenstadt ein Freitag). Wegen des Zugs nach
Edinburgh am nächsten Morgen hatte ich Clare versprochen,
mich mit dem Trinken zurückzuhalten, aber irgendwann um das
fünfte Bier herum hatte ich alle guten Vorsätze über Bord geworfen.

Gretchen, die sämtliche Partnerinnen verboten hatte, brachte
selbst eine Kollegin mit, die vor einem Date Zeit totschlagen
musste, eine junge Frau von Mitte 20, deren Grad an Attraktivität
sich nicht mit dem ihrer Aufgeblasenheit deckte: Sie führte sich
wie eine Promi auf, die gnädigerweise Fragen von einem Raum
voller wissbegieriger Presseleute beantwortete. Nach weniger als
einer Stunde hatte Gretchen sich heimlich aus dem Staub gemacht,

gefolgt von Kit, während Steve von einem Kollegen in Beschlag genommen wurde, den er zufällig getroffen hatte. So hatte ich die junge Frau allein am Hals – wie war gleich noch mal ihr Name? Vielleicht Yaya oder Yoyo, irgendein Spitzname, den sie so süß fand, dass sie ihn Fremden aufdrängte. Sie gab sich keine Mühe, ihr Desinteresse an einem älteren Mitbürger wie mir zu verhehlen, und die Dynamik von Interviewer/Interviewten setzte sich fort. (»Wann haben wir die Kunst der Konversation verloren?«, hatte ich Clare einmal gefragt. »Als Instagram Durchschnittsmenschen weismachte, ihre Leben wären außergewöhnlich«, hatte sie gesagt, und ich war nicht so unhöflich gewesen, auf den Social-Media-Auftritt von Hayter Armstrong hinzuweisen, der mehrmals am Tag die Belohnung von herrlichen Häusern in Aussicht stellte, als hätten wir alle dieselbe Chance auf den Gewinn.)

»Ist Yoyo bei deinen Geschichten eingeschlafen?«, fragte Kit, als er und Gretchen schließlich zurückkehrten. Sein Gesichtsausdruck war schrecklich arrogant, und ich fauchte ihn an.

»Fick dich, Kit.«

»Wie nett«, sagte Yoyo und verdünnisierte sich endlich, um ihr bedauernswertes Date an Einzelheiten teilhaben zu lassen, wie man das Beste aus seinem Leben herausholte.

Um unsere Freiheit zu feiern, kaufte ich eine Runde Tequila und verbrachte gut 20 Minuten mit Anstehen, bis ich bedient wurde, bevor ich mich wieder zu den anderen gesellte und das Tablett mit einer ausladenden Handbewegung absetzte. »Weihnachten! Die Zeit der Liebe für alle Menschen – auf die vor allem wir Männer hoffen!«

»Den Spruch findest du auf keiner Weihnachtskarte«, sagte Steve.

*

216

Wir machten es spannend, um das letzte Boot in Richtung Osten zu erwischen, rasten zu viert durch die Straßen zum Blackfriars Pier und jubelten, als das hell erleuchtete Boot unter der Eisenbahnbrücke auftauchte und auf uns zuglitt. In der eleganten Glasvertäfelung des Bahnhofs über uns war kurzzeitig die grässliche optische Täuschung einer drohenden Kollision zu sehen, als zwei Züge aus entgegengesetzten Richtungen einfuhren und dunkle Gestalten sich zu den geöffneten Türen drängelten. Als wir die Bar an Bord für weitere Drinks erreichten, rangen wir immer noch keuchend nach Luft und rissen Witze über drohende Herzinfarkte. Es gab eine weitere Gruppe, meiner Meinung nach Touristen oder Studenten, die es sich, auf ein paar Reihen verteilt, vorne in der Kabine bequem machten.

»Wer zum Teufel war diese Little Miss Egozentrik, Gretch?«

»Sie ist die unerträgliche Assistentin, die gerade neu in ihrem Team angefangen hat«, antwortete Steve. »Hörst du denn überhaupt nicht zu, Jamie?«

Wir wetteiferten immer noch, wer von uns die zerfleischendste Kritik an unserem ungebetenen Gast üben konnte, als Gretchen einen Schrei ausstieß, da sie fast vergessen hatte, uns ihre Geschenke zu geben, und fischte aus ihrer Schultertasche drei flache, in Goldpapier eingeschlagene Gegenstände heraus. Es waren *Unsere kleinen Damen-und-Herren*-Bücher: *Unser Herr Griesgram* für Steve, *Unser Herr Ordentlich* für mich, *Unser Herr Falsch* für Kit.

Kaum das schmeichelhafteste Trio, aber Steve und ich nahmen unsere im Gegensatz zu Kit vergnügt entgegen, der eingeschnappt reagierte und sich kaum von Gretchen verabschiedete, als sie in Surrey Quays ausstieg. Selbst in meinem eigenen Rauschzustand wusste ich, dass er der Betrunkenste von uns allen war. Ich kann mich im Grunde nicht erinnern, dass Steve wenige Minuten später das Boot verließ, aber das musste er zusammen mit der anderen Gruppe getan haben, denn im nächsten Moment waren Kit und ich allein auf einem leeren Boot, mit zerrissenem Geschenkpapier auf den Sitzen neben uns. Er schleuderte sein *Unser Herr Falsch* auf den Boden und murmelte etwas in den Flaschenhals seines Biers.

»Warum hast du das getan? Was läuft da zwischen dir und Gretchen?«

»Das wüsstest du wohl gern.« Sein Tonfall war feindselig, was in mir Verärgerung hervorrief. Er führte sich so verdammt *kindisch* auf.

»Nichts, was Melia wissen müsste, hoffe ich?«

»Verpiss dich.« Ein paar Sekunden war nichts als das Brummen der Motoren und die Melodie des Weihnachts-Soundtracks über die Lautsprecheranlage zu hören, dann sagte er: »Ich habe kürzlich etwas Interessantes gelesen: Menschen, die anderen vorwerfen fremdzugehen, sind fast immer diejenigen, die es in Wirklichkeit selbst tun. Und hier sitzt du und beschuldigst mich der Untreue.« Dank des Alkohols war sein Blick eher benebelt als angriffslustig, doch die Anspannung in seinem Oberkörper und seine geballten Fäuste waren nicht zu übersehen. »Du kannst mit dem ganzen Theater aufhören, Jamie, okay? Ich hab gesehen, wie du sie anschaust.«

»Wovon redest du? Wen schaue ich an?« Unsere erhobenen Stimmen erfüllten den Passagierraum, und ich verfügte über genügend Einfühlungsvermögen, um mich zu fragen, was die Crew wohl über uns dachte. Ein drastisches Bild von uns beiden stieg in mir hoch: die zwei Wilden, die Letzten, die von Bord gehen.

Kit hob das Bier an seine Lippen, und als er feststellte, dass es leer war, schnappte er sich Gretchens halbvolle Flasche und trank daraus. »Mittlerweile musst du doch wissen, dass sie 'ne echte Schlampe ist, oder? Du hast es heute Abend doch selbst gesagt: Liebe für alle Menschen – genau das tut Melia.«

Da schlug ich ihn, woraufhin ihm die Flasche aus der Hand fiel, die davonrollte und Schaum über den Boden verteilte. Selbst mitten im Handgemenge erkannte ich, dass die Dynamik grotesk war: Der Liebhaber, der die Ehre der Ehefrau vor ihrem Ehemann verteidigte. Während das Boot jäh ins Schlingern geriet, warfen wir uns weiterhin Beleidigungen an den Kopf.

»Du hältst dich für so clever, aber du hast keine Ahnung in deiner schicken Blase am Prospect Square«, höhnte er. »Ich kenne die Sorte Leute, von denen du nicht mal weißt, dass sie existieren. Die sind Tiere. Du würdest dir in die Hose scheißen, würden sie dich auch nur *anschauen*.«

Obwohl ich größer und breiter bin als er, konnte ich ihn nur noch schwer in Schach halten, und er verpasste mir ungehindert Kopfnüsse und fügte mir mit heftigem Zwicken blaue Flecken zu. Als ich ein Crewmitglied erblickte, das auf uns zukam, rief ich: »Entschuldigen Sie? Dieser Mann belästigt mich.«

»Dich ›belästigen‹? Warum klingst du immer wie ein solches Arschloch?«, sagte Kit durch zusammengepresste Zähne.

»Auseinander mit Ihnen, bitte«, wurden wir aufgefordert, und ein zweiter Mitarbeiter – der Barkeeper – half, uns voneinander zu lösen und auf gegenüberliegende Seiten des Passagierraums zu bringen. »Gentlemen!«, rief er, und das Wort löste einen verwirrenden Flashback des Horrors vom U-Bahn-Tunnel-Vorfall aus, eine heftige Woge von Selbsthass, den ich seitdem nicht mehr verspürt hatte.

»Natürlich, tut mir leid«, sagte ich.

Und als wir in St Mary's anlegten, war klar, dass ich vor Kit das Boot verlassen durfte. Es freute mich, dass er derjenige war, der festgehalten wurde, in ihren Augen der Anstifter – obwohl ich zuerst zugeschlagen hatte.

Auf dem Landungssteg konnte ich ihn immer noch hinter mir hören:»Du wirst dir noch wünschen, du wärst mir nie begegnet, Kumpel!«

»Du nimmst mir die Worte aus dem Mund«, knurrte ich. »*Kumpel*.«

»Pass lieber auf, Jamie! Das mein ich verdammt ernst!«

Ich taumelte auf die Straße. Kälte und Wut verschlossen meine Ohren, sodass meine Schritte durch meinen Körper vibrierten, das Stampfen eines Monsters. Ich warf keinen Blick zurück, um zu überprüfen, ob er mir folgte. Das Mariners war immer noch offen, Musik und dröhnende Stimmen schwappten durch die Tür in die Nacht. Raucher standen in Grüppchen in der Gasse, das Gewicht von einem Bein aufs andere verlagernd, unruhig in der Kälte, und ich wünschte, ich könnte mich zu ihnen gesellen, um eine Kippe zu schnorren und das köstliche Gift in meine Lunge zu saugen. Ich sehnte mich danach, Melia anzurufen, sie zu sehen, aus ihrer Stimme, ihrer Berührung sämtliche Zuversicht und Beruhigung zu nehmen, die ich nun brauchte. Stattdessen schrieb ich an Kit, als ich mein Haus erreichte:

Pass lieber DU auf.

Ohne eine Antwort abzuwarten und da ich meine eigene Nachricht längst bereute, ließ ich mein Handy auf dem Tischchen im Flur liegen, wo ihm der Saft ausgehen sollte. Oben war Clare früh zu Bett gegangen und nicht gerade erfreut, von dem Lärm geweckt zu werden, den ich veranstaltete, während ich mich im angrenzenden Bad auf die Suche nach Paracetamol machte. Sie erinnerte mich an unseren schrecklich frühen Start am nächsten Tag, aber ich war nicht in der Stimmung, von einer Lehrerin die Leviten gelesen zu bekommen.

»Deshalb bin ich ja auch so früh zurück ... Es ist noch nicht mal Viertel vor zwölf!«

»Das Taxi kommt um sieben, und du hast noch nicht gepackt.«

»Das mach ich am Morgen.«

»Wir werden diesen Zug unter keinen Umständen verpassen, Jamie. Ich lasse nicht zu, dass du Mum und Dad enttäuschst.«

»Herrgott noch mal, wir werden den Zug nicht verpassen, und ich werde niemanden enttäuschen. Schlaf weiter.«

Ich wollte keinen zweiten Streit erleben, mein Nervenkostüm war bereits zerrüttet. All meine Gedanken drehten sich allein darum, wie sehr ich von Kit die Schnauze voll hatte. Ich hatte die Schnauze voll, ihn zu sehen, an ihn zu denken.

Nachdem ich mir in fast vollständiger Dunkelheit einen Weg zum Bett gebahnt hatte, schluckte ich zwei Paracetamol, trank ein Glas Wasser und versuchte, ein paar Stunden Ruhe von meiner aufgewühlten Fantasie zu ergattern.

26

24. bis 26. Dezember 2019

Wäre ich über Weihnachten irgendwo anders als im Haus der Armstrongs gewesen, dann hätte ich es womöglich nicht geschafft, mich zusammenzureißen. Aber Clares Eltern, Rod und Audrey, waren Balsam für meinen aufgewühlten Stolz, meine archaischen Wunden. Wie ihre georgianische Wohnung in Edinburghs New Town waren sie elegant und aristokratisch: Hier bot sich keine Gelegenheit für erhobene Stimmen, ganz zu schweigen von erhobenen Fäusten.

Das vierstündige Nickerchen, das mir im Zug vergönnt war, half. Clare hatte in der ersten Klasse reserviert, und für mich war es bequem genug, um anständig zu schlafen, auch wenn sie mich ein paarmal vom gegenüberliegenden Sitz aus mit dem Zeh anstupste, weil ich schnarchte.

»Drei volle Tage ohne Klienten«, sagte sie zu ihren Eltern und nippte vor dem Kamin genüsslich am ersten Drink des Heiligabends. Der Baum war mit Dutzenden Holzfiguren aus *Der Nussknacker* geschmückt, allesamt mit beweglichen Gelenken und goldenen Kettchen. »Gestern Abend habe ich meine Abwesenheitsnotiz aktiviert.«

»Nun, ich hoffe, du stirbst nicht an gebrochenem Herzen«, sagte Audrey.

Sie konnte natürlich nicht gewusst haben, dass ihr De-facto-Schwiegersohn jeden Grund hatte, sich vor Liebe zu verzehren – nach seiner jungen, verheirateten Geliebten, mit der er über die Weihnachtsfeiertage wohl kaum Kontakt haben konnte. Während Clare sich über den freien Fall des Londoner Immobilienmarkts ausließ und von dem Angebot für ein Haus in Blackheath erzählte, von dem sie hoffte, es am Freitag zu erhalten, erkannte ich, wie sehr ich den Bezug zu den Neuigkeiten in ihrer Arbeit verloren hatte. Jetzt wusste ich mehr über Vermietungen.

»Was ist mit deiner Hand passiert?«, fragte mich Audrey.

»Er hat sich gestern in der Arbeit an der Kaffeemaschine verbrannt«, sagte Clare. »Bemerkt hat er es aber erst heute Morgen.«

»Das stimmt nicht«, berichtigte ich sie. »Ich hatte mir nur nicht die Mühe gemacht, es zu verbinden. Ich musste mich beeilen, um mich mit Leuten auf einen Drink zu treffen.«

»Wahrscheinlich genug Drinks, um den Schmerz zu betäuben«, sagte Rod. »Tut's weh?«

»Hat es, als ich aufgewacht bin, aber jetzt habe ich mir genug Paracetamol reingepfiffen, dass ich überhaupt nichts spüre.« Dasselbe galt für den blauen Fleck an meinem Schlüsselbein, den Kit mir mit einem heftigen Schlag verpasst hatte. Ich fragte mich, ob ich bei unserer armseligen kleinen Rauferei auch Spuren an *ihm* hinterlassen hatte.

»Pass auf, dass du die Schmerzmittel nicht gleichzeitig mit Alkohol nimmst«, warnte Rod, doch er hätte unbesorgt sein können: Ich hatte die Absicht, dass dieses Weihnachten ein Paradebeispiel für Mäßigung werden würde, bis hin zur erfreulichen Ökonomie eines einzigen Telefongesprächs, das ich am Morgen des ersten Weihnachtsfeiertags mit meiner Familie führen würde (da ich nie weiter als ein paar Meter von den Armstrongs entfernt war, würde ich keinesfalls mit Melia sprechen). Am Montagabend hatte ich mich bei Gretchens jüngerer Kollegin über das fehlende Interesse an mir geärgert, doch jetzt genoss ich es, so wenig wie irgend möglich von mir preisgeben zu müssen, und konzentrierte mich dankbar auf meine Gastgeber. Ich spürte, dass Clare mit mir zufrieden war. Im Lauf der Wochen seit unserem Streit nach diesem unschönen letzten Barbesuch mit Kit und Melia war sie nicht beleidigt gewesen – das war nicht ihre Art –, aber sie hatte sich in verschiedenen Bereichen zurückgezogen: körperliche Zuwendung, Humor, ihre Haltung, im Zweifel für den Angeklagten zu sein. Ich war nicht in der Position, ihr dieses Verhalten anzukreiden, und so hatte ich den Kopf eingezogen, und wir hatten friedlich nebeneinanderher gelebt.

Ein nützlicher Nebeneffekt war, dass sie es nicht für nötig befand, nach den Gründen für mein wöchentliches spätes Nachhausekommen – manchmal auch zweimal die Woche – nach meinen Treffen mit Melia zu fragen, aber zweifellos gab sie aus Prinzip Kit die Schuld.

Erst als wir am zweiten Weihnachtsfeiertag allein einen Spaziergang nach Calton Hill machten, erwähnte ich die Ropers.

»Ich hatte am Montag eine kleine Auseinandersetzung mit Kit«, sagte ich oben am Hügel, als könnte das Thema nur dort zur Sprache gebracht werden: mit dem Wind, der Clare um die Ohren pfiff, und dem Panorama, das ihre Augen in Beschlag nahm. Es war alles da, massiv und unveränderlich: das Castle und die Princes Street, Holyrood Palace und Arthur's Seat, der Hafen von Leith und die fernen Nebelschleier des Firth of Forth.

Sie drehte den Kopf nur minimal. »Weswegen?«

»Nichts Spezielles. Ich habe nur das Gefühl, dass wir uns in letzter Zeit ständig in die Haare geraten. Wie schon gesagt, ich mache mir Sorgen um ihn.«

»Stimmt.« *Melias Problem*, genau das hatte sie gesagt.

»Um ehrlich zu sein, bin ich mir nicht sicher, ob er besonders stabil ist«, fügte ich hinzu. »Er ist eine größere Koksnase, als ich angenommen hatte.«

Wir blickten zum Arthur's Seat. Direkt vor uns präsentierte sich ein junges Paar stolz mit einem Selfiestick und nahm mehrfach neue Posen ein.

»Du hast dich nicht tiefer in irgendwas reinziehen lassen, oder?«, fragte Clare.

»Was meinst du?«

»Du weißt schon, dass du seine Gewohnheiten annimmst? Du schuldest doch niemandem Geld oder so was in der Art?«

»Himmel, nein!« Ich zögerte. »*Er* aber schon, so viel steht fest.«

»Das wissen wir doch alle. Wären wir im 19. Jahrhundert, dann käme er nach Marshalsea. Melia wahrscheinlich auch.«

»Vor einer Weile hat er mich gebeten, ihm Geld zu leihen«, gestand ich ein. »Er hat mir echt ein schlechtes Gewissen eingeredet, als ich mich geweigert habe.«

»Sei auf der Hut. So etwas ist immer erst der Anfang. Es könnte damit enden, dass er dich erpresst oder sonst was tut.«

Verstohlen warf ich ihr einen Blick zu: Was genau meinte sie damit? Das Gespräch kam der Wahrheit näher, als mir lieb war, und ich ließ eine Minute verstreichen, damit die Stadt – gleichzeitig vertraut und weit weg – ihren Zauber auf mich und auch auf Clare ausüben konnte. Ich hatte das Gefühl, dass ich niemals akzeptiert hätte, keinen Anteil an dem Haus zu besitzen, in dem ich wohne, wenn wir uns hier und nicht in London niedergelassen hätten. Ich hätte meine Arbeit niemals kündigen müssen, weil mir das Pendeln lebensbedrohlich vorkam. Vielleicht hätte ich auch nie eine Affäre mit einer Frau wie Melia – oder überhaupt mit irgendeiner Frau – angefangen. Hatte Kit am Ende womöglich doch recht? War alles allein auf die Immobilie zurückzuführen?

Nicht nur die finanzielle Sicherheit, die sie bot, sondern auch der Stolz des Eigentums. Die Macht des Besitzens.

Mein Blick ruhte am schottischen Nationaldenkmal, Edinburghs unvollendetem Parthenon – er war nie fertiggestellt worden, da das Geld ausgegangen war.

»Willst du wissen, was ich denke?«, fragte Clare.

»Was?«

»Ich denke, du musst diese Freundschaft beenden.«

»Mit Kit? Dasselbe habe ich mir auch schon gedacht. Ich habe mir überlegt, meine Arbeitszeiten im Café zu ändern, damit ich ein anderes Boot nehmen kann. Es würde bedeuten, auch ab und zu am Wochenende zu arbeiten, aber ich …«

Sie fiel mir ins Wort: »Nicht nur die mit ihm, Jamie. Auch die mit ihr.«

Ich schluckte. Es kam nicht infrage, dass ich ihr nicht in die Augen schaute, denn damit hätte ich meine Schuld zu deutlich offenbart. Doch als ich es tat, stellte ich fest, dass ihr Blick eher freundlich als anklagend war.

»Wir alle beide, meine ich«, sagte sie. »Irgendwas stimmt mit den beiden nicht.«

»Ich dachte, du magst Melia.«

»Ja, aber vielleicht nicht mehr so sehr wie früher. Es gibt einen Grund, warum *Melia* zu *Me* abgekürzt wird. Es liegt daran, dass sie eine schreckliche Narzisstin ist.«

Wow. Ich atmete kalte, klare Luft in meine Lunge und stieß sie in einer Wolke wieder aus. »Okay. Nun, in der Theorie ist das schön und gut, aber wie willst du es anstellen, wenn du mit ihr zusammenarbeitest?«

»Nicht direkt«, zeigte Clare auf. »Verkauf und Vermietung sind zwei getrennte Teams, und wir sind wegen all der Außentermine nur selten im Büro. Außerdem meine ich nicht, wir sollten sie ghosten, sondern nur aufhören, uns mit ihnen zu treffen. Es ist alles viel zu schnell zu intensiv geworden, nicht wahr? Und ich weiß, das war meine Schuld. Es hat sich nicht auf die Art entwickelt, wie es bei einer Freundschaft der Fall sein sollte.«

Ich schwieg, mehr als glücklich, dass sie das Reden übernahm. Das Denken.

»Ich will niemandes Gefühle verletzen«, fügte sie mit ihrer typischen Clare-Anständigkeit hinzu. »Das Leben ist hart genug, nicht wahr?«

Ihre Worte taten mir in der Seele weh. Sie machte sich Sorgen, Melias Gefühle zu verletzen, wo Melia nur … Nun ja, Melia spielte ihren Teil der Freundschaft bloß, selbst wenn es ihr so natürlich von der Hand ging, dass sie selbst nicht wusste, wo die Grenzen verschwammen.

»Wer war Dugald Stewart?«, fragte ich, als wir an seinem Denkmal vorbeikamen und ein Pulk an Touristen mit ihren Handys Fotos machten. Ich hatte meins in der Wohnung zurückgelassen, um die Sprachnachrichten besser ausblenden zu können, die von Melia kamen.

»Das hast du mich schon mal gefragt«, erwiderte Clare. »Er war ein berühmter Moralphilosoph.«

»O ja, der Typ mit dem gesunden Menschenverstand.«

»Ganz genau. Ein paar mehr von denen würden uns nicht schaden.«

»Das stimmt.« Und für einen kurzen Moment kam es mir auf diesem Hügel vor, als wäre gesunder Menschenverstand tatsächlich alles, was nötig wäre, um uns zu retten.

*

Auf der Heimfahrt – in einem Bummelzug mit abgespecktem Service von der Art, bei dem einem jeglicher Lebenswille abhandenkommt – stieß Clare ein Stöhnen aus, als sie die Arbeitsnachrichten sah, die sich angehäuft hatten. »Wer zum Teufel schreibt am zweiten Weihnachtsfeiertag E-Mails? Die Welt ist verrückt geworden.«

»Hat dein Paar ein Angebot für das Haus in Blackheath abgegeben?«

»Noch nicht. Hoffentlich morgen. Oh, ich habe zwei verpasste Anrufe von Melia.«

Eingedenk unseres Gesprächs auf dem Calton Hill tauschten wir einen bedeutungsschwangeren Blick aus.

»Hat sie auf die Mailbox gesprochen?«

»Nein. Sollte ich sie zurückrufen?«

»Warte ab, bis du sie morgen in der Arbeit siehst«, schlug ich ihr gähnend vor.

Der Zug sollte um zehn Uhr abends in King's Cross ankommen. Normalerweise, wenn ich nach London zurückkehre, bin ich der felsenfesten Überzeugung, in die richtige Richtung zu reisen, an den Ort, wo ich hingehöre. Wie Dick Whittington, der nach Hause kommt und sich anschickt, seine Stadt zu regieren. Doch an diesem Donnerstagabend nach Weihnachten, als die Lichter in den Häusern entlang der Gleise immer mehr wurden, bevor wir in die breite Schneise nach King's Cross einfuhren, stieg ein Gefühl in mir auf, das sich sonderbarerweise wie Furcht anfühlte.

27

27. Dezember 2019

»Furcht? Warum sollten Sie Furcht empfunden haben?«, fragt Parry, und ich merke, dass ich den Überblick darüber verloren habe, was ich laut sage. Vor nicht allzu langer Zeit hatte Melia mir einen Ratschlag gegeben: *Der beste Weg, Dinge nicht zu sagen, ist der, sie nicht zu denken.* Aber wie kann man das *Denken* ausschalten?

»Wegen allem.« Mit einer ausladenden Handbewegung zeige ich auf die Luft um uns herum, das zunehmende Tempo des späten Vormittags, die schwindelerregende Anzahl an Variablen, die den Unterschied zwischen einem guten und einem schlechten Tag, einer guten und einer schlechten Tat ausmachen. »Arbeit, Leben, London. All das Verrückte. Es ist überwältigend. Ergeht es Ihnen nicht so, wenn Sie ein paar Tage weg waren?«

Es ist jetzt fast halb elf. Mühsam lenke ich meine Gedanken zurück zur heutigen Bootsfahrt in die Arbeit. Ich erinnere mich an den leeren Platz, auf dem Kit hätte sitzen müssen, die sonderbar kryptische Unterhaltung mit Gretchen, das Willkommenskomitee am Landungssteg. Das Gefühl von maßloser Isolation in genau dem Moment, als ich herausgepickt wurde: *Nur ich?*

Und dann dieses Verhör. Das Reden, bis meine Kehle ausgedörrt und mein Herz zusammengeschrumpft ist. *Alles, was Sie wissen.*

Merchison unterdrückt das Verlangen, sich zu recken, das erkenne ich an der Anspannung in seinen Schultern, dem Hin- und Herrutschen auf seinem Stuhl. Würde jetzt jemand gähnen, dann würde er sofort zurückgähnen. Parry, jünger, fitnessstudiofit, hält sich besser, aber sein Handy hat während des letzten Teils meines Berichts zwei- oder dreimal geklingelt, und selbst er büßt an Konzentration ein. »Okay, damit belassen wir's hier für heute«, sagt er. »Richten Sie Ihrer Vorgesetzten unsere Entschuldigung aus, dass wir Sie ein bisschen länger als angekündigt aufgehalten haben.«

Meine Augen werden riesig. »Sie wollen keine offizielle Aussage von mir?«

»Noch nicht. Ich rate Ihnen allerdings, niemanden zu behelligen, der in diese Ermittlung involviert ist. Wenn doch, werden wir Sie wegen Behinderung der Justiz drankriegen, verstanden?«

Es ist nicht schwer, ihre Hauptangst zu erraten: dass ich versuchen könnte, diese andere Zeugin ausfindig zu machen, und gewaltsam die Details aus ihr herausbekomme, die diese Polizisten mühsam vor mir geheim halten.

»Das schließt Mrs Roper mit ein«, erklärt Merchison. »Im Grunde wäre es das Beste, wenn Sie alles, was wir hier besprochen haben, vorerst für sich behalten, in Ordnung?«

Ich runzle die Stirn. »Was, selbst dass Kit als vermisst gemeldet wurde? Werden Sie denn keine Pressemitteilung veröffentlichen?«

Ich stelle mir unscharfe Überwachungsaufnahmen eines betrunkenen Kit vor, der taumelnd von Bord auf den Anlegesteg wankt – idealerweise ohne die vorausgegangene Prügelei, die im

Schneideraum eliminiert wurde – und nun auf allen Nachrichtenseiten und in den Nachrichten der Lokalsender gezeigt wurden. *Haben Sie diesen Mann in der Nacht von Montag auf Dienstag gesehen?*

»Noch nicht, nein.« Sie tauschen einen misstrauischen Blick aus, bevor Merchison erklärt: »Angesichts dieser Unterhaltung werden wir uns mit unseren Vorgesetzten besprechen müssen. Es könnte unangebracht sein, zu diesem Zeitpunkt die Öffentlichkeit einzuschalten.«

Ich starre ihn an und bin verunsichert, wie ich seine Worte übersetzen soll. Verwundert frage ich mich, ob das Finanzielle eine Rolle spielt. Vielleicht sind diese großen Medienaufrufe nur Kindern und attraktiven jungen Frauen vorbehalten, nicht verantwortungslosen Männern mit Drogenproblemen und Schulden, die in der vorweihnachtlichen Partysaison von der Bildfläche verschwinden. Weniger eine Tragödie als natürlicher Verschleiß.

»Sie meinen, Sie wollen keine anderen Fälle gefährden, so etwas in der Art?«

»So etwas in der Art«, pflichtet er mir bei.

»Darf ich zumindest mit Clare darüber reden?«

Sie nicken zustimmend und geben mir eine Nummer, unter der ich sie erreichen kann. »Rufen Sie uns sofort an, sollte er sich bei Ihnen melden.«

»Natürlich.« Ich stecke mein Handy ein und rapple mich auf die Beine.

Ich kann dem Drang nicht widerstehen, kehrtzumachen und die Treppe nach unten zu nehmen, was mir die Gelegenheit verschafft, sie aus den Augenwinkeln zu beobachten. Sie bleiben am Tisch sitzen, die Handys in der Hand. Werden sie eine Weile dort bleiben, um eine neue Hypothese auszuarbeiten? Oder schnurstracks nach St Mary's fahren in der Hoffnung, dass sich in den

Häusern, die am nächsten am Themsepfad liegen, Zeugen finden werden, Berichte von Kindern, die Montagnacht von unheimlichen betrunkenen Männern geweckt wurden, die laut geschrien und sich geprügelt haben?

Oder sie fahren bloß zum Polizeirevier zurück, um abzuwarten, bis ein Leichnam ans Ufer gespült wird.

28

27. Dezember 2019

Ich verlasse das Gebäude durch den Westausgang und halte einen Moment im tristen Licht des Winters inne, um die Sache kurz zu überdenken. Als ich sicher bin, nicht verfolgt zu werden, entspanne ich meine Schultern und atme langsam aus. *Ich bin frei.*

Vorläufig.

Ich fühle mich so angeschlagen wie am Ende einer langen Schicht. Mein unterer Rücken schmerzt schrecklich. Ischias? Ein Bandscheibenvorfall? Beschwerden von Menschen mittleren Alters, die ich in letzter Zeit liebend gern in dem Glauben ignoriert habe, Jugend wäre durch Körperflüssigkeiten übertragbar. Unvermittelt trifft mich ein ungebetener Gedanke: *Ich bin fast 20 Jahre älter als Melia. Wenn sie 40 ist, werde ich 60 sein! Was tun wir da nur?*

Obwohl das Comfort Zone nur einen fünfminütigen Spaziergang entfernt ist, wende ich mich in die entgegengesetzte Richtung, zum Fluss, und rufe Regan an, um mein Fernbleiben zu entschuldigen: »Es tut mir wirklich leid, aber ich muss nach Hause. Ein Notfall. Ein Freund von mir wird vermisst.«

Ihre Reaktion auf die Nachricht ist viel emotionaler, als es meine war. »Das ist ja *schrecklich*! Ich kann das nicht glauben. Was könnte ihm zugestoßen sein? Wer ist es?«

»Ich hab dir von dem Typen erzählt, mit dem ich auf dem Boot fahre. Kit.« Nach nur fünf Minuten habe ich die Anweisung der Detectives ignoriert, die Angelegenheit für mich zu behalten. Schon jetzt bin ich bereit, diese Krise zu meinem eigenen Vorteil auszunutzen. »Ich bin sicher, er wird auftauchen, aber das alles ist …« Als ich das laute Zischen des Milchschäumers höre, verstumme ich. Das alles ist … was? Schwer zu verarbeiten? Einfach nicht real? »Vertraulich, also muss es unter uns bleiben, okay?«

»Natürlich.«

»Kannst du jemand anderen finden, der dir heute aushilft?«

»Simona ist grade reingekommen, aber bisher war hier sowieso tote Hose.« Ich höre, wie sie sich gerade noch fängt, als würde das Wort *tot* mich verstören.

»Vielen Dank, du bist die Beste. Ich komme auf jeden Fall am Montag rein, egal, was los ist.«

Ich gehe denselben Weg zum Pier zurück, den ich gekommen bin. Das Gedränge an Touristen am Eye wird immer dichter, das *Winter Wonderland* hat seine Tore geöffnet. Eine Weile stehe ich da und beobachte die Unschuldigen in ihren gestrickten Mützen und Lederhandschuhen, die einander ungeniert zu einem Glühwein oder einer heißen Schokolade mit Sahnehaube überreden. Während ich dort warte, allein und unbemerkt, kommt es mir vor, als wäre ich derjenige, der entführt wurde, nicht Kit.

Außerhalb des Berufsverkehrs gibt es keine Fahrten nach St Mary's, weshalb ich das nächste Boot nach North Greenwich nehme. Die Gezeiten fühlen sich stärker an, das Wasser ist aufgepeitschter als vorhin. Über mir ziehen dunklere Wolken am perlgrauen Himmel auf. So leer habe ich das Boot noch nie erlebt. Nur ich und ein halbes Dutzend Touristen in Kapuzenanoraks,

Taschen über die Brust geschlungen. Da ist eine vierköpfige Familie – Italiener, glaube ich. Zwei Söhne, die weniger begeistert von der Flusslandschaft als ihre Eltern sind und sich Zeug auf ihren Handys zeigen. Anfangs beanstanden die Eltern ihr Verhalten, dann geben sie jegliche Versuche auf.

Als Erstes kaufe ich mir Kaffee und Wasser und höre mir Melias Mailbox-Nachrichten der vergangenen paar Tage an, ihre flehentliche Bitte, dass ich ihr Bescheid gebe, ob ich Kit gesehen habe:

»Ich bin sicher, es ist nichts, aber …«

»Er ist immer noch nicht zurück, kannst du mich *bitte* anrufen!«

Ich tippe eine Entschuldigung:

> Tut mir echt leid, dass ich deine Anrufe verpasst habe, mein Handy war über Weihnachten ausgeschaltet. Das mit Kit ist schrecklich. Ich schwöre, seit Montagabend habe ich nichts mehr von ihm gehört. Sag mir bitte, was ich tun kann, um zu helfen.

Ich stelle mir Parry und Merchison vor, wie sie meine Nachricht lesen und diskutieren, ob es das aufrichtige Angebot eines verwirrten Liebhabers ist oder die Art Botschaft, die von jemandem verfasst wurde, der seine kriminellen Spuren verwischen will. Natürlich weiß ich, dass sie nichts so Science-Fiction-Mäßiges tun werden, wie etwa meine Nachrichten live mitzulesen. Im Fernsehen ist es nur eine Frage weniger Stunden, bis sie an Telefondaten gelangen, aber ich habe gelesen, dass es in Wirklichkeit wahrscheinlich eher Tage oder sogar Wochen dauert. Die Telefongesellschaften lassen sich Zeit, wenn es um die Polizei geht. Gewiss passiert erst etwas nach Silvester. Und was ist mit Internetsuchverläufen? Braucht die Polizei die jeweiligen Geräte dafür? Werden sie zu uns nach Hause kommen und sämtliche Rechner und Handys einsammeln? Ich denke an die Anrufe und Nachrichten und Internetrecherchen, die jeder von uns jeden Tag tätigt, die Schlüsse, die daraus gezogen, und die Fälle, die darauf aufgebaut werden.

Was die Polizei jedoch bald tun wird – heute, nehme ich an –, ist ein Anruf bei Clare. Zumindest werden sie sich von ihr bestätigen lassen, um wie viel Uhr ich am Montag nach Hause gekommen bin und wo ich seitdem war. Ich bete inständig, dass sie ihr nichts von Melia und mir erzählen. Wenn sie sich doch nur für ein paar Tage, idealerweise eine Woche, zurückhalten könnten.

Noch bevor das Boot die Tower Bridge erreicht, haben sowohl Steve als auch Gretchen angerufen. Ich lasse sie auf die Voicemail sprechen und höre mir ihre Nachrichten sofort an.

Steve: »Jamie, hast du schon gehört, dass Kit spurlos verschwunden ist? Gib mir Bescheid, wenn du irgendwas hörst, okay?«

Und Gretchen, verzweifelter: »Jamie, ist das über Kit wahr? Seit unserem gemeinsamen Abend hat ihn niemand mehr gesehen? Sein Handy ist aus, ich habe es gerade versucht. Tut mir leid, wenn ich vorhin komisch war, ich musste nur über eine Menge nachdenken. Ich fliege über Silvester nach Marrakesch – ich hoffe, das kommt nicht blöd rüber, aber ich habe gebucht, kurz bevor ich die Neuigkeit erfahren habe, und ich bekomme keine Rückerstattung, wenn ich die Reise cancle. Oje, ich plappere einfach drauflos. Ruf mich bitte an, wenn es was Neues gibt.« Es folgt eine eigenartige Pause, bevor sie das Gespräch beendet, als würde sie in Erwägung ziehen, etwas hinzuzufügen, sie es sich dann jedoch anders überlegt hat.

Oder vielleicht bin das nur ich, der sich Geheimnisse ausmalt, wo keine sind. Ich schreibe ihr:

> Ja, es stimmt. Bei mir war sogar schon die
> Polizei. Ich hoffe echt, dass alles nur ein
> Missverständnis ist.

Steve schicke ich eine ähnliche Nachricht, dann lehne ich mich zurück, und meine Schultern sinken tief in den Sitz. Nie zuvor ist mir das Auf und Ab des Boots so aufgefallen wie heute. Am Canary Wharf scheint es Probleme beim Anlegen zu geben, die Crewmitglieder tragen finstere Mienen, während sie das Tau durch ihre fachmännischen Finger gleiten lassen. Als wir wieder unterwegs sind, verfärbt sich der östliche Himmel rauchgrau, als glitten wir auf ein Lagerfeuer zu.

Eine neue Nachricht von Clare ploppt auf.

> Wie lief's mit der Polizei?

> Ehrlich gesagt etwas beunruhigend. Ich mache
> blau & fahre nach Hause.

> Ich versuche früher nach Hause zu kommen.

In North Greenwich ist Endstation, und ich verliere durch die Bewegungen des Pontons unter meinen Füßen und das Anwachsen der Flut das Gleichgewicht. Ich spaziere an der Ostseite der Halbinsel entlang, die Takelage der Boote klappert im Wind und zerrt an meinen Nerven. Als ich an einem der Wohnblöcke vorbeikomme, in dem ich mit Melia ein Rendezvous hatte, blicke ich zu den spiegelnden Fenstern empor und stelle mir die leeren, auf

Hochglanz polierten Räume im Innern vor, die kalten Oberflächen und smarten Technologien, die auf ihre Bewohner warten. Dort gibt es auffallend wenige Lichterketten und Deko, als wäre die Weihnachtszeit an diesem Ort ausgefallen – ein Leben, das in der nahen Zukunft gelebt wird. Ich erspähe nur eine Gestalt auf den Einheitsbalkons, eine Frau in Sportkleidung, mit einer Wasserflasche in der Hand, wobei das Geländer ihres Balkons den Anschein erweckt, als wäre sie hinter Gittern.

Ich folge dem natürlichen Flusslauf, wo sich die Thames Barrier funkelnd vor mir erhebt, bevor ich mich landeinwärts in Richtung Bahnhof Charlton wende. In der menschenleeren Bahn habe ich eine Viererbank ganz für mich allein, sitze ruhig da und beobachte, wie der Südosten Londons an mir vorbeizieht. Man würde nicht glauben, dass ich ein Mann bin, der ein ganzes U-Bahnnetz in die Knie gezwungen hat, oder was auch immer Twitter damals behauptete.

Ich erinnere mich an den Therapeuten, der mich fragte: »Könnten Sie wieder U-Bahn fahren, wenn es nur Sie wären? Ein leerer Waggon, niemand außer Ihnen.«

»Ja«, erwiderte ich. »Ich schätze, schon.«

»Demnach ist Ihre Angst ebenso mit den anderen Passagieren verknüpft wie mit dem Umstand, unter der Erde zu sein.«

Keine Frage, nur eine Feststellung. Eine Schlussfolgerung.

Diese Erinnerung weckt eine jüngeren Datums: Die sonderbare Wendung bei der polizeilichen Befragung, als sie mich gleichzeitig wegen »anderer Versionen« warnten, was Montagabend passiert sein könnte, und beim Vorfall in der U-Bahn genauestens nachhakten. Warum haben sie damit eine Verbindung hergestellt? Das Gespräch hätte gewiss ohne jegliche Anspielung auf das U-Bahn-Desaster geführt werden können, also musste es für eine nicht näher ausgeführte Hypothese ihrerseits von Belang sein, etwas mehr als nur der Beweis meines – wie nannten sie es gleich noch mal? – »impulsiven Charakterzugs«.

Meine Fantasie geht mit mir durch. Und was, wenn … wenn dieser andere Passagier etwas mit dem früheren Vorfall zu tun hat? Diese eine Haterin, die mir all diese grässlichen E-Mails geschrieben hat: War ihrem Baby etwas passiert, und es hatte irgendeine Psychose hervorgerufen, sodass sie völlig von mir besessen war? Hatte sie mich *gestalkt*?

Ich steige aus der U-Bahn aus, gehe allein den Bahnsteig hinab. Nein, das ist ein verrückter Gedanke, und noch dazu egozentrisch. Menschen wie ich haben keine Stalker.

Oder?

*

Es ergibt keinen Sinn, das weiß ich, denn Clare wird erst in vielen Stunden zu Hause sein, aber ich betrete den Prospect Square mit einem schrecklich mulmigen Gefühl und nähere mich der Nummer 15. Als ich den Schlüssel ins Schloss stecke, erwarte ich regelrecht, dass er nicht passt, dass die Schlösser ausgetauscht wurden oder ich zumindest Müllsäcke mit meiner Kleidung im Gang vorfinde. Zertrümmerte Fotorahmen, mein Pass, der zerrissen, meine Zahnbürste, die in zwei Hälften zerbrochen wurde.

Doch alles ist, wie es sein sollte. Meine Kleidung hängt neben Clares im Schrank oben im Schlafzimmer, und das kitschige Foto von uns bei einer Teezeremonie in Kyoto steht immer noch auf dem Kaminsims. Mein Pass und die Zahnbürste sind intakt.

Ich mache mir einen Kaffee und setze mich mit dem iPad aufs Sofa, um online nach Neuigkeiten über Kits Verschwinden zu suchen – Informationen könnten trotz des Wunschs der Polizei, die Untersuchung geheim zu halten, an die Öffentlichkeit gedrungen sein – doch da ist nichts. Ich gebe den Namen »Sarah Miller« ein und bekomme dreihundert Millionen Treffer. Es gibt Tausende auf LinkedIn, fast zweihundert von ihnen in Großbritannien. Will ich wirklich jede von ihnen aufspüren und irgendwie in Erfahrung bringen, ob sie am Montagabend auf dem River Bus war? Und falls ich durch irgendein Wunder die richtige Frau ausmache, wird sie dann kooperieren? Wie ich wird auch sie gebeten worden sein, nicht über die Untersuchung zu reden, und womöglich würde sie Parry und Merchison meine Kontaktaufnahme melden, was mich viel verdächtiger machen würde, nicht weniger.

Ich checke, ob Kit mir geschrieben hat. Immer noch nichts.

Ich weiß, von nun an sollte ich mir mehr Gedanken über meine Onlineaktivitäten machen. Wenn die Polizei mich eines Verbrechens verdächtigt und mich überwachen sollte, könnte es wie ein ungewöhnlich hohes Maß an Interesse wirken.

Andererseits, würde nicht jeder Freund ständig nach aktuellen Informationen suchen? Würde nicht jeder Freund persönlich die Straßen abklappern, verrückt vor Sorge? Sich Notizen von Einzelheiten machen, an die er sich jäh erinnert und die sich womöglich als nützlich erweisen würden, an Gesprächsfetzen, die Hinweise lieferten?

Falls die Polizei überhaupt glaubt, dass ich jemals mit ihm befreundet war. Zum ersten Mal seit Montagnacht schicke ich Kit eine Nachricht:

> Wo zum Teufel steckst du? Wir sind alle krank
> vor Sorge!

Doch das Versenden schlägt fehl.

29

27. Dezember 2019

Clare kommt um halb sechs nach Hause – früh für sie, sie muss ihre Abendbesichtigung abgesagt haben – und steuert direkt auf mich zu, um mich zu umarmen. Ihr Atem riecht nach Lakritze von den kleinen italienischen Bonbons, die sie immer lutscht, wenn sie das Verlangen nach einer Zigarette überkommt – das einzige Anzeichen, dass sie ähnlich aufgewühlt ist wie ich.

»Ich weiß, wir haben gerade erst davon gesprochen, die Sache mit Kit ruhiger angehen zu lassen, aber ich meinte nicht, dass er tatsächlich von der Bildfläche verschwinden soll!«

»Ich weiß.« Ich erinnere mich an meinen Vorschlag, meine Arbeitszeiten ab Neujahr zu verschieben und ein anderes Boot als er zu nehmen, doch im Moment kommt mir die Vorstellung, mein Arbeitsleben könnte in geregelten Bahnen verlaufen, wie eine Fantasie vor. »Hast du Melia gesehen?«

»Nein, sie war nicht im Büro. Sie hat Richard heute Morgen angerufen. Hat es nach dem, was ich mitbekommen habe, heruntergespielt und behauptet, es wäre nicht das erste Mal, dass er spurlos verschwunden ist, aber natürlich wusste ich durch dich, dass es etwas Ernsteres ist, als sie vorgibt. Ich meine, ihn als vermisst zu melden! Sie muss wissen, dass es mehr als nur seine üblichen Trinkgelage sind – aber mit wem? Jeder ist über Weihnachten bei seiner Familie, oder? So wie wir.«

So wie wir. Die Worte verursachen einen Strudel der Schuldgefühle in mir.

Clare schlüpft aus ihrem Mantel und legt ihn über die Rückenlehne des Sofas. »Die Arme. Ich hoffe, sie muss das nicht allein durchstehen. Richard hat ihr ein paar Tage Sonderurlaub bewilligt. Sie wird nicht klar denken können, bis sie Kit gefunden hat. Wo zum Teufel steckt er, was glaubst du?«

Ich atme laut durch den Mund aus. »Ich habe nicht den blassesten Schimmer. Hat die Polizei dich angerufen?«

»Ja, gerade eben.«

Nun, sie haben ihr nichts von der Affäre erzählt, andernfalls würde sie nicht so mit mir reden. Der Gedanke ist weniger beruhigend, als ich erhofft hatte. Etwas Gefährliches schlummert in mir. »Sie werden jeden anrufen, den er kennt, Melia muss ihnen eine Liste gegeben habe. Was haben sie dich gefragt?«

»Nur, wann ich ihn das letzte Mal gesehen habe. Aber das war vor Wochen, hilft ihnen also nicht weiter. Außerdem, wann du Montagnacht nach Hause gekommen bist.«

Was ihnen höchstwahrscheinlich *schon* weitergeholfen hat.

»Was hast du gesagt?«

»20 vor zwölf. Ich hatte auf die Uhr geschaut, als du mich aufgeweckt hast, deshalb habe ich es mir gemerkt. Sie sagten, du wärst der Letzte, der ihn gesehen hat. Stimmt das?«

Ich zucke mit den Achseln. »Ihres Wissens, ja, aber ich verstehe nicht, wie das sein kann. Wenn er nicht zu Hause angekommen ist, muss er sich mit jemandem getroffen haben oder in eine Bar gegangen sein.«

Clare verzieht das Gesicht. »Vielleicht hat er irgendwo weitergebechert und ist unter einem Busch oder sonst wo draußen eingeschlafen und hat sich unterkühlt. Ich schätze, sie haben bei sämtlichen Krankenhäusern angerufen?«

»Vermutlich, aber sie haben nichts dazu gesagt.« Da fällt mir auf, dass ich in meinem ausgedehnten Gespräch mit den zwei Detectives selbst sehr wenige Informationen gesammelt habe.

»Nun, er ist nicht zu Hause angekommen, so viel steht fest«, sagt Clare. »Melia ist anscheinend früh ins Bett gegangen, und als sie aufgestanden ist und bemerkt hat, dass er nicht da war, hat sie angenommen, er wäre mit dir versumpft. Dann hat sie entdeckt, dass sein Handy tot ist, und hat sich allmählich Sorgen gemacht. Sie konnte weder dich *noch* mich erreichen – es muss ein echter Albtraum für sie gewesen sein.«

Sie macht sich daran, die Lampen anzuknipsen, die ich ausgeschaltet gelassen hatte, und bringt uns in die Normalität zurück. Die Weihnachtslichter am Fenster zur Straße haben einen Timer und blinken deshalb schon seit einer geraumen Weile, und ich verspüre einen Stich des Bedauerns wegen all der zukünftigen Weihnachten, die ich nicht hier verbringen werde. Denn alles hat sich jetzt verändert. Sie geht aus dem Zimmer, und eine Minute später höre ich die Kühlschranktür und kurz darauf das melodische Klirren von Gläsern auf der Arbeitsplatte.

Dann ist sie mit zwei überdimensional großen Gläsern Weißwein zurück, die gewiss jeweils eine halbe Flasche fassen. Auf dem Weg nach Hause hatte ich mir geschworen, heute nichts zu trinken – wenn die Polizei genug Interesse an mir zeigt, um mich auf dem Weg zur Arbeit abzupassen, muss ich meine fünf Sinne beisammenhalten und mich an jedes Wort erinnern, das ich sage und zu wem. Doch die Verlockung ist zu mächtig, und ich nehme das Glas entgegen und trinke dankbar.

»Meine Güte, wie es Melia wohl gerade geht?« Clare lässt sich neben mich auf das Sofa sinken, ihr Gesicht nah genug, dass ich die Hitze ihres Atems spüre.

Unvermittelt überkommt mich die erschreckende Vorahnung von Entdeckung, von einem Streit, und ich sehe mit halluzinatorischer Klarheit, wie ihr Wein die kurze Distanz von ihrem Glas in mein Gesicht schwappt. Ich spüre das kalte Brennen des Alkohols in meinen Augen.

Sie lehnt sich zurück und nimmt einen Schluck. »Sollten wir bei ihr vorbeischauen, was meinst du?«

Ich spähe an ihrem aufrichtigen, fürsorglichen Blick vorbei. »Keine Ahnung. Die Polizei könnte bei ihr sein, oder ein Opferschutzbeamter.«

»Das bezweifle ich. Ich meine, hätten sie genug Mitarbeiter für so etwas? Die Hälfte unserer Angestellten hat sich heute freigenommen, dasselbe muss für die Polizei und sämtliche Angestellte im öffentlichen Dienst gelten – sie arbeiten gewiss höchstens auf Sparflamme. Lass uns zu ihr rübergehen, sobald wir ausgetrunken haben. Wir können sie nicht einfach ihrem Leid überlassen, oder? Es ist jetzt ... wie lange? ... vier Tage her. Sie muss längst das Schlimmste befürchten. Ich an ihrer Stelle würde das jedenfalls bei einem Mann wie ihm.«

Ich nehme einen großen Schluck Wein und sage dann sehr vorsichtig: »Ich finde, du solltest lieber allein gehen, Clare.«

Sie runzelt die Stirn. »Warum?«

»Weil die Polizei mich gebeten hat, Abstand zu halten.« Da ist ein eiskaltes Kitzeln in meinem Nacken, als mir auffällt, dass ich meine Worte nicht geschickt genug gewählt habe. Das Gefühl der Vorahnung verstärkt sich, und ich erkenne es als das, was es ist: der rutschige, sich aufbäumende, wahnwitzige Drang, ihr alles zu gestehen.

»Warum?«, fragt sie ein zweites Mal.

»Ich schätze, weil ich mich am Montag mit Kit gestritten habe, weshalb sie glauben, ich könnte womöglich irgendwas mit seinem Verschwinden zu tun haben. Und ich habe Melias Anrufe nicht entgegengenommen … vielleicht sieht das ungut aus.«

»Ich wusste nicht, dass du ihre Anrufe ignoriert hast. Warum bist du nicht rangegangen?«

»Weil Weihnachten war und weil ich nicht dachte, es könnte wichtig sein.« Ich kann wohl kaum die Begründung anführen, die ich den Detectives gegeben habe: Die unangenehme Befangenheit, Anrufe seiner Geliebten anzunehmen, während man Gast im Elternhaus seiner Partnerin ist. »Was hätten wir von Edinburgh aus auch tun können? Melia hat auch noch andere Freunde, nicht wahr? Da bekommt sie gewiss Hilfe.«

Clare starrt mich an, ihr Kopf neigt sich kaum merklich zur Seite. »Ist am Montag irgendwas vorgefallen, das du mir nicht erzählt hast? Nachdem ihr in St Mary's angekommen seid?«

Unter ihrem forschenden Blick weiche ich leicht zurück. »Nein. Ich habe ihn nicht mehr gesehen, das schwöre ich. Sie haben sich schon die Aufnahmen der Videoüberwachung an Bord angesehen, sie wissen, dass ich als Erster ausgestiegen bin. Und selbst *wenn* er mir die ganze Zeit über gefolgt sein sollte, werden sie, sobald sie die anderen Kameras überprüfen, sofort erkennen, dass ich auf direktem Weg hergekommen bin.«

»Sie haben dich also buchstäblich heute Morgen am Boot abgepasst? Das muss ein Schock gewesen sein.«

»Ja.« Ich lasse meine Stimme ruhig klingen. »Es war ganz schön früh.«

Sie schüttelt den Kopf. »Ich verstehe nicht, warum sie ein solches Interesse an dir zeigen. Welches Motiv könntest du haben, ihm etwas anzutun?«

Ich zucke mit den Schultern.

»Worum ging es bei eurem Streit? Das hast du immer noch nicht erzählt.«

Mein hartnäckiges Schweigen dient nur dazu, sie zu ihrer nächsten, vernichtenden Frage zu lenken: »Was ist der *wahre* Grund, dass du Melia nicht sehen darfst?« Hilflos erkenne ich, wie ihr Verstand sämtliche Möglichkeiten durchgeht, während ihr Kopf immer noch vollkommen still ist.

Sie wird mich rauswerfen, denke ich. *Wohin soll ich dann gehen?* Mein Puls beschleunigt sich, noch bevor sie es sagen kann, die unbewusste Reaktion eines Tiers, das auf die Witterung seines Fressfeinds reagiert:

»O mein Gott, ich weiß, weshalb ihr euch gestritten habt. Ich weiß, warum die Polizei dich gewarnt hat, mit ihr zu reden.«

»Clare …« Ich lasse ihren Namen in der Luft hängen.

Für das hier gibt es kein Skript. Es ist der Beweis meiner Feigheit, dass ich mich während all der Monate meiner Affäre nicht auf diesen Showdown vorbereitet habe. Und nun, wo er eintritt, weiß ich instinktiv, dass ich es abstreiten, abstreiten, abstreiten sollte, aber die schiere Verblüffung gewinnt die Oberhand, und ich sage überhaupt nichts. Ich kann nicht einmal mehr *denken*.

Röte überzieht ihr Gesicht, und sie blinzelt, als müsste sie ihren Blick schärfen. »Irgendwas läuft da zwischen dir und Melia. *Du und Melia.*« Sie wiederholt ihren Namen mit verändertem Tonfall, Ekel lässt ihre Stimme wie Schleim eindicken. Als ich schließlich anfange, alles abzustreiten, unterbricht sie mich wutschnaubend, ihr Atem kommt immer schneller: »Wie lange schon? Und beleidige mich nicht, indem du jetzt lügst. Keine Lügen mehr!«

»Seit dem Frühjahr«, sage ich schließlich.

»Was bedeutet das? Mai?«

»März«, gestehe ich ein.

Das ist ein zweiter Schock, das weiß ich. Sie fragt sich, wie um alles in der Welt es sein kann, dass sie nicht bemerkt hat, dass da offensichtlich von Anfang an eine Anziehung bestanden hat. Wahrscheinlich denkt sie: Nun, natürlich hatte *er* ein Auge auf sie geworfen, aber was hat *sie* in ihm gesehen? Oder vielleicht tue ich ihr hier unrecht. Mal wieder. Oh, Mist, warum zum Teufel streite ich es nicht ab? Leugne es und hole mit gekränktem Stolz zum Gegenschlag aus?

»Wo habt ihr euch getroffen? Nicht hier?« Nicht in *meinem* Haus. Selbst im Moment der abgrundtiefen Krise ärgert mich diese Schlussfolgerung.

»Nein, in der Wohnung einer Freundin.«

»Wie oft? Einmal im Monat?« Ihre Worte kommen abgehackt.

»Einmal die Woche?«

»So ungefähr, schätze ich.«

»Ihr hattet also, mal sehen …« Sie überschlägt die Wochen, insgesamt neun Monate. »35-, 40-mal Sex. Wahrscheinlich öfter. Oder lässt die Lust langsam nach? Augenblick mal, sie haben im August geheiratet …« Als der nächste dreckverkrustete Groschen fällt, beginnt sie zu zittern. »Ihr habt danach weitergemacht? Tiefer kann man nicht sinken, Jamie. Selbst wenn ich dir scheißegal war, was ist mit Kit? Du warst einer ihrer *Trauzeugen*!«

Ich schweige verbissen. Alles, was ich sage, würde gegen mich verwendet werden.

»Hat er es rausgefunden? Ist das der Grund, warum ihr euch gestritten habt? Du musst mir das sagen, Jamie. Das ist verdammt ernst. Es könnte als Mordmotiv erachtet werden.«

»Das weiß ich!« Ich finde meine Stimme wieder. »Er hat es nicht rausgefunden, nein, aber er hat über sie hergezogen und mich bedroht, und ich wurde wütend. Ich war besorgt, er könnte zu ihr gehen und, keine Ahnung, ihr wehtun oder was weiß ich. Du weißt, wie sie sind.«

Dieser letzte Satz lässt einen unangenehmen Nachgeschmack zurück, die Andeutung, ich hätte gehandelt, um ihn aufzuhalten, aber glücklicherweise fällt es Clare nicht auf.»Wie es aussieht, habe ich nicht den blassesten Schimmer, wie ihr alle seid.«

Ich atme ganz langsam tief ein, im Wissen, dass ich das hier richtig angehen muss, dass dieses Krisenmanagement von allergrößter Bedeutung ist:»Clare, es tut mir aufrichtig leid, dass du es auf diese Weise erfahren musstest. Ich weiß, von hier gibt es keinen Weg zurück, aber ich bin ehrlich fest überzeugt, dass Kits Verschwinden nichts mit mir zu tun hat. Oder mit ihr. Ich habe der Polizei gesagt, dass ich denke, es könnte mit Drogen zusammenhängen.«

Doch ich bin ein Narr, wenn ich glaube, ich könnte die Kontrolle über dieses Gespräch an mich reißen: Kits Aufenthaltsort spielt keine Rolle, während sie meinen Verrat verarbeitet. Sie ist jetzt aufgesprungen, und ihre Hände zittern so heftig, dass ihr Wein überzuschwappen droht. Ihr Gesicht verzieht sich vor Wut.

»Die ganze Zeit über hat sie so getan, als wäre ich ihre Mentorin. Frauen, die Frauen unterstützen. Frauen, die Frauen bescheißen, trifft es wohl eher!«

»Feuere sie nicht, Clare!«

Sie sucht nach einem Platz, wo sie ihr Glas abstellen kann, taumelt leicht, kämpft gegen ihre Tränen an.»Das könnte ich nicht, selbst wenn ich wollte. Es ist nicht illegal, den Partner einer Kollegin zu verführen, der zehn Jahre mit dieser Frau zusammen war. Nur verdammt unhöflich.« Ihr Hals glüht, ihre Haare sind zerzaust, nachdem sie daran herumgerissen hat. Sie sieht gleichzeitig wild und gebrochen aus.»Ich kann nicht glauben, dass das gerade passiert. Ich will, dass du verschwindest. Hau ab!«

Mich überkommt eine Woge des Entsetzens. Und nicht nur Entsetzen, sondern angesichts dessen, wie viel ich riskiert und wie lange ich es schon getan habe, groteskerweise auch *Überraschung*. Überraschung, dass sie die Macht nun ausübt, die sie all die vielen Jahre geschickt versteckt hat, selbst in der Zeit, als mir ein gut bezahlter Job die Illusion von Gleichberechtigung erlaubt hat: Dies ist ihr Schloss, und ich durfte nur König nach Ihro Gnaden sein. Wäre es andersherum, und sie hätte mich betrogen, dann wäre ich immer noch derjenige, der betteln müsste, um die Hinrichtung aufzuschieben.

Ich halte meine Stimme ruhig. »Komm schon, das ist nicht fair. Das ist mein Zuhause, seit zehn Jahren, ich muss auch irgendwelche Rechte haben. Lass mich hier wohnen, bis ich etwas finde. Ich ziehe ins Gästezimmer und gehe dir völlig aus dem Weg.«

»Ich weiß, das wirst du, und du wirst nicht *hier* sein. Ich kann nicht mehr mit dir reden, ich kann dich nicht mal mehr ansehen.« Sie macht auf dem Absatz kehrt, und ich höre in der Toilette unter der Treppe, wie die Lüftung angeht, Wasser spritzt.

Das ist mies gelaufen, denke ich. Zitternd leere ich meinen Wein und studiere meinen nächsten flehentlichen Appell ein: *Bitte, lass mich noch eine Woche hier wohnen, bis Silvester …*

Da klingelt es an der Haustür – unsere Online-Lebensmittelbestellung –, und Tüte um Tüte wird über die Türschwelle getragen. Der Fahrer erzählt mir, dass er über die Feiertage nonstop arbeitet, und ich fische in meinen Taschen nach einem Trinkgeld.

»Herzlichen Dank.«

Wenn er das Weinen einer Frau wenige Meter entfernt hört, lässt er es sich nicht anmerken. Vielleicht ist es in seiner heutigen Schicht nicht das erste Mal, dass der Haussegen irgendwo gewaltig schief hängt (ist es nicht so, dass nach Weihnachten mehr Scheidungen eingereicht werden als das restliche Jahr über?).

Als er fort ist, klopfe ich an der Klotür und rufe: »Bitte, Clare, können wir darüber reden?«

»Lass mich in Ruhe«, erwidert sie, die Worte tränenerstickt und gedämpft durch die Tür zwischen uns. »Lass mich!«

Und voll erbärmlicher Erleichterung denke ich, dass »Lass mich« zumindest eine gewisse Verbesserung zu »Hau ab« ist.

30

27. Dezember 2019

Ich werde vom Lärm einer zuknallenden Tür, einer Vibration in meinem Körper aus dem Schlaf gerissen, und für einen Moment glaube ich, auf dem Boot zu sein und das widerliche Wogen der Gezeiten ausgleichen zu müssen, während Heizungsluft durch die Kabine pumpt und mir den Atem raubt. (Neuerdings träume ich häufig vom Fluss.) Doch dann spüre ich einen kurzen Temperatursturz, als ein Schwall Luft von draußen meine Haut berührt, und die Möbel des Wohnzimmers nehmen Gestalt an.

Nachdem ich den Einkauf weggeräumt hatte, während Clare sich immer noch im Klo verbarrikadierte, gab ich mich der nervösen Erschöpfung des Tages hin und nickte auf dem Sofa ein. Wie lange? Mindestens eine Stunde.

Ich taumle auf die Beine, schnappe mir meine Jacke und stürze hinaus in die Kälte. Von der Türschwelle aus erhasche ich neben den Geländern auf der Westseite des Platzes kurz das Aufblitzen eines scharlachroten Daunenmantels und höre das entfernte Klackern von Clares Stiefeln auf dem Bürgersteig. Sie hastet zur Hauptstraße.

»Clare? Clare!« Ich laufe los, um sie einzuholen. »Wohin willst du? Doch nicht zu Melia?«

Sie drosselt kein bisschen ihr Tempo, während sie mich von der Seite anspricht. »Gleich mit dem ersten Versuch ein Volltreffer.«

»Aber warum?«

»*Warum?*« Mit offenem Mund bricht sie in gackerndes Gelächter aus, ihr Schnauben eine Abfolge von Atemwolken vor ihrem Gesicht. »Weil ich der Schlampe ein paar Fragen stellen will, darum.«

Dieselbe Beleidigung, die Kit benutzt hat. Sie alle nennen sie so, und das hat sie nicht verdient. Doch meine Schlachten muss ich klug wählen. Sie vor Kit in Schutz zu nehmen, war das eine, sie jedoch vor Clare zu verteidigen, wäre lebensmüde.

»Ich begleite dich.« Nach dem kurzen Sprint atme ich heftig, schaudere bei der beißenden Kälte auf meinem Gesicht. Der drohende Sturm ist noch nicht losgebrochen, aber der Wind ist schneidend und stark, reißt Blätter und achtlos weggeworfenen Müll mit sich. Ein fauliger Geruch steigt mir in die Nase.

»Ich dachte, das dürftest du nicht?«, faucht Clare. »Du kannst dich wohl nicht fernhalten, hm?«

»Ganz ehrlich, und ich weiß, du willst das jetzt nicht hören: Aber ich bin sicher, dass all das mit Drogen zu tun hat. Vielleicht hat Kit seinem Dealer Geld geschuldet, und sie haben ihn kaltgemacht.«

»›Ihn kaltgemacht‹? Ist das dein Ernst?« Ihr Ton trieft vor der Verachtung, die normalerweise Politikern im Fernsehen und Kunden vorbehalten ist, die sich als Zeitvergeudung herausstellen.

»Das ist mein *voller* Ernst, ja! Es gibt ständig Messerstechereien, die Zeitungen sind voll davon. Menschen bringen sich wegen belangloser Dinge um, es reicht, jemanden falsch anzuschauen. Wir reden uns gern ein, solches Zeug würde nur bei Gangs vorkommen, aber es kann jedem passieren.«

»Viel wahrscheinlicher ist, dass er sich aufgehängt hat, weil er es nicht ertragen hat, noch länger mit *ihr* zusammen zu sein.«

»Das meinst du nicht so, Clare.«

Ihr Fauchen sehe ich erst im Profil, und dann genau in dem Moment frontal, als wir die Hauptstraße erreichen und am Bordstein zum Stehen kommen. »Sag mir ja nicht, was ich *meine.*«

Ohne jede Rücksicht auf einen herannahenden Bus, der lautstark hupt und bremst, marschiert sie dann auf die Straße. Nach seiner Weiterfahrt und aufgehalten von zwei Fahrradfahrern, haste ich ihr hinterher in Richtung Lamb, dem einzigen Pub in der Straße. Draußen auf dem Gehweg bemerken die Raucher unsere angespannten, unglücklichen Gesichter, die überhaupt nicht zur vorherrschenden Freitagabendstimmung passen. Wird uns jemand anzeigen, frage ich mich: ein aggressiv aussehender Mann, der eine gut gekleidete Frau stalkt? Ein zweiter Bericht über sein auffälliges Verhalten in vier Tagen? Bei dem Gedanken lasse ich mich etwas zurückfallen und hole Clare erst wieder ein, als wir die Tiding Street erreichen. Die Straße wirkt viel ansprechender als sonst, den Bewohnern der viktorianischen Häuschen ist offensichtlich bewusst, dass dies ihre Zeit des Jahres ist: In fast jedem Fenster sind wunderschön geschmückte Bäume zu sehen, Kränze hängen an den meisten Türen.

Nicht hingegen bei den Ropers. Kein Weihnachtsbaum glitzert hinter ihrem Fenster, keine Stechpalmenzweige und kein Efeu verschönern ihre Tür. Als Clare läutet und den Finger volle fünf Sekunden auf die Klingel drückt, kommt ein Mann mit einem riesigen Blumenstrauß vorbei, und eine olfaktorische Erinnerung trifft mich: der Geruch der Blumen, die wir an jenem Abend mitgebracht hatten, als wir zum Essen kamen, jener Abend, als all das hier ins Rollen gebracht wurde. Der nächste Gedanke schwappt wie eine wütende Woge über mich hinweg: *Und was, wenn er dort drinnen ist, direkt neben ihr steht? Dann ist alles vorbei!*

Bevor ich mich damit auseinandersetzen kann, welche Gefühle diese Vorstellung in mir weckt, öffnet sich die Tür. Obwohl ich mich halb auf den Zustand vorbereitet habe, in dem Melia sein könnte, spüre ich, dass ihr Anblick Clare mitnimmt. Melias Gesicht ist verquollen, ihre Haare hängen matt herab, ihre Lippen sind wund und eingerissen. Sie trägt Leggings und Fleecejacke und ist barfuß, was sie einen ganzen Kopf kleiner als uns macht. Zu ihrem Glück hat all das den Effekt, die Flut an Beleidigungen zurückzuhalten, die Clare gewiss für sie parat hat, und wir werden stattdessen von einer sonderbar niedergeschlagenen Erwartungshaltung gepackt.

»Melia«, sage ich in die Leere, »es tut uns so leid …«

»Ich will euch nicht sehen«, unterbricht sie mich mit verzweifelter, rauer Stimme. Obwohl sie die Hand hebt, schließt sie die Tür nicht ganz.

»Wir verstehen, dass du im Moment keine Gäste empfangen willst …« Clare hat ihre Stimme wiedergefunden, und sie unterscheidet sich sehr von derjenigen, die ich erwartet hatte: kühl, mit einem Hauch von Mitgefühl, als würde sie ein verletztes Tier erkennen, wenn sie eines sieht. »Aber dürfen wir ein paar Minuten reinkommen? Vielleicht können wir dir helfen herauszufinden, was los ist.«

Womöglich ist es ein konditioniertes Verhalten auf die Stimme ihrer Vorgesetzten, aber Melia knickt fast sofort ein, und ohne ein weiteres Wort bewegen wir uns durch den kleinen, unbeleuchteten Flur und die schmale Treppe hinauf, direkt ins Wohnzimmer, wo wir uns nebeneinander auf das gelbe Sofa setzen.

Es gibt doch einen Baum, eine kleine Tanne im Topf am Boden neben dem Kamin, mit einer Handvoll Weihnachtskugeln und einem glitzernden »M« an der Spitze. Wer hat dieses »M« anstelle eines Sterns ausgewählt, Melia oder Kit? Nur drei oder vier Karten stehen auf dem Kaminsims, eine von ihnen erkenne ich als unsere wieder. Clare verschickt sie immer per Post, selbst bei Menschen, die fußläufig entfernt wohnen. Sie liebt die Vorstellung von Karten, die von Fußmatten aufgehoben werden und an denen sich die Menschen während des ersten Drinks am Abend erfreuen.

Bei diesem Besuch wird uns nichts zu trinken angeboten, obwohl Melia aussieht, als könnte sie etwas Heißes gut gebrauchen, denn ihr normalerweise schimmernder Teint ist blassblau verfärbt. Es ist sehr kalt, und ich erinnere mich an ihr Gejammer über enorme Gasrechnungen. Sie können ihr nicht den Hahn abgedreht haben, oder?

Da ich immer noch nicht mit Sicherheit weiß, ob Clare ihr wegen unserer Affäre Vorwürfe machen will, ergreife ich die Initiative, ohne mir zu überlegen, was ich sage: »Melia, wahrscheinlich weißt du, dass Kit und ich uns am Montagabend auf dem Boot gestritten haben, aber das war das letzte Mal, dass ich ihn gesehen habe, das schwöre ich. Es tut mir leid, deine Anrufe nicht entgegengenommen zu haben, aber ich hatte keine Ahnung, was alles los ist, und wir sind erst gestern spätabends aus Edinburgh zurückgekommen, nicht wahr, Clare?«

Melia blinzelt mich nur an, ansonsten reagiert sie nicht auf meinen Schwall an Informationen.

»Richard hat mich ins Bild gesetzt«, erklärt Clare, als hätte ich kein Wort gesagt. »Wirst du auf dem Laufenden gehalten? Solltest du überhaupt allein sein? So etwas zu durchleben, ist unglaublich stressig.«

»Mir geht's so weit gut. Ich bin die Erste, die etwas erfährt, sollte etwas passieren.« Melia sieht sie an, ihre Verzweiflung ist offensichtlich unverändert, trotz der Angst ihrer Freundin und

Kollegin, die dazugekommen ist. Zeigt Clares Verhalten mir gegenüber nicht deutlich genug, dass wir aufgeflogen sind? Hätte ich ihr schreiben sollen, um sie vorzuwarnen, dass wir kommen? Aber selbst wenn ich nicht gezwungen gewesen wäre, Clare so hastig hinterherzustürzen, hätte ich die Polizei in Betracht ziehen müssen, die meine Nachrichten auswertet und ihnen eine Bedeutung beimisst, die ihnen überhaupt nicht zukommt.

Sie wendet ihren leeren Blick wieder mir zu. »Ich will nur wissen, wo er ist. Oder wo seine Leiche ist.«

»Seine Leiche?« Ich stoße ein freudloses Lachen aus. »Ich schätze, das ist ein bisschen melodramatisch, oder?«

»Melodramatisch? Du hast gerade selbst zugegeben, dass ihr euch gestritten habt! Erzähl mir einfach, was passiert ist, nachdem du vom Boot gegangen bist!«

»Da gibt es nichts zu erzählen.«

»Okay.« Sie durchbohrt mich mit emotionslosen Augen, die das, was sie als Nächstes sagt, nur noch schneidender klingen lässt: »Ich hasse dich, Jamie.«

Als ich bei Clare einen klitzekleinen Schauder der Freude verspüre, protestiere ich: »Was? Das ist lächerlich, ich habe überhaupt nichts getan!«

»Hör mal«, sagt Clare, »wir wissen alle, dass Jamie Kit kein Härchen krümmen würde. Zu so etwas ist er überhaupt nicht fähig. Das wird die Polizei bald erkennen.« Ihre Verachtung ist mir egal, aber sie schiebt weiterhin jede Konfrontation wegen der Affäre auf, und dafür bin ich ihr ungemein dankbar.

Melias Aufmerksamkeit gleitet von Clare zu mir und wieder zurück. »Könntet ihr einfach gehen?«, flüstert sie. »Ihr beide.«

»Natürlich. Aber beantworte mir erst noch eine Frage, Melia.« Clare schiebt sich näher an sie heran, ihr Blickkontakt wird eindringlich. »Sei bitte ehrlich …«

»Was?«, sagt Melia und starrt Clare mit einer morbiden Faszination an, aus der sie sich kaum lösen kann.

»Weißt du *wirklich* nicht, wo Kit steckt?«

Es folgt ein Moment jähen Schocks. Auf der Straße wird ein Motor angelassen, wie ein entrüstetes Aufheulen. Was Clare gerade gesagt hat, mag nicht als Beleidigung gemeint gewesen sein, wurde aber gewiss so aufgefasst, und ein wutentbrannter Blick gleitet zu mir, bevor Melia sich an Clare wendet: »*Wie bitte?* Warum sollte ich in einer solchen Verfassung sein, wenn ich nicht Todesangst ausstehen würde, ihm könnte etwas Schreckliches zugestoßen sein? Wo, glaubst *du*, ist er? Auf einem Junggesellenwochenende in Vegas?« Ihr Tonfall ist feindselig und überheblich, doch sie kann ihn nicht länger als ein paar Sekunden aufrechterhalten, und auf einmal stürzt Melias stoische Fassade in sich zusammen, und sie schluchzt in ihre Hände.

Da ich es nicht ertrage, sie so zu sehen, konzentriere ich mich stattdessen lieber auf Clare, bei der es mir graut, sie könnte den Streit eskalieren lassen. Aber wieder überrascht sie mich mit ihrer Antwort. Behutsam legt sie die Hand auf Melias zitternde Schulter, und ihre Stimme nimmt einen entschuldigenden Ton an: »Oh, Melia, für sein Verschwinden könnte es unzählige Gründe geben. Ich wette, du bekommst bald Neuigkeiten. Gute Neuigkeiten. Ich gehe jetzt, ich bin nicht hergekommen, um dich aufzuregen. Aber gib mir bitte Bescheid, sobald du irgendwas hörst. Oder wenn ich dir irgendwie helfen kann.«

»Ich auch«, sage ich, da ich mich durch dieses beharrliche Erste-Person-Singular an den Seitenrand gedrängt fühle. Und wir lassen sie allein zurück, ihr Gesicht in die Hände vergraben.

Clares Verhalten verwirrt mich. Ist es rein instinktiver Natur, oder stellen Melias Qualen ihre eigenen in den Schatten? Oder ist es eher strategisch: Sie wartet auf eine größere Bühne, auf der sie uns beide als das entlarven kann, was wir sind? Um Zeugen um sich zu scharen, die sie unterstützen?

Zum ersten Mal denke ich: *Wird sie sich rächen?*

»Warum hast du nicht erwähnt ...«, setze ich an, doch sie fällt mir ins Wort.

»Das geht dich nichts an. Ich muss dir keine Rechenschaft mehr ablegen.«

»Das hast du nie gemusst«, sage ich, bevor ich es mir verkneifen kann.

Unvermittelt bleibt sie einen Schritt vor mir stehen und zwingt mich, dasselbe zu tun. *Ah, jetzt kommt eine Ankündigung.* »Das habe ich nie gemusst, sagst du? Richtig. Dann wird sich dein Leben ja kaum ändern, oder? Für den Fall, dass es nicht deutlich ist. Glaub keine Sekunde, dass ich dir verzeihe. Zwischen uns ist es aus.«

Wir gehen weiter. Ich stelle mir die knisternde Feindseligkeit wie ein Kraftfeld vor: Wenn ein Dritter nach uns greifen würde, würde er sich die Finger verbrennen. Von Schuldgefühlen geplagt, rufe ich mir in Erinnerung, dass der Umstand, immer auf dem Bauch vor ihr herumkriechen zu müssen, zumindest teilweise der Grund ist, weshalb ich sie überhaupt betrogen habe.

»Clare, was die Sache angeht, noch ein paar Tage im Haus zu ...«

Sie unterbricht mich mit einem verächtlichen Schnauben. »Hör auf, mich anzuflehen, das ist erbärmlich. Ja, du darfst im Haus bleiben. Ich werde dich unterstützen, bis du diesen Scheiß mit der Polizei geklärt hast. Du bist natürlich kein Mörder. Und das Letzte, was ich will, ist, dass Menschen glauben könnten, ich hätte all die Jahre mit einem zusammengelebt.«

»Danke. Das weiß ich zu schätzen.« Und das tue ich wirklich, trotz meines Grolls. Trotz allem.

»Aber sobald die Sache vom Tisch ist, musst du verschwinden. Und dann will ich nie wieder von dir hören.«

Ich knabbere an meiner Unterlippe. »Das verstehe ich.«

Als wir unser Haus erreichen, merke ich, dass ich einen Bärenhunger habe. Seit heute früh habe ich nichts mehr gegessen. Seitdem nur Kaffee und Wein. »Essen … essen wir noch zusammen?«

Neue Wut packt sie. »Ja, Jamie, was soll ich dir zaubern? Wäre dir Bœf Bourguignon recht? Oder lieber der Fisch des Tages?«

Ich halte meine Stimme neutral. »Ich meinte, ich werde kochen … wir haben gerade all die Lebensmittel geliefert bekommen. Willst du mitessen?«

»Nein, danke. Lieber verhungere ich.«

Wir sind auf unserer Türschwelle stehengeblieben. Während sie mit dem Schlüssel herumhantiert, stößt sie ein unangenehm kratzendes Lachen aus, und ich weiß, dass sie von mir nach dem Grund gefragt werden will.

Ich tue ihr den Gefallen. »Was ist?«

»Mir ist nur gerade gekommen, dass es etwas gibt, bei dem ich Melia zustimme.«

»Was?«

»Ich hasse dich ebenfalls.«

Und das tut weh. Selbst im Sog von allem anderen – dem Hämmern in meinem Kopf, dem grässlich arrhythmischen Klopfen meines entsetzten Herzens – tut es weh.

31

28. Dezember 2019

Ich erwache am Samstag zerschlagen und gerädert in einem der Gästezimmer (*einem der Gästezimmer*: Ich weiß, wie sich das anhört). Obwohl ich das zweite Badezimmer benutzen kann (*zweites Badezimmer*: dito), muss ich unser gemeinsames Schlafzimmer wegen frischer Kleidung betreten, und als ich es tue, greift Clare mich sofort an. Und ich meine tätlich: Zuerst verpasst sie mir mit der offenen Hand eine Ohrfeige, dann hämmert sie mit geschlossenen Fäusten auf meine Brust und meine Schultern ein, wobei sie die ganze Zeit den Satz von gestern Abend wiederholt:

»Ich hasse dich!«

»Hör auf!« Ich versuche, ihre Arme zu packen, aber sie teilt weiter aus und versetzt mir einen besonders heftigen Schlag auf den empfindlichen blauen Fleck, den Kits Schädel hinterlassen hat. Schließlich fällt sie in sich zusammen und sinkt schwer atmend auf die Sitzbank am Bettende.

»Wie kannst du dich in eine solche Blutsaugerin verlieben, Jamie? *Wie?*« Sie stöhnt auf. »Blöde Frage. Es ist nicht dein Blut, das sie aussaugt. Sex. Immer Sex.«

Während ich mir über die Wunden reibe, mache ich sie nicht darauf aufmerksam, dass sie diejenige war, die uns einander vorgestellt hat. Sie würde mir nur – völlig zu Recht – an den Kopf werfen, ich solle die Schnauze halten.

»Komm schon, Clare. Hier passiert doch irgendwas Größeres als eine bedeutungslose Affäre – sonst hättest du gestern Abend kein Mitleid mit ihr gehabt. Bei *ihr* hast du dich nicht so aufgeführt.« Mit den Fingern fahre ich über meinen brennenden linken Wangenknochen, spüre die erhöhten Linien, wo ihre Fingernägel meine Haut verletzt haben. Es werden Kratzspuren zu sehen sein.

»Natürlich hat sie mir leidgetan«, schreit Clare. »Sie glaubt, ihr Ehemann ist tot, und ich bin ein anständiger Mensch! Und warum muss es einen Showdown zwischen Frauen geben? Du bist derjenige, den ich hier zur Rede stelle.«

»Ich weiß, aber könntest du das bitte ohne Körpereinsatz tun?«

Während ich die Kleidung zusammensammle, die ich brauche, fällt mir die gepackte Reisetasche neben dem Schrank auf.

Als ich unten meinen Morgenkaffee trinke, bekomme ich ein paar Gesprächsfetzen ihres Telefonats mit – »Nur eine Nacht, vielleicht zwei« – und versuche, mir einen Reim auf das Klopfen und Hämmern zu machen, das der Unterhaltung folgt. Nachdem sie mit der Tasche, die gegen ihre Hüfte stößt, im Erdgeschoss angelangt ist, frage ich sie, wohin sie fährt.

»Falls du wieder nach Edinburgh fährst: Werden denn die Züge über Silvester nicht alle ausgebucht sein? Du wirst keinen Sitzplatz bekommen und den ganzen Weg im grässlichen Gedränge stehen müssen. Bleib bitte hier. Es ist dein Haus.«

»Das *weiß* ich«, faucht sie. »Bietest du mir etwa an, dass *du* stattdessen von hier verschwindest?«

Ich gebe keine Antwort.

»Es stimmt, du hast *Rechte*. Und zu deiner Information: Ich fliege. Es ist also nicht nötig, sich um meine Bequemlichkeit zu sorgen.«

Gott weiß, wie viel der Flug sie am Samstag vor Silvester gekostet haben mag. Welch ein wundervolles Ruhekissen doch Geld ist. Ohne jede Verabschiedung schlägt sie mir die Tür vor der Nase zu.

Oben wartet weitere Schmach auf mich. Meine restliche Kleidung und sämtliche Toilettenartikel aus dem gemeinsamen Schlafzimmer sind ins Gästezimmer verfrachtet und in einem riesigen Haufen aufs Bett geworfen worden. Eine Rolle Mülltüten ist auf dem Nachttisch aufgetaucht, die unmissverständliche Nachricht, dass ich packen soll. Die Entscheidung, was ich spenden und was ich für mein nächstes Leben behalten will.

Ich schiebe die Kleidung auf den Boden und lege mich zurück ins Bett.

*

Ausnahmsweise wünsche ich mir, am Wochenende zu arbeiten. Ich zögere das Wiederaufwachen bis zum Nachmittag hinaus – und damit das Fällen von Entscheidungen –, verlasse das Haus und gehe zum Pier hinunter –, der Pendler, der sich keinen Tag freinimmt. Okay, es ist mehr als die Macht der Gewohnheit, denn ich hoffe, Melia könnte am Flusspfad spazieren gehen, um etwas frische Luft zu schnappen, da ihr sonst vor lauter Warten die Decke auf den Kopf fällt. Doch das Ufer ist wie ausgestorben, das Wasser ein düsteres Grau, und sie ist nirgends zu sehen.

Da ich unbedingt etwas Konstruktives tun will, gehe ich denselben Weg noch einmal zurück, den ich Montagnacht genommen habe, vom Pier zum Prospect Square, und halte die Augen nach den Überwachungskameras offen, in die ich so absolut mein Vertrauen gesetzt habe. Neben der, die an der Stirnseite des

Mariners angebracht ist, gibt es mindestens eine Verkehrskamera sowie eine private Überwachungskamera über der Tür eines großen Hauses an der westlichen Ecke des Prospect Square.

Als ich die Nummer 15 erreiche, schlendere ich am Gartentor vorbei und kehre auf der zweiten, weniger bekannten Route zum Fluss zurück, die an der östlichen Seite des Platzes beginnt und die Pepys Road hinabführt, eine Sackgasse, die hauptsächlich von Lastern auf dem Weg zur neuen, sich gerade im Bau befindlichen Wohnanlage benutzt wird, St Mary's Wharf (»Herrschaftlich wohnen am Flussufer«, du lieber Gott!). Die Straße endet ungefähr 20 Meter vom Wasser entfernt, von wo aus die Flusspromenade nur zu Fuß und durch eine unansehnliche Gasse erreicht wird, die von den Bauunternehmern erst noch aufgehübscht werden muss. Zwischen meiner eigenen Haustür und dem Stück Flusspfad, der zum Hope & Anchor führt, einschließlich der zwielichtigen Stelle, die ich bei den Detectives erwähnt habe, fällt mir keine Kamera auf. Heute sind keine Drogendealer da, nur zwei Obdachlose, denen es gelungen ist, sich Kippen und Alkohol zu beschaffen, und die mir aus den Büschen »Frohe Weihnachten« zurufen.

Genau in dem Moment, als ich an der Tür des Pubs vorbeigehe, glaube ich es zu hören: Kits Gelächter, seine charakteristische Maschinengewehrsalve irgendwo im Innern. Mit der Präzision eines Tänzers wirble ich herum und gehe hinein. Abgesehen vom Hauptraum mit Blick aufs Wasser, wo ich mir häufig mit Kit einen Drink genehmigt habe, sind die restlichen Nebenzimmer klein und haben niedrige Decken, was ich überhaupt nicht ausstehen kann. Die Treppenaufgänge sind unangenehm beengend, doch ich suche systematisch alle Ecken und Winkel ab. Keine Spur von ihm. Die beiden Klos sind leer.

Ich muss verloren aussehen, denn der Barmann versucht, mir zu helfen. »Suchen Sie jemanden?«

Ich erkenne in ihm keine der üblichen Bedienungen wieder, weshalb ich ein Foto von Kit auf meinem Handy heraussuche und es ihm zeige. »Ein Freund von mir, eher klein, um die 30.«

»Oh, Kit kenne ich«, sagt er.

Natürlich.

»Hab ihn allerdings seit ein paar Tagen nicht mehr gesehen …« Als würde er die Frage – oder mein Gesicht – erst jetzt richtig registrieren, presst er die Lippen fest zusammen, was ich als ein unbewusstes Zeichen deute, dass die Polizei hier war und ihn gebeten hat, ihr Gespräch für sich zu behalten.

»Trotzdem danke.«

Und da ich nun schon einmal hier bin, kippe ich einen doppelten Gin Tonic hinunter, für den ich wirklich kein Geld ausgeben sollte, wenn ich Gratisalkohol zu Hause habe. Ich nehme am großen Fenster Platz und schicke Kit eine weitere Nachricht: *Wo steckst du?* Doch die Mitteilung kommt wie diejenige, die ich gestern verschickt habe, mit einer »Nicht zustellbar«-Benachrichtigung zurück. Ich blicke zur Themse hinaus und denke über ihre unerfindlichen Tiefen nach. Ist das der Ort, an dem Kits Handy liegt? Dort unten, im Flussbett? Irgendwann einmal hatte ich mir eine Ausstellung über Handys angesehen, die in der Themse gefunden worden waren, von den ersten Ziegelsteinmodellen zu den neuesten iPhones. Jedes hatte einen Besitzer mit einer Geschichte über seinen Verlust. Im Fall von ein oder zwei verlorenen Seelen starb die Geschichte vielleicht mit dem Besitzer.

In einem Anflug von Wut schiebe ich mein leeres Glas weg und stürze nach draußen. Das wird nicht klappen, wenn ich überall, wo ich hingehe, von diesem Mistkerl verfolgt werde.

*

264

Abgesehen von einer Sprachnachricht für meinen Vater, in der ich geflissentlich vergesse, ihm zu erzählen, dass ich jetzt Single bin und schon bald kein Dach mehr über dem Kopf habe, ist meine Kommunikation den restlichen Tag über spärlich, hauptsächlich geprägt von unbeantworteten Nachrichten. Da ist eine an Clare, in der ich frage, wie lang sie fortbleiben wird. Vor meinem geistigen Auge stelle ich sie mir bei ihrer Familie vor, wo sie einem entsetzten Publikum von meinem Betrug erzählt, einen ausgezeichneten Whiskey in der Hand. Werden sie Schock und Bestürzung äußern oder einfach sagen: Nun ja, wir hatten schon immer das Gefühl, dass er etwas *Zielloses* an sich hat?

Als sie keine Antwort schickt, wende ich mich mit einem eindeutigeren Ersuchen an Dad:

Was machst du an Silvester? Willst du nach London kommen?

Auch er reagiert nicht, zumindest nicht gleich. Er behandelt sein Handy wie eine scharfe Handgranate. Ich werde bei ihm auf dem Festnetz anrufen müssen, um die Einladung zu wiederholen. Trotzdem checke ich ständig meine Nachrichten. Welche Macht diesen Dingen innewohnt. Als wären Worte, die auf einem Display aufleuchten, bedeutsamer als die, die von der menschlichen Stimme erzeugt werden. Ich erinnere mich, wie ich den Detectives jene Nachricht an Kit präsentiert habe, als wäre ich ein Magier, ein Hypnotiseur.

Ich musste ihm beweisen, dass ich mich nicht einschüchtern lasse.

Ich musste das letzte Wort haben.

In den Stunden, die ich noch totschlagen muss, und dem Geschmack von Gin Tonic im Mund spiele ich in Gedanken die polizeiliche Vernehmung noch einmal durch, entringe mir die Einzelheiten aus einem Kurzzeitgedächtnis, das nur noch einen Bruchteil der Informationen behält, die es vor 20 Jahren abgespeichert hätte. Ich weiß natürlich, warum ich herausgepickt wurde – hätte ich die Liste an Verdächtigen erstellen müssen, hätte ich meinen Namen auch nach ganz oben gesetzt –, aber warum persönlich und nicht am Telefon? Warum zwei Detectives, nicht einer? Irgendjemand muss sie überzeugt haben, dass ich unbedingt so abgefangen werden müsste, und meines Wissens gab es nur zwei Menschen, die vor mir befragt worden waren: Melia und dieser andere Passagier, höchstwahrscheinlich Sarah Miller.

Den Gedanken an die Haterin aus der U-Bahn kann ich einfach nicht abschütteln. Ich weiß, ich habe den E-Mail-Account geschlossen, auf dem sie mich früher belästigt hat, und ich bin absolut sicher, dass sie nie mit ihrem Namen unterschrieben hat. Aber da war eine E-Mail-Adresse von ihr, die bei der Unterhaltung mit den Detectives aus meinem Schatz an schlimmen Erinnerungen an die Oberfläche gestiegen ist. Waren da nicht drei Buchstaben, vielleicht Initialen? STM oder SBM? Könnten sie für Sarah Miller stehen?

Was man sät, wird man ernten … Das hatte sie geschrieben.

Vielleicht ist Sarah Miller aber auch tatsächlich Teil einer anderen Ermittlung. *Denk nach!* Womöglich gibt es einen naheliegenderen Kandidaten, jemanden, der die Spannungen zwischen Kit und mir mitbekommen hat und der sich in Konkurrenz zu mir sieht? Und ich weiß, dass er an jenem Abend auf dem Boot dabei war, denn ich hatte ihm einen Drink gekauft! Adrenalin peitscht durch mich hindurch, als ich Steves Nummer bei der WhatsApp-Gruppe der Wasserratten finde und eine Nachricht exklusiv an ihn tippe:

> Ich bin's, Jamie. Hast du der Polizei etwa Lügen
> über mich erzählt?

Seine Antwort kommt nach zehn Minuten:

Was für Lügen?

Ich muss es nur wissen. Sei BITTE ehrlich!

Hast du zu tief ins Glas geschaut? Ich hab der Polizei gar nichts erzählt. Schätze mal, es gibt nichts Neues von Kit?

Als sich mein Adrenalin endlich verflüchtigt hat, wird mir bewusst, dass meine Theorie absurd ist. Mein Handy klingelt – Steve –, aber ich nehme den Anruf nicht an.

Auf einmal komme ich mir vollkommen allein vor.

Ich suche nach etwas im Fernsehen, das ich anschauen kann und das meine Aufmerksamkeit bannt, verwerfe Episode um Episode von Serien, die mich in jeder anderen Woche meines Lebens durchaus gefesselt hätten. Schließlich bleibe ich bei dem alten Filmklassiker *Plein Soleil* hängen, der französischen Originalversion von *Nur die Sonne war Zeuge* mit Alain Delon und Maurice Ronet. Clare und ich hatten ihn vor Jahren im National Film Theatre gesehen und waren wegen des Endes unterschiedlicher Meinung: Der Leichnam wird über Bord geworfen und verfängt sich in der Schiffsschraube, sodass er erst entdeckt wird, als ein neuer Käufer die Yacht inspiziert. Während Clare entrüstet war, dass sie den Ausgang des Buchs verändert haben, hatte ich es überhaupt nicht gelesen und die unerwartete Wendung als perfekt empfunden.

Doch als ich den Film jetzt ein zweites Mal in einer weniger stabilen Gemütslage allein anschaue, kommt es mir wie das herzzerreißendste Ende vor, das mir jemals untergekommen ist.

32

29. Dezember 2019

Sonntag. Kit ist jetzt seit sechs Tagen verschwunden, und ich weiß wirklich nicht, wie viel länger ich mit dieser Belastung noch leben kann. Spannung mag in einem Roman oder Film in Ordnung sein – nur ein paar Stunden, und dann kann man sich wieder entspannen –, aber im echten Leben ist sie eine zerstörerische Kraft und schwillt immer weiter an. Ich wette, sie verkürzt die Lebenserwartung.

Ich versuche, mir einen Überblick über meine finanzielle Situation zu verschaffen, werde aber sogleich wegen einer Reihe von Benachrichtigungen aufgeschreckt, die ich von der Bank erhalten habe und in denen sie die Kündigung der Einzugsermächtigung von unserem gemeinsamen Konto bestätigen. Clare muss sie auf ihr eigenes Konto überschrieben haben, und ich kann mit Sicherheit davon ausgehen, dass sie keinen einzigen Penny ihres Gehalts mehr auf unser gemeinsames Konto einzahlen will.

Ich logge mich in mein eigenes Konto ein und erkenne es als das, was es dieses letzte Jahr über gewesen ist: Taschengeld. Dort ist nicht einmal genügend Erspartes, um auch nur das Jahresticket für den River Bus zu kaufen, das in ein paar Wochen verlängert werden müsste. Sofern und sobald ich mein Leben allein bestreiten muss, werde ich mich in derselben misslichen Lage wie Regan und Millionen andere Einwohner dieser brutalen Stadt befinden: Unter defekten Boilern schlafen, sich ein Bett mit Schichtarbeitern teilen und die Essensreste der Kunden mitnehmen. Gierig über Opfer von Gewaltverbrechen lesen, weil es sich vielleicht so anfühlt, als wären sie die Einzigen, denen es noch schlechter geht als einem selbst.

*

Es ist Punkt drei, als ich die Hauptstraße entlangspaziere und eine sichtlich in Tränen aufgelöste Melia am Panoramafenster von Rosie's Café erblicke. Sie ist mit einer Freundin dort, einem irgendwie vertrauten Gesicht, und als ich durch die Tür trete, erinnere ich mich von der Hochzeitsfeier an ihr kantiges Kinn und die dichten Augenbrauen – es handelt sich um die junge Frau, die mit Melia an der Flusspromenade getanzt hat. Ihr Kopf ist in ernster Aufmerksamkeit in ihre Richtung geneigt. Es versteht sich von selbst, warum Melia aufgebracht ist, aber steht sie dieser Freundin nah genug, dass sie ihr das Geheimnis ihrer heiklen Affäre mit mir anvertraut hat? War ich so naiv zu glauben, dass niemand sonst davon weiß? Niemand außer Clare natürlich – und der Polizei.

Im Café ist es laut, die Akustik entsetzlich, aber ich schlängle mich durch die dicht stehenden Tische, bis ich sie erreiche.

»Melia, hast du eine Sekunde?«

»Jamie!« Sie zuckt zusammen, als wollte ich gleich einen Baseballschläger herausholen und anfangen, auf sie einzuprügeln. Doch sie erholt sich rasch und zeigt auf die andere Frau. »Du erinnerst dich an Elodie von der Hochzeit?«

»Schön, dich wiederzusehen«, sagt Elodie, aber ihr automatisches Lächeln ist bereits eingefroren: Sie spürt Melias Angst und meine Labilität. Sie bemerkt die Kratzer in meinem Gesicht von

Clares Angriff, und sie bildet sich zweifellos ihre eigene Meinung darüber, wie ich sie mir zugezogen habe.

»Ich würde gern mit dir über Kit reden«, sage ich verbissen. »Unter vier Augen.«

Elodie wirft Melia einen verunsicherten Blick zu, und die Enden ihrer Augenbrauen ziehen sich zusammen, während zwischen ihnen eine Hügellandschaft aus blasser Haut entsteht. »Soll ich euch zwei allein lassen ...?«

»Nein«, erwidert Melia. »Bleib bitte. Ich will mit ihm nicht über Kit reden. Bist du mir etwa gefolgt, Jamie?«

»Natürlich nicht!« Mein Protest ist so lebhaft, dass es fast an Parodie grenzt: »Ich habe dich hier am Fenster gesehen und wollte nur rausfinden, was der Stand der Dinge ist. Hast du von ihm gehört? Ist er immer noch von der Bildfläche verschwunden?«

»Ich habe gesagt, ich will nicht über ihn reden. Bitte geh jetzt!«

»Ich denke, du solltest tun, was sie sagt«, faucht Elodie mich mit missbilligender Stimme an.

»Aber wenn es Neuigkeiten geben sollte, habe ich ein Recht, sie zu hören. Ich wurde von ...«

Doch Melia unterbricht mich mit einem jähen Gefühlsausbruch. »Warum kannst du mich nicht einfach in Ruhe lassen?« Sie beginnt, lautstark zu weinen, und Elodie ist aufgesprungen, um sich an mir vorbeizudrängeln. Jeder Zuschauer würde annehmen, wir drehen hier einen Film, angesichts des schauspielerischen Geschicks, mit dem die anderen Gäste so tun, als würden sie nicht zuhören, wo ich doch weiß, dass sie alle die Ohren spitzen. Ich an ihrer Stelle würde es gewiss tun.

»Melia? Alles okay?«, fragt Elodie, einen Arm um die Schultern ihrer Freundin geschlungen. Entrüstet beäugt sie mich. »Glaubst du nicht, sie bräuchte etwas Ruhe in einer Zeit wie dieser? Wenn du nicht sofort verschwindest, rufe ich die Polizei.«

Bei diesen Worten verstummen die anderen Gäste, und mehrere Köpfe drehen sich in unsere Richtung, die Mienen zeigen unterschiedliche Abstufungen von Neugier und Besorgnis. »Es ist schon in Ordnung, El, wirklich.« Melia wischt sich mit dem Handrücken die Tränen fort, bevor sie die Papierservietten bemerkt und sich ein paar nimmt. »Er geht jetzt, nicht wahr, Jamie?«

»Na schön. Wenn mir nicht gestattet ist, mir um einen Freund Sorgen zu machen.«

Ich verlasse das Café als leibhaftige Verkörperung der Angst, die ich hinter mir zurücklasse. Angst, die ich erst richtig verstehe, als ich mein Gesicht im Spiegelglas der Tür sehe.

Da sind die Kratzer, ja, doch das ist bei Weitem nicht das Verstörendste. Es ist der Blick in meinen Augen: wild, schuldig, fast verdorben. Ich mag keinen Menschen umgebracht haben, aber ich sehe genau wie ein Mörder aus.

*

Es erfüllt mich mit Entsetzen und Erleichterung zugleich, als Clare spät am Abend nach Hause kommt. Sie hat morgen natürlich Termine, eine Firma, die es zu leiten gilt. Während ihre Reisetasche schwer auf die Fliesen fällt und ihre Schlüssel mit einem dumpfen Klirren in die Schale auf dem Tischchen im Gang knallen, tauche ich aus den Tiefen des Hauses wie eine Katze auf, deren Fütterungszeit längst überfällig ist.

»Oh. Du bist hier«, sagt sie, ohne mich anzublicken. Sie schüttelt ihre Stiefel ab und stellt sie dann ordentlich ins Schuhregal. Ich kann von Glück reden, dass sie meine Schuhe noch nicht entsorgt hat. »Ich dachte, du hättest dich vielleicht schon bei *ihr* häuslich eingenistet.«

Das war kein Vorschlag, den sie vor ihrer Abreise geäußert hat, weshalb er ihr wohl gekommen ist, während sie weg war. Ich fürchte, sie ist in der Stimmung, ihr Angebot zurückzunehmen, mir ein Dach über dem Kopf zu bieten, was das Letzte wäre, das ich gerade brauche. Und ich muss alles in meiner Macht Stehende tun, sie so wenig wie möglich zu provozieren.

»Natürlich nicht. Wir sind nicht mehr zusammen. Du hast selbst gesehen, wie sie jetzt zu mir steht. Du hast gehört, dass sie mich hasst.«

Eine unbeabsichtigte Erinnerung, dass *sie* dieses Gefühl ebenfalls geäußert hat.

»Am Freitag, ja.« Sie sieht mich weiterhin nicht an. »Wer weiß, was seitdem geschehen ist? Ich denke, wir sind übereingekommen, dass, was auch immer es ist, ich es als Letzte erfahren will.«

Es stimmt, der Freitag fühlt sich an wie aus einem anderen Leben. Wenn die Zeit von nun an weiterhin so vergehen sollte, jeder Schlag langsamer und bedrückender, als er eigentlich sollte, weiß ich nicht, ob ich es ertrage. Ich denke an den qualvollen kleinen Ausflug zum Fluss gestern, wie ich auf der Suche nach Melia gewesen war und glaubte, Kit gefunden zu haben. Und dann vorhin diese hässliche Auseinandersetzung im Café, die sich bereits jetzt surreal und weit entfernt anfühlt. »Wie geht es deinen Eltern?«

»Was glaubst du?« Sie wirft mir einen schneidenden Blick zu, und ich gebe mir selbst die Antwort: tief bestürzt, ihre einzige Tochter trösten zu müssen, während der untreue Scheißkerl von einem Partner die Feiertage für alle zerstört hat. Sie müssen jeden Tropfen guten Wein bereuen, den sie mir eingeschenkt haben, als ich an Weihnachten ihr Gast war.

»Ich nehme an, Kit ist nicht aufgetaucht?« Sie steht vor mir, die Hände in die Hüften gestemmt.

Ihr Pullover – efeugrün, mit Goldfaden durchzogen – ist neu, eines der Geschenke, die wir gemeinsam unter Rods und Audreys

Weihnachtsbaum mit den baumelnden *Nussknacker*-Dekofiguren über unseren Köpfen geöffnet hatten. Vor einer Woche hätte ich gesagt, wie schön er ist, wie gut er ihr steht, insbesondere mit dem rubinroten Lippenstift, der sich in die Falten um ihren Mund gegraben hat.

Ich schüttle halb den Kopf. »Nicht, dass ich wüsste, nein.«

»Es ist wirklich bizarr, nicht wahr?«

Ich finde *bizarr* ein etwas bizarres Wort, um das spurlose Verschwinden eines Mannes zu beschreiben, aber ich hüte mich, meinen Gedanken laut auszusprechen. Diese Schläge und Hiebe, die sie mir beigebracht hat, die verdiene ich, ja – doch das heißt nicht, dass ich auf eine Wiederholung meiner Bestrafung aus bin.

»Wie dem auch sei«, sagt sie, »ich würde gern kurz mit dir reden.«

»Natürlich.« Es ist nicht so sehr eine Bitte als ein Befehl, und ich folge ihr für unsere Besprechung zum Küchentisch. Sie schenkt sich ein Glas Wein ein und setzt sich auf ihren Stammplatz mit dem Schaffell. Ich widerstehe dem Drang, mir ebenfalls Alkohol zu holen, und sinke auf den Stuhl ihr gegenüber. »Ist es wegen des Bankkontos? Ich habe gesehen, dass du die Einzugsermächtigung gesperrt hast.«

»Ja, die Papiere werden in den nächsten paar Tagen kommen, um das Konto zu schließen. Ich habe nicht die Absicht, für jedweden Überziehungskredit haftbar zu sein, mit dem du *sie* aushalten willst.«

Ich schlucke meine Entrüstung hinunter. »Ich habe dir doch gerade gesagt, dass wir nicht mehr zusammen sind.«

»Das interessiert mich nicht«, sagt Clare kurz angebunden. »Darum geht es hier nicht.«

»Okay.« Dann geht es wohl darum, wer was bekommt. Einrichtung, Bücher, Kaffeebecher: Welche Herkunft kann bewiesen werden, wessen Anspruch ist größer? Mit *erschöpft* lässt sich kaum beschreiben, wie ich mich bei der Aussicht auf diese Verhandlungen fühle. *Behalt einfach alles*, denke ich. Letzten Endes gehört sowieso das meiste ihr.

»Als ich zu Hause war, habe ich mich mit Piers über all das unterhalten, und er hatte ein paar interessante Gedanken«, sagt sie, und ihr Tonfall wird etwas milder.

Nun, *das* hatte ich nicht erwartet. Piers ist ihr Cousin, ein zweifach geschiedener Rechnungsprüfer, der nicht gerade für seine interessanten Gedanken in Bezug auf irgendetwas bekannt ist, am allerwenigsten zu Beziehungen von Männern und Frauen. »Du meinst, über uns?«, frage ich ungläubig.

»Nein, nicht über uns. Es gibt kein *uns* mehr.«

Sie hebt ihr Glas, und die Adern auf ihrem Handrücken schimmern blau auf blasser Haut, Flussläufe, die auf altes Holz gemalt sind. Ich denke an Melias Haut, die so frisch und jugendlich ist, und mich überkommt eine Woge der Überzeugung, dass die Wahl, die ich getroffen habe, vorherbestimmt war. Als wie magisch ich meine Verbindung mit Melia auch erachte, bin ich darauf gepolt, Jugend attraktiver zu finden, so einfach ist es. Ein alter Ziegenbock wie ich könnte sich mit ihr noch fortpflanzen, nicht jedoch mit Clare. (Nur fürs Protokoll: Ich habe nicht die Absicht, mich fortzupflanzen, natürlich nicht.)

Für einen ganz kurzen Moment denke ich, dass ich mich selbst genauso hasse, wie es die Frau tut, die mich gerade beobachtet.

»Ich meine wegen Kit«, sagt sie. »Ich weiß, du glaubst, Drogen könnten ein Grund für sein scheinbar spurloses Verschwinden sein, aber wir glauben, dass womöglich etwas anderes dahintersteckt.«

»Und was?« Meine Augen verengen sich. *Scheinbar* spurloses Verschwinden? Unvermittelt bin ich hellwach.

»Ich weiß es noch nicht, aber Piers hält es für möglich, dass es finanzieller Natur ist, und kennt jemanden, der vielleicht helfen kann. Einer dieser digitalen Forensiker könnte einen Kontakt zu Leuten herstellen, die besser darauf spezialisiert sind, Sachen herauszufinden, die, du weißt schon, eigentlich verborgen bleiben sollen.«

»Du meinst einen Hacker?« Ich spüre, wie mein Atem sich verändert. »Du willst ›einen Kontakt mit Hackern‹ herstellen, um herauszufinden, ob Kit Dreck am Stecken hat? Ist das dein Ernst?« Mit den Nägeln klopft sie ans Weinglas. »Ich will nicht zum Spaß in seiner Privatsphäre herumwühlen, sondern mir nur ein Bild davon machen, was los ist. Piers behauptet, Geld ist der Nummer-eins-Grund, weshalb Menschen verschwinden, und es steckt ganz allgemein hinter den meisten Verbrechen.«

Meine Nervosität lässt mich höhnisch schnauben. »Nun, er ist Buchhalter, also ist das die einzige Perspektive, die er auf die menschliche Natur hat. Was ist mit Verbrechen aus Leidenschaft?«

»Wollen wir das nicht *widerlegen*, zu deinen Gunsten?«, erwidert sie, und ich weiche unvermittelt vor der arktischen Kälte in ihrem Tonfall zurück. »Vielleicht fördert das etwas zutage, das deine Drogentheorie stützt. Etwa große Bargeldauszahlungen oder Aktivitäten, die zeigen, dass er versucht hat, Geld aufzutreiben, es ihm aber nicht gelungen ist, was ihn in die Arme von Kriminellen getrieben hat. Ich weiß nicht, was diese Person herausfinden wird, aber es wäre gut, wenn die Polizei auf eine andere Spur gebracht wird – weg von dir.«

Ich nicke jetzt heftig als Beweis meiner Dankbarkeit. »Das stimmt. Aber sollten wir sie das nicht durch ihre eigenen Rechtsmittel tun lassen?«

»Eigentlich schon, aber wir können nicht sicher sein, dass es dann tatsächlich passiert. Sie sammeln Beweise, um die Hypothese zu stützen, die *sie* verfolgen – nicht unsere.«

Diejenige, bei der ich der Verdächtige bin. Alles klar. »Wie lang wird das dauern?«

»Piers sagt, dieser Typ sollte innerhalb von 48 Stunden etwas für uns haben.«

»48 Stunden?«

Sie haben die Sache längst ins Rollen gebracht, erkenne ich geschockt. Und sofern dieser zwielichtige Charakter Piers keinen Gefallen schuldet, müssen sie tief in die Tasche greifen, damit er zu dieser Jahreszeit so schnell für sie arbeitet. Da trifft mich der Gedanke, dass sie in Wirklichkeit mit Piers und seinen Partnern plant, *mich* zu belasten, nicht Kit. Doch andererseits würde sie mich dann wohl kaum darüber in Kenntnis setzen, oder?

Außer das hier ist ein noch durchtriebenerer Schachzug? All das Getue, meinen Namen reinzuwaschen, um ihren Ruf nicht zu gefährden: Was weiß ich, sie könnte mit der Polizei zusammenarbeiten und mir Sätze auftischen, die ihr von ihnen eingeflüstert wurden.

Am Rand meiner Paranoia lauert wieder dieser Name, Sarah Miller, und ich schiebe ihn weg. *Konzentrier dich!*

»Wie viel kostet das alles?«

»Mach dir darum keine Sorgen«, erwidert sie. »Nennen wir es ein Abschiedsgeschenk.«

Da ich Aufrichtigkeit in ihr spüre, setze ich einen Ausdruck dankbarer Bescheidenheit auf. »Danke. Wenn etwas herauskommt, das mir helfen könnte …« Ich zögere. Alles, was ich jetzt sage, hat den unangenehmen Beigeschmack einer Aussage – die mir zu einem späteren Zeitpunkt einmal unter die Nase gerieben werden könnte. »Ich meine, wenn es uns hilft, Kit zu finden, dann wow, okay. Danke, Clare.«

Sie schweigt, beäugt mich nur mit eiskalter Neugierde, als würde sie mich überhaupt nicht wiedererkennen. »Er ist noch auf keiner Vermisstenwebsite gelistet, die habe ich alle vorhin gecheckt. Irgendeine Idee, warum nicht?«

»Die Polizei meinte, sie würden noch keine Einzelheiten an die Öffentlichkeit geben.« Mir kommt es vor, als würde sie mehr herausfinden als diese Detectives. Und hier war ich und malte sie mir an diesem Wochenende in einem schottischen Sumpf aus Verzagen, Weinen und Whiskytrinken aus.

»Warum zum Teufel nicht? Sollten sie nicht nach Zeugen suchen?«

»Das würde man annehmen, aber sie haben mich ausdrücklich gebeten, mit niemandem darüber zu sprechen, bis sie ihre Vorgesetzten unterrichtet haben. Ich schätze, es liegt an der möglichen Drogenverbindung. Und der Punkt ist nicht von der Hand zu weisen, Clare: Wenn diese Untersuchung etwa ihre Abteilung für organisiertes Verbrechen mit ins Boot holt, dann sollten wir sehr, sehr vorsichtig wegen der Nachforschungen sein, die wir anstellen.«

Zwei Worte stechen heraus: *organisiertes Verbrechen*. Clare hört sie natürlich, aber sie schreckt nicht zurück. »Ich gebe das weiter.«

Als sie, das Weinglas frisch aufgefüllt, aus der Küche spaziert, frage ich sehr beiläufig: »Darf ich kurz fragen, ob du für Dienstagabend Pläne hast? Silvester?«

Sie wirbelt herum und funkelt mich finster an. »Ist das dein Ernst? Was schwebt dir vor? Abendessen und ein romantischer Spaziergang am Fluss, um das Feuerwerk anzuschauen? Oder willst du mich aus dem Weg haben, um mit deiner neuen Flamme zu feiern?«

Ich strebe einen Ausdruck höflicher Neutralität an. »Ich habe eben Dad gesagt, ich hätte vielleicht Zeit für ihn.«

In ihrem Gesicht ist Betroffenheit zu lesen, dann selbstgerechte Zufriedenheit. »Dann wirst du wohl zu ihm fahren müssen. Denn ich bleibe zu Hause und könnte es nicht ertragen, Gesellschaft zu haben. Ich bin sicher, du wirst es irgendwie schaffen, mir zu verzeihen.«

»Natürlich. Tut mir leid.«

Doch meine Entschuldigung ist wie all die anderen sinnlos. Zu wenig und zu spät.

33

30. Dezember 2019

Der Montagmorgen beginnt – um ehrlich zu sein – mit einer verdammt riesigen Erleichterung für Clare und mich, da wir beide zur Arbeit müssen und geradezu obszön erpicht darauf sind, aus dem Haus zu kommen. Sie verschwindet um kurz vor sieben, und ihre Tasse ist noch warm vom Kaffee, als es an der Haustür klingelt.

Zu meiner großen Bestürzung steht DC Merchison breitbeinig auf der Türschwelle, den Dienstausweis wedelnd in der Hand, als wüsste ich nicht bereits, wer er ist. Er ist frisch rasiert, elegant in einem Blazer und allem Anschein nach einem Kaschmirpullover. Zweifellos ein Weihnachtsgeschenk.

»Schon wieder in aller Frühe«, stelle ich fest und verberge mein Unbehagen. »Ich hoffe, Sie bekommen für all das Überstunden angerechnet.«

»Haben Sie eine Minute, Mr Buckby?«

Die Förmlichkeit ist ein schlechtes Zeichen, der Umstand hingegen, dass er allein ist, ein gutes. Diesmal wurde ich nicht als Risiko für Leib und Leben eingestuft. Dankbar, dass er es ist und nicht Parry, ziehe ich die Tür zur Begrüßung auf. »Ja, ganz kurz. Ich bin auf dem Sprung in die Arbeit.«

»Was ist mit Ihrem Gesicht passiert?«, fragt er.

»Nichts. Ein Unfall.«

Zweifellos fragt er sich gerade, ob die Kratzer in irgendeiner Verbindung mit meinem Handgemenge mit Kit auf dem Boot stehen könnten, und ich lasse ihn selbst die Schlussfolgerung ziehen, dass er sie dann schon am Freitag hätte sehen müssen. Ich bin offensichtlich einfach nur ein unbeliebter Kerl.

In der Küche biete ich ihm Tee an und krame ein paar überteuerte Kekse heraus (Zitrone mit einer Schicht weißer Schokolade: Clares Lieblingssorte). Ich spüre Stolz in mir aufsteigen, eines der letzten Male in diesem Haus den Gastgeber spielen zu dürfen. Vorgeben zu können, das alles gehöre mir.

Andererseits, wenn die Polizei ein wunderschönes Haus betritt, fühlen sie sich dann mehr oder weniger bemüßigt, den Besitzer festzunehmen? Ich vermute, mehr. Wahrscheinlich deutet er das Luxusgebäck als Bestechungsversuch.

Es hält ihn jedoch nicht davon ab, sich damit den Bauch vollzuschlagen.

»Zu dieser Jahreszeit müssen Sie bei den angebotenen Snacks eine große Verbesserung feststellen«, bemerke ich albern. »All die Mince Pies und übriggebliebene Schokolade.«

Ich blicke für die Uhrzeit auf mein Handy. Ein zweites Mal werde ich mich nicht in ein langwieriges Gespräch verwickeln lassen. Ich brauche meinen Job, Mindestlohn hin oder her. »Ich schätze, Sie haben ihn immer noch nicht gefunden?«

»Wie kommen Sie darauf?«, fragt er.

»Nun, wäre es einer *dieser* Besuche, würden Sie wohl kaum Kekse essen, bevor Sie mir die Nachricht überbringen.«

»Nein, ich fürchte, das haben wir nicht«, räumt er ein und lässt sich Zeit, geräuschvoll zu kauen. »Haben Sie vergessen, was ich Ihnen in Bezug auf Mrs Roper gesagt habe? Wir haben Sie sehr deutlich darum gebeten, sich von ihr fernzuhalten, und dennoch haben Sie sich ihr an diesem Wochenende zweimal genähert.«

Verdammt, sie hat wirklich ein offenes Ohr bei ihm gefunden. Er wirkt wie ihr persönlicher Sicherheitsdienst. Bei der Vorstellung, wie sie allein in dieser eiskalten Wohnung aufwacht und sich die Hände an einem Becher Tee wärmt, verspüre ich ein Zucken – die Polizei, nicht ich, ihr erster Ansprechpartner. *Sie* ist der Grund, warum er mir zu dieser unchristlichen Zeit auf die Pelle rückt, und nicht, weil er irgendwelche neuen Beweise hat. »Sie sind hier, weil ich ihr gestern zufällig in einem Café begegnet bin? Was, werde ich jetzt wegen Belästigung angeklagt?«

Mit den Schneidezähnen beißt er von einem zweiten Keks ab. »Sie sind noch wegen überhaupt nichts angeklagt.«

Noch nicht. Da ist immer ein *noch nicht* bei diesem Mann. Meine Hand schmerzt in meinem Schoß. Der Verband ist ab, Narbengewebe hat sich auf der Wunde gebildet. Ich führe sie an den Mund und lecke mit der Zunge darüber.

»Sie sind den ganzen Weg zu mir nach Hause gekommen, nur um mir das zu sagen? Ist das eine effiziente Nutzung unserer Steuergelder?« Ich erinnere mich an Clares Bemerkung über die Polizei, die ihre eigene Agenda verfolgt, nicht unsere, und es könnte nicht klarer sein, dass sie recht hat.

»Wenn es weitere Vergehen Ihrerseits verhindert, dann ja – das würde ich schon behaupten.«

»Vergehen? Was erwarten Sie von mir? Dass ich sie etwa ebenfalls beseitige?«

Es folgt ein Moment des Entsetzens, als ich höre, was ich da sage: *ebenfalls*. Ich erröte. »Nur um das klarzustellen, das war ein Witz. Ich habe niemanden beseitigt und habe es auch nicht vor. Hören Sie, gestern, das war mein Fehler, ich hätte mich Melia nicht nähern dürfen, und das tut mir sehr leid. Aber das erste Mal, am Freitag, habe ich nur meine Partnerin begleitet. Ich war besorgt …« Besorgt, sie könnte Melia tätlich angreifen, so wie sie es später bei mir getan hat? Nein, es wäre zu riskant, ihm von Clares Entdeckung und unseren Auseinandersetzungen zu erzählen. Der Instabilität unserer gegenwärtigen Pattsituation. »Ich werde ab jetzt einen großen Bogen um sie machen, darauf gebe ich Ihnen mein Wort.«

»Gut.« Er nickt. Er macht sich keine Notizen, also muss das hier inoffiziell sein. Allerdings wird er Parry davon erzählen. Es zu Protokoll geben. Arbeitet dieses Team von Frühaufstehern auch an anderen Fällen? Ich hoffe doch sehr. Ich hoffe, dies ist das erste und letzte Gespräch, das er heute in Bezug auf die Ropers und mich führt.

Ich biete ihm einen dritten Keks an. »Da Sie nun schon mal hier sind, dürfte ich dann auch Ihnen eine Frage stellen?«

»Nur zu.«

»Wir haben uns gefragt, warum Sie Kits Verschwinden immer noch nicht in der Lokalpresse veröffentlichen. Oder auf Vermisstenwebsites.«

Merchisons Ton nimmt an Schärfe zu. »›Wir‹?«

Ich hätte mich nicht besser als tickende Zeitbombe outen können, wenn die Worte dick auf meine Stirn eingebrannt worden wären. »Nur ich und Clare. Ich habe ihr von meiner Vermutung erzählt, es könnte eine größere Ermittlung zu einem Drogenhändlerring geben, die Sie nicht gefährden wollen. Verdeckte Ermittler, solches Zeug.«

Der Blick, den er mir zuwirft, ist halb amüsiert – vielleicht wegen meines klischeebehafteten TV-Vokabulars oder dass er mir, wie ich einen kurzen Moment lang glaube, diese Art von Geheiminformationen anvertrauen wird. »Ich kann mich nur wiederholen: Ein Einbeziehen der Presse und der Öffentlichkeit kann in manchen Fällen sich überschneidender Ermittlungen schaden. Dasselbe haben wir Mrs Roper erklärt. Verständlicherweise teilt sie Ihren Frust.«

»Aber wie können Sie es kontrollieren? Es muss noch andere geben, die sich Sorgen machen! Was ist mit seinen Kollegen? Wenn er bei der Arbeit nicht auftaucht, könnten sie eine Suchaktion starten, von der die Presse Wind bekommt.«

»Lassen Sie das unsere Sorge sein.«

Es wäre kein Problem, schätze ich, Melia zu bitten, Kits Arbeitgeber mit irgendeiner Ausrede anzurufen, oder ihm selbst die Dringlichkeit der Geheimhaltung zu erklären: *sich überschneidende Ermittlungen* scheint das Zauberwort zu sein.

»Und, Jamie? Jeder, der es selbst in die Hand nimmt, einen Aufruf zu starten, wird uns Rechenschaft ablegen müssen.«

»Okay.« Die geheime Hackersache, die Clare in die Wege geleitet hat, behalte ich für mich. Es ist sicherer, sich ahnungslos zu stellen. »Ich habe mal einen Film gesehen, in dem die Polizei bei einem Vermisstenfall eine Hotline eingerichtet hat, und die Öffentlichkeit hat sie mit Anrufen bombardiert. Sie haben den Leuten, die ihre Zeit verschwendet haben, Namen gegeben. Armleuchter und Psychos.«

Merchison kichert. »Das gefällt mir. Ich werde das meiner Frau erzählen.«

»Sie sind verheiratet?«

»Morgen fünf Jahre.«

»Glückwunsch.« Ich habe kein Recht, seinen offensichtlichen Stolz und die Zufriedenheit über seine Beziehung mit meinem eigenen Status zu vergleichen – die eine Partnerschaft unwiderruflich zerstört dank meines Verrats, die andere im Leerlauf. Es steht mir nicht zu, den bohrenden Schmerz in meinem Brustkorb als etwas anderes als eine selbstverschuldete Wunde zu bezeichnen.

Erst nachdem er Clares Kekse vollständig verputzt hat, verlässt er das Haus, und ich wundere mich über eine körperliche Konstitution, die so früh am Morgen so viel Zucker verträgt.

*

Ich haste zum Pier für den River Bus zur Arbeit. Wegen Merchison bin ich zu spät für den 7.20er und schaffe den 7.55er in allerletzter Sekunde. Auf dem Boot ist es immer noch ruhig, das Niemandsland zwischen Weihnachten und Silvester weiterhin in Sicht, die Reichen beim Skifahren oder beim Sonnenbaden an einem weit entfernten Strand. Ich bin buchstäblich einer von nur etwa einem Dutzend, die in St Mary's an Bord gehen, und es ist ein Ding der Unmöglichkeit, die Gesichter der letzten verbliebenen Pendler nicht genau zu mustern und mir Gedanken wegen der geheimnisvollen Zeugin zu machen. Eine Frau mit schwarzen Haaren und rosa Spitzen sitzt ein paar Reihen vor mir und könnte mir nicht weniger Beachtung schenken, selbst wenn sie wollte: Ihre Ohrstöpsel wie Tiere, die sich in ihren Kopf graben. Doch wenn sie diejenige ist, die mich bei der Polizei angezeigt hat, würde ich mich dann nicht erinnern, sie an jenem Abend gesehen zu haben, wo sie doch eine der auffallenderen Pendlerinnen ist? Und würde sie sich nicht hüten, *mir* hier wieder über den Weg zu laufen?

Ich halte mein Handy ans Ohr und sage laut: »Sarah?«

Nichts. Ich komme mir töricht vor, stecke das Handy zurück in die Tasche und nehme die Crew in Augenschein. Ich erkenne niemanden von der Abendschicht vor einer Woche wieder – und selbst wenn, wäre es wohl kaum ratsam, sie jetzt auszuquetschen, welche Fragen die Polizei gestellt hat und ob die Aufnahmen der Überwachungskamera offiziell beschlagnahmt wurden, um sie als Beweismittel bei einer Anklage einzusetzen.

Der Gedanke lässt mich laut aufstöhnen, und die rosa Spitze wirft einen Blick über die Schulter. Ihre Augen durchbohren mich, aber nicht voll Mitgefühl oder Neugierde, sondern argwöhnisch, als glaubte sie, ich wäre psychisch labil. Ich lächle, aber das macht die Sache wahrscheinlich nur noch schlimmer, und als wir vor der nächsten Haltestelle abbremsen, setzt sie sich um.

Ich ordne meine Gedanken und suche nach losen Enden. Dann hinterlasse ich eine Nachricht für meinen Vater: »Tut mir leid, Dad, aber ich muss für morgen absagen. Die Sache ist die: Clare und ich machen gerade eine schwierige Phase durch, und sie will keine Gäste, nicht mal Familie.« Ich komme mir wie ein Mistkerl vor, weil ich ihn im Stich lasse und gleichzeitig Clare die Schuld in die Schuhe schiebe. Wie es scheint, zieht beschissenes Verhalten beschissenes Verhalten nach sich.

»Jamie, alles gut?«

Es ist Steve – Herrgott, sind wir schon in North Greenwich? –, und ich erinnere mich an meine Nachricht an ihn, mein idiotisches Verhalten, das von wichtigeren Angelegenheiten in den Hintergrund gedrängt worden war. Da der Rest meiner Reihe unbesetzt ist, habe ich keine Hoffnung, einer Plauderei mit ihm zu entgehen.

»Du bist auch zu spät dran?«

»Verschlafen.« Er leckt sich einen Fleck Zahnpasta vom Mundwinkel. »Was zum Teufel sollte deine Nachricht vom Samstag?«

»Tut mir leid. Ich hatte getrunken, und bei der Sache mit Kit ist mir irgendwie die Sicherung durchgebrannt. Jemand hat der Polizei Mist erzählt und gesagt, ich hätte etwas damit zu tun.«

Er nimmt seine Brille ab, wischt sie sauber und richtet seine großen, halbblinden Augen auf mich. »Quatsch. Ich würde niemals einen Freund verpfeifen, selbst wenn ich glaube, dass er Dreck am Stecken hat.« Er setzt seine Brille wieder auf und scheint die Kratzer in meinem Gesicht erst jetzt zu bemerken. Ich beobachte, wie er sich bewusst entscheidet, nicht nachzufragen. »Was ist der neueste Stand der Dinge? Du glaubst nicht, er könnte einfach weggefahren sein, ohne es Melia zu erzählen?«

»Ich hoffe, dass es so ist«, erwidere ich. Schon jetzt spüre ich, dass mir dieses Gespräch Trost spendet. Steves Bauchgefühl stimmt mit dem überein, was ich Parry und Merchison am Anfang aufgezeigt habe: Kit ist verschwunden, weil es seiner Natur entspricht.

Steve runzelt die Stirn. »Vielleicht weiß er überhaupt nichts von diesem ganzen Theater. Warum findet man nichts online darüber? Würde er einen Bericht lesen, dann wäre ihm sicherlich klar, dass Menschen sich Sorgen machen, und er würde sich bei ihr melden. Oder bei *irgendjemandem*.«

»*Falls* er online ist«, zeige ich auf. »Sein Handy ist ausgeschaltet – all meine Nachrichten kommen zurück.«

»Ja, meine auch.«

Ich senke die Stimme. »Unter uns gesagt: Ich glaube, die Polizei geht davon aus, dass es etwas mit Drogenstreitigkeiten zu tun haben könnte. Hat Kit bei dir erwähnt, er könnte in solcher Art von Schwierigkeiten stecken?«

»Drogen?« Gemischte Emotionen huschen über Steves Gesicht. Vielleicht erinnert er sich gerade an meinen halbherzigen Vorschlag von einer Intervention vor ein paar Wochen, an seine eigene herablassende Zurückweisung meiner Anspielung, Kit könnte ein Problem haben. *Leben und leben lassen* hört sich jetzt wie ein schlechter Ratschlag an. »Nun, ich weiß, dass er knapp bei Kasse war, aber ich hatte nicht das Gefühl, er würde ständig über die Schulter schauen. Ich frage mich, ob Gretchen von ihm gehört hat.«

»Sie ist bis Silvester weg. In Marokko.«

»Wirklich?«

Wir sehen uns an, und ich kann seine Gedanken erraten: Könnten Kit und Gretchen für ein ausgedehntes Liebeswochenende in der Sonne durchgebrannt sein? Ein Techtelmechtel war nie bestätigt worden, aber wann hatte das im Lauf der Jahrhunderte schon einmal die Millionen von Treulosen davon abgehalten? (Seien wir mal ehrlich, ich bin der beste Beweis!)

»Du glaubst doch nicht ...? Hätte sie gewagt, die Polizei anzulügen, als sie sie angerufen haben, um sich nach ihm zu erkundigen?«, frage ich.

»Das ist zumindest möglich«, erwidert Steve.

»Was ist mit den Flughäfen? Man würde doch annehmen, sie hätten die Passagierlisten als Teil ihrer Suchaktion überprüft.«

»Vielleicht ist das etwas, was man nicht so leicht oder so rasch bewerkstelligen kann. Sollen wir sie anrufen? Schauen, ob sie rangeht?«

Als ich höre, dass er Gretchen in der Leitung hat, konzentriere ich mich auf die gläserne Kuppel am Eingang der Fußgängerunterführung am Greenwich Pier und gestatte meinem Verstand, die Gegenwart auszublenden und sich das Gebäude vor meinem inneren Auge vorzustellen, wie es um die Wende zum 20. Jahrhundert in die Höhe gezogen wurde. Welche Krisen hatte die Menschheit damals zu bewältigen? Hatten die Katastrophen sie unangekündigt ereilt, oder waren sie von ihnen selbst verursacht worden? Waren damals Kits und Jamies und Steves unter ihnen gewesen? Melias?

Ich kenne mich gut genug, um zu wissen, dass dieser jähe Hunger nach einem Perspektivenwechsel, der Wunsch, mich im Vergleich zur Menschheitsgeschichte zu einem Staubkorn zu degradieren, in Wirklichkeit eine List ist, meine Schuldgefühle und meine Angst schrumpfen zu lassen.

»Glück gehabt?«, frage ich, als er das Telefonat beendet.

»Nein. Sie ist in Marrakesch, da hast du recht, aber sie dachte, ich würde *sie* wegen Neuigkeiten anrufen. Ich habe sie aufgeweckt, also ist sie entweder eine brillante Schauspielerin, oder sie weiß sogar noch weniger als wir beide.«

»Nun, es war einen Versuch wert.«

Bis zur Tower Bridge, wo er von Bord geht, sitzen wir in angespanntem Schweigen da.

»Irgendwas Schlimmes ist passiert, nicht wahr?«, sagt er anstelle einer Verabschiedung.

Ja hört sich zu krass, zu brutal an, weshalb ich stattdessen sage: »Wir können nichts anderes tun als hoffen«, und er eilt leicht humpelnd, den Kopf gesenkt, in Richtung Tür.

Ich würde einen Freund niemals verpfeifen. Also doch kein Feind, wie ich angenommen hatte, aber trotzdem zu spät für einen Verbündeten. Ich frage mich, ob er seine Theorie über Gretchen der Polizei gegenüber erwähnen wird, sollten sie sich noch mal bei ihm melden.

Die Flut ist höher, als ich sie jemals erlebt habe. Als wir unter den mit goldenen Nieten verzierten roten Bögen der Blackfriars Bridge hindurchgleiten, stelle ich mir vor, wie der Fluss schwallartig über die Ufer bricht, uns ans South Bank spült und die Menschen laut schreiend vor dem schlammigen doppelwandigen Monster fliehen.

34

30. Dezember 2019

Das Comfort Zone bleibt weiterhin in beunruhigender Weihnachtsstimmung. Plumpudding und Ingwer Latte sind seit zwei Wochen unsere Spezialität des Hauses, und obwohl allein der Gedanke, einen zu trinken, mich zum Würgen bringt, verkauft er sich besser als alles andere auf unserer Karte. Regan, die immer noch eine Elfenmütze und glitzerndes Weihnachts-Make-up trägt, obwohl Santas Besuch schon fünf Tage her ist, hat zumindest die Efeuranken auf jedem Tisch durch Mistelzweige ersetzt.

Sie späht mir ins Gesicht und verlangt im Gegensatz zu Steve eine Erklärung. »Was ist passiert? Du siehst aus, als wärst du von einer Katze angegriffen worden.«

»So in etwa«, erwidere ich.

»Du bist nicht gebissen worden, oder? Nach einem Biss brauchst du eine Tetanusspritze. Katzenzähne sind so winzig, dass die Haut über der Wunde verheilt und die Infektion einschließt.«

»Ich glaube, mein Tetanusschutz ist noch ausreichend.«

»Gibt's was Neues von deinem vermissten Freund?«

»Noch nicht.«

Ich lese die gemischten Emotionen in ihrem Gesicht: Sie ist berauscht vom plötzlichen Drama im Leben ihres Kollegen, aber angewidert von der Ungehörigkeit körperlicher Gewalt. Und dann ist da die verwirrende Art, wie ihr Gehirn die beiden Dinge miteinander verknüpfen will.

Eine Gruppe Frauen mit Babys nimmt fast den ganzen Vormittag unseren größten Tisch in Beschlag und baut einen Hindernisparcours aus Kinderwagen und Buggys, der den Unterschied zwischen Leben und Tod bedeuten könnte, da sie den Weg zum Notausgang bei den Toiletten versperren. Einige Babys sind pausbäckig und süß, genau wie Babys sein sollten, während andere wie winzige Männer mit kantigen Gesichtern aussehen, die mit aller Gewalt aus den Armen ihrer Mütter entfliehen wollen und bereits jetzt anfangen, Autoritäten zu widersprechen.

Ein jäher Schwindel packt mich – eine Erinnerung an das erste Treffen mit Kit, seine Beschwerde über die Mütter in St Mary's – *es wäre ihnen lieber, wenn man von einem Bus überrollt wird!* – mit diesem beißenden Witz, den er an den Tag legt, wenn er in guter Stimmung ist, neue Menschen trifft und seine gesamte Energie in sein eigenes Charisma steckt.

Endlich bestellen die Mums Heißgetränke, und ich bin dankbar für den Lärm des Milchschäumers, den ich normalerweise hasse, dieses mechanische Kreischen, das sämtliche menschliche Stimmen in Hörweite überdeckt.

Doch bei der erstbesten Gelegenheit fährt Regan mit ihrer Inquisition fort. »Wie lang ist es her? Das mit deinem Freund, meine ich.« Sie beginnt, den Müll fürs Recycling zu trennen, während wir uns unterhalten, und ich helfe halbherzig mit, lege Kartons flach zusammen und fische die nicht recyclingfähigen Chipspackungen heraus.

»Fast eine Woche.«

»Wie lang dauert es, bevor jemand, du weißt schon, für tot erklärt wird?«

»Keine Ahnung. Jahre, schätze ich.«

»*Jahre?*« Sie hält mitten in der Bewegung inne, und ihre Stimme wird lauter. »Wie sollen seine Familie und seine Freunde nur in dieser Schwebe leben? Ohne zu wissen, ob er vielleicht brutal ermordet wurde?« Bei diesen Worten blicken zwei der Mums stirnrunzelnd auf – als würden ihre Babys, die sowieso nichts verstehen, von unserer unappetitlichen Unterhaltung verdorben werden. »Müssen sie seinen Job für ihn freihalten?«

»Juristisch gesehen wahrscheinlich schon, aber unter uns bezweifle ich, dass er einen großen Verlust für die Versicherungsbranche darstellt. Seiner Meinung nach hat er ihnen lediglich mit seiner Anwesenheit einen Gefallen getan.«

Es fühlt sich gut an, etwas Negatives über Kit sagen zu können. Nur weil jemand als vermisst gemeldet wurde, bedeutete es nicht, dass er kein Arschloch ist.

Das sage ich natürlich nicht zu Regan.

Mein Handy brummt. Dad hat eine Voicemail hinterlassen und mir versichert, dass er liebend gern eine Einladung eines Nachbarn zu Silvester annimmt, bevor er ein überraschendes Eingeständnis macht: »In Frankreich, da habe ich mich wegen dir und Clare gewundert. Ich hoffe, ihr könnt die Sache aus dem Weg räumen, sie ist ein tolles Mädchen.«

Ich stelle mir Clare vor, wie sie seine Nachricht hört und ihn aufzieht, weil er sie als Mädchen bezeichnet hat. Ohne ein Geheimnis daraus zu machen, dass sie gleichzeitig erfreut ist. Ich frage mich, ob sie in Kontakt bleiben werden, sobald die Neuigkeit über unsere Trennung im Umlauf ist. Wie könnte es anders sein, als dass er dann Partei für sie ergreift?

Regan missversteht meinen melancholischen Gesichtsausdruck und nimmt an, er stehe im Zusammenhang mit dem Mutter-Kind-Tableau vor uns. »Ich wette, das relativiert vieles, nicht wahr, diese Geschichte mit deinem Freund? Rückt Dinge in ein neues Licht. Wolltest du jemals Kinder? Du und deine Partnerin?« Bei ihr klingt es wie ein geriatrisches Dilemma aus tiefster Vergangenheit. Ich habe ihr noch nicht erzählt, dass ich nicht mehr mit Clare zusammen bin, und quäle mich ein paar Sekunden mit der Frage, ob es einen Schatten auf meinen Charakter werfen würde, wenn später herauskommt, dass ich sie absichtlich auf eine falsche Fährte geführt habe. Ich ermahne mich, nicht zu viel über das alles nachzudenken. »Nein. Viel zu beängstigend.«

»Ich weiß, was du meinst«, pflichtet sie mir bei. »Es ist echt das Furchteinflößendste, was ich mir vorstellen kann.«

Ich schaffe es köstliche 30 Sekunden, mir einzureden, dass tatsächlich das Furchteinflößendste ist, das ich mir vorstellen kann, ein Baby zu knuddeln, während man sich über seinen Kopf hinweg mit einem anderen Erwachsenen unterhält. Doch dann erinnere ich mich an DC Merchison vor meiner Haustür heute Morgen und an seine Entschlossenheit, über meine Türschwelle zu treten und einen Weg zu finden, sein Bauchgefühl mit Beweisen zu unterfüttern, dass mir nicht über den Weg zu trauen ist. Dass ich ihm alles Mögliche erzähle außer dem, was tatsächlich nützlich ist.

*

Obwohl Regan mich früh nach Hause schickt, weil nach der Müttergruppe so wenig los ist, ist es bereits dunkel wie die Nacht, als ich auf dem Heimweg das Boot betrete. Das Thekenpersonal bietet ein zweites Stück schokoladigen Baumkuchen gratis an und sahnt kräftig mit Trinkgeldern ab. Weihnachtslieder werden gespielt: *Good tidings we bring* … was mich natürlich an Melia erinnert. Ich stelle mir vor, wie ich in St Mary's ankomme, den Royal Way entlanggehe, an meiner Abzweigung zum Prospect

Square vorbei und weiter über die Hauptstraße in Richtung Tiding Street, bis ich wie ein Stalker unter ihrem Fenster stehe. Doch ich weiß es besser, als dieser Versuchung nachzugeben. Ich beiße von meinem Kuchen ab, wobei Glasur an meiner Oberlippe klebenbleibt, und fange an zu kauen. Er schmeckt abgestanden. Der River Bus lässt sich Zeit, von der Anlegestelle wegzukommen. Der Fluss ist mit abendlichen Ausflugsbooten überfüllt. Das Lied geht in »Let It Snow« über. Auf der anderen Seite der Themse, am Embankment, leuchten die Ampeln rot, so weit das Auge reicht.

*

Als ich zu Hause ankomme, ist Clare bereits da und immer noch in ihrem Hosenanzug, den sie in der Arbeit trägt, nicht in der Yogakleidung, in die sie normalerweise schlüpft, sobald sie durch die Tür ist. Im Wohnzimmer sind auf dem Couchtisch kleine Häppchen angerichtet, verlockend drapiert auf einem Hochglanztablett neben einer Karaffe mit eiskaltem Wasser und drei Gläsern. Ich sehe die Aufforderung voraus, mich zu verdrücken.

»Erwartest du Gäste?«

»Piers' Kontaktperson kommt vorbei, um sich mit uns zu besprechen. Er heißt Kelvin.« Sie redet mit mir, wie ich sie mit der Putzkraft und anderem Hilfspersonal habe reden hören. Penibelst demokratisch, emotional unnahbar. Aber besser als die wütende Verachtung, die in meinem Fall die Alternative wäre.

»Du meinst den Ermittler? Das ging aber schnell.«

»Es war ein Express-Service. Und außerdem, wie lang kann das schon dauern? Sie sitzen doch bloß am Laptop, oder?«

Knacken Passwörter. Brechen das Gesetz. Stehlen Daten, wie ein Herumtreiber Schmuck und Bargeld klaut. Während ich mir ein alkoholfreies Lager aus dem Kühlschrank hole und mich zu dieser äußerst merkwürdigen Konferenz geselle, spüre ich, wie die flatternden Flügel der Vorahnung in meinem Magen schlagen, als könnten die nächsten zwei Stunden mein gesamtes Schicksal verändern.

»Apropos«, sagt sie. »Ich habe heute bei Kit im Büro angerufen.«

»Wirklich?« Ich erinnere mich an meine eigene Frage an Merchison wegen Kits Kollegen, seinen sofortigen Protest. »Sollten wir das denn tun?«

»Ich sehe keinen Grund, warum nicht. Ich habe gesagt, ich wäre eine Freundin der Familie.«

»Was haben sie gesagt?«

»Dass er Urlaub hat. Sehr diplomatisch. Ich schätze, zu dieser Jahreszeit ist es ein Kinderspiel, die Sache zu vertuschen, wo sowieso nur eine Minimalbesetzung im Büro ist.« Beim Klang der Türklingel springt sie auf. »Das wird Kelvin sein.«

Ich hatte mir ein Wunderkind vorgestellt, das gerade erst aus der Schule ist, doch er ist in den Vierzigern, mit Schmerbauch und schütterem Haar. Er präsentiert seine Ergebnisse mit der aufmunternden Art eines Menschen, der am Bett eines Kranken steht, oder als wäre er ein Finanzberater, der unsere Altersvorsorge mit uns bespricht.

Doch Clare und ich sind sofort fasziniert von der zweifelsfrei düsteren, chaotisch verzwickten Lage, in der Kit und Melia stecken: Studiendarlehen und mehrere andere Kredite in Folge, alle mit exorbitant hohen Zinsen; offene Kreditkartenrechnungen; Mietrückstände in der Tiding Street plus drei Monate Mietschulden für die Wohnung, in der sie zuvor gelebt haben und die der Vermieter immer noch einzutreiben versucht. Eigenmächtige Kontoüberziehungen mit exorbitanten Gebühren. Ein Aufschub bei einigen der Darlehen und eine Verringerung der Zahlungen haben nur für kurzzeitige Erleichterung gesorgt, und ihre Gehälter können das finanzielle Fass ohne Boden nicht einmal ansatzweise füllen. Seit ich keinen regelmäßigen Kontakt mehr mit Melia habe, wurde ihnen in der Tiding Street fristlos gekündigt und mit dem Gerichtsvollzieher gedroht, sollten nicht sämtliche Schulden beglichen werden.

»Es ist offensichtlich, dass sie die Summe nicht aufbringen kann und dann zwangsgeräumt wird«, sagt Clare. »Ich hoffe, sie kann bei irgendjemandem unterkommen.«

»Rechtlich hat sie bis Ende Januar Zeit«, sagt Kelvin, »selbst wenn der Gerichtsvollzieher vorher die Möbel mitnimmt.«

»Sie hat Freunde«, sage ich und denke an Elodie und ihre Drohung, die Polizei zu rufen. Es ist erstaunlich, dass wir alle von der Annahme ausgehen, Melia wäre in absehbarer Zeit Single.

»Wirklich, sie hätten sich deswegen Hilfe holen müssen«, sagt Kelvin. »Zumindest hätten sie die staatliche Schuldnerberatung anrufen können und ein paar Ratschläge für eine Umschuldung erhalten.«

»Dafür sind sie viel zu stolz«, erklärt Clare scharfsinnig. »Ich schätze, sie haben einfach den Kopf in den Sand gesteckt.«

Wohl eher in weißes Pulver, denke ich und kaue eine gefüllte Olive. Obwohl Clare und ich uns noch nicht einmal eine Schüssel Erdnüsse geteilt haben, seit meine Affäre ans Licht kam, bediene ich mich reichlich an den Snacks, da ich sicher bin, nicht gemaßregelt zu werden. Den Schein zu wahren, ist ihr wichtig, weshalb sie mich vor einem Fremden nicht demütigen wird.

Kelvin kommt ans Ende seiner Liste der Schande. »Am zweiten Dezember haben sie eine neue Kreditkarte erhalten und konnten fast 10 000 Pfund abheben.«

»10000?«, wiederholt Clare ungläubig. »Nun, ganz offensichtlich haben sie die nicht für die Miete benutzt.«

»Haben sie andere Darlehen abbezahlt?«, schlage ich vor.

»Dafür gibt es keine Hinweise. Da das Geld bar abgehoben wurde, schätze ich, dass es für den persönlichen Gebrauch war, für etwas, von dem sie nicht wollten, dass es nachverfolgt werden kann.« Er macht eine Pause und blickt Beifall heischend zu Clare. Augenscheinlich wird er gewährt, denn Kelvin wirft sich in die Brust, als würde er gleich etwas Bedeutsames sagen. »Wenn Sie meine Meinung hören wollen, dann könnten Sie und Piers recht haben.«

»Womit recht?«, frage ich, doch er antwortet nicht. Ich drehe mich zu Clare. »Bitte, sag schon!«

Bei dem Blick, den sie mir nun zuwirft, dreht sich mir der Magen um. Es ist ein bohrender, komplizierter Blick, Ausdruck von extremen und widerstreitenden Gefühlen. Ein Blick, der sagt: *So sehr ich es hasse, einem Mistkerl wie dir zu helfen, werde ich es wohl oder übel tun, denn was hier los ist, ist verdammt noch mal viel zu ernst für Parteipolitik.*

Eingeschüchtert, beschämt und von echter Angst gepackt, wiederhole ich meine Frage, wovon genau sie da reden.

Schließlich erklärt sie mir: »Wir glauben, Kit und Melia wollen dir etwas anhängen.«

35

30. Dezember 2019

Es folgt ein Moment des grässlichen, halsbrecherischen freien Falls, in dem ich nichts anderes tun kann, als sie mit offenem Mund anzustarren. Schließlich bin ich wieder Herr über meine Stimmbänder: »Mir was anhängen?«

Clares Gesichtsausdruck wird noch ernster. »Sie geben vor, ihm wäre etwas Schreckliches passiert, etwas, das *du* verschuldet hast, damit Melia Kits Lebensversicherung abkassieren kann.«

Etwas, das du verschuldet hast. Mein Herz rast, und ich fürchte, mich gleich übergeben zu müssen.

»Es ist eine wirklich gute Police, immerhin arbeitet er an der Quelle. Die Mindestauszahlung beträgt weit über eine Million.«

Ich stelle meinen Teller ab. »Und das glaubt ihr, weil sie einen Batzen Bargeld abgehoben haben?«

»Ja. Man braucht Bargeld, wenn man untertauchen will. Du darfst keine Geldautomaten benutzen oder kontaktlos bezahlen. Du darfst nichts tun, das mit deiner alten Identität in Verbindung gebracht werden kann.« Clare blickt zu Kelvin, um ihre Worte bestätigt zu bekommen, und er nickt entschieden.

»Alte Identität?« Die Muskeln in meinen Wangen sind taub vor Schock. »Das verstehe ich nicht.«

»Ich weiß, es hört sich verrückt an, aber Piers und ich haben es eingehend besprochen, und wenn du es dir einmal vor Augen führst, ergibt alles Sinn. Sie haben es womöglich seit langer Zeit geplant, wahrscheinlich seit Monaten. Deine kleine Affäre mit ihr mag Teil ihrer Strategie gewesen sein ... Ich nehme an, sie war diejenige, die den ersten Schritt getan hat?« Wiederum blickt Clare zu Kelvin, der diesmal in sein Sprudelwasser späht. Sein Kopf hat sich, abgesehen von einem weißen Ring um seinen Haaransatz, rosa verfärbt.

Mein Mund ist so trocken, dass meine Zunge oben am Gaumen klebt. Ich schäle sie von dort ab, um ein Wort zu wiederholen: »Strategie?«

»Ja. Um ein Motiv zu konstruieren, weshalb du Kit umgebracht hast. Du meintest, die Polizei hätte dich während der Befragung so gut wie beschuldigt. *Und* du meintest, Kit hätte wegen dir und ihr Verdacht geschöpft. Nun, ich wette, er hat die ganze Zeit davon gewusst. Vielleicht war es von Anfang an seine Idee.«

»Herrgott, Clare!« Meine Sinne geraten unter Beschuss: Neben dem ausgetrockneten Mund und den starren Gesichtszügen baut sich ein Brennen hinter meinen Augen auf, ein Klingeln in meinen Ohren.

Sie fährt fort: »Denk nach! Es ist kein Zufall, dass du die letzte Person warst, die ihn lebend gesehen hat ... Das war ihr Plan. Vergangener Montag war der perfekte Abend, um ihn in die Tat umzusetzen: eine kleine Weihnachtsfeier, alle waren betrunken. Es wäre für ihn ein Kinderspiel gewesen, einen Streit vom Zaun zu brechen und sicherzustellen, dass eine Überwachungskamera in der Nähe ist. Der Umstand, dass du am nächsten Morgen nach Edinburgh abgereist bist, war das Sahnehäubchen – es erweckt den Eindruck, als hättest du nicht schnell genug aus der Stadt verschwinden können. Währenddessen hilft Melia ihm beim Untertauchen und meldet ihn bei der Polizei als vermisst. Gesteht ihre Affäre ein, behauptet, sie hätte Angst, du wärst eifersüchtig oder besitzergreifend. Sie muss dich nicht mal selbst beschuldigen. Es ist Aufgabe der Polizei, eins und eins zusammenzuzählen, und du kannst dein Leben drauf verwetten, dass sie es tun werden. Haben sie sich seit Freitag noch mal bei dir gemeldet?«

»Ja.« Ich schlucke und versuche angestrengt, ihrem Bericht zu folgen, der erschreckend glaubhaft klingt. »Einer der Detectives hat mich heute Morgen hier abgepasst.«

»Die Polizei war heute Morgen hier? In diesem Haus?« Ihre Stimme hebt sich um eine Oktave. »Das ist kein gutes Zeichen, Jamie. Diese Drogengeschichte ist definitiv ein Ablenkungsmanöver, wahrscheinlich, um dich in falscher Sicherheit zu wiegen. Kit und Melia – die treiben ein falsches Spiel mit dir!«

Ich weiß, wann Clare von etwas überzeugt ist, und das ist sie jetzt. Ihre Nachdrücklichkeit ist ansteckend, was meinen Puls zum Hämmern bringt. Ich wende mich an Kelvin für eine ausgewogenere Einschätzung. »Was hat es mit dieser Lebensversicherung auf sich? Sie zahlen doch nichts aus, nur weil jemand als vermisst gilt, oder?«

»Nur, wenn die versicherte Person für tot erklärt wird«, erwidert er schlicht.

»Kapierst du's denn nicht?«, ruft Clare. »Menschen neigen dazu, für tot erklärt zu werden, wenn jemand für ihren Mord hinter Gitter kommt! Und man braucht nicht immer eine Leiche als Beweis. Wir haben es doch bei diesen True-Crime-Dokus gesehen, das kann wirklich passieren!« Sie hat sich in Rage geredet und zieht rabiat an den Wurzeln ihres Ponys, bis eine Strähne ihres blonden Haars absteht.

Ich versuche, meinen Atem zu beruhigen und Clare etwas Wind aus den Segeln zu nehmen. »Lass uns das genau durchgehen.

Du willst damit sagen, Kit hat seine eigene Ermordung vorgetäuscht und ist absichtlich verschwunden. Wo, glaubst du, hält er sich versteckt? In Rio? An der Costa del Sol?«

Ich hatte es sarkastisch gemeint, doch sie antwortet mir ernst: »Du hast recht. Es wäre gut, wenn wir herausfinden, ob sein Reisepass fehlt. Die Polizei hat das gewiss schon überprüft, nicht wahr? Oder er ist näher, als wir denken – das sind Leute häufig, wenn sie untertauchen. Erinnerst du dich an diesen Typ, der seinen eigenen Tod bei einem Kanuunfall fingiert hat? Wie sich später herausstellte, hat er die ganze Zeit über nur zwei Türen weiter vom Haus seiner ›Witwe‹ gelebt.«

Als ich noch tiefer erröte, brennen die Wunden auf meinem Gesicht. »Willst du damit sagen, dass er immer noch in St Mary's ist?«

Kelvin, der an seinen Fingerspitzen geknabbert hat, lässt die Hand sinken und schaltet sich ein: »Das weiß ich nicht. Es gibt nicht viele Immobilien, die man bar mieten kann. 10 000 Pfund reichen in London nicht lang.«

Clares Augen funkeln, als eine neue Idee in ihr keimt. »Und wenn sie überhaupt nichts zahlen? Er könnte irgendwo illegal wohnen. Wir könnten damit anfangen, die Wohnungen zu überprüfen, die Melia in den vergangenen paar Wochen Kunden gezeigt hat. Manchmal stehen sie tagelang, wenn nicht gar Wochen leer. Sie könnte ihn von einem Ort zum nächsten schicken und ihn vorwarnen, wenn es eine Besichtigung gibt oder die Putzkräfte kommen oder was weiß ich. Möglicherweise hat sie den Job genau mit diesem Hintergedanken angenommen. Hat alles bis ins kleinste Detail geplant und dann nur nach einem Sündenbock gesucht. Sie ist unglaublich attraktiv, Kelvin. Sie hätte auf jeden abzielen können, und er wäre ihr in die Falle getappt. Ich zeige Ihnen ein Foto auf meinem Handy ...«

Sie hätte auf jeden abzielen können: Als Kelvin Melias außerge-
wöhnliche optische Reize bestätigt (soweit ich sehen kann, ein
Hochzeitsfoto), hallt der Satz in meinen Ohren nach und bringt
mich aus dem Gleichgewicht. Ich wiederhole mein Mantra: *Vertrau mir, Jamie.*

»Die Polizei muss ihr Handy überprüfen«, fügt Clare hinzu.
»Nachsehen, ob sie mit einer unbekannten Nummer kommuniziert hat. Frag sie, Jamie, wenn du das nächste Mal mit ihnen
sprichst.«

»Wenn sie all diese Anstrengungen unternommen hat, wird sie
gewiss ein Prepaidhandy benutzen, das man nicht zu ihr zurück-
verfolgen kann«, sagt Kelvin.

»Vielleicht. Aber sie ist keine professionelle Kriminelle, also
wird sie Fehler machen. Wie die belastenden Unterlagen zu diesem Kredit, den Sie gefunden haben, was gut für uns ist. Gut für
Jamie.« Da ist ein Anflug von Zärtlichkeit in ihrer Stimme, doch
sie korrigiert sich sofort, als sie sich erinnert, dass wir jetzt getrennt sind, dass es kein *uns* mehr gibt, was umgekehrt einen
jähen Schmerz in meiner Brust verursacht. Ich lag falsch in der
Annahme, sie hätte einen perfiden Hintergedanken gehegt, als
sie diese Recherche in Auftrag gab – nur ein ganz besonderer
Mensch besitzt den Anstand, seinen fremdgehenden Ex so zu verteidigen.

Meine Zähne bohren sich in meine Unterlippe, bis sie fast die
Haut durchbrechen. »Ich bin mir nicht sicher, Clare. Das ist ein
bisschen extrem. Ich meine, er musste doch andere Optionen gehabt haben, oder? Er hätte zum Beispiel eine Privatinsolvenz be-
antragen können.«

»Nicht, wenn er das Geld von der Versicherung wollte.«

»Ich glaube auch nicht, dass sie auf mich abgezielt hatten«, sage
ich, und ein jäher Schwall an Emotionen prallt an mir ab.

Es folgt eine kurze Stille. Die Luft zwischen Clare und mir ist aufgeladen, regelrecht entflammbar.

»Es gibt noch eine Möglichkeit«, erklärt Kelvin mit Fingerspitzengefühl. »Was, wenn das gar kein Versuch ist, jemandem etwas in die Schuhe zu schieben, sondern nur ein von langer Hand geplanter Betrug, in den Jamie nun irgendwie zufällig verwickelt ist?«

»Fahren Sie fort«, sagt Clare.

»Nun, es stimmt, man würde schneller an die Versicherungssumme gelangen, wenn es eine Verurteilung wegen Mordes gibt, aber wahrscheinlich würde man sie trotzdem irgendwann erhalten, nur eben später. Laut meinen Recherchen dauert es ungefähr sieben Jahre, bis man einen offiziellen Totenschein bekommt.«

»Sieben Jahre? Selbst bei Kit, der bei einer Versicherung arbeitet?«

»Ja. Ich habe mir die Standardpolicen für Angestellte von De Warr angesehen, und es gibt nichts, was darauf hindeutet, dass sie vor den üblichen Fristen zahlen würden. Es ist nicht so, als wäre man bei einem Flugzeugunglück umgekommen, sondern ihm könnte alles Mögliche zugestoßen sein. Die Frage ist die: Ist das die Sache wert, sieben Jahre lang unterzutauchen?«

»Über wie viel reden wir hier genau?«, frage ich. »Clare meinte, mehr als eine Million?«

»Es sind sogar fast zwei Millionen. Bei Angestellten legen sie im Todesfall sogar noch eine Schippe drauf. Er wird seiner Frau allerdings wirklich vertrauen müssen. Der Scheck, wenn er denn kommen sollte, wird auf den Namen von Melia Roper ausgestellt sein.«

Kit hat seinen neuen Familienstand dann wohl sofort weitergegeben, denke ich. Es scheint eine Ewigkeit her zu sein – der Champagner in Greenwich –, aber es sind erst gut vier Monate.

Clare atmet ein, und das Weiten ihrer Augen deutet einen weiteren Geistesblitz an. »Ich wette, das ist der Grund, weshalb sie geheiratet haben. Das hat die Police irgendwie rechtswirksam gemacht.«

»Sie erhöht zumindest den Auszahlungsbetrag«, erklärt Kelvin. »Wir müssen der Polizei von alldem erzählen.« Clare ist fest entschlossen, auf der Stelle zum Polizeirevier zu stürmen, und mein Herz macht einen heftigen Satz.

»Es ist definitiv eine Theorie, die man weiterverfolgen sollte«, sage ich. »Wow. Das ist ganz schön viel, was ich verdauen muss.«

»Sie sind nicht allein«, erwidert Kelvin als eine Art Fazit, und ich erkenne, dass er, obwohl meine »Affäre« zur Sprache gekommen ist, annimmt, wir wären immer noch zusammen. Er bewundert Clare für die Energie und Intelligenz, mit der sie ihren Mann verteidigt.

Er steht auf und schickt sich zum Gehen an. Ich höre sie an der Tür: Clares Beteuerung, dass sein Name außerhalb dieser vier Wände mit keiner Silbe erwähnt wird, vor allem nicht bei irgendeinem Gespräch mit der Polizei. Ich durchwühle den Kühlschrank nach einem weiteren alkoholfreien Lager, und als ich zurück ins Wohnzimmer komme, sitzt Clare mit ihrem Laptop auf dem Sofa.

»Was tust du da?«

»Ich suche auf der Website der St Mary's Police nach einer Nummer von deinem Typen, aber sie scheinen dort keine Detectives zu listen, nur Constables.«

»Ich glaube, sie kommen vom Revier in Woolwich, das wird ein viel größeres Team sein.« Ich schiebe mich näher an sie heran, gebe jedoch acht, keinerlei Körperkontakt herzustellen. »Warte, Clare, bevor du dich bei irgendwas einmischst. Hast du dir überlegt, wie du erklären willst, wie du an diese Informationen gelangt bist? Ich will nicht, dass du meinetwegen Probleme bekommst.

Du hast wegen mir schon so viel durchgemacht, dass du auf gar keinen Fall deine Arbeit aufs Spiel setzen darfst.«

Sie zögert. In einem strikt reglementierten Sektor wie der Immobilienbranche könnte der leiseste Hinweis auf finanzielles Fehlverhalten dazu führen, dass Richard sich von ihr als Geschäftspartnerin trennt. Und die Zusammenarbeit mit einem Hacker ist mehr als ein leiser Verdacht.

»Du hast recht«, stimmt sie mir zu. »Vielleicht ist es besser, es ihnen anderweitig zukommen zu lassen. Du weißt schon, ein anonymer Tipp. Mal sehen, ob sie eine spezielle E-Mail-Adresse für so was auf der Website in Woolwich haben. Oh, gut, haben sie.«

Ich spähe über ihre Schulter und habe Schwierigkeiten, mich zu konzentrieren. »Wenn das nur irgendeine Verwaltungsadresse ist, werden sie es erst in mehreren Tagen lesen. Ich werde gleich morgen früh dort anrufen und mir DC Merchisons E-Mail-Adresse geben lassen. Wenn du mir Kelvins Dokumente weiterleitest, werde ich sicherstellen, dass eure Namen nicht auftauchen, bevor ich es wegschicke.«

»Guter Plan.« Ihre Finger bewegen sich über die Tastatur, und mein Handy bimmelt, als die Datei in meinem Posteingang landet.

»Danke«, sage ich. »Vielen Dank für alles.«

Wann auch immer ich mich neuerdings bedanke, sagt sie nie »gern geschehen«. Normalerweise verlässt sie sofort das Zimmer, doch bei dieser Gelegenheit ist sie noch nicht fertig. »Wenn du mit ihm redest: Es gibt da noch etwas, woran ich mich erinnert habe. In Bezug auf Kit.«

»Was?«

»Das Foto, das sie uns gezeigt haben, als wir bei ihnen zum Abendessen eingeladen waren. Das auf dem Kamin, das Kit für das Koks benutzt hat.«

Ich nehme einen Schluck von meinem scheußlichen Placebo-Lager. »Melia in *Die Katze auf dem heißen Blechdach*? Ich erinnere mich. Was ist damit?«

»Als wir am Freitag dort waren, hat es gefehlt.«

»Das ist mir gar nicht aufgefallen. Inwiefern ist das relevant?«

»Nur dass er, wenn er vergangenen Montag absichtlich verschwunden ist und wusste, dass er nie wieder zurückkehren könnte, gewiss ein paar Dinge von sentimentalem Wert mitgenommen hat.«

»Er muss unzählige Fotos von Melia auf seinem Handy haben«, zeige ich auf, doch sie wischt meine Worte mit einer ungeduldigen Geste beiseite.

»Du hast Kelvin gehört: Sie werden beide auf etwas umgestiegen sein, das nicht rückverfolgbar ist. Er darf sein altes Handy nicht mehr anschalten, sonst kann er geortet werden. Also schnappt er sich in letzter Minute das Foto, etwas Vertrautes, etwas, das er in Händen halten kann. Es ist schwer, sich zu trennen, ich meine, emotional gesehen. Man braucht Dinge, an die man sich klammern kann, insbesondere wenn es um einen so langen Zeitraum geht.«

Ich versuche, nicht mit den Schultern zu zucken. Das fehlende Foto erscheint mir wie ein belangloses Detail. Es könnte ins Schlafzimmer geräumt worden sein, oder einer von ihnen hat es während einer ihrer Auseinandersetzungen gegen die Wand geworfen. Doch mir gefällt nicht, wie Clare hier Beweismaterial zusammenträgt. Wenn sie sich dieses Detail gemerkt hat, wird sie sich auch an andere erinnern. Sie ist die geborene Ermittlerin.

»Okay, ich werde es erwähnen«, sage ich.

Zufrieden legt sie ihren Laptop beiseite, sammelt die Gläser und Teller ein und bringt sie in die Küche. Von ihrem prüfenden

Blick befreit, erlaube ich meinem Gesichtsausdruck, sich von Dankbarkeit in Entsetzen zu verwandeln.

Ich hole mein Handy heraus, aber anstatt die Datei herunterzuladen, um sie morgen früh an Merchison zu schicken, verfasse ich eine Textnachricht:

> Wie geht's dir? Du musst nicht antworten,
> wenn du nicht willst.

Dann wähle ich Melias Namen aus und drücke auf »Senden«.
Fast augenblicklich kommt ihre Antwort:

> Ich habe dich gebeten, mich in Ruhe zu lassen.

Ich schließe den Nachrichtenverlauf, sperre den Bildschirm und schleudere das Handy auf den nächsten Sessel, während ich Clare zurufe, dass ich an die frische Luft gehe, um mir Zigaretten zu kaufen.

Sie taucht im Türrahmen auf. »Glaub ja nicht, dass du hier drinnen rauchen kannst!«, faucht sie.

»Natürlich nicht«, erwidere ich demütig.

15 Minuten später, nachdem ich gewissenhaft ein Päckchen im Sainsbury's Local geholt habe, komme ich zur Ecke Tiding Street. Ich warte ab, bis ein Paar am anderen Ende sein Haus betritt und die Lichter einschaltet, bevor ich mit gesenktem Kopf zur Tür der Ropers gehe und klingle.

Melia öffnet, ohne mehr von sich preiszugeben als einen dunklen Haarschopf und Finger, die sich um den Rand der Tür krallen. »Ich habe deine Nachricht bekommen. Offensichtlich.«

»Ich war nicht sicher, ob du dich erinnerst.« Doch es ist eine dumme Bemerkung, denn Melia erinnert sich an alles, und unser

Notfallcode ist wohl kaum eine Kleinigkeit. Botschaften, versteckt vor aller Augen, darauf hatten wir uns verständigt. Keine zusätzlichen Handys, die entdeckt werden könnten, keine geheimen Threads.

Ich habe dich gebeten, mich in Ruhe zu lassen, bedeutet: »Ich bin hier, komm sofort.«

Wie geht's dir?, bedeutet: »Wir haben ein Problem.«

(*Ich hasse dich* bedeutet: »Ich liebe dich.«)

»Was gibt's Neues?«, fragt sie, und ihr Gesicht taucht auf. Ihre Augen glänzen, ihre Haut schimmert. Heute hat sie nicht geweint. »Was ist los, Jamie?«

»Es ist Clare«, sage ich, und das Zittern in meiner Stimme gleicht Lampenfieber. »Sie ist uns auf der Spur.«

36

30. Dezember 2019

Keiner von uns sagt ein weiteres Wort, bis ich ihr die Treppe nach oben gefolgt bin und die Tür sich hinter uns schließt. Ohne Vorwarnung drängt sie mich gegen die Wand und beginnt, mich leidenschaftlich zu küssen. Ich bin erschrocken, wie heftig meine Reaktion ist: Mir wird heiß, jede einzelne Nervenzelle auf meinem ganzen Körper lodert auf.

»Dein Herz spielt verrückt«, sagt sie, mehr aus Verwunderung als aus Besorgnis. »Sag mir, was los ist ... Sie weiß, dass wir zusammen sind?«

Einen Moment lang habe ich vergessen, dass Melia keine Ahnung wegen der Szene am Freitag hat, bevor wir hier vorbeigekommen waren, oder von Clares kurzem Abstecher am Wochenende zu ihrer Familie. »Ja, tut sie. Aber das ist nicht das Problem. Was ich damit meine, ist: Sie weiß von *dem* hier.«

Melia tritt einen Schritt zurück, und wir sehen uns in dem schmalen Korridor fest in die Augen. Ihr scharfes Einatmen ist zu hören. »*Was?*«

»Sie hat jede Menge Zeug über deine und Kits Finanzen ausgegraben, und sie hat es im Grunde erraten. Sie will der Polizei erzählen, dass ihr versucht, mir einen Mord anzuhängen, um eine rasche Auszahlung der Versicherungssumme zu erhalten. Sie hat alles rausgefunden, Me, es ist unglaublich.«

Melias Augen sind wie Uhren, mit wild wirbelnden Zeigern, zu schnell, um ihnen zu folgen. »Wann ist das passiert?«

»Vor ungefähr einer Stunde. Sie hat diesen Typen eingeladen, damit er uns auf den neuesten Stand bringt. Ihr Cousin ist Wirtschaftsprüfer, und der hat einen zwielichtigen Hacker beauftragt, um an vertrauliche Daten zu gelangen.«

»Was für Daten? Verdammt noch mal, warum sollte sie das tun?«

Um mir zu helfen, denke ich. Denn egal, was sie behauptet, hasst Clare mich nicht. Sie liebt mich. »Weil sie eine Problemlöserin ist«, erkläre ich. Was auch stimmt. »Sie ist viel beeindruckender als diese Detectives, das muss ich schon sagen.«

Es folgt eine Pause. »Aber *denen* hat sie ihre Theorie noch nicht erzählt?«

»Nein, sie hat sie gerade eben erst *mir* erzählt. Ich habe ihr gesagt, es wäre besser, wenn es von mir kommt und dass ich die Datei an DC Merchison mailen werde. Das werde ich natürlich nicht tun, aber ich muss mir etwas Plausibles einfallen lassen, um sie zu vertrösten. Sie hat jetzt auch Geld hineingesteckt, also wird sie Resultate wollen. Ich werde eine E-Mail von der Polizei fälschen müssen.«

Während Melia mir zuhört, entspannen sich ihre Schultern ein klitzekleines bisschen. »Das musst du nicht tun. Hauptsache, du kannst es bis nach morgen hinauszögern. Erzähl ihr, dass Merchison zwei Tage über Silvester freigenommen hat und du dich mit ihm in Verbindung setzt, sobald er zurück ist. Danach spielt es sowieso keine Rolle mehr, und sie kann ihm ihre Theorie gerne auf die Nase binden, sollte sie glauben, das würde noch irgendjemanden interessieren.« Sie streicht sich die Haare hinter die Ohren. »Wenn sie ihren eigenen finanziellen Backgroundcheck durchgeführt haben, haben sie es ehrlich gesagt wahrscheinlich längst selbst in Erwägung gezogen. Was sonst? Ich habe ihnen erklärt, dass wir tief in den Miesen stecken, und De Warr wird ihnen sagen, was für eine tolle Lebensversicherung er hat. Wenn Clare es herausfinden kann, dann können die das auch.«

Es ist erstaunlich, wie schnell sie ihre Fassung zurückgewonnen hat. »Ihr habt kürzlich einen Kredit über 10 000 Pfund aufgenommen, von dem sie und dieser Typ glauben, es wäre verdächtig«, entgegne ich. »Wofür war der?«

»Für alles.« Melia fuchtelt mit beiden Händen, die Finger wie Krallen gewölbt, als steckte sämtliche Anspannung, die sie in sich trägt, darin. »Um alles bis zum Zahltag am Laufen zu halten.«

Mir fällt auf, dass es in der Wohnung wärmer ist. Die Heizung ist eingeschaltet. Jetzt ist nicht der passende Zeitpunkt, um ihre Mietrückstände zu besprechen. »Der Punkt ist der: Es spielt keine Rolle, welche Theorien irgendjemand wegen Kit aufstellt, solange dieser Jemand nicht vor Silvester handelt. Danach werden sie sowieso bei null anfangen, nicht wahr?«

Unsere Blicke treffen sich. *Wenn alles nach Plan läuft.* Ich spüre, wie mein Puls sich beruhigt. »Du hast recht. Ja. Okay. Ich wünschte nur, sie hätten einen Fahndungsaufruf gestartet oder ihre Vermisstenabteilung eingeschaltet. Es offiziell gemacht, dass er vergangenen Montag verschwunden ist.«

Sie nickt. »Das habe ich mir auch gedacht, und ich habe sie mehrmals gebeten, eine Pressemitteilung zu veröffentlichen. Ich habe ihnen angedroht, es selbst in die Hand zu nehmen. Aber sie haben ihren Boss gebeten, mit mir zu reden, irgendeine Inspector. Sie meinte, es wäre von entscheidender Bedeutung, dass wir sie es auf ihre Art machen lassen, damit keine andere Ermittlung durchkreuzt wird, die sie am Laufen haben. Sie meinte, meine eigene Sicherheit könnte auf dem Spiel stehen.«

»Im Ernst?« Das ist viel mehr, als mir verraten wurde.

»Ich glaube sogar, dass das ein gutes Zeichen ist, Jamie. Es hört sich an, als würden sie in Richtung Unterwelt ermitteln. Ich habe ihnen gesagt, ich würde mir Sorgen wegen seiner Kokssucht machen, und du hast die Drogen auch erwähnt, nicht wahr?«

»Natürlich, genau wie wir besprochen hatten.« Das war mein Modus Operandi, sobald die Polizei bei mir auftauchen sollte: Egal, wohin ihre Fragen mich führten, ich würde irgendwie einen Weg finden, die Drogentheorie zur Sprache zu bringen, idealerweise mit der Erwähnung des Flussabschnitts, an dem Junkies und Obdachlose abhängen. Selbst wenn sie den Köder nicht schluckten – was nicht passiert ist –, wäre der Zweifel gesät.

»Gut. Das einzig Wichtige ist, dass sie wissen, dass er am 23. zum letzten Mal gesehen wurde. Es steht alles in den Akten, und sein Verschwinden wird ohne großes Aufsehen untersucht. Sie haben die Überwachungsvideos überprüft, Zeugen befragt – das ist mehr als genug. Ein Medienrummel hätte die Sache vielleicht verschlimmert. Wir wollen doch nicht, dass Journalisten oder die Öffentlichkeit herumschnüffeln und morgen Abend etwas bemerken.«

»Du hast recht.« Das erinnert mich an das andere Haar in unserer Suppe. »Da ist noch etwas. Nicht groß genug, dass ich Alarmstufe Rot auszurufen würde, aber ich muss gestehen, dass es mir nicht aus dem Kopf geht.«

»Was?« Sie ist neben mir, die Hand an meinem Nacken, während ihr Daumen an meiner Wirbelsäule entlangfährt. »Sag schon!«

»Am Abend auf dem Boot nach Hause gab es einen anderen Passagier, der die Polizei mit Informationen gefüttert hat. Ich habe nicht den blassesten Schimmer, wer es sein könnte, aber die Polizei hat angedeutet, es wäre etwas Belastendes, etwas, das sie auf dem Überwachungsvideo nicht selbst gesehen haben.«

»Was für ein anderer Passagier?«, fragt sie scharf.

»Keine Ahnung, aber ich mache mir Sorgen, jemand könnte mir an dem Abend gefolgt sein.«

»Dir gefolgt sein? Wer?«

»Ich glaube, es ist eine Frau. Vielleicht jemand, den ich in der Vergangenheit verärgert habe.«

»Wenn du nicht weißt, wer es ist, dann kannst du diese Person nicht *so* schlimm verärgert haben.« Ihr Blick verengt sich zu einem schmalen Streifen Bernstein. »Das klingt nach Paranoia. Und selbst wenn dir jemand gefolgt sein sollte, wie kann das, was er zu sagen hat, in irgendeiner Weise belastend sein? Die Polizei muss dank der Straßenkameras wissen, dass du geradewegs nach Hause gegangen bist.«

»Das haben sie mir im Grunde nicht wirklich bestätigt«, zeige ich auf.

»Das werden sie noch, Jamie. Du hast nichts getan, sie können wohl kaum Beweise herbeizaubern. Komm schon, Liebling, wir wussten, es könnte ein paar schwierige Fragen geben. Wir können nicht kontrollieren, was genau die Polizei wissen will, was jeder glaubt gesehen zu haben. Alles in allem läuft es richtig gut.« Sie zögert. »Wann hast du das letzte Mal von der Polizei gehört?«

»Heute Morgen, ganz früh. Merchison ist vorbeigekommen. Und hat mich gewarnt, dich in Ruhe zu lassen.«

Ein winziges Lächeln legt sich auf ihre Lippen. »Wie lieb von ihnen. Ihr Beschützerinstinkt ist stark ausgeprägt.«

»Auch wenn sie nicht den leisesten Schimmer haben, dass sie die falsche Person beschützen.«

»Ganz genau.« Als sie meine Erschöpfung spürt – oder ist es meine Labilität? –, sagt sie: »Es dauert nicht mehr lang, wir haben es fast geschafft. Ich bezweifle, dass du noch einmal von ihnen hörst. Jetzt liegt es allein an mir.«

Auf einmal komme ich mir unzulänglich vor, ein Betrüger, der ihr Kraft raubt, wo ich doch derjenige sein sollte, der sie ihr spendet.

»Halt dich an den Plan, Jamie. Wir sind ihn hundertmal durchgegangen, wir kennen ihn in- und auswendig.«

Sie kommt auf mich zu, und wir küssen uns wieder. Meine letzten Zweifel fallen von mir ab, und mein Verstand wagt es, sich die nächsten 36 Stunden vorzustellen.

»Wer wird morgen Nacht hier bei dir sein?«

»Elodie.«

»Die Frau, das gestern bei dir war?«

»Ja. Sie ist sehr besorgt um mich. Sie weiß, ich will einfach nur einen ruhigen Abend verbringen, also wird sie keinen Versuch starten, mich zu überreden, auszugehen und groß zu feiern. Punkt halb eins wird die Schlaftablette wirken, und Elodie wird erst spät am nächsten Morgen aufwachen. Wie sieht's bei dir aus?«

»Clare wird zu Hause sein.«

»Und du brauchst wirklich keine Tablette für sie?«

»Nein. Sobald wir in unseren getrennten Zimmern ins Bett gegangen sind, wird sie nicht mehr nach mir sehen – es sei denn, um mir ein Kissen auf den Kopf zu drücken.« Mein Selbstvertrauen kehrt zurück, mein Humor. Meine Arroganz.

»Getrennte Zimmer«, wiederholt Melia. »Sie weiß also wirklich, dass wir etwas miteinander haben, wow. Sollte ich meine Tür mit zusätzlichen Schlössern verstärken?«

Ich verziehe das Gesicht. »Sie hat es am Freitag rausgefunden. Wenn sie dich also hätte umbringen wollen, hätte sie es längst getan.«

»Am Freitag? Ist das dein Ernst?« Melia schmiegt sich an mich. »Erzähl mir alles, was sie gesagt hat. Kannst du noch ein bisschen bleiben?«

Sie führt mich ins Schlafzimmer, einen winzigen Raum voller Schuhe und Taschen und Bücher und Ladegeräte und unzähliger anderer Habseligkeiten. Der kleine Schrank quillt über, auf dem Kaminsims liegt ein hässliches Kuddelmuddel an Lichterketten, die entweder kaputt sind oder vergessen wirken. Ich frage mich, ob die Bettwäsche gewechselt wurde, seit Kit das letzte Mal hier geschlafen hat. Zwischen langen Küssen beschreibe ich ihr, wie Clare von unserer Affäre erfahren hat, und bin mir nicht sicher, was ich von der sichtlichen Erregung halten soll, die meine Worte bei ihr verursachen, wobei ich allerdings schon bald von meinem eigenen Vergnügen viel zu abgelenkt bin, als dass es mich kümmern würde.

*

30 Minuten später tauche ich aus Melias Decken wie unter einer Sauerstoffmaske wieder auf – erfrischt, gestärkt. Da ich mich gerade in seinem Bett um seine Frau geschlungen habe, ist es fast beschämend, dass mir die Frage erst im Gehen in den Sinn kommt: »Apropos, wie geht's ihm?«

»Ganz okay«, sagt Melia. »Es fällt ihm schwer, die Zeit totzuschlagen, aber so ist Kit nun mal.«

Ich stelle ihn mir vor, wie er schlecht gelaunt in seiner Einsamkeit dahinvegetiert, sich rastlos nach Spielkameraden sehnt und in seinem eigenen Groll schmort.

Pass lieber auf, Jamie.

Pass lieber DU auf.

Im Grunde sind wir zwei uns überhaupt nicht so unähnlich, Kit und ich. Wir haben beide kein Problem damit, den anderen zu verraten.

Der einzige Unterschied besteht darin, dass nur einer von uns weiß, dass es der andere tut.

37

31. Dezember 2019

Silvester in London, der Neun-Millionen-Stadt. Ein Tag und eine Nacht des gedankenlosen Rausches, der Notaufnahmen, die aus allen Nähten platzen mit den Überlebenden von Pubschlägereien und Partymissgeschicken. Des Vergnügens und des Gemetzels. Die perfekte Nacht, um ein Verbrechen zu vertuschen. Jede Minute des Tages muss nachprüfbar sein. Das Comfort Zone schließt ungünstig früh, um halb fünf, und da ich weiß, dass Clare höchstwahrscheinlich bis mindestens halb sieben in der Arbeit sein wird, haste ich vom St Mary's Pier zu Starbucks auf der Hauptstraße, die Laptoptasche schwer an meiner Schulter. Den Ort habe ich gleichermaßen wegen seiner Überwachungskameras und seinem Aufgebot an forschen Mitarbeitern ausgewählt, von denen sich zumindest einer an unser Geplänkel über meine ungewöhnliche Bestellung erinnern wird: Earl Grey mit einem Extraschuss aufgeschäumter Mandelmilch. Niemand bestellt das. Ich erzähle der Thekenkraft, dass ich selbst in einem Café arbeite und noch nie eine solche Bestellung bekommen habe.

Etwas, das DC Parry gesagt hat, ploppt an die Oberfläche und sorgt für einen Moment der Beklemmung in mir: *Sie scheinen sich ja sehr sicher zu sein, was die Kameras angeht. Fast, als hätten Sie es darauf angelegt, davon erfasst zu werden.* Mit anderen Worten: Eine Unschuld, die allzu auffällig zur Schau gestellt wird, könnte auch als Schuld ausgelegt werden.

Unser WLAN hat an diesem Morgen nicht funktioniert, studiere ich ein. Da sich meine Lebenssituation verändert hat, wollte ich anfangen, mich für neue Jobs zu bewerben, und hatte in meiner Pause kurz im Netz gesurft. Mein Suchverlauf stützt diese Aussage, einschließlich einer Internetrecherche auf der Website einer großen Coffeeshopkette, und in meinem Postausgang liegt eine E-Mail an den Manager eines Cafés in Greenwich, mit der ich wegen einer offenen Stelle als Wochenendmanager nachfrage.

Dennoch ist da ein nagendes Gefühl in meinem Magen, als würden Parasiten mich innerlich auffressen.

Als ich gleichzeitig mit Clare zu Hause ankomme, sitze ich auf glühenden Kohlen, für den Fall, dass sie eine Hundertachtziggrad-Wende hinlegt und sich entschließt, mich in dieser Nacht allein zu lassen. Ich baue auf die Macht der Nachahmung, indem ich mitten am Abend ein Bad nehme und in meinen Schlafanzug schlüpfe, den hübschen Pyjama aus gebürsteter Baumwolle, den ihre Eltern mir vor ein paar Jahren zu Weihnachten geschenkt haben. Ich frage mich, was Melia glaubt, was ich im Bett trage. Sind Pyjamas in ihren Augen nur etwas für alte Männer? Wir haben keine einzige Nacht miteinander verbracht. Wenn man die einzelnen Stunden zusammenzählt, die wir gemeinsam verbracht haben, ist das lang genug, um von Liebe zu sprechen? Lang genug für blindes Vertrauen?

Ich ignoriere diese Fragen und konzentriere mich auf Clare. Die List mit dem Pyjama funktioniert, und um neun hat sie sich ebenfalls bettfertig gemacht. Wir sitzen Seite an Seite vor dem Fernseher und schauen alte Folgen von *The Big Bang Theory*.

Jeder, der zufällig durchs Fenster schaut, würde uns für ein ganz normales Paar halten, das sich gegen eine rauschende Party und für einen gemütlichen Abend zu zweit entschieden hat, kein Paar, das von seiner eigenen Entfremdung, von den streng geheimen Machenschaften des einen und der unangebrachten Wohltätigkeit der anderen gefangen ist. Clare trinkt gekühlten Chablis, doch ich enthalte mich. Selbst völlige Nüchternheit ist vielleicht noch zu wenig, um mich durch diese Nacht zu bringen.

Während einer Szene im Fernsehen, in der sich zwei Figuren trennen, fährt sie jäh zusammen. Ich frage mich, ob sie darüber nachdenkt, wie sehr sie mich hasst. Über meine schiere Unverfrorenheit, immer noch hier in ihrem Haus zu sitzen und ihre Großzügigkeit auszunutzen, ohne jeden Respekt für sie.

Sie seufzt, und ich wage die Frage: »Was?«

»Ich überlege bloß, wann dieser Detective endlich mal Gas gibt.«

Demnach ist es nicht ihr Hass auf mich, der sie aufwühlt. Ich hätte es besser wissen müssen. Clare ist eine Frau von großer Konzentrationsfähigkeit, und ihre Aufmerksamkeit hat sich von ihrer eigenen Demütigung auf die Bekämpfung eines Verbrechens verschoben. Doch ich bezweifle nicht, dass sie dorthin zurückkehren wird, und wenn das passiert, werde ich bereit sein müssen zu verschwinden.

»Sobald er wieder an seinem Schreibtisch ist, kümmere ich mich drum«, versichere ich ihr. »Übermorgen, meinte seine Dienststelle. Dann schicke ich ihm Kelvins Bericht. Die E-Mail mit unseren Theorien habe ich bereits aufgesetzt. Alles in meinem Namen, so wie wir vereinbart haben. Du wirst nicht erwähnt.«

Sie nickt zufrieden. »Ich habe heute ein paar Wohnungen von unserer Vermietungsliste abgeklappert. Diejenigen, bei denen es über die Feiertage keine Besichtigungen gab und wo ich mir vorstellen könnte, dass Melia sie für einen sicheren Unterschlupf hält.«

»Das hast du wirklich getan?« Herrgott, selbst ganz zum Schluss überrascht sie mich unliebsam mit ihrem Einfallsreichtum. »Gab es Anzeichen, dass dort jemand geschlafen hat?«

»Nein.« Sie seufzt. »Auch wenn ich nicht wusste, was ich getan hätte, *wenn* ich ihn gefunden hätte. Es war dumm zu glauben, dass ich ihn ganz allein zur Strecke bringen kann. Wahrscheinlich hätte er mich umgebracht.«

»Das hätte er natürlich nicht getan!«, protestiere ich.

»Warum nicht? Wenn es ihm nichts ausmacht, *dein* Leben zu zerstören, um sich daran zu bereichern, hätte er bei meinem vermutlich noch viel weniger Bedenken. Immerhin gehöre ich zur großgrundbesitzenden Elite, die er so hasst.«

Ich lächle, doch sie erwidert es nicht. »Ich hoffe wirklich, dass du mit alldem nicht recht hast, Clare.«

»Ich auch. Aber wenn ich falschliege, ist es in gewisser Hinsicht mehr als wahrscheinlich, dass er bereits tot ist, was kaum eine tolle Alternative ist, nicht wahr? Es wäre besser, dass wir dieses Verbrechen verhindern und dir die Haut retten. Nichts von alldem ist es wert, dass dafür ein Leben gelassen wird.«

Als ihre Aufmerksamkeit zurück zum Bildschirm wandert, überkommt mich ein eisiger Schauder, genau wie man es in Geschichten über Paranormalität liest. Etwas, das tiefer als das Körperliche geht, ein Wiedererkennen in meiner Seele der Bösartigkeit, von der ich zugelassen habe, dass sie Besitz von mir ergreift.

Im Grunde erstaunlich, dass es so lang gedauert hat, bis es schließlich passiert.

*

2020 klingt in meinen Ohren irgendwie nach Science-Fiction, als wäre es das Jahr mit der Landung von Außerirdischen oder das, in dem uns die Gammastrahlen treffen. Wir machen uns nicht die Mühe, bis zum Countdown für Mitternacht abzuwarten: Immerhin haben wir in der Vergangenheit schon fast 50 davon miterlebt. Stattdessen erkläre ich Clare kurz nach halb zwölf, dass ich ins Bett gehe. Zu meiner Überraschung folgt sie kurz darauf meinem Beispiel und fängt mich auf dem Treppenabsatz vor der Tür zum Gästezimmer ab.

Ich warte höflich, dass sie sagt, was auch immer sie zu sagen hat. Etwas, um die Fehler zu betonen, die ich begangen habe: *Ich hoffe, du weißt, was du weggeworfen hast.* Ja, wenn ich Geld darauf setzen müsste, würde ich wetten, dass sie das sagt.

»Hältst du es für völlig unmöglich …?«, beginnt sie.

Ich spüre, wie sich meine Augenbrauen zusammenziehen. »Was unmöglich?«

»Es zurückzuspulen.«

»Was zurückspulen?«

»Das Leben. Nur ein paar Monate. So tun, als wäre all das nicht passiert.«

Sowohl die Rührseligkeit als auch ihr Gesichtsausdruck sind sonderbar kindisch für sie und spiegeln eine seltene Verletzlichkeit wider, einen Sinneswandel, den sie sich selbst nur selten erlaubt. Vielleicht liegt es aber auch nur an der ganzen Flasche Chablis, die sie getrunken hat.

Ich wähle meine Worte mit Bedacht: »Hätte ich eine Supermacht, würde ich mir genau die wünschen.«

Sie lässt sich Zeit, dieses Kunststück an Diplomatie in sich sacken zu lassen. »Will ich das denn überhaupt? Das ist die Frage.«

Und dennoch ist es keine Frage, und genau das rettet mich, dieses fehlende Fragezeichen. Ich verharre im Türrahmen und beobachte, wie sie die Treppe zum Schlafzimmer im zweiten Stock hochsteigt, dem Raum, wo wir zehn Jahre lang zusammen geschlafen haben. Sie schließt die Tür hinter sich, verbringt ein paar Minuten im angrenzenden Bad, und dann geht ihr Licht aus. Ich kann das schwache Dröhnen ihres Radios hören: Sie schläft gern mit Hörbüchern ein. Früher hat sie ihnen mit Kopfhörern gelauscht, um mich nicht zu stören, doch jetzt kann sie ihre Geschichten laut abspielen.

In meinem Schlafzimmer klicke ich online auf ein paar Nachrichtenseiten und simse der Familie und Freunden: *Frohes Neues Jahr von uns!*, während in der Ferne Böller knallen und zischen. Ich erbringe den Nachweis, dass ich hier zu Hause bin, mit Clare. Dann wähle ich ein Radiohörspiel vom iPlayer aus, eins mit einer Laufzeit von fast zwei Stunden, und drücke auf »Play«. Ich drehe die Lautstärke herunter und schiebe das Handy unter mein Kissen, um keinesfalls den Fehler zu begehen, es später mitzunehmen.

Um 20 nach eins ziehe ich Turnschuhe und ein Hoodie an, beides Kleidungsstücke, die viel zu groß für mich sind und bar bezahlt wurden. Ich schleiche im Dunkeln nach unten und verlasse das Haus.

Keine Menschenseele ist auf der Straße, obwohl mehrere Häuser hell erleuchtet sind, in denen Partys bis weit in den Morgen andauern werden, gut gekleidete Silhouetten an den Fenstern, erhobene Weingläser. Betrunkene Menschen sind schlechte Zeugen, rufe ich mir in Erinnerung – am 23. Dezember war ich selbst einer von ihnen. Ich bin so fest überzeugt, wie ich nur sein kann, dass mich niemand beobachtet, als ich mich auf leisen Sohlen zum östlichen Ausgang des Platzes bewege. Melia hat recht: Mein kleiner Besuch von Merchison tags zuvor war der letzte seiner Art. Für mich ist Kit verschwunden, seit ich von ebendiesem

Officer am 27. darüber in Kenntnis gesetzt worden war, und von morgen an werde ich genau aus diesem Grund von jeder Schuld freigesprochen sein. Währenddessen wird der Polizei mein Streit mit Melia zu Ohren kommen, der darauf abzielt, zu betonen, dass wir Feinde sind und keinesfalls Verschwörer, die unter einer Decke stecken. Es wird alles in den Akten stehen, unwiderlegbar, unsere beiden Alibis für die Mordnacht so hieb- und stichfest wie die für unsere Beziehung.

Was die Gedanken betrifft, die mir wegen dieses anderen Passagiers im Kopf herumgespukt sind, der oder die in der Vergangenheit einen Groll gegen mich gehegt, mir gefolgt und darauf gewartet hatte, dass ich einen Fehler begehe, so hat Melia ebenfalls recht. Paranoia, nichts weiter.

Ich biege nach links in die Pepys Road und eile zum Fluss. Wie erwartet begegne ich niemandem, nur einem mageren Fuchs, der nach Nahrung sucht. In einem Jahr, wenn die luxuriösen Wohnungen in St Mary's Wharf fertiggestellt und ihre Käufer eingezogen sind, wäre es eine andere Geschichte. In der Luft hängt der Geruch von Schwefel und abgefeuerten Feuerwerkskörpern – aufwühlende Erinnerungen an Bonfire Nights in der Kindheit, mit Debs an meiner Seite, wir beide mit von unserer Mutter gestrickten Schals. Niemals, nicht für eine albtraumhafte Sekunde, hätte meine Mutter sich vorstellen können, dass ihr Sohn zu dem fähig ist, was er heute Nacht geplant hat.

Ich erreiche die Flusspromenade. An diesem Teilstück gibt es kein Licht und keine vorbeigleitenden Schiffe, weshalb ich das Wasser, das Klatschen und Rauschen der Flut höre, bevor meine Augen sich genug an die Dunkelheit gewöhnt haben. Als ich stehenbleibe, merke ich, dass ich heftig zittere. Vielleicht, weil ich weiß, dass dort, wo ich stehe, ein zwielichtiger Fleck ist und ich vollkommen allein und ungeschützt bin: der Jäger, der zum

Gejagten wird. Der Manager des Hope & Anchor hatte meine Aufmerksamkeit zum ersten Mal auf diesen Ort gelenkt, nachdem mein Fahrrad gestohlen worden war, das ich an der nächstgelegenen Bank festgekettet hatte. Ihre Kamera reichte nicht so weit, hatte er erklärt. Ich war derjenige, der Kit und Melia von diesem Ort erzählt hatte. Damals konnte ich nicht ahnen, wie sie ihn zukünftig benutzen würden.

Meine Nachtsicht verbessert sich. Ich bin jetzt knapp zehn Meter von der Bank entfernt. Welche Feier auch immer im Hope & Anchor veranstaltet worden ist, sie ist jetzt vorbei, sämtliche Fenster sind dunkel. Unvermittelt trifft mich ein Schwall aufgekratzter Hochstimmung von einem Partyboot auf der anderen Flussseite und ruft mir den Tag in Erinnerung, als ich Kit vom Untergang der *Marchioness* erzählt hatte. Kummer bohrt sich unvermittelt in meine Brust wegen all der Toten, die nach dem Ableben ihrer eigenen Generation völlig aus dem Gedächtnis verschwanden.

Die Unschuldigen verdienen etwas Besseres.

Ohne mein Handy kann ich nicht nachsehen, wie spät es ist, aber es muss kurz vor unserem vereinbarten Rendezvous um halb zwei sein. Minuten verstreichen, und allmählich glaube ich, dass sie nicht auftauchen werden. Die Intensität meiner Enttäuschung schockiert mich, der Satz, der sich in meinem Bewusstsein aufbaut: *Ich bin bereit.* Ich bin bereit, mein Zuhause, mein Leben hinter mir zu lassen. Ich bin bereit, jede einzelne meiner Habseligkeiten in einen Sack zu packen und ihn in der Themse zu versenken. Ein neues Leben mit der Frau anzufangen, die ich liebe.

Und dann, ganz plötzlich, sind sie da, nähern sich aus derselben Richtung, aus der ich selbst gekommen bin.

Kit und Melia. Mann und Frau.

Opfer und Mörderin.

Auf Melias Rücken ein kleiner, vollgepackter Rucksack. In Kits Händen nichts als eine Zigarette, die er, wie mir nicht entgeht, auf einmal auf den Boden schnippt, viel zu cool, um sie auszutreten, als wäre er James Dean.

Es ist drei, vielleicht vier Wochen her, seit ich sie das letzte Mal zusammen gesehen habe, und als ich ihre sich nähernden Gestalten beobachte, werde ich an unser erstes Treffen erinnert, an ihre sich spiegelnden, zwillingshaften Eigenschaften. Wenn Melia und ich zusammenpassen, so stimmen die beiden bis ins Kleinste überein, jeder das Gegenbild des anderen. Und einen kurzen Moment lang fühlt es sich unvorstellbar an, dass sie voneinander getrennt sein könnten, so wie sie es die vergangenen paar Tage gewesen waren – Kit versteckt in der Art billigem, grässlichem Hostel, das ausgerechnet er als unter seiner Würde erachtete. Eine Unterkunft, allein deshalb ausgesucht, um keinesfalls entdeckt zu werden. Falscher Name, falsche Adresse. Falsche Hoffnungen.

Denn Clares Schlussfolgerungen sind völlig zutreffend, nur für den Fall, dass das noch nicht klar ist. Was sie glaubt, dass Kit und Melia tun, ist genau das, was auch *er* glaubt: ein Verschwinden, das zu einem Versicherungsanspruch führt, mit einem Sündenbock, der die Auszahlung von sieben Jahren zu einem einzigen verkürzt. Der perfekte Betrug.

Überleg es dir noch mal, Kit.

38

1. Januar 2020

Ich trete einen Schritt vor und stelle mich ihnen in den Weg.
Meine ersten Worte habe ich nicht einstudiert, und als ich sie aus-
spreche, sind sie bestürzend prosaisch und vollkommen richtig:
»Na so was, wen haben wir denn hier?«

Beide bleiben wie angewurzelt stehen, nur ein paar Meter vor
mir. Kit ist einen Schritt näher, nah genug, dass ich den Schock
sehe, der seine blassen Gesichtszüge flutet. Während der acht
Tage, in denen er untergetaucht ist, hat er sich ganz schön gehen lassen, seine Ausflüge beschränkt auf spätabendliche Spaziergänge in der Dunkelheit mit Melia entlang der verwaisten
Flusspromenade. Er brauchte den Kontakt zu Melia und ihre
Unterstützung. Ich habe sie nicht gefragt, ob sie mit ihm geschlafen hat, aber es erscheint mir unwahrscheinlich, dass sie sich in
irgendeinem schmutzigen Hostel ausgezogen hat. Vielleicht ein
Kuss mit diesem bärtigen Quasilandstreicher.

Es ist gut, dass er so mitgenommen aussieht. Das wird helfen.

Er hat mich natürlich erkannt und ist augenblicklich aggressiv,
ein Tier, das eine Falle spürt. »Was verdammt noch mal tust *du*
hier, du Arschloch?« Seiner Stimme haftet die Heiserkeit des
Nichtgebrauchs an. An Melia gewandt, brechen sich Wut und Pa-

nik Bahn:»Kannst du das glauben? Das ist eine echte Katastrophe, Me!«

»Kit, warte …«, beginnt sie, aber er fällt ihr ins Wort, wirbelt zu mir zurück, sein Mundwinkel vor Verachtung nach oben gezogen. »Warum lauerst du uns wie ein Scheißpsycho auf? Was willst du?«

»Ich lauere niemandem auf. Bild dir bloß nichts ein.« Mein Ton ist eiskalt. »Ich war bei der Silvesterfeier im Hope & Anchor. Und wollte noch ein bisschen frische Luft schnappen, bevor ich nach Hause gehe. Zurück in mein entzückendes georgianisches Stadthaus.«

Obwohl der Satz über die Party einstudiert ist, kommt mir der spöttische Verweis auf das Haus unerwartet echt über die Lippen – eine letzte Gelegenheit, ihn mit Herablassung zu strafen. Ich beobachte, wie er mit der Behauptung kämpft, dieses Treffen könnte ein Zufall sein. Er will es glauben. Er hat kaum eine andere Wahl, als es zu glauben.

»Kit.« Melia versucht es wieder, doch er ignoriert sie und schiebt sich näher an mich heran, so nah, dass ich die Gefangenschaft an ihm riechen kann, feucht und säuerlich.

»Du wirst keiner Menschenseele erzählen, dass du mich gesehen hast, verstanden? Ich brauche dein Wort drauf, Jamie.«

»Oder was?«

»Oder ich bring dich um.« Sein Blick gleitet zum Fluss. Er würde es auch tun. Er würde mich über die Mauer hieven und zusehen, wie ich ertrinke. Ich stelle mir mein eigenes Gesicht an der Oberfläche vor, das einen letzten Atemzug holt, bevor das Wasser es schwarz verfärbt. Und auf einmal, ganz plötzlich, brauche ich unbedingt ein Geständnis von ihm.

»Ich weiß, was ihr da tut«, sage ich und weiche vom Skript ab. »Du versteckst dich, du kannst nur nachts raus, wie der Vampir, der du bist. Ihr wollt es mir anhängen.« Meine Stimme bricht vor jäher, unberechenbarer Emotion: dem niedersten, trostlosesten Gefühl von verlorener Freundschaft, von Verrat. Ich atme schwer, vergesse allmählich, dass Melia ebenfalls hier ist. »Du würdest wirklich zusehen, wie ich im Knast verrecke, nicht wahr? Nur für die Versicherungssumme.«

»Du hast sie ja nicht mehr alle!« Er bestreitet es natürlich. »Du verlierst den Verstand, Jamie. In deinem Alter setzt wohl langsam die Demenz ein, hm? Geh einfach nach Hause, ja? Vergiss, dass das hier passiert ist. Außerdem würde dir eh niemand glauben – wie ich höre, hat es die Polizei schon auf dich abgesehen.«

Ich bereite mich vor, spüre die Kraft, die sich in meinen Schultern sammelt. »Ich gehe nirgends hin. Nicht, bis ich aus deinem Mund höre, dass du es mir anhängen willst.«

Er beteuert weiterhin seine Unschuld, während er mich gleichzeitig schubst, sodass ich gegen die Flussmauer knalle. Das Adrenalin unterdrückt den schlimmsten Schmerz. Unsere Körperwärme ist magnetisch, wir kleben aneinander, als wären wir gemeinsam einen Brunnen hinuntergefallen und hätten nichts anderes, an dem wir uns festkrallen könnten. Das ist keine Prügelei, so wie auf dem Boot, sondern auf beiden Seiten nackte Angst.

»Sag es«, knurre ich. »Sag es!«

Eine Gestalt gleitet mit der Anmut einer Tänzerin in mein äußeres Blickfeld, eine Stahlklinge erhoben, die wie Butter durch Kleidung schneidet. Der Eintrittswinkel war auf Websites, die solche Informationen anbieten, genau analysiert worden, gegoogelt auf geliehenen Geräten.

Es folgt ein Moment des jähen Entsetzens, als Melia an ihm vorbei zu mir blickt und mir der Gedanke kommt: *Sie zielt auf mich, nicht auf ihn.* Aber es ist natürlich nur eine Halluzination, die letzte, wunderlichste Projektion meiner Paranoia.

Sie liebt *mich*.

Sie hat *mich* gewählt.

Jetzt gibt Kit eine Abfolge an Lauten von sich, die in keinerlei Zusammenhang mit rationaler Sprache stehen. Ich hätte mir keinen perfekteren Ausdruck auf seinem Gesicht vorstellen können, als er gegen mich fällt und zusammenbricht: dämmernde Überraschung, für deren volle Erkenntnis die Zeit nicht mehr reicht. Eine Erkenntnis wie ein wunderschöner Sonnenaufgang, der von einem Schwarm Schwalben verdeckt wird – oder vielleicht einer giftigen Aschewolke.

Ich trete zurück, lasse ihn los, und er fällt mit einem schweren *Rumms* zu Boden. Da erinnert er sich an seine Sprache und sagt meinen Namen, fleht mich um Hilfe an, ruft nach seiner Mum. Doch viel zu schnell füllen sich seine Atemwege mit Blut, und er kann seine Todesangst nicht länger zum Ausdruck bringen. Ein kratzendes Geräusch stammt von einer seiner Hände, bevor geschicktere Finger als seine etwas aus seinem Griff entwinden – sein Handy. Im nächsten Moment fliegt es in hohem Bogen über die Mauer ins Wasser.

Ein Pfeil aus Stahl folgt.

Wir warten, und als er ein letztes Mal zu unseren Füßen Atem holt, starren wir zu ihm hinab. *Gott hab ihn selig*, denke ich unerwartet. Es gab keine Garantie, dass ich schuldig gesprochen – oder auch nur angeklagt – worden wäre, und ohne einen Leichnam hätte es diese sieben Jahre gedauert, bis er für tot erklärt und die Versicherungssumme ausbezahlt worden wäre. Das bedeutet Vertrauen. Liebe. Natürlich galt seine klare Präferenz Plan A, der schnelleren, skrupelloseren Lösung. Er hätte nichts weiter gebraucht als einen neuen Reisepass, und er hätte dann irgendwo auf Melia gewartet, wo es heiß und billig ist.

Tut mir leid, Kit, es gibt keinen Pass. Eine Verurteilung wegen

Mordes ohne den Beweis von sterblichen Überresten? Komm schon, das passiert einmal alle Jubeljahre. Natürlich wollen Versicherungsfirmen einen Leichnam.

Und genau den werden sie kriegen.

»Lass es uns zu Ende bringen«, sagt Melia, und gemeinsam ziehen wir ihn hinter das Gebüsch auf der anderen Seite des Gehwegs. Da ist Blut an der Mauer, aber das kann nicht beseitigt werden und wird sich möglicherweise als nützlicher Anhaltspunkt für frühmorgendliche Jogger und Hundebesitzer herausstellen, die in ein paar Stunden hier entlangtrotten werden, verkatert und fest entschlossen, Ordnung in ihr Leben zu bekommen. Neues Jahr, neues Ich. Einer von ihnen wird ihn finden, geleitet von der neugierigen Nase eines Hundes, wenn nicht von seinen eigenen Augen.

Wenn die Polizei Melia erklärt, wo Kits Leichnam gefunden wurde, wird sie zugeben, dass sie diesen Ort kennt. Sie kennt ihn, weil er ihr erzählt hat, dass er dort seinen Dealer trifft. Den Namen des Dealers kennt sie nicht, nein, doch sie wird ihnen seine Schulden in Erinnerung rufen – Schulden, die jeder Finanzermittler bestätigen kann. Sie fürchtet, dass er seit seinem Verschwinden in die Obdachlosigkeit abgerutscht ist, wie einige der anderen Abhängigen, die sie gesehen hat. Sie hat ständig nach ihm gesucht – ist sogar mitten in der Nacht losgezogen –, konnte ihn aber nirgends finden. Sie hatte sich solche Sorgen gemacht, wo doch Messerstechereien zunahmen, geradezu eine Epidemie geworden waren.

»Alles gut bei dir?«, frage ich sie.

»Ja, ich glaube schon. Und bei dir?«

»Ich kann nicht aufhören zu zittern.«

Ich spüre ihren Griff an meinem Arm, fest und beruhigend.

»Mach einfach weiter.«

In der eisigen Kühle des nächtlichen Flusses entledigen wir uns unserer Kleidung und Schuhe und schlüpfen in frische, die Melia in ihrem Rucksack mitgebracht hat. Die alte wird in den Rucksack gestopft und ins Wasser geworfen. Zu Hause werde ich mich umziehen und alles in die Waschmaschine stecken, nur für den Fall, dass irgendwelche Fasern von ihm oder auch nur der kleinste Tropfen Blut an mir haftet. Melia wird dasselbe tun.

Wir sind das Szenarium, die Psychologie, die Zeitabläufe durchgegangen, wir kennen das Skript beide in- und auswendig, aber ich lasse mir meinen nächsten Satz bestätigen, bevor wir uns trennen. »Sobald ich höre, dass er gefunden wurde, bekommst du eine Nachricht mit Beileidsbekundungen von mir. Clare und ich werden dir eine Karte schicken.«

»Danke schön.« Da liegt Güte in diesen zwei Worten, ein Gefühl von irgendetwas, das sie noch für ihren ehemaligen Geliebten empfindet. »Ich werde euch zur Beerdigung einladen. Dich und Clare.«

»Wir werden kommen.«

»Ich liebe dich«, sagt sie, als das Geräusch eines leisen Motors vom Wasser zu uns hallt, Stimmengewirr. Flüsternd wiederhole ich ihre Worte.

»Jetzt sind es nur noch wir.«

Auch das wiederhole ich, obwohl es nicht ganz der Wahrheit entspricht. Unser Plan ist noch lange nicht am Ende, es gibt immer noch andere Spieler, die es zu berücksichtigen gilt – nicht zuletzt Clare, die, wie sie auf immer neue und gefährliche Arten zeigt, kein Dummkopf ist. Doch der schlimmste Teil ist getan. Melia hat ihren Leichnam, bekommt ihre Auszahlung. Und alles, was uns noch bleibt, ist die Entscheidung, wo wir uns treffen, wo wir unsere Zukunft gemeinsam beginnen, wo wir ihr Geld ausgeben wollen.

Ich werfe einen letzten Blick auf Kit, der jetzt nur noch ein Körper ist, kein Mensch mehr. Eine leere Hülle. Mich überkommt eine grotesk lebhafte Erinnerung an ihn, wie er an diesem ersten Morgen grinsend und herausgeputzt neben mir saß und sagte: *Ich plane, am Leben zu bleiben.*

Nun, der Tod ist, was passiert, während man eifrig dabei ist, Pläne zu schmieden, wenn mir diese falsch zitierte Redewendung erlaubt sein mag.

39

1. Januar 2020

Ein guter Ratschlag für sämtliche Mörder in spe: Wenn man hofft, dass ein Leichnam entdeckt wird, sollte man nicht zu erwartungsvoll aussehen. Gehen Sie nicht ans Telefon, bevor es klingelt. Stellen Sie sich nicht ans Fenster, und hasten Sie nicht beim kleinsten Geräusch von Schritten auf dem Gehweg an die Tür.

»Erwartest du eine Lieferung?«, fragt Clare.

»Nein.«

»Du bist heute Morgen so nervös. Und du siehst übrigens schrecklich aus.«

Als sie jetzt diese Bemerkung macht, geschieht es ohne jedes implizite Angebot von Trost – im Grunde ist sie geradezu erfreut. Ich frage mich, was sie sagen würde, wüsste sie, dass ich mich gleich übergeben muss – *weil ich beim Mord an einem Mann mitgeholfen habe.* Mein Oberkörper schmerzt von der Rauferei gestern Nacht, dem Schubser gegen die Mauer. Ich kann den riesigen blauen Fleck spüren, der an meinem unteren Rücken wächst.

»Ich habe nicht gut geschlafen«, sage ich, um sie auszuhorchen.

»Wirklich? Ich bin sofort eingeschlafen.« Sie kann nicht wissen, dass ihre Kaltschnäuzigkeit genau die Antwort ist, auf die ich gehofft hatte.

Mit oder ohne Clares Aussage über mein gereiztes Verhalten ist das hier Folter. Der heutige Tag ist natürlich ein Feiertag, ohne Arbeit, das gesamte öffentliche Leben steht still. Ich kann nicht rausgehen, aus Angst, im Zeitfenster von Kits Todeszeitpunkt kein Alibi zu haben, und als Clare am Nachmittag ihren Fitbit-Tracker anlegt und verkündet, sie würde einen Spaziergang machen, surfe ich im Internet, um meine Gegenwart zu Hause zu beweisen. Ich erlaube mir einen Klick in die Lokalnachrichten, aber ich sehe keinen Artikel über eine Messerstecherei an der Themse. Vielleicht gibt es doch nicht so viele Hunde, die am Flusspfad ausgeführt werden. Oder sie werden an der kurzen Leine gehalten, damit sie ihre Schnauzen nicht in Erbrochenes oder zersplitterte Flaschen von den Feiernden der Nacht zuvor stecken.

Als ich dort im Erdgeschoss am Fenster sitze, um von der Straße aus gesehen zu werden, verrenne ich mich immer weiter in den Gedanken, dass Clare diejenige sein wird, die ihn findet – ausgerechnet sie! Ich stelle mir vor, wie sie neben dem Leichnam in die Hocke geht und leise weint, während ihre Finger blind nach ihrem Handy tasten und ihr Herz vor Mitleid für Melia anschwillt, just der Person, die sie verteufeln müsste. Ist er überhaupt noch unversehrt? Könnten Füchse ihn verstümmelt haben – oder die Zeit selbst, jede Stunde des Todes, die mehr von dem nimmt, was im Leben zu erkennen gewesen war? Sind die Gerüche seiner Verwesung bereits unverwechselbar, oder werden sie von den niedrigen Temperaturen in Schach gehalten?

Verständlicherweise kann ich weder *Totenstarre* noch sonst irgendetwas googeln, das mit Leichen zu tun hat.

Doch zu meinem Glück ist Clare nicht diejenige, die ihn findet. Sie kehrt mit beschwingtem Gang zurück und gießt sich einen teuren Smoothie ein. Natürlich macht sie einen Dry January. Ich ebenfalls, aber nur, weil ich meine Geschichte klarer strukturieren kann, wenn ich nüchtern bin. Wir reden sehr wenig. Vielleicht bereut sie ihren gestrigen, im Rausch halbernst gemeinten Vorschlag für eine Versöhnung und ist gekränkt, dass ich nicht sofort darauf eingegangen bin, so wie ich es hätte tun sollen.

Es gibt tote Menschen, und dann gibt es zurückgewiesene lebende Menschen.

Erstaunlicherweise ist Kit zu dem Zeitpunkt, als wir zu Bett gehen, immer noch nicht entdeckt worden.

»Wenn wir uns morgen früh nicht sehen, ruf mich bitte an, sobald du mit der Polizei gesprochen hast«, sagt sie, und es folgen ein oder zwei Sekunden des Entsetzens, bevor ich erkenne, dass sie von Merchison und meinem Versprechen redet, ihm ihre Theorie über den Betrug der Ropers weiterzuleiten, die Anmerkungen von Kelvin, die sie stützen.

»Kein Problem«, sage ich.

2. Januar 2020

In der festen Überzeugung, am nächsten Tag nicht bei der Arbeit zu erscheinen, da ich mit den traumatischen Entwicklungen in St Mary's beschäftigt wäre, bin ich verwirrt, als ich mich nach einer völlig normalen Fahrt auf der *Aragon*, mit der die *Boleyn* als Beförderungsmittel für die Pendler um 20 nach sieben gen Westen ersetzt wurde, hinter der Theke des Comfort Zone wiederfinde. Der River Bus war voller neuer Gesichter, Arbeitssklaven, die zum Jahreswechsel die Veränderung vorgenommen hatten, mit Augen, die das Flusspanorama absuchten, genau wie meine auf meiner Jungfernfahrt.

»Dein Kratzer ist fast verheilt«, sagt Regan zu mir.

»Es war nichts Ernstes.«

Sie überschwemmt mich mit Einzelheiten von einer New Yorker Silvesterparty, bei der ein Mann gewaltsam davon abgehalten werden musste, aus dem Fenster zu springen.

»Er ist erst 30«, sagt sie, ohne die grässliche Parallele zu kennen.

»Das ist kein Alter zum Sterben«, stimme ich ihr zu.

»Anscheinend ist er echt depressiv. Ihm wurden die Stunden in der Arbeit gekürzt, er konnte seine Rechnungen nicht mehr bezahlen. Davor habe ich auch Angst.«

»Wenn dir das drohen sollte, gebe ich dir meine Stunden ab«, erwidere ich in vollem Ernst.

»Du bist so süß, Jamie«, sagt sie und macht uns beiden einen Flat White mit Hafermilch. Ein *pain aux raisins* fällt auf den Boden, und sie wischt es beherzt ab, beginnt es zu essen und knabbert den Rand ab, bis das saftige, rosinengefüllte Herz übrig ist.

Sämtliche Gespräche, die ich an diesem Vormittag heimlich belausche, drehen sich um Finanzen, persönliche (zu viel über die Feiertage ausgegeben oder zu wenig verdient) oder arbeitsbedingte (Aufträge, Zuschüsse, Abfindungen, Umsätze). Ausnahmsweise bezahlen die Leute bar und geben Trinkgeld. »Wir müssen das Glas auffälliger platzieren«, sage ich zu Regan und erinnere mich an den Tag, als Melia mir ausgeholfen und ich ihr versprochen hatte, mein Trinkgeld mit ihr zu teilen.

Wir sind jetzt andere Menschen. Mörder.

Ein Wimmern entringt sich meiner Kehle, aber Regan scheint es nicht zu bemerken. Den ganzen Vormittag über spielt sie Musik ab, die sich anhört, als wäre sie unter Wasser aufgenommen worden, und allmählich wird sie zur reinsten Qual, bei der ich mir am liebsten die Haut in Streifen vom Leib reißen würde. Und immer noch keine Neuigkeiten! Ich zermartere mir den Kopf, ob ich Merchison anrufen soll. Wenn ich es nicht tue, wird Clare den Grund erfahren wollen. Wenn ich es aber tue und er gerade direkt am Tatort ist, wird er sich über den Zufall wundern, dass ich ihn genau in diesem Moment anrufe.

Mein einziges Telefongespräch führe ich mit Gretchen.

»Wie war Marrakesch?«, frage ich.

»Gut. Ich bin gerade von Gatwick nach Hause gekommen.« Doch sie klingt nicht gut. Sie hört sich so erschöpft an, wie ich mich fühle. »Kann ich vorbeikommen, und wir treffen uns in deiner Pause? Du musst mich über Kit auf den neuesten Stand bringen.«

»Okay«, sage ich.

Nun, der neueste Stand ist, dass wir ihn erstochen haben …

Hör auf! Egal, wie zuversichtlich ich bin, dass ich diesen inneren Kommentaren niemals eine Stimme verleihen würde, bringt mich allein der Umstand, sie leise zu denken, in Gefahr, sie in einer Extremsituation oder vielleicht unwillkürlich im Schlaf zu verraten. Nein, dieses Wissen muss unbedingt unterdrückt werden.

Wir sind nicht anders. Wir sind keine Mörder.

Ich treffe Gretchen nach dem mittäglichen Ansturm am Pier. Sie schlägt das Café in der Royal Festival Hall vor, aber aus Angst vor einem posttraumatischen Anfall, wenn ich zum Ort meiner Befragung zurückkehre, tische ich ihr eine Lüge wegen Bauarbeiten auf und lenke sie stattdessen zur Bar im National Film Theatre.

Wir holen uns unsere Getränke und setzen uns auf unbequeme Holzbänke neben junge Leute, die riesige Kopfhörer auf den Ohren haben und mit dem Daumen Apps auf ihren Handys wegwischen. Junge Gehirne, die multitaskingfähig sind. Gretchen hat keine Bräune von ihrem Marokkourlaub, nur rosafarbene Flecken auf Wangen und Nase. Sie trägt eine Kette um den Hals mit einem Anhänger, der wie eine angelaufene Berbermünze aussieht.

»Hattest du eine schöne Zeit?«, frage ich.

»Nicht wirklich. Ich hätte nicht fliegen dürfen. Ich konnte nicht aufhören, an Kit zu denken.«

»Ich weiß.« Ich atme tief ein, spüre die schmerzvolle Ausdehnung meiner Brust. »Es ist schrecklich, nicht zu wissen, was los ist.«

»Also habt ihr wirklich nichts mehr von ihm gehört? Völlige Funkstille seit unserem gemeinsamen Abend?«

»Soweit ich weiß, ja.«

»Das fühlt sich an, als wäre es vor einer *Ewigkeit* gewesen! Es muss jetzt schon zehn Tage her sein.« Sie durchbohrt mich mit dem intensiven Blick eines Hypnotiseurs. »Du weißt es, nicht wahr?«

»Ich weiß was?« Als ich ein Zucken in meiner linken Wange spüre, massiere ich den Fleck mit meinen Fingerknöcheln. Sie sind, wie mir auffällt, etwas rau von den jüngsten Strapazen.

»Dass wir irgendwie was miteinander hatten. Hinter dem Rücken seiner Freundin.«

»Ah.« Mittlerweile weiß ich beim besten Willen nicht, ob Komplikationen hilfreich oder hinderlich sind. Ob Nebenschauplätze den Haupterzählstrang verdecken oder das Scheinwerferlicht noch stärker darauf richten. »Das wusste ich nicht, nein. Ich meine, ich hatte mich schon gefragt, aber ich fand, es ging mich nichts an.«

»Das ist anständig von dir«, sagt Gretchen, und es ist das zweite Mal am heutigen Tag, dass mir versichert wird, was für ein guter Kerl ich bin. Als sie ihre unberührte Cola Light betrachtet, verzieht sich ihr Mund zu einer verdrießlichen Linie. »Versteh mich nicht falsch, ich wusste, dass es ihm nichts bedeutet. Nach der Hochzeit haben wir natürlich aufgehört. Nicht dass *die* ihm so gutgetan hätte. Er war so abwesend, nicht wahr? Er wollte, dass wir glauben, er wäre stark, hat aber ständig vergessen, dass er Schauspieler war.«

Ihre Vergangenheitsformen sind auffällig. Ich habe gelesen, dass ihre Verwendung bei der Polizei alle Alarmglocken schrillen lässt. Unschuldige neigen viel seltener dazu, sie zu benutzen. »Ich weiß nicht genau, was du meinst, Gretch.«

»Wirklich? Du glaubst nicht …?« Sie starrt mich wieder an, und Tränen bilden sich in ihren Augen. »Du glaubst nicht, dass er sich das Leben genommen hat?«

Ich erzähle ihr nicht, dass Clare dieselbe Andeutung gemacht hat, bevor sie ihre Nachforschung zum Versicherungsbetrug in die Wege geleitet hatte. Sie erinnerte mich an Kits Schimpftirade über Suizide an Bahnhöfen, als er und Melia zum ersten Mal zum Abendessen kamen: *Wenn ich mich verpissen wollen würde, würde ich es im stillen Kämmerlein tun*, hatte er gesagt. Hat er vielleicht genau das getan?, fragte Clare mich.

Zu dem Zeitpunkt hatte ich es vehement bestritten, und jetzt wiederhole ich mich. »Nein, Kit würde sich niemals das Leben nehmen.«

Wenn er es täte, würde seine Versicherungspolice nicht greifen.

Gretchen errötet. »Aber als er damals auf dem Gebäude diesen Fensterputzer gesehen hat, hielt er es für einen Selbstmord, nicht wahr? Steve hat mir erzählt, dass er genau das gesagt hat, du weißt schon, an dem Morgen, als er in dieser sonderbaren Stimmung war. Vielleicht war das ein Hilfeschrei, den wir völlig überhört haben?«

»Nein«, sage ich wieder. Ich lasse meine Stimme tief und ruhig klingen, verbanne jedes Wissen aus meinem Verstand, dass sie nur noch ein paar Stunden durchhalten muss, dann wird sie erfahren, dass er tot ist, auch wenn er von irgendeinem Junkie erstochen wurde. »Ich bin mir hundertprozentig sicher, dass er das niemals tun würde. Der Polizei habe ich dasselbe gesagt. Er war nicht selbstmordgefährdet. Er war ein echter Hedonist. Ist es hoffentlich immer noch!«

Tränen der Erleichterung tropfen auf den Tisch, und ich lege ihr den Arm um die Schulter, als unsere jungen Nachbarn uns mit leeren Blicken mustern. Ich hoffe, das bringt einen Schlussstrich unter unsere Diskussion, aber allem Anschein nach hat Gretchen noch mehr zu sagen, mehr zu beichten.

»Die Sache ist die, Jamie: Da gibt es Nachrichten, die ich ihm geschickt habe und die mich wie eine Stalkerin aussehen lassen. Ich habe schreckliche Angst, dass die Polizei sie findet und glaubt, die hätten ihn zum Äußersten getrieben, verstehst du? Haben sie sein Handy gefunden? Können sie Nachrichten lesen, selbst wenn sie das Handy nicht haben?«

»Wenn sie die Aufzeichnungen von der Telefongesellschaft bekommen, wäre das gut möglich. Ich habe ihnen meine von Montagabend freiwillig gezeigt.« Ich nippe an meinem Wasser.

»Aber wenn deine von vor der Hochzeit sind, werden sie die Polizei nicht interessieren. Das war im August, Monate bevor er verschwunden ist. So weit zurück werden sie nicht ermitteln.«

Sie schüttelt den Kopf, streicht sich die Haare mit den Handflächen glatt. »Ein paar sind neuer.«

»Wie neu?«

Sie seufzt. »Von jenem Abend. Nachdem ich von Bord gegangen bin. Ich hatte mich wegen des Weihnachtsgeschenks über ihn geärgert, und wegen allem möglichen anderen. Ich meine, in der Bar konnte er die Finger nicht von mir lassen, und dann auf dem Boot war er gemein, hat ständig wiederholt, er hätte seine Entscheidung getroffen, und ich sollte ihn in Ruhe lassen. Und dann, als ich erfahren habe, dass er vermisst wird … Die ganze Zeit im

Urlaub war ich überzeugt, die Polizei würde mir hinterherfliegen und mich verhaften.« Sie lässt ihren Tränen jetzt freien Lauf. »Selbst in Gatwick heute Vormittag dachte ich, ich würde im Ankunftsbereich sofort in Handschellen abgeführt werden.«

Nun, das beantwortet zumindest eine Frage: Die Polizei hat Kits Handydaten noch nicht ausgewertet – oder wenn doch, dann haben sie es bisher nicht für nötig erachtet, sich deswegen an Gretchen zu wenden. Es deutet alles darauf hin, dass sie die Theorien in Bezug auf seine Saufkumpane verworfen und sich denen mit seinen Drogenkontakten zugewandt haben.

Ich nehme ihre Hand in meine. »Da wird es nichts geben, weshalb sie dich verhaften könnten. Was genau stand in diesen Nachrichten?«

Sie errötet. »Ich habe geschrieben, ich würde hoffen, dass ihm etwas Schreckliches zustößt. Es könnte gewiss als eine Art Drohung angesehen werden.«

Meine Augen werden groß.

»Was meinst du? Sollte ich zur Polizei gehen? Ihnen die Nachrichten zeigen, so wie du?«

»Nein, das würde ich nicht tun.« Ich drücke ihre Finger, spüre die zarten Knochen ihrer Fingerknöchel. »Quäl dich nicht unnötig, wo er doch immer noch am Leben sein könnte.« Ich stecke jetzt so tief in meiner Rolle, dass ich mich fast selbst überzeuge. »Clare glaubt, dass er untergetaucht ist und versucht, irgendeinen Versicherungsbetrug abzuziehen … Ich werde nachher die Polizei anrufen und sie auf diese Möglichkeit hinweisen.«

Gretchens Kinnlade klappt nach unten. »Nein. Das ist völliger Schwachsinn!«

»Vielleicht, aber es zeigt, dass es einen bunten Mix an Theorien gibt.« Ich beobachte, wie sie sich mit einer Papierserviette das Gesicht abtupft. Ich habe nur noch ein paar Minuten, bis ich zurück bei der Arbeit sein muss. »Gretchen, an dem Montagabend: Erinnerst du dich, ob da auf dem Rückweg noch andere Leute auf dem Boot waren?«

»Da waren jede Menge Leute, nicht wahr? Diese Gruppe von Studenten …«

Vage erinnere ich mich an das Geschnatter der jungen Leute ganz vorne, die eine ganze Reihe in Beschlag genommen hatten. Hatte ich die Aufmerksamkeit von einem von ihnen erregt? Ein paar betrunkene Bemerkungen fallen lassen? »Ja, die sind aber mit Steve in North Greenwich ausgestiegen, glaube ich. Ich meine irgendjemanden, der ein besonderes Interesse an uns gezeigt hat. Jemanden, den du vorher schon mal gesehen hast, eine Frau vielleicht?«

»Tut mir leid, daran erinnere ich mich nicht. Ich war ziemlich betrunken – und auf Kit fokussiert. Warum?«

»Die Polizei hat jemanden erwähnt, einen anderen Zeugen, der sich bei ihnen gemeldet hat.«

»Vielleicht jemand, den er kannte? Sonst noch eine Frau, mit der er geschlafen hat? Jemand von der Crew womöglich? Er hat ständig mit denen geschäkert.«

Das ist nichts, was ich bisher in Erwägung gezogen habe. Und die Vorstellung einer unbekannten Person auf Kits Seite, mit Plänen, die absolut nichts mit meinen zu tun haben, ist viel zu entsetzlich, um länger darüber nachzudenken.

Gretchen beginnt, sich mit halb geschlossenen Augen leicht vor und zurück zu wiegen, während sie sagt: »Bitte, sei wohlauf, Kit. Wenn irgendwas passiert ist, könnte ich mir das niemals verzeihen.«

Ihre Qualen sind so aufrichtig, dass ich tief bewegt bin. Ich dränge sie, nach Hause zu gehen und sich etwas hinzulegen, so positiv wie möglich zu bleiben.

»Sehen wir uns morgen früh auf dem Boot?«, fragt sie, als wir uns zur Verabschiedung umarmen.

Ich schlucke. Über ihrer Schulter, hinter den schlendernden Touristen und Straßenmusikern ist der Fluss jäh erstarrt: eine optische Täuschung, die nach einem Blinzeln verschwunden ist. »Natürlich. Bis dann.«

40

2. Januar 2020

Kurz nachdem ich zurück in der Arbeit bin, geraten die Dinge ins Rollen. Als Erstes ruft Clare mich an: »Einer aus meinem Team hatte gerade eine Besichtigung in St Mary's Wharf und meinte, die Polizei wäre in der Nähe des Hope & Anchor. Anscheinend haben sie eine Leiche gefunden. Sie haben eines dieser blauen Polizeizelte aufgestellt, mit unzähligen Forensikern, die in ihren weißen Overalls überall herumschwirren. Ich habe online nachgesehen, und sie haben keinen Namen preisgegeben, aber denkst du …?«

»Kit?«

»Ja. Mein Bauchgefühl sagt mir, dass er es ist.« Sie seufzt. »Vielleicht liege ich wegen des Versicherungsbetrugs doch falsch, vielleicht hattest du recht wegen der Drogenschulden. Hast du mit deinem Detective geredet?«

»Ich habe ihm eine Nachricht hinterlassen«, lüge ich. »Wenn es Kit ist, wird er am Tatort beschäftigt sein.«

Während Clare von einer Stimme im Hintergrund abgelenkt wird, versuche ich, meine Atmung zu beruhigen. Bei jedem Luftholen spüre ich einen stechenden Schmerz in der Brust. »Jamie? Jemand hat mir gerade gesagt, dass es eine männliche Leiche ist.

Anscheinend eine weitere Messerstecherei, also ein gefundenes Fressen für die Presse.«

»Armer Kit … wenn er es denn ist.«

»Zumindest wird die Polizei dich jetzt endlich in Ruhe lassen.«

»Ja.« Da vollführt mein Herz einen schrecklich triumphierenden Salto.

»Nun, ich dachte bloß, du würdest es gern wissen«, sagt sie, und ihre Stimme hat einen kühlen Tonfall angenommen, als erinnere sie sich vielleicht daran, dass sie mir ihre Unterstützung nur zugesichert hatte, solange ich unter Mordverdacht stehe.

»Danke, Clare.«

Wir beenden das Gespräch mit einem ähnlich hohen Maß an Förmlichkeit, fast als würden wir erwarten, nie wieder miteinander zu sprechen.

»Ging es um deinen Freund?«, fragt Regan.

»Wir sind uns nicht sicher, aber sie haben in St Mary's einen Leichnam am Fluss gefunden.« Meine Sinne sind sonderbar geschärft: Das Gemurmel der Kundschaft ist so unerträglich in meinen Ohren wie eine Basstrommel, beim buttrigen Aroma einer neuen Ladung Zimtschnecken wird mir übel.

»Zieh keine voreiligen Schlüsse«, sagt sie freundlich und legt mir eine Hand auf den Arm. »Es könnte jeder sein. Du meintest, eine Messerstecherei?«

»Ja, das hat Clare zumindest gehört.«

»Wow. Die Epidemie geht weiter. Ich frage mich, mit wem er Streit gehabt haben könnte.«

Meine Augen brennen. Alles, was ich sehe, wird erst scharf und verschwimmt dann. »Das kann ich mir beim besten Willen nicht vorstellen.«

*

Eine Stunde verstreicht, und keine weiteren Informationen erreichen mich. Wenig mehr als das, was Clare uns bereits erzählt hat, wird online berichtet, die Identität des Opfers wurde noch immer nicht veröffentlicht. Heftiger Regen setzt ein, und ich stelle mir den Tatort am Flusspfad vor, die zusätzlichen Maßnahmen, die das Forensikteam ergreifen muss, damit das Wetter nicht sämtliche Beweise wegspült. Ich frage mich, ob es angemessen ist – oder ganz natürlich –, Merchison anzurufen und ihn unverblümt zu fragen, ob es sich um Kit handelt. Wäre es nicht sonderbar, es *nicht* zu tun? Ich entscheide mich, erst den Ansturm an späten Mittagsbestellungen abzuarbeiten und ihn dann zu kontaktieren.

Ich stehe mit dem Rücken zur Theke und richte auf Tellern Sandwiches für einen Tisch mit chinesischen Studenten an, als ich neue Kunden im Laden spüre und sich die Stimmung schlagartig verändert.

»Mr. James Buckby?«

Ich drehe mich um. Auf der anderen Seite der Ladentheke stehen zwei uniformierte Beamte. Aus den Augenwinkeln erspähe ich einen Streifenwagen ein kleines Stück die Straße hoch, die Räder eingeschlagen, als hätten sie hastig geparkt. *Das* hatte ich nicht erwartet. Melia und ich hatten es weder vorhergesehen noch uns darauf vorbereitet, aber da sie nun einmal hier sind, erscheint es mir geradezu angemessen, dass sie mir persönlich Bescheid geben – im Grunde fast rührend. Parry und Merchison müssen es aus Höflichkeit angeordnet haben angesichts des Verdachts, unter dem ich stand, und der langen Zeit, die sie mich in die Mangel genommen haben.

Sofern es nicht zusätzliche Details sind, die sie von mir erfahren wollen. Mit einer Handbewegung gebe ich Regan zu verstehen, dass sie die Essensbestellungen übernehmen soll, damit ich den Beamten meine volle Kooperation widmen kann. Sie sind beide jünger als ich, ein Mann und eine Frau, alle zwei hellhäutig und mit leicht geröteten Gesichtern, wahrscheinlich weil sie im Wagen die Heizung zu weit aufgedreht hatten. Regentropfen sprenkeln ihre dunklen Schultern wie frischer Tau. Ich versuche, mich an das Gesicht der Kollegin vor der Royal Festival Hall zu erinnern, derjenigen, mit der Parry kurz gesprochen hatte. Es könnte sie sein.

»Es geht um Kit, nicht wahr? Christopher Roper?« Wenn ich im Umgang mit der Polizei etwas gelernt habe, dann, so aufrichtig wie möglich zu sein. Etwas zurückhalten, ja, aber sobald man etwas sagt, sollte man jegliches Lügen vermeiden. »Meine Freundin hat mich vorhin angerufen und mir erzählt, dass ein Leichnam am Fluss gefunden worden ist. Wir waren besorgt, es könnte er sein. Er ist es nicht, oder?«

Ich hätte erwartet, dass sie diskret agieren und außer Hörweite der Gäste treten, doch sie bestätigen die Angelegenheit unverblümt und ohne zu zögern. »Seine Frau hat ihn gerade identifiziert.«

O Melia, das kann keine schöne Aufgabe gewesen sein. Wie hat er ausgesehen? War sein Fleisch sämtlichen Bluts beraubt? Waren seine Träume – obgleich bösartiger Natur – immer noch in seinen Augen zu lesen?

»Das ist schrecklich. Arme Melia!« Als ich spüre, dass meine Beine zittern, stelle ich mich hüftbreit hin und stütze mich mit einer Hand an der Theke ab. Hinter mir schneidet Regan die Sandwiches, ich höre das leise Sägen, das Klackern von Metall, das auf einen Teller trifft. »Wie ist es passiert? Meine Freundin meinte, er wäre erstochen worden, stimmt das? Darüber haben wir uns doch gerade unterhalten, nicht wahr, Regan? Wie besorgt wir wegen der Epidemie an Messerstechereien sind.«

Regan dreht sich um und nickt energisch, fühlt sich geehrt, in das Drama einbezogen zu werden.

»Es steht uns nicht zu, diese Information preiszugeben«, sagt der männliche Beamte, als würde ich sie mit leerem Geschwätz aufhalten.

Hastig eilt Regan um mich herum, um die Bestellung an den Tisch am Fenster zu bringen, kehrt zurück und stellt sich neben mich.

»Nun, vielen Dank, dass Sie mir Bescheid gegeben haben«, sage ich. »Ich weiß, wir sind nicht seine Angehörigen, aber Clare und ich standen ihm nahe. Wir werden Melia anrufen und sie, so gut es geht, unterstützen. Sie und Clare sind gute Freundinnen.« Ich bin beeindruckt, wie ich das Geschehene bisher bewältige. Ich bin angemessen traurig, aber mit einem Hauch von Erleichterung in meiner Körperhaltung: *Zumindest haben wir jetzt Klarheit.* Nun, während die Sache vonstattengeht, muss ich wirklich sagen, dass es sich genial anfühlt. *Sie* ist ein Genie. Melia. Meine Melia.

»Wo waren *Sie* an Silvester, Mr Buckby?«

Obwohl der Frage ein ruhiger, »rein aus Interesse«-Tonfall anhaftet, bin ich erstaunt, dass sie mir gestellt wird. »Silvester? Ich war die ganze Nacht mit Clare zu Hause. Sie haben ihre Kontaktdaten, wenn Sie es sich von ihr bestätigen lassen wollen.«

Das ist das vierte Mal, dass ich sie im Lauf einer Minute erwähne. Habe ich dasselbe nicht auch bei den Detectives getan? Als wäre sie mein Talisman, mein Beweis für Integrität. Ich schlucke schwer bei dem Gedanken, welches Leid ich ihr zugefügt habe, während ich ihre Anständigkeit *immer noch* nach Strich und Faden ausnutze. »Wir haben ferngesehen und sind dann kurz vor Mitternacht ins Bett gegangen.«

»Kurz *vor* Mitternacht?«

»Ja, wir hatten keine Lust, lang aufzubleiben. Das haben wir alles durch. Das Feiern überlasse ich Regan hier.«

Regan ist die Einzige, die bei meinen Worten kichert.

»Und gestern Vormittag?«

»Nicht viel. Ein bisschen herumgewerkelt. Clare hat nachmittags einen Spaziergang gemacht, aber abgesehen davon hat keiner von uns das Haus verlassen, bis wir heute in die Arbeit sind. DC Merchison wollte ich heute Nachmittag sowieso anrufen, weil Clare und ich Informationen wegen eines Kredits haben, den sich Kit kürzlich ausbezahlt hat. Es könnte sich immer noch als nützlich herausstellen, auch wenn …« Meine Stimme verhallt. *Auch wenn er tot ist.* »Ich werde ihm eine E-Mail schreiben, ja? Sobald ich zu Hause bin.«

»Wie war noch mal der Name?« Der Blickkontakt des männlichen Beamten ist unpersönlich, fast roboterhaft.

»DC Merchison. Derjenige, der mich befragt hat, als Kit verschwunden ist. Seitdem ist er mein Hauptansprechpartner. Vom Revier in Woolwich, glaube ich, hat er gesagt.«

»Wann war die Befragung? Gestern?«

Ich runzle die Stirn. Neben mir scharrt Regan mit den Füßen. Ich höre, wie sie mit gedämpfter Stimme mit den neuen Kunden spricht und sie bittet, kurz zu warten. Es erinnert an Platzanweiser im Theater, die Nachzügler zur Ruhe mahnen. »Nein, letzten Freitag. Der 27., nicht wahr?«

Als hätte sich das Datum nicht auf die Innenseite meiner Lider eingebrannt.

»Der 27. Dezember?«

Ich versuche, nicht die Geduld zu verlieren, da ich die Beamten nicht verärgern will, aber ganz ehrlich, das grenzt fast schon an Fahrlässigkeit. »Ja, kurz nachdem Kit als vermisst gemeldet wurde. Ich war der Letzte, der ihn gesehen hat, meinten sie, am

Montag, den 23., spätabends auf dem Boot nach St Mary's. Wir waren mit unseren Pendlerfreunden in einer Bar – das müsste alles in Ihrem Bericht stehen.«

»Das stimmt«, bestätigt Regan, sehr darum bemüht, etwas beizusteuern. »Jamie ist am 23. nicht in die Arbeit gekommen. Ich kann Ihnen seine Nachricht zeigen.«

Die Beamten blicken aus Höflichkeit zu ihr, bevor sie ihre Aufmerksamkeit wieder auf mich richten. »Laut unserem Kenntnisstand wurde Mr Roper gestern Vormittag als vermisst gemeldet«, sagt der männliche Beamte.

Ungläubig schüttle ich den Kopf. Die zwei sind ein hoffnungsloser Fall. »Ich dachte … Clare und ich hatten gehört, er wäre seit vor Weihnachten nicht mehr gesehen worden. Seit dem Abend, als wir ausgegangen sind. Das haben uns Ihre Kollegen gesagt. Wir haben Melia am Freitagabend besucht, und sie war deswegen völlig durch den Wind. Sie hat über die Weihnachtsfeiertage Alarm geschlagen, als wir oben in Edinburgh waren.«

Jetzt unterbricht mich die weibliche Polizistin. Sie macht den Anschein, als wäre sie besser unterrichtet als ihr Kollege. »Es gab etwas Verwirrung, was seinen Aufenthaltsort über Weihnachten anging, das stimmt. Er war verreist und hatte wohl versäumt, sich zu melden.«

Ich starre sie an. *Verreist?* Wir reden nun völlig aneinander vorbei, und es ist von entscheidender Bedeutung, dass ich nicht in Panik gerate und darauf beharre, diese Widersprüchlichkeit aufzuklären. »Ich schätze, Sie bringen da etwas durcheinander. Rufen Sie DC Merchison an, er wird Ihnen helfen, die Zusammenhänge herzustellen.«

Die beiden beratschlagen sich, und schließlich zückt die Frau ihr Handy, um sich mit dem Criminal Investigation Department verbinden zu lassen. Ich rufe mir ins Gedächtnis, dass ich wegen der Neuigkeit von Kits Tod immer noch am Boden zerstört bin, und verändere meinen Gesichtsausdruck von Ungeduld zu entsetzter Trauer.

»Armer Kit«, sage ich leise murmelnd zu Regan. »Das ist so schrecklich.«

»Es ist schrecklich«, wiederholt sie und hakt sich bei mir unter. »Meiner Mum werde ich unter gar keinen Umständen davon erzählen.«

Zwei vernachlässigte Kunden geben auf und verlassen das Café, doch als die Beamtin das Gespräch beendet, haben sich sämtliche verbliebene Gäste zu uns umgedreht und beobachten uns.

»Es gibt keinen DC Merchison in Woolwich«, sagt sie.

Ich blinzle. »Dann habe ich es wohl falsch verstanden. Vielleicht Blackheath oder Greenwich?«

»Mein Kollege hat gerade die gesamte Datenbank durchforstet, und der Name taucht bei der Met nirgends auf.«

»Vielleicht wird er unter einem anderen Namen geführt? Oder er ist neu und noch nicht im System?« Er *wirkte* allerdings nicht neu. Er schien der Erfahrenere der beiden zu sein, aber andererseits wurde er vielleicht auch aus einer anderen Abteilung versetzt. Nur mit großer Not gelingt es mir, dass mein Gesicht sich vor Verärgerung nicht verzieht. »Sie waren zu zweit. Der andere hieß Parry. Ian Parry. Versuchen Sie den.«

Als sie ein zweites Mal wählt, bricht draußen ein Streit los. Ein Schlagabtausch an Feindseligkeiten, den wir jeden Tag miterleben, normalerweise zwischen Auto- und Radfahrern, gespeist aus der Angst eines Beinaheunfalls. Doch diesmal kommt es mir vor, als stünde er mit mir in Zusammenhang, eine Projektion *meiner* Angst. Nachdem ich meine Aufmerksamkeit davon abwende, fällt mein Blick auf einen Stapel Flyer, die Regan vorhin ins Regal unter dem Schwarzen Brett gelegt hat: *Das London Philharmonic*

Orchestra im Southbank Centre präsentiert die Sopranistin Sarah Miller!

Die Beamtin hat das Handy wieder weggesteckt. Ihre Miene ist die eines Menschen, dessen Toleranz für Zeitverschwendung aufgebraucht ist. Sobald sie es mit Worten bestätigt, packt mich der sich wild drehende Strudel, der mit einer Erkenntnis einhergeht, die so teuflisch ist, dass das Gehirn nicht sofort in der Lage ist, sie zu verarbeiten:

Es gibt auch keinen DC Parry.

41

2. Januar 2020

Mein Zwerchfell zieht sich zusammen, und ich gebe ein grässliches Stöhnen von mir. Erbrochenes steigt in mir hoch, und ich behalte es im Mund, mein Schluckreflex wie paralysiert. Schweiß strömt aus meinen Poren und durchnässt mich innerhalb weniger Sekunden. Ich schließe die Augen.

Ich versuche zu verstehen: Andy Merchison und Ian Parry haben mich mindestens zwei Stunden wegen Kit befragt – so viel steht fest –, aber wer auch immer sie sind: Sie sind keine Detectives der Metropolitan Police.

Und nur ein einziger Mensch hatte die Mittel, mich vom Gegenteil zu überzeugen.

Oh, Melia!

Du bist nicht die, für die ich dich gehalten habe.

Ich dachte, du hintergehst ihn. Er dachte, du hintergehst mich.

Du hast uns beide hintergangen.

Wie aus weiter Ferne höre ich einen der Beamten sagen: »Dürften wir Sie bitten, uns aufs Revier zu begleiten, Mr Buckby.« Neben mir keucht Regan erschrocken auf.

Ich öffne die Augen, und es gelingt mir endlich, das Erbrochene hinunterzuschlucken. »Wenn Sie glauben, ich könnte

Ihnen helfen, dieses Missverständnis aufzuklären, dann natürlich, aber ich muss sagen, dass ich sehr verwirrt bin. Mehrere Menschen können meine frühere Befragung bezeugen, ich kann Ihnen ihre Namen geben.«

Meine Selbstsicherheit ist nur gespielt. Clare, Steve, Gretchen, Regan: All diesen Menschen habe *ich* davon erzählt. Und Melia selbst natürlich. Noch habe ich nicht den blassesten Schimmer, wie sie es angestellt hat, aber meine Instinkte sagen mir, dass die Ausführung makellos war. Es juckt mich in den Fingern, mein Handy herauszuholen, doch es steckt in meiner Manteltasche im Mitarbeiterzimmer. »Wäre es in Ordnung, wenn ich meine Sachen aus dem Pausenraum hole?«

Die Beamten nicken. Es herrscht die Übereinkunft vor, dass wir alle vernünftige Menschen sind, die keinen Sinn für Dramatik haben. Als ich hinter der Theke hervortrete und zwischen den Tischen zum hinteren Teil des Ladens gehe, beschäftigt Regan sie mit ihren eigenen zusätzlichen Fragen. Ihre Worte höre ich nicht, aber anhand ihres Tonfalls weiß ich, dass sie mich verteidigt und entrüstet ist, weil meine Darstellung angezweifelt wird. Als Nächstes gibt sie ihnen ihren Namen, ihre Adresse und Telefonnummer.

Während ich meine Habseligkeiten zusammensammle und meine Arme in die Mantelärmel zwinge, spüre ich Krämpfe, die an meinem Körper auf- und abjagen, wie Mäuse, die unter meiner Kleidung entlanghuschen. Ohne die prüfenden Blicke der Beamten habe ich jede Kontrolle über mein Nervensystem verloren, und es würde mich nicht wundern, wenn ich bemerke, dass ich mich eingenässt habe oder aus den Ohren blute.

Im Türrahmen zögere ich. Rechts von mir, neben den Kundentoiletten auf der anderen Gangseite, ist der Notausgang. Er führt zu dem Gässchen hinter unserem Häuserblock, wo andere Angestellte manchmal neben den Mülltonnen ihre Raucherpausen verbringen und die Zigarettenstummel in die Risse im Mörtel stopfen.

Das ist der Moment, in dem sich meine Instinkte bemerkbar machen. Selbst als ich sie registriere, warne ich mich, sie nicht in die Tat umzusetzen, denn im Fernsehen klappt es nie, nicht einmal bei den Unschuldigen.

Es macht die Sache nur schlimmer.

Ich tue es trotzdem. Ich schalte mein Handy aus, schlüpfe durch die Brandschutztür und laufe los.

*

Aus irgendeinem Grund habe ich vergessen, dass es regnet, heftig regnet. Die Tropfen auf meinem Gesicht sind kalt und schneidend wie eine Bestrafung, aber ich verspüre einen Anflug von Genugtuung, da ich Turnschuhe mit rutschfesten Sohlen trage. Mein Halt ist einwandfrei, während ich über nasses Kopfsteinpflaster und Gehwegplatten presche.

Mein Muskelgedächtnis führt mich zum Fluss: Das Gässchen entlang und auf die angrenzende Hauptstraße – nah genug, um das Nummernschild des Streifenwagens zu lesen, in dem die Beamten gekommen sind –, dann zwischen dem National Theatre und der Royal Festival Hall hindurch und zum London Eye, wo ich unter dem schützenden Dach aus Regenschirmen verloren gehe. Die Enge in meiner Lunge ist qualvoll, und ich hole tief Luft, die Hände in die Hüften gestemmt, als müsste ich mir in Erinnerung rufen, wie man steht, während ich einen Blick auf den Monitor mit den Abfahrtszeiten des River Bus werfe: Der nächste, ein Expressboot nach Greenwich, liegt abfahrtbereit.

Ich klatsche meine Geldbörse gegen das Lesegerät, sprinte den Anlegesteg hinab und steige im allerletzten Moment ein, wo ich mich auf einen Sitz in der Mitte ducke, so weit weg von jeglichen

Fenstern wie irgend möglich. Immer noch schwer atmend, versuche ich, die Logistik meiner Flucht durchzugehen. Die Polizei kann mich unmöglich bereits geortet haben: Ja, ich habe das Kartenlesegerät benutzt, und natürlich gibt es Unmengen an Überwachungskameras am Eye, einer der größten Touristenattraktionen der Stadt. Aber auf keines von beidem kann so rasch zugegriffen worden sein. Nicht zu vergessen meine Gerissenheit, mein Handy auszuschalten, als ich noch in der Arbeit war.

Doch während wir unter der London Bridge hindurchgleiten, stellen sich diese Vorteile als das heraus, was sie sind: flüchtig, trügerisch und letztlich leicht als Schuldeingeständnis zu deuten. Die groteske Wahrheit ist: Der sorgfältig geplante Zeitablauf, meine akribischen Alibis, Melias und meine einstudierten Rollen – das alles ist bedeutungslos, weil Kit überhaupt nie als vermisst gemeldet worden war, während ich das angenommen hatte.

Während *er* es ebenfalls angenommen hat, da bin ich sicher.

Die beiden Betrüger, die mich verhört haben, mussten von Melia bezahlt und mit Informationen versorgt worden sein. Der Zehntausend-Pfund-Kredit, den Kelvin ausgegraben hat, kommt mir wie die richtige Höhe eines Honorars für einen Schauspieljob wie diesen vor: Eine lange Befragung, ein oder zwei Hausbesuche, Telefongespräche, falls *er* – ihr Zielobjekt und Opfer – sich mit ihnen in Verbindung setzt. Die Ausgaben waren minimal, die Kleidung der Schauspieler ihre eigene, und die einzigen Requisiten zwei gefälschte Ausweise. Ein billiges Prepaidhandy für meine möglichen Anrufe wird längst in den Fluss geschleudert oder in einem Müllfahrzeug zermalmt worden sein.

Das ist alles, was ich mir wegen des *Wie* zusammenreimen kann. Das *Warum* ist klarer: Sie hat mir Kits Mord angehängt. Was haben die Beamten eben gesagt? *Seine Frau hat ihn gerade identifiziert.* Es gab keinen Hinweis – und ich hege keine falsche

Hoffnung –, dass sie unter Verdacht stünde, geschweige denn verhaftet wurde.

Clares Worte geistern mir im Kopf herum: *Deine kleine Affäre mit ihr mag Teil ihrer Strategie gewesen sein …*

Wie konntest du mir das nur antun, Melia?

Das Boot verlässt den Innenraum von London und nimmt an Fahrt auf. Nach wie vor erspähe ich auf den Wegen und Straßen am Fluss kein Blaulicht. Nach wie vor gibt es keine Durchsage über die Lautsprecheranlage, dass ein Crewmitglied zum Kapitän kommen soll. Doch selbst wenn die Polizei nicht weiß, wo ich bin, bleibt die Tatsache bestehen, dass ich nicht weiß, wohin ich mich wenden soll. Ich kann nicht nach Hause. Ich habe kein Versteck, niemanden, der mich beschützt. Meine Vergangenheit mit der Frau, die ich früher einmal geliebt habe, ließe sich niemals wieder beleben. Meine Zukunft mit der Frau, die ich jetzt liebe, bestand immer nur in meiner Fantasie, als Köder.

Greenwich kommt in Sicht, und meine Mitreisenden drängen sich vor lauter Vorfreude auf das Sightseeing, selbst im Regen, zum Ausgang. Dank des Sichtschutzes, den die Schlange bildet, haben wir angelegt, bevor ich sie sehe: Eine Polizeibarkasse, die auf dem Wasser hinter uns fährt, höchstwahrscheinlich losgeschickt vom Revier der Wasserschutzpolizei in Wapping.

Sie wissen, wo ich bin!

Der Anblick weckt erneut meinen Fluchtinstinkt, und ich bahne mir gewaltsam einen Weg zum Ausgang, wobei ich das verärgerte Murren meiner Mitreisenden ignoriere und mit dem Geschmack von Galle im Mund Entschuldigungen hauche. Sobald das Seil oben ist, pflüge ich an der Crew vorbei und renne den Anlegesteg zur geöffneten Wartehalle, wo ich meine verbliebenen Optionen durchgehe, mit dem linken Knöchel tief in einer Regenpfütze stehend: die *Cutty Sark* ohne nennenswerte Schlange; der

Terrakottaeingang zum Fußgängertunnel; die Straßen von Greenwich mit dem Park – und Londons Südosten dahinter, der Pfad an der Themse entlang nach Osten und Westen, beide Richtungen stellenweise gesperrt, wenn ich mich richtig erinnere. Hinter mir schwere Schritte, eindringliche Stimmen. Weiter vorne ein uniformierter Sicherheitsmann, der zur *Cutty Sark* gehört, nicht in meine Richtung blickt, aber mit einem Funkgerät am Ohr.

Verdammt noch mal, Jamie, entscheide dich!

Mein Instinkt führt mich nach rechts, und ich schlüpfe durch die Öffnung zum Tunneleingang und werde automatisch nach links eine breite Wendeltreppe nach unten gelenkt. Tiefer und immer tiefer in widerlichen Kreisen wie bei einem Korkenzieher verursachen meine nassen Füße schmatzende Geräusche, während mein Verstand Schwierigkeiten hat, das nachzuvollziehen, was mein Körper tut. Wenn ich es bis zur anderen Flussseite schaffe, kann ich von dort weglaufen. Mir ein Versteck suchen, mir einen Weg überlegen, wie ich mich bei Clare melden kann.

Nein, nicht Clare, das werden sie erwarten. Auch nicht bei meinem Vater oder meiner Schwester. Bei wem dann? Wer ist mir noch geblieben? In meiner Fixierung auf Melia habe ich mich völlig isoliert. Ich habe meinen ganzen Glauben in einen Götzen gesteckt.

Am Fuß der Treppe lockt mich die schmale, gefliste Röhre zu sich, während die Rechtecke mit dem fluoreszierenden Licht entlang der gewölbten Decke in einem leichten Gefälle in der Ferne verschwinden. Alles dreht sich, obwohl ich noch nicht einmal zehn Meter im Tunnel bin, und ich höre mich schreien, als etwas an mir vorbeizischt. Ein Mann auf einem Fahrrad, der sich in der Mitte des Gangs mit einem Fuß auf dem Pedal anschiebt und im nächsten Moment außer Sicht ist. Jetzt sind hinter mir Stimmen zu hören, körperlose Wortfetzen, deren Echo unheilvoll dröhnt, und bevor ich es wage, einen Blick über die Schulter zu werfen, überholt mich ein Knäuel Touristen.

Ich versuche, schneller zu gehen, aber alles, was ich spüre, ist ein unerträglich schweres Waten, als bestünde mein Mantel aus Eisenplatten. Auf einmal ist die Welt, abgesehen von meinem eigenen Schweiß und meinem ranzigen Atem, völlig geruchlos. Ich strecke die Hand aus, um die Fliesen zu berühren, um zu überprüfen, dass die Welt körperlich und nicht in meinem Bewusstsein eingeschlossen ist.

Ich rufe der Gruppe zu, die mir den Weg versperrt. »Bitte, darf ich vorbei? *Bitte.*«

Erschrockene Gesichter drehen sich zu mir um, es folgt sogar ein leichtes Zurückweichen, das mir meine Andersartigkeit bestätigt. Dann macht jemand Platz, und ich kann endlich mein Tempo erhöhen, haste weiter und immer weiter, bahne mir eine Schneise durch sie hindurch. Ich habe fast die Hälfte des Tunnels erreicht, bin jetzt tief unter dem Wasser. Die gewölbten Wände schließen mich ein, der Punkt am Ende wirkt außer Reichweite. Irgendwo in der Erde spüre ich schmerzhaft das Grollen einer U-Bahn ganz in der Nähe.

Da kommt mir der Gedanke: *Was zum Teufel tue ich hier?* Es wäre besser, sich in einem Gebäude zu verstecken, auf der Toilette einer Bar. Jetzt ist mein Ziel zum Ausgang auf der anderen Seite zusammengeschrumpft. Der schmaler und schmaler wird, wie ein Trichter ...

»Haltet ihn, er fällt!« Das Letzte, was ich höre, bevor mein Gehör versagt und meine Sicht verschwimmt.

Ich spüre, wie mein Körper blockiert, meine Kräfte schwinden, und dann wird alles schwarz.

*

Als ich das Bewusstsein wiedergewinne, sehe ich als Erstes das schwer von Sorge gezeichnete Gesicht eines Mannes. Er überprüft meine Vitalzeichen, seine Finger sind behutsam. Er trägt eine Warnweste, aber ich glaube nicht, dass er Polizist ist.

»Warum hat die U-Bahn angehalten?«, frage ich, was mich ebenso wie ihn überrascht.

»Sie sind in keiner U-Bahn, sondern im Greenwich-Fußgängertunnel. Sie sind ohnmächtig geworden, und jemand hat den Notrufknopf gedrückt.«

»Die Notbremse. Ich habe sie gezogen. Die U-Bahn musste anhalten. Ich musste unbedingt raus.«

»Bleiben Sie ganz ruhig, wir warten auf die Sanitäter. Sie werden eine Krankentrage mitbringen, Sie müssen sich also nicht bewegen. Es dauert nur noch ein paar Minuten.«

Ich konzentriere mich auf Einzelheiten. Die Glasur auf den gesprungenen Fliesen, jedes Rechteck sein eigenes ausgetrocknetes Flussbett. Ein Stalaktit an der Decke – Kalzium hat sich in den Ritzen gebildet. Ich weiß solche Dinge. Wie weit über uns ist das Wasser? Diese Tatsache weiß ich auch.

»Bleiben Sie, wo Sie sind«, befiehlt die Stimme, und ich sehe, wie der Stalaktit näher kommt, als ich mich auf die Beine rapple.

»Nein, nein. Ich kann gehen.«

»Sie müssen wirklich liegenbleiben für den Fall ...«

Gewaltsam bahne ich mir einen Weg durch die Schaulustigen und taumle weiter. Sie wissen nicht, ob ich eine Bedrohung oder eher eine Unterhaltung darstelle. Da sind Silhouetten im Kreis weiter vorne. Ich höre den Mann in der Neonweste, der zu mir aufholt und ruft: »Sir, bitte kommen Sie zurück!«

Uniformierte Polizisten stürzen jetzt auf mich zu. Sie sind Bowlingkegel, Spielzeugsoldaten. Eine verängstigte Stimme mit Akzent fragt: »Was hat dieser Mann getan?«

Ein anderer, mit Londoner Akzent, ist kühner: »Gehen Sie ihm aus dem Weg, vielleicht hat er ein Messer bei sich.«

Unbeirrt marschiert jemand direkt neben mir her und hält mir schamlos ein Handy ins Gesicht.

Drei Polizisten umringen mich. Einer von ihnen redet in sein Funkgerät, ein zweiter spricht mich direkt an:

»War das *wirklich* nötig, Mr Buckby?«

Ich kenne diese Stimme, und mein Herz macht einen Satz: Merchison!

Aber nein, er ist es nicht, natürlich nicht. Er ist weder ein Beamter noch ein Freund, sondern Melias Marionette. Wie Parry plappert er nur ihre Worte nach.

Da sind jetzt Hände, die mich festhalten, da man fürchtet, ich könnte einen weiteren Fluchtversuch wagen. Und als ich an der Oberfläche auftauche und mich das Tageslicht blendet, verhaftet mich die Polizei wegen Mordverdachts.

42

2. Januar 2020

Diesmal geht es auf ein Polizeirevier. Natürlich. Warum sollten Detectives der Metropolitan Police irgendjemanden mitten im Winter an einem Cafétisch vor der Royal Festival Hall befragen? Wir fahren auf Straßen, die vom Regen saubergespült wurden, in Richtung Westen und kommen an Londonern voll neu entfachtem Optimismus vorbei, während sie ihre Gesichter zur Sonne recken, die gerade durch die Wolkendecke blitzt – *das bin früher einmal ich gewesen!* –, bis wir ein schmuckloses, nicht sonderlich hohes Gebäude in Woolwich erreichen, bei dem sich mir bisher nie die Gelegenheit geboten hat, dass es mir aufgefallen wäre. *Bevor ich Melia getroffen habe.*

Es folgt ein Anmeldeprozedere, das eine Ewigkeit dauert und mir die Zeit verschafft, mich von meiner Flucht und meiner Verwirrung im Tunnel zu erholen. Mir meine Situation selbst zu verdeutlichen, meine Rechte zu verstehen. »Haben Sie sonst noch jemanden verhaftet?«, frage ich den Beamten, doch mir wird gesagt, ich solle mich um mich kümmern und die Polizeiarbeit den Profis überlassen.

Schließlich wird mir mein Pflichtverteidiger vorgestellt, und ich werde in einen Raum geführt, der rein gar nicht an die riesigen Vernehmungszimmer erinnert, die man im Fernsehen sieht, wo Beamte mit einem Summen herein- und wieder herausgelassen werden und Chief Inspectors Verdächtige durch Einwegspiegel beobachten, die wie eingesperrte Tiger nervös auf und ab gehen. Das Kabuff hier ist klein und beklemmend und könnte genauso gut ein Büro im Arbeitsamt oder einer Parkleitzentrale sein: Wir sitzen auf rauen Plastikstühlen an einem verschmierten Tisch, auf dem es irgendwelche digitalen Geräte gibt. In der Ecke an der Wand ist eine Kamera mit einem allsehenden Auge befestigt. Mir wird kein Kaffee angeboten, aber ein Plastikbecher mit Wasser gestattet.

Der Pflichtverteidiger sitzt neben mir. Evan, ein anständiger walisischer Name, auch wenn sein Akzent in Wirklichkeit stark südenglisch klingt. Ich versuche, mir unser kurzes Gespräch vor der Vernehmung ins Gedächtnis zu rufen – er hatte sich rasch ein Bild über die Situation verschafft, und da war ein Gemurre wegen der Offenlegung von Beweismitteln gewesen. Er ist ungefähr in meinem Alter und trägt seinen Weltschmerz in Extrakilos um seine Taille. Ein- oder zweimal gähnt er, und ich rieche Zigaretten in seinem Atem, was mich an Kit und mich erinnert, als wir damals vor der Haustür auf den Prospect Square blickten.

Wie zum Teufel schafft man es, an einem Ort wie diesem zu wohnen?

Er glaubte, ich hätte alles und würde es nicht verdienen, während ich in Wirklichkeit damit beschäftigt war, mich genau auf das vorzubereiten, was ich verdiene: nichts.

Ein Detective tritt ein. Ein echter. Ich bekomme seinen Namen nicht mit, aber der Typ unterscheidet sich so sehr von Merchison und Parry, dass ich über meine eigene Dummheit weinen könnte. Es ist nicht nur sein Erscheinungsbild – unauffällig, mittelpreisiger Anzug, ein Teint, der auf jahrelange ernährungsbedingte Kompromisse hinweist –, sondern auch seine verbittert riechenden Ausdünstungen nach Bürokratie und Überstunden. Er ist Anfang 40 und hat rundliche, jungenhafte Züge mit einer heiteren, entgegenkommenden Art, die mir abgedroschen vorkommt, als wollte er mir zeigen, dass ihn nichts überraschen kann und dass er Leuten wie mir schon tausendmal gegenübergesessen ist.

Er erklärt mir, dass er unsere Befragung aufnehmen wird, und schaltet das Gerät ein, wobei er darauf achtet, dass ich genau sehen kann, was er gerade tut. Uhrzeit und Ort werden genannt, ebenso wie die Namen aller Anwesenden. Als ich gebeten werde, meine Adresse zu nennen, überkommt mich die tiefe Einsicht, dass ich nie wieder einen Fuß in das Haus am Prospect Square setzen werde. Ich bin jetzt der Paria, der Ausgestoßene.

»Okay, Mr Buckby.« Er besteht auf Augenkontakt, bevor er mit der Befragung beginnt. »Vielleicht wollen Sie damit anfangen, mir zu erzählen, warum Sie weggelaufen sind, als unsere Officer an Ihrem Arbeitsplatz mit Ihnen gesprochen haben?«

»Weil ich dachte …« Meine Stimme ist ein leises Murmeln, und ich räuspere mich, um die Lautstärke auf ein selbstbewussteres Niveau zu bringen. »Ich dachte, mir würde Kits Ermordung angehängt werden, und bekam es mit der Angst zu tun. Es tut mir leid. Es war verrückt von mir. Ich wollte weder Ihre Zeit noch Ihre Ressourcen vergeuden.«

Er wirft mir einen sarkastischen »Nun, dann ist ja alles in Ordnung«-Blick zu, und mir wird bewusst, dass ich jegliche Zweifel an meiner Schuld, die mir bisher womöglich eingeräumt wurden, leichtfertig verspielt habe. Er ist fest entschlossen, mir kein einziges Wort zu glauben.

»Wie kamen Sie darauf, dass er ermordet worden ist? Das wurde Ihnen von keinem unserer Officer gesagt, nicht wahr?«

»Nein, aber meine Partnerin hatte mich kurz davor angerufen und mir erzählt, er wäre wohl erstochen worden.«

»Hat sie das? Sie arbeitet als was?«

»In der Immobilienbranche. Was ich meine, ist, sie war in der Gegend und hat zufällig mitbekommen, wie jemand gesagt hat, es wäre eine Messerstecherei gewesen. Sie hat den Leichnam nicht mit eigenen Augen gesehen.«

Den Leichnam. Ich bekomme nicht in meinen Kopf, was ich getan habe, was Melia getan hat. Es ist jetzt Abend, und die Pendler des River Bus werden bald zu Hause sein. Ist die Polizei immer noch vor Ort, während Regenwasser vom Zelt tropft, die Absperrbänder festgebunden?

»Na schön. Nun, falls wir hier heute Abend irgendwie weiterkommen wollen, interessiert *mich* nur, was Sie mit eigenen Augen gesehen haben. Okay?«

»Ja.«

»Wo waren Sie am Dienstagabend dieser Woche?«

»Zu Hause.« Ich wiederhole die Antworten, die ich den Streifenpolizisten im Café gegeben habe. Wiederum findet Clare Erwähnung. Wenn ich mir etwas in den Stunden zwischen meiner Verhaftung und jetzt hergeleitet habe, dann, dass Melias Wort gegen meines steht, ob sie nun als Verdächtige oder als Angehörige des Opfers oder beides befragt wird. Ich habe Clare, die mir ein Alibi verschafft, und sie hat Elodie. Gewiss wird jemand, der so erfolgreich und respektabel wie Clare ist, überzeugender als Elodie sein? Ich versuche, mir ihren Beruf in Erinnerung zu rufen, ob er mir jemals erzählt worden war. Die meisten Freunde der Ropers sind »Kreative«, wenn es also auch nur einen Hauch von Gerechtigkeit auf der Welt gibt, wird Elodie sich von einem Aushilfsjob zum nächsten hangeln und ihre Unzuverlässigkeit ständig unter Beweis stellen. Eine besorgte innere Stimme berichtigt mich: *Melia wird sie nicht zufällig ausgewählt haben.* Ich erschaudere.

Strahlende Augen durchbohren meine erneut, verlangen meine Konzentration. »Sehen wir uns den Zeitraum zwischen Mitternacht und sechs Uhr morgens am Mittwoch an, Mr Buckby.«

Der Todeszeitpunkt. »Ich war im Bett. Ich habe meinen Familienangehörigen ein paar Neujahrsglückwünsche geschickt, dann habe ich mir ein Hörspiel im Radio angehört. Von ungefähr ein Uhr bis halb neun am nächsten Morgen habe ich geschlafen.«

»Welches Hörspiel war es?«

»Eine alte Folge von *Jeeves and Wooster.*«

»Sie waren gut gelaunt, ja?«

»Nicht wirklich. Es war nur leichter, damit einzuschlafen.«

»Weil Sie wegen irgendwas aufgeregt waren?«

»Nein, überhaupt nicht. Aber ich habe die Feuerwerkskörper gehört, die losgingen, den Partylärm vom Platz draußen. Ich wollte mich nur entspannen. Ich bin sicher, Sie könnten auf meinem Handy nachschauen oder meinen Suchverlauf überprüfen oder was auch immer.«

»Ich bin sicher, dass wir das könnten. Worum ging es in der *Jeeves and Wooster*-Folge? Ich bin ganz Ohr.«

Seine Art ist unerbittlich: Das ist kein Katz-und-Maus-Spiel, sondern das Abarbeiten eines uferlosen Arbeitspensums mit höchster Effizienz. Ich bin kein Faszinosum für ihn, sondern nur ein arroganter Opportunist, der glaubt, sein Leben wäre mehr wert als das eines anderen, und böse genug, aus dieser Überzeugung heraus zu handeln.

Ich hätte keinerlei Hoffnung für mich, selbst wenn ich anderer Meinung wäre.

»Daran erinnere ich mich nicht«, sage ich wahrheitsgemäß.

»Versuchen Sie's. Nur ein ganz grober Überblick über die Geschichte.«

Angestrengt rufe ich mir ein mögliches Detail ins Gedächtnis. »Ich glaube, es war die, in der er seinem Freund hilft, seine Verlobung zu lösen.«

»Das hört sich nach einer Episode von *Friends* an.« Es folgt eine Pause, ein Moment der Erheiterung zwischen ihm und Evan anstatt mir, ein Sekundenbruchteil trügerischer Sicherheit, in der sich nur ein Narr wiegen würde. »Vielen Dank, Jamie, das hört sich sehr rund an. Ein netter, zivilisierter Abend, an dem Sie früh zu Bett gegangen sind. Das Problem ist nur, dass wir das hier haben.«

Es ist ein Schwarz-Weiß-Foto. Während ich es mit schiefgelegtem Kopf prüfend anstarre, entbrennt ein Streit zwischen den beiden bezüglich der Offenlegung von Beweismitteln. Anscheinend hätte man es uns vor der Befragung vorlegen müssen. Evan schlägt eine Pause vor, eine Besprechung unter vier Augen, aber ich wische die Idee mit einer Handbewegung beiseite. »Es spielt keine Rolle, ob ich es vorher schon mal gesehen habe oder nicht, solange ich nicht weiß, was es ist.«

Das entspricht der Wahrheit. Die Abstufungen von Grau auf dem Foto lassen kaum etwas erkennen. Doch dann sehe ich den Zeitstempel in der Ecke – 01/01/20 01:43 –, und ich verkrampfe mich auf meinem Stuhl. Die Atmosphäre im Zimmer spitzt sich zu und beschleunigt und ballt sich zusammen. Alles kracht ineinander.

Mein Befrager fährt fort: »Das ist ein Foto, das uns anonym durch unser Zeugenaufrufprogramm zugespielt wurde. Es wurde ohne Blitzlicht aufgenommen, weshalb Sie recht haben, man kann nicht viel erkennen. Aber wenn man sich diese überarbeitete Version ansieht, die unsere technisch versierten Kollegen bereitgestellt haben …«

Ein zweites Bild wird neben das erste gelegt. Jetzt kann ich zwei Gestalten an einer Mauer ausmachen, ihre Oberkörper ineinander verkeilt. Sie könnten ein Liebespaar sein, wenn man es auf diese Weise interpretieren will, aber ich weiß, dass sie kämpfen. Um eine Frau, um ihr Leben, obwohl es noch keiner von ihnen weiß.

Nur ein Gesicht ist der Kamera zugewandt.

»Erkennen Sie eine dieser Personen, Mr Buckby?«

Wiederum versucht Evan, die Befragung zu unterbrechen, und wiederum lehne ich ab. Mit einem zögerlichen Finger berühre ich mein eigenes Gesicht auf dem Foto. »Das sieht wie ich aus, aber wenn ich das sein sollte, dann muss die Uhrzeit falsch sein. Wie schon gesagt, zu dem Zeitpunkt war ich zu Hause. Clare wird Ihnen das bestätigen.«

Der Detective ignoriert meinen Einwand und macht eine Bemerkung in Richtung des Aufnahmegeräts, dass ich mich selbst auf dem Beweismittel identifiziert habe. »Und die andere Person?«

»Keine Ahnung.«

»Sie erinnern sich nicht, mit wem Sie dort waren?«

»Das Datum ist gefälscht. Wenn ich also nicht weiß, wann es aufgenommen wurde, dann weiß ich auch nicht, mit wem ich dort war.« Ich klammere mich an meinem Skript fest: Alles ist von nun an fingiert, ein bekanntes Problem für Menschen, die nach der Wahrheit streben.

Doch die Polizei sind Menschen, die nach Verurteilungen streben, was nicht zwangsläufig dasselbe ist.

»Erkennen Sie den Ort, Mr Buckby?«

»Keine Ahnung«, wiederhole ich. Die zwielichtige Stelle ist außer Reichweite jeglicher Überwachungskamera, und wir waren allein, was bedeutet, dass Melia dieses Foto geschossen und darauf geachtet haben muss, kein Blitzlicht zu benutzen, genau wie der Detective gesagt hat. Ich hätte es sonst bemerkt, ebenso wie Kit. *Hexe. Schlange. Direkt vor unseren Augen – nur dass unsere Augen ganz auf den jeweils anderen gerichtet gewesen waren.*

Ich nehme meinen Wasserbecher, aber er ist leer. Ich kaue am Rand, als könnte ich so Flüssigkeit herausquetschen. »Könnte ich bitte noch etwas Wasser bekommen?«

Evan schiebt seinen Becher zu mir, und ich gieße die restliche Flüssigkeit meine Kehle hinab. Ich bedanke mich, stelle jedoch keinen Blickkontakt her.

»Wir sind der Meinung, dass die zweite Person Ihr Freund ist, Mr Roper«, sagt der Detective.

»Das ist möglich«, stimme ich ihm zu, »nur nicht kürzlich. Wie ich schon mehrmals erklärt habe, habe ich ihn seit Montag, dem 23. Dezember, nicht mehr gesehen. Ich dachte, er wäre als vermisst gemeldet worden, und ich war nicht der Einzige, der das geglaubt hat. Herrgott noch mal, Merchison und Parry haben mich einen halben Vormittag auf dieser Grundlage festgehalten!«

»Ah, ja, die berühmten Merchison und Parry.« Ein hörbares, tiefes Einatmen, gefolgt von einem theatralischen Seufzen, verraten mir, was er von dieser Anspielung hält. »Sie wurden also als Verdächtiger befragt?«

»Nein. Es war ein informelles Gespräch.«

Er kichert. »Ein informelles Gespräch, das den halben Vormittag gedauert hat. Na klar.«

»Ja, *wirklich*. Jemand sollte wegen *denen* ermitteln. Wenn sie nicht bei der Met sind, dann sollten sie angeklagt werden, weil sie sich für Polizeibeamte ausgegeben haben. Das ist eine Straftat, nicht wahr?«

Seit meiner Verhaftung habe ich dies mehrmals verschiedenen Polizisten gesagt, aber es ist klar, dass alle, einschließlich diesem hier – dem wichtigsten –, ausnahmslos glauben, ich habe mir meine Befrager nur ausgedacht. Dass sie Phantome sind, Wahnvorstellungen. Namen, willkürlich einer Zeitschriftenwerbung entnommen oder von einem Etikett auf einer Schachtel, auf die mein Blick im Café gefallen ist, als ich mit den Streifenpolizisten geredet habe: Merchison & Parry, Hersteller von Gingerbread. Mein Gesicht wird rot, als ich mich an Sarah Miller erinnere, die Sopranistin. Merchison muss ihren Namen auf einem Poster oder Flyer in der Royal Festival Hall gesehen und ihn dann in sein Notizbuch gekritzelt haben, um sich den Anschein eines echten Detectives zu geben, dem Dinge auffallen.

Was stand sonst noch auf diesem Block? Eine Einkaufsliste? Ideen für Geschenke zum Hochzeitstag für seine Frau? *Hat* er überhaupt eine Frau? Ein Stachel der Wut bohrt sich durch meinen Panzer aus Selbstmitleid, und ich spüre, wie mein Gesicht noch weiter entflammt.

»Lassen wir dieses Thema fürs Erste, und kehren wir bitte zum Foto zurück. Ist es möglich, dass es an dem Flussabschnitt gemacht wurde, an dem Mr Ropers Leichnam heute früh gefunden wurde?«

»Ich weiß nicht, von welchem Flussabschnitt Sie sprechen«, sage ich mit zusammengebissenen Zähnen.

»Ich dachte, Ihre Partnerin hätte es Ihnen erzählt? Vielleicht interessiert es Sie, dass wir sämtliche Überwachungskameras in St Mary's an Silvester überprüfen, einschließlich der Straßen zwischen Ihrem Haus und dem Fluss.«

Ich zucke gleichgültig mit den Schultern. Auf der Hauptstraße wird es nichts geben, davon bin ich fest überzeugt, aber jeder Amateur könnte mit einer oberflächlichen Google-Suche den anderen Fußweg finden, und meine Vorsichtsmaßnahmen kommen mir jetzt vollkommen sinnlos vor. Melia hatte mir versichert, dass dort keinerlei Überwachungskameras seien, und da ich keinen Grund hatte, ihre Worte anzuzweifeln, hielt sich mein eigenes Auskundschaften in Grenzen. Könnte dort eine versteckte Kamera angebracht sein, die mir nicht aufgefallen war, irgendwo hinter den Toren der Baustelle von St Mary's Wharf? Eine Kamera, von der allein sie wusste, wie man sie umgeht?

Eine Glühbirne flackert über meinem Kopf – oder vielleicht bilde ich es mir auch nur ein. »Dieser Zeitstempel ist gefakt«, wiederhole ich blinzelnd.

Der Blick des Detective ist steinern. »Wir haben ihn auf seine Echtheit geprüft und sind sicher, dass er den Nachweisanforderungen fürs Gericht entspricht.«

Andernfalls hätten sie nicht genug, um mich zu verhaften. Und ich brauche meinen neuen Freund Evan nicht, damit er mich zur Seite nimmt und mir erklärt, dass es höchstwahrscheinlich ausreicht, um allein darauf eine Anklage aufzubauen.

Eine Erinnerung an mich in Rosie's Café steigt in mir hoch, wie ich Melia bedränge. *Hast du von ihm gehört? Ist er immer noch von der Bildfläche verschwunden?* Sätze, die wir einstudiert hatten, um meine Besorgnis für eine vermisste Person zu beweisen, aber könnten sie nicht gleichzeitig als die eines Mannes gedeutet werden, der einen anderen Mann mit der Absicht jagt, ihm etwas anzutun? Mein Gesicht an jenem Nachmittag wirkte völlig verrückt. Ich sah *gestört* aus.

Genau wie jetzt.

»Es war Melia«, sage ich unvermittelt. »Sie hat dieses Foto gemacht. Sie hat mich reingelegt.«

Als mein Anwalt noch entschlossener als zuvor versucht, mich zum Schweigen zu bringen, und diesen letzten katastrophalen Vorschlag von sich weist, hebe ich eine Hand und beharre darauf, dass ich weiß, was ich hier sage. Der Detective senkt die Schultern, und sein Blick verändert sich. So rasch hat er kein Geständnis erwartet. Aber andererseits ist das auch nicht meine erste Befragung, egal, was er zu glauben scheint.

»Sie meinen, Sie *haben* sich mit Mr Roper um 1.43 Uhr am Morgen des ersten Januars getroffen?«

»Ja. Wir waren am Fluss in St Mary's. Gleich hinter dem Hope & Anchor.«

Er tippt auf das Foto. »Und das ist er auf der Fotografie mit der Person, die Sie bereits als sich selbst identifiziert haben?«

»Ja.« Ich hole tief Luft, und die Wahrheit platzt aus mir heraus: »Aber ich habe ihn nicht erstochen. Ich gebe zu, ich habe mich schuldig gemacht, ein Verbrechen nicht gemeldet zu haben oder wie auch immer man das nennt, aber ich habe keinen Mord begangen. Das war *sie*.« Als der Detective nicht sofort reagiert, hebe ich die Stimme: »Sehen Sie mich an. Gewiss haben Sie in Ihrer Ausbildung gelernt, entscheiden zu können, ob jemand die Wahrheit sagt.«

Sein Mund presst sich zu einer festen Linie zusammen, als wollte er mich warnen, dass schon zermürbendere Individuen als ich auf diesem Platz gesessen und Lügen, Unschuldsbekundungen und Geständnisse von sich gegeben haben. »Nur fürs Protokoll: Wenn Sie sagen ›Sie war es‹, dann meinen Sie …?«

»Melia natürlich! Das habe ich doch gerade gesagt!«

»Melia Roper, Christopher Ropers Ehefrau?«

Das ist der Moment, in dem ich meine Zukunft sehe – sie *höre*. Die Art, wie er ihren Namen ausspricht, die unwiderlegbare Zurückweisung in seinem Tonfall. Genau in diesem Augenblick weiß ich ohne jeden Hauch eines Zweifels, dass sie nicht irgendwo in diesem Gebäude sitzt und einer ähnlichen Befragung wie ich ausgesetzt ist, sondern zu Hause getröstet und umsorgt wird. Elodie wird sich als Sonderpädagogin oder Sozialarbeiterin herausstellen und auf das Leben der Schwachen in dieser Stadt oder ihres eigenen Babys schwören, dass Melia die ganze Nacht mit ihr in der Wohnung war, einer Schuhschachtel von einem Apartment, in dem sie die Abwesenheit ihrer Freundin auf jeden Fall bemerkt hätte (außer natürlich, sie wäre mit Drogen betäubt worden). Clare hingegen wird unverblümt erklären, dass wir nicht in einem gemeinsamen Zimmer geschlafen haben, nicht einmal auf demselben Stockwerk unseres großen Stadthauses für Wohlhabende. Nachdem sie eine ganze Flasche Wein in ihrem Blutkreislauf hatte, hätte ich alles Mögliche tun können, während sie schlief.

»Mr Buckby? Mr Buckby?«

Mein Kopf liegt in meinen Händen, ich presse die Finger gegen meine Augäpfel, und mit einem Mal sagt er meinen Namen, als würde mich das aus einem Zauber lösen.

»Ich rate Ihnen dringend, eine Pause einzulegen«, sagt mein Pflichtverteidiger und erinnert den Detective an meinen Schwächeanfall im Tunnel und meinen verwirrten Zustand, als ich anschließend das Bewusstsein wiedererlangt habe. *Er weiß nicht, was er sagt.*

Doch das tue ich, und zum letzten Mal falle ich ihm ins Wort. »Nein! Ich will reden. Bringen wir's hinter uns.«

Der Detective wirkt erfreut. Seine Körpersprache ist offen, sein Tonfall entspannt sich. »Das käme mir auch gelegen. Wenn ich darf, würde ich gern einen Kollegen hereinbitten.«

Die Fotos werden eingesammelt, Papiere in die richtige Reihenfolge gebracht, das Aufnahmegerät kontrolliert. Der Anwalt tippt Nachrichten auf seinem Handy, sagt Termine ab. Aus seinem Körper scheint jegliche Anspannung gewichen zu sein, was mir verrät, dass er glaubt, alles in seiner Macht Stehende für mich getan zu haben, und jetzt nichts weiter als ein Zuschauer ist, kein Spieler.

Nun, ich brauche seinen Beistand nicht. Meine Rechte interessieren mich längst nicht mehr.

Kurz darauf sitzen mir zwei Männer am Tisch gegenüber. Durch Zufall – oder Einbildung – sind sie ähnlich groß und von ähnlicher Statur wie Merchison und Parry.

»Fangen wir ganz von vorne an, in Ordnung?«, schlägt der eine Neuankömmling vor. »Erzählen Sie uns alles, was Sie über Mr Roper wissen. Wie lang kennen Sie sich schon?«

Ich starre ihn mit offenem Mund an. Das sind genau die Fragen, die mir am 23. Dezember gestellt wurden, fast wortwörtlich. Ich habe das Gefühl, den Verstand zu verlieren, obwohl er mir in Wahrheit nur benebelt wurde, von einem Engel, der sich als Teufelin entpuppt hat.

Ich räuspere mich, und ein Satz packt mich, mehr als ein Satz, ein Gefühl: *die Angst zu fallen*. Oh, Melia, vielleicht wäre es besser gewesen, wenn wir an jenem Abend mit der Gondel abgestürzt wären. Beim Aufprall wären wir gestorben und in unserer Gondel am Flussbett entlanggerollt, Figuren in einer Schneekugel, die nur darauf warten, mit einem Schütteln wieder zum Leben erweckt zu werden.

»Fast ein Jahr«, sage ich. »Wir haben uns letzten Januar kennengelernt.«

43

2. Januar 2020

Wissen Sie, was lustig an alldem hier ist? (Und mit *lustig* meine ich: krank, abgefuckt, selbstzerstörerisch, *schlimm*.) Meine zweite Version unterscheidet sich nicht sehr von der ersten. Ich habe Parry und Merchison nie wirklich angelogen. Das musste ich auch nicht. Es war in Grunde nur ein Ausblenden gewisser Szenen. Wie jener Abend Ende März, in dem Schlafzimmer mit all den Spiegeln. Dieses Beichtgespräch unserer Schwächen – und ja, ich weiß, es sind eigentlich Eitelkeiten, aber vielleicht ist Eitelkeit die größte Schwäche von allen? Meine die Scham, gewissermaßen so mittellos wie sie zu sein, ihre die Angst, niemals jemanden anzuziehen oder sich selbst zu jemandem hingezogen zu fühlen, der die finanziellen Möglichkeiten hat, sie von ihren Schulden zu befreien und ihr zu helfen, sich selbst neu zu erfinden und sich zu entwickeln.

»Weißt du, was ich mir gerade gedacht habe?«, sagte sie. Wir waren noch im Schlafzimmer, aber wieder angezogen, und wollten gerade aufbrechen. Ich schlüpfte in meine Schuhe, sie richtete ihre Haare in einem der Spiegel hinter mir.

»Was?« Ich blickte zu ihr hoch und sah, dass sich etwas Eigenwilliges in ihr regte. Ihre Augen glitzerten golden.

»Kit hat diese Lebensversicherung. Sie ist Teil seiner Zusatzleistungen, jeder Festangestellte in seiner Gehaltsstufe hat die. Wenn er also stirbt, bekomme ich einen schier unglaublichen Geldbetrag.«

»Du bist die eingetragene Begünstigte, ja?«

»Genau. Die *Begünstigte*.« Sie sprach das Wort aus, als wäre es ein erotischer Begriff.

Mir war augenblicklich klar, dass ich dies als einen Scherz und nichts weiter verstehen sollte. »Wie planst du ihn zu beseitigen? Nein, verrat's mir nicht. Du kannst nicht darauf vertrauen, dass ich dich nicht verpfeife, wenn die Zeit kommt.«

»Wirklich? Du enttäuschst mich.« Sie hielt den Atem an, während ihr Blick von ihrem eigenen Spiegelbild zu meinem Gesicht glitt. Dann seufzte sie. »Du weißt, dass ich nur scherze, oder?«

»Natürlich. Außerdem sind diese Policen erst nach einer gewissen Dauer des Beschäftigungsverhältnisses gültig.«

»Nach zwei Jahren.«

Ich zögerte. *Nicht fragen.* »Wie lang arbeitet er schon dort?«

»Diese Woche werden es 20 Monate.«

Mir fiel die Präzision ihrer Antwort auf, ich ging jedoch nicht darauf ein.

»Was ist mit Clare?«, fragte sie. Sie stand jetzt mit dem Rücken zu mir und kramte auf der Suche nach den Schlüsseln in ihrer Tasche.

»Was soll mit ihr sein?«

»Hat sie eine Lebensversicherung?«

»Ich glaube nicht. Außerdem wäre ich mir sowieso nicht sicher, ob ich ihr Begünstigter bin. Sie hat einen Cousin, mit dem sie sich gut versteht, und der hat drei Kinder. Sie sagt immer, dass sie ihnen alles vermachen wird.«

Diese Spiegel in jener Nacht, ein wahrlich einzigartiges Arrangement! Ich erinnere mich, wie unsere Blicke sich jäh darin trafen, und war von dem Anflug an Heimtücke verwirrt, die ich in ihrem Gesicht zu sehen glaubte. Erst als sich ein Lachen darauf breitmachte, erkannte ich sie wieder.

»Wie schade!«, rief sie. »Dann eben Kit.«

*

Und ein weiterer Abend – der, an dem der Plan Gestalt annahm. Im September, das erste Mal, dass sie und ich mich nach der Hochzeit trafen, kurz nach meinem Urlaub in Frankreich mit Clare und Dad. Ein Wiedersehen, so süß und reif – und dennoch war da im Moment des Abschieds bereits dieser feine, trockene Staub, der den Beginn der Fäulnis markiert.

Ich erinnere mich, dass ich von ihr verhext war. Das ist ehrlich gesagt das einzige Wort, um es zu beschreiben. Ihr Anblick, die Art, wie sie sich anfühlte, ihr Geruch, das alles erfüllte mich mit neuem Leichtsinn, einem draufgängerischen Vergnügen, das kaum von Freiheit zu unterscheiden war.

Ich dachte: *Nichts in meinem Leben ist wichtig, abgesehen von dem hier.*

(Was etwas ganz anderes ist als: *Nichts in meinem Leben ist so wichtig wie das hier.*)

»Verrat mir, warum du und Kit geheiratet habt«, sagte ich. »Es kann nicht spontan gewesen sein, man muss sich vorher anmelden.«

»Ich weiß. Ich habe es getan, weil mir eine Idee kam.«

Eine derart schlichte Aussage und so nüchtern, gesprochen im Singular, als hätte Kit keinerlei Mitspracherecht. Wenn ich zu jenem Moment zurückkehren, die Zeit aufhalten und anfangen könnte, sie rückwärtslaufen zu lassen, bis hin zu meiner Geburt, dann würde ich es tun.« Ich denke schon eine Weile darüber nach, habe mir die Details durch den Kopf gehen lassen und abgewogen, ob es klappen könnte. Und ich bin mir hundertprozentig sicher, dass es möglich ist.«

»Welche Idee?«, fragte ich, denn die Zeit ließ sich nicht aufhalten. Sie verging wie immer, machte einen oder zwei Schritte vorwärts und zerrte mich an einer Leine am Kragen hinter sich her.

»Wie wir mit Kit fertigwerden und das Versicherungsgeld einstreichen können.«

Ich hob eine Augenbraue und lächelte, als würde ich ein fantasievolles Kind ansehen. »Wenn du ›mit Kit fertigwerden‹ sagst, meinst du aber nicht …«

Wie zu einem stillen Urteilsspruch presste sie die Lippen zusammen. Als sie sie wieder löste, öffneten sie sich wie ein Blütenkopf. »Doch.«

Mein Gesicht war von diesem Lächeln gefangen. Verwirrung rauschte dröhnend durch meine Adern. Ich hatte das Gefühl, als hätte ich eine Verbindung in der Erzähldramaturgie verpasst, mein Verstand wie durch einen Anfall von Amnesie vernebelt.

Ihr Mund kam ein winziges Stück näher an mein Ohr. »Deshalb musste ich ihn heiraten. Dann bekommt man mehr. Abgesehen von der Lebensversicherung, ist es eine betriebliche Todesfallversicherung. Fast zwei Millionen Pfund.«

»So viel. Wow!« Obwohl ich immer noch kicherte, spürte ich die Anspannung in ihrem Körper, die Last der Erwartung an mich, und mein Herz erbebte.

»Hilf mir, Jamie.« Ihr Blick war überzeugend, von der Art, die nicht aus Neid oder Vergeltung geboren ist, sondern aus dem schlichten Willen, Erfolg zu haben. »Du hast nichts, ich habe nichts. Das ist die Lösung.«

»Das ist keine Lösung, sondern ein Verbrechen.« Endlich legte ich etwas Verurteilendes in meinen Tonfall. »*Zwei* Verbrechen, wenn man es sich recht überlegt, da die Auszahlung als Betrug oder eine Art Geldwäsche erachtet werden kann. Wenn man geschnappt wird, würde man für ... wie lange? ... zehn, 15 Jahre im Gefängnis landen.«

»Wir würden nicht geschnappt werden.«

Der Singular ging nahtlos und tödlich in den Plural über.

Ich musterte sie mit meinem ernstesten Stirnrunzeln. »Melia, bitte!«

»Ich wusste, du würdest das sagen«, erwiderte sie mit schlichter Akzeptanz. Sie rollte sich von mir weg, entzog mir ihre Körperwärme. »Das ist in Ordnung. Es wäre sonderbar, wenn es anders wäre.«

»Nun, zugegebenermaßen sind wir das letzte Mal, als du eine Idee hattest, mit einer Seilbahn gefahren.«

Da entschlüpfte ihr ein Kichern, als könnte sie meinem Humor nicht widerstehen, selbst wenn sie in dunkelsten Gedankenschleifen gefangen war. Es war – auch wenn mich das Eingeständnis jetzt quält – schmeichelhaft.

»Ich erzähl dir einfach mal, wie es funktionieren würde«, sagte sie. »Stell es dir wie eine Geschichte vor, wie das Drehbuch eines Films.«

Ich weiß, es klingt verrückt, dass ich ihr überhaupt zugehört habe. Ich weiß, ich hätte sofort weggehen müssen. Ich hätte Kit beschützen müssen.

Ich hätte mich selbst beschützen müssen.

Die Sache war nur die: Ich habe sie geliebt. Ich war wahnsinnig vor Freude, wieder mit ihr vereint zu sein, wie berauscht von der Vorstellung, zu ihrer Zukunft zu gehören. Wie schon gesagt, ich war verhext. Gebannt. Und nebenbei bemerkt lag sie nicht ganz falsch, was die Einschätzung meiner Situation betraf. Clare und ich waren nicht verheiratet, und die Rechte einer eheähnlichen Lebensgemeinschaft sind ein Mythos. Im Fall einer Trennung hätte ich mir einen Anwalt überhaupt nicht leisten können, selbst wenn er zugestimmt hätte, mich zu vertreten. Ich arbeitete in meinem Job für einen Hungerlohn und hätte mir niemals eine Wohnung leisten können. Ich hätte mich wie Regan von einem Untermieterdasein zum nächsten hangeln und wie die Füchse auf unserem Platz nach Nahrung suchen müssen.

Sie packte mich nicht sofort, nein, aber irgendwann nach diesem verhängnisvollen Abend begann diese fehlerhafte, wenn auch verlockende Theorie in meinem Bewusstsein Gestalt anzunehmen, dass nichts zu besitzen dasselbe ist, wie nichts verlieren zu können.

Und es war nicht so, als müsste *ich* ihn töten. Mein Alibi wäre unüberwindlich – so unüberwindlich wie eine Gefängniszelle.

Die wahre Frage lautete: Wäre ich in der Lage, mir eine Zukunft mit einer Mörderin vorzustellen?

Offensichtlich ja.

*

Und offensichtlich konnte sich Kit eine Zukunft mit einer neuen Identität in einem Land weit weg von seiner Heimat vorstellen, während ein Unschuldiger – ich! – für ein Verbrechen im Gefängnis landete, das er nicht begangen hat. Das *niemand* begangen hat.

Laut Melia war es verachtenswert leicht, ihn an Bord ihres geplanten Betrugs zu holen – Entschuldigung, ihres *vorgetäuschten* Betrugs (welche Ironie!). Er war nur allzu bereit, seinen Job, seine Freunde, seine Verpflichtungen für den nicht selbst verdienten Reichtum und das Luxusleben aufzugeben, die er als sein gottgegebenes Recht ansah.

Selbst wenn Melia mich nicht vorgewarnt hätte, hätte ich den Tag präzise bestimmen können, an dem er bei ihrem Plan anbiss. Sein Verhalten mir gegenüber veränderte sich, vielleicht weil er wusste, dass sie mit mir schlafen müsste, damit es funktioniert, und trotzdem konnte er sich nicht mit mir überwerfen, zumindest eine Weile noch nicht. Er brauchte mich in seinem Leben, seinen Rivalen und Feind, um für einen Streit an dem Abend zur Verfügung zu stehen, an dem er verschwand. Ohne mich gäbe es keine Mordtheorie, nur ein Verschwinden, das keinen Sinn ergab, was viele Jahre ohne Geld bedeutet hätte.

Ich gewöhnte mich an diesen Rhythmus. Er sagte etwas Fieses zu mir (»Du bist ein verdammter *Dinosaurier*, Jamie«), dann riss er sich wieder zusammen und schlug ein Treffen vor (»Nichts für ungut, Kumpel. Zeit für ein schnelles Bier im Mariners?«). Natürlich wusste er nicht, dass ich in einer ähnlichen Zwickmühle steckte: Ich ertrug seinen Anblick nicht, brauchte ihn aber in Reichweite. Der Gedanke, dass wir einander als wertlos erachteten und deshalb den jeweils anderen leicht opfern konnten, verstärkte meinen Entschluss und machte mich gleichzeitig skrupelloser.

»Ich kann nicht glauben, dass er tatsächlich bereit ist, für den Rest seines Lebens mit einer falschen Identität zu leben«, sagte ich zu Melia.

»Was ist die Alternative? Für immer wie ein Bettler zu leben? Und vergiss nicht, ich müsste es ebenfalls. Die Idee ist die: Wir haben einander, und das ist alles, was zählt.« Sie setzte einen widerlich romantischen Gesichtsausdruck auf, bevor er in völlige Leidenschaftslosigkeit umschlug. Es war interessant, ihre Verwandlung, ihre immer unbeirrbarere Entschlossenheit zu beobachten. Eine Veränderung, rasant und tödlich, und dennoch an der Oberfläche kaum wahrnehmbar.

»Ihr könntet nicht in Europa bleiben, wenn ihr die Sache wirklich durchziehen wollt. Es müsste Südamerika oder irgendwo sein, wo es kein Auslieferungsabkommen mit Großbritannien gibt. Im Grunde müsstet ihr völlig untertauchen.«

»*Wenn*«, wiederholte sie und fügte mit einem zuckersüßen Tonfall hinzu: »Vielleicht lasse ich ihn das Zielland aussuchen. Es ist wohl das Mindeste, was ich tun kann.«

*

Da Kit nun einmal war, wer er war, hatte er gelegentlich Schwierigkeiten, sich ans Drehbuch zu halten. Es war der gescheiterte Schauspieler in ihm, ebenso wie der unzuverlässige Freigeist. Mit einem Vermögen, das in verlockender Reichweite lag, und seiner nervösen Anspannung, die immer weiter anwuchs, trank er mehr Alkohol und konsumierte mehr Drogen als jemals zuvor und riskierte seinen Job genau in dem Moment, als es unabdingbar war, ihn zu behalten. Melia kümmerte sich um ihn, redete ihm gut zu, redete ihm vieles aus. Es war ihr Verdienst, dass er die gesamte Strecke schaffte, auch wenn die Ziellinie, auf die er zuwankte, nicht mit einem Band, sondern mit einer Klinge geschmückt war.

Sie ist eine echte Schlampe ... Pass lieber auf, Jamie! Das mein ich verdammt ernst! Mir gefror das Blut in den Adern beim Gedanken, dass er sich damit fast verraten hätte. Nicht nur durch seine Worte, sondern auch mit seinen Augen, in denen sich allein für mich ein Stummfilm abspielte: Monate des Hasses, da ich mit ihr schlief. Monate der Sehnsucht, mir endlich ins Gesicht sagen zu können, dass es nicht echt war, dass sie mich nur benutzte.

Nun, in diesem Punkt hatte er recht.

*

Ja, es war ein langfristiges Unterfangen, ein bis ins kleinste Detail ausgearbeiteter Bluff. Jeder Schritt wurde diskutiert und seziert, unsere logistischen Fragen auf öffentlichen Computern und von Kollegen geliehenen Laptops geklärt. »Ich habe mir überlegt, ihn kurz vor Weihnachten von der Bildfläche verschwinden zu lassen«, sagte Melia. »In dieser Jahreszeit gibt es viel Kriminalität, viel Ruhestörung. Wenn ich ihn als vermisst melde, wird die Polizei längst am Ende ihrer Kräfte sein.«

»Du meinst, du willst nicht, dass sie *zu* gut ermitteln?«

»Ganz genau. Es muss alles seinen offiziellen Weg gehen, aber unter gar keinen Umständen dürfen sie ihn tatsächlich finden.« Eingesperrt in einem versifften B&B in Thamesmead, mit Zimmern für Dauergäste, die man bar bezahlen kann, und mit hilfreicher Nachsicht der Betreiber, was das Vorzeigen von Ausweisen betrifft. Es war eine vorübergehende Lösung, das zumindest glaubte Kit – in Wirklichkeit jedoch sein letztes Zuhause.

Da mein Zug nach Edinburgh für Dienstagmorgen gebucht war, wurde die kleine Weihnachtsfeier mit den Wasserratten auf den Montagabend gelegt. Kit war eingeschärft worden, auf dem Stück zwischen North Greenwich und St Mary's einen Streit vom Zaun zu brechen, wobei er sicherstellen sollte, dass die Überwachungskamera ihn klar und deutlich einfing. Sobald er von Bord war, schlug er den Flusspfad in Richtung Hope & Anchor ein und achtete darauf, das Gesicht abzuwenden, sobald er in Reichweite der Außenkamera des Pubs war, und dann weiter zur Pepys Road zu gehen, wo er in einem von Melia organisierten Taxi ohne Lizenz und mit einem großzügigen Schweigegeld für den Fahrer zu seinem Versteck gebracht wurde.

»Lass dich nicht zu sehr auf die Palme bringen, Jamie. Lock ihn nicht *wirklich* in eine dunkle Ecke und töte ihn.«

Bei ihren Worten mussten wir beide lachen.

»Wann genau wirst du bei der Polizei anrufen?«

»Ich werde ein oder zwei Tage verstreichen lassen. Das würde ich auch tun, wenn ich tatsächlich nicht wüsste, wo er steckt.«

»Aber würdest du mich nicht anrufen? Wenn er am Dienstagmorgen nicht zu Hause ist? Und wenn du wüsstest, dass er am Abend zuvor mit mir aus war?«

»Ich werde dich anrufen«, stimmte sie mir zu. »Ich werde es ein paarmal versuchen, du lässt mich allerdings auf die Mailbox sprechen. Wir wollen doch nicht, dass die Polizei glaubt, wir hätten miteinander geredet.« Absprachen getroffen. Uns verschworen.

»Du würdest auch versuchen, Clare zu erreichen, nicht wahr? Das wäre das Natürlichste der Welt, wenn du mich nicht erreichst.« Bei ihr stünden die Chancen besser, dass sie rangeht, aber es wäre keine Katastrophe, wenn sie es täte. »Sie wird dir sicherlich sagen, dass er einfach nur irgendwo am Feiern ist, das hat er früher schon öfter getan.«

»Sobald ihr zurück seid, hat die Polizei eine Aussage von mir und wird mit dir reden wollen«, sagte Melia. »Ich schätze, sie werden dich am Freitag in der Arbeit anrufen. Und, Jamie?«

»Ja?«

»Wenn sie mit dir reden, werden sie es clever angehen. Der beste Weg, Dinge nicht zu sagen, ist der, sie nicht zu *denken*.«

»Das werde ich mir merken«, erwiderte ich.

*

Was das Verbrechen selbst betraf, so waren wir uns wegen Ort und Zeit rasch einig: Silvester, die zwielichtige Stelle östlich des Hope & Anchor. Melia würde sich mit Kit für einen ihrer langen nächtlichen Spaziergänge verabreden (sie besaßen beide jeweils ein älteres Handy mit Prepaidkarte für ihre nicht zurückverfolgbare Kommunikation), und ich würde ihnen im Dunkel der Nacht auflauern, um ihn ein oder zwei Minuten abzulenken, während sie ihren Angriff vorbereitete.

Anfangs hatte Melia vorgeschlagen, den Leichnam im Fluss zu versenken und abzuwarten, bis er an die Oberfläche gespült wurde, aber ich hatte mich ausgiebig zu den Gefahren des Tideflusses Themse eingelesen. »Die Grundströmung der Flut kann Körper tage-, wenn nicht gar wochenlang unten halten. Und was, wenn uns das die Alibis vermasselt? Oder der Körper taucht so verwest wieder auf, dass man keine Wunde erkennt? Wir wollen doch nicht, dass es als Selbstmord ausgelegt wird.«

Suizid bedeutete: kein Geld. Deshalb mein lautstarkes Abstreiten bei Clare und Gretchen, dass Kit jemals solche Absichten gehegt haben könnte.

Was die Stichwunde anging: »Überlass das mir, ich werde herausfinden, wie es richtig gemacht wird«, sagte Melia, als redete sie darüber, Tomaten zu pflanzen oder einen Sessel neu zu polstern. »Wir wollen auf gar keinen Fall, dass er überlebt und die Geschichte rausposaunen kann.«

»Ich kann nicht glauben, dass du dich dazu in der Lage siehst«, bemerkte ich in einem anderen Apartment mit hohen Fenstern und Böden, die so glatt wie Glas waren. Die Abenddämmerung setzte mittlerweile etwas früher ein, die Sonne stand tiefer.

»Es ist nicht so, als würde ich es genießen«, sagte sie. »Es muss einfach getan werden.«

»Das glaube ich dir nicht«, erwiderte ich. Sie waren seit Jahren zusammen und ebenso lange verschuldet. »Was hat sich verändert? Was hat er getan, dass du ihn so hasst?«

Sie schüttelte den Kopf. »Er wird sich sowieso zerstören, sieh dir nur seinen Lebensstil an. Auf diese Weise haben wir zumindest noch etwas davon. Eine Zukunft für dich und mich.«

»Bis du dich entschließt, dasselbe mit mir zu tun«, sagte ich. Es war als witzige Bemerkung gemeint, doch sie antwortete mit allergrößter Ernsthaftigkeit.

»Nein, wir sind anders, Jamie. Wir sind besonders.«

*

Clare war ein unerwartetes Hindernis.

Es versteht sich von selbst, dass sie meine Affäre im Idealfall nicht herausbekommen sollte. Das war eine Variable, über die ich dank meines aufgewühlten Zustands nach meiner »Befragung« an jenem Morgen die Kontrolle verloren hatte. Hätte sie nicht den Anstand besessen, mich im Gästezimmer schlafen zu lassen, dann hätte ich sie um eine Versöhnung anflehen müssen, um eine letzte Chance.

Ein zweites Mal sorgte sie für Aufregung, als sie unerwartet zu ihren Eltern davonstürmte, wo ich sie doch an Silvester für mein Alibi zu Hause brauchte. Sie beruhigte sich wieder, aber erst, nachdem ich Dad als Ersatz eingespannt hatte, eine Alternative, die alles andere als ideal gewesen wäre.

Dann ein drittes Mal, als sie den Plan erriet. Den fingierten Plan. Sie hatte ein besseres Auge für einen Bluff als ich.

Wenn ich mir das Silvester mit ihr zu Hause in Erinnerung rufe, verlangsamt sich mein Puls leicht. Ich sehe sie, wie sie in ihrem Pyjama vor mir auf dem Treppenabsatz steht und mir den Vorschlag unterbreitet: *Hältst du es für völlig unmöglich …?*

Der Vorschlag, von dem ich heute weiß, dass er in jeder erdenklichen Hinsicht meine letzte Chance war.

O Gott, ich hätte auf die Knie fallen und ihn annehmen, vor Dankbarkeit weinen müssen.

*

Und so hört sich die Polizei nun mein wahres Geständnis an – stundenlang. Am Ende habe ich fast die Stimme verloren –, aber da ich mich wegen eines gewissen nicht existierenden Detective-Duos als Fantast erwiesen habe, machen sie keinen Hehl daraus, meine Worte als die improvisierte alternative Wirklichkeit eines verwirrten Geistes abzutun.

»Sie haben diesen anderen ›Ermittlern‹ also erzählt, dass Mr Roper verschwunden ist, weil er Drogendealern Geld geschuldet hat, aber jetzt behaupten Sie, es war ein Versicherungsbetrug, der schiefgelaufen ist, und dass er von seiner Frau ermordet wurde?«

»Ein *fingierter* Versicherungsbetrug.«

»Wir können mit Ihrer blühenden Fantasie nicht Schritt halten, Mr Buckby.«

»Das ist keine Fantasie«, rufe ich. »Es ist die Wahrheit!« Da zuckt es in meinem Kopf, und meine Lider kratzen, als ich blinzle. »Melia hat ihn davon überzeugt, dass ich für den Mord an ihm verurteilt werden würde, selbst wenn es keine Leiche gibt.«

Und während die drei mich mit den entgegengesetzten Gefühlen von Mitleid und Unbarmherzigkeit mustern, sagt der Detective mit den leuchtenden Augen: »Nun, die Tatsache, dass es eine Leiche *gibt,* scheint dem irgendwie zu widersprechen.«

*

Dennoch beharre ich während der monatelangen Untersuchungshaft, die darauf folgt, auf meiner Wahrheit. Ich beharre sogar trotz Melias nachdrücklichem Leugnen darauf, trotz der immer überzeugenderen Argumentation, die von der Staatsanwaltschaft gestützt wird. Mein Verteidigerteam ist mitfühlend, aber pragmatisch, und sie erklären mir wiederholt, dass es nicht darum geht, was ich getan oder nicht getan habe, sondern was davon sie beweisen können.

Zum Beispiel: Als mein Suchverlauf auf dem Handy überprüft wird und die Worte *jemandem eine tödliche Stichwunde beibringen* in einem privaten Browsermodus gefunden werden, von dem ich nicht einmal wusste, dass er existiert, kann ich natürlich *behaupten*, die Suche hätte stattgefunden, als ich Melia meine PIN gab, damit sie mir ihre Lieblingssongs herunterladen konnte, aber ich kann es nicht *beweisen*. (Noch dazu unser erstes Treffen nach der Hochzeit, bevor ich ihrem Plan auch nur zugestimmt hatte. Schon damals hat sie ihre Intrige gesponnen!)

Zum Beispiel: Als entdeckt wird, dass im Comfort Zone ein Messer fehlt – genau das, das ich ihnen damals ausgeliehen hatte –, kann ich natürlich *behaupten*, Melia hätte es während ihres einzigen, hilfreichen Besuchs gestohlen, aber ich kann es nicht *beweisen*.

Und als mein Team die Sichtung des Bildmaterials von den Überwachungskameras in der Royal Festival Hall verlangt und sich herausstellt, dass zu keinem einzigen Zeitpunkt die Gesichter von Merchison und Parry klar zu erkennen sind, sondern immer nur meines, kann ich *behaupten*, sie hätten dies im Vorfeld einstudiert, aber ich kann es nicht *beweisen*.

Oh, und als ein Hoodie im Gebüsch am Prospect Square sowohl mit meinen Haaren als auch mit Spuren von Kits Blut gefunden wird, kann ich *behaupten*, Melia habe ihn in jener Nacht behalten und ihn über das Geländer geworfen, aber ich kann es nicht beweisen.

Die Liste lässt sich beliebig fortsetzen.

Mir wird geraten, einen Vergleich anzunehmen und auf Totschlag zu plädieren, doch ich tue, was in Filmen getan wird, und weigere mich, mich auf einen Vergleich einzulassen. Ich plädiere bei jedem, der mir zuhört, auf »nicht schuldig«, einschließlich beim Richter und der Jury.

Doch schlussendlich wird es allein darauf ankommen, wem sie glauben werden: ihr oder mir.

Nun, ich denke, wir wissen alle, wie *das* ausgehen wird.

44

Einige Monate später

Auf den Prozess werde ich nicht näher eingehen. Genau wie Melia
bei der Polizei eine höchst glaubwürdige Zeugin abgegeben hat,
gelingt ihr das auch vor Gericht. Sie erscheint in Begleitung einer
Beamtin vom Opferschutz, gekleidet in schmaler schwarzer Hose
und weißer Bluse, der untadeligen und unterwürfigen Uniform
einer Kellnerin. Ihre Frisur ist zurückhaltend, die Haare fallen ihr
weich über die Schultern, wobei ihre Augen mit dem tapferen
Blick vor Kummer schimmern und ich die Vermutung hege, dass
der silberne Herzanhänger an ihrer Kehle als Andenken von
ihrem innigst geliebten verstorbenen Ehemann fungieren soll.

Ich betrachte die Gesichter der Geschworenen, als Melia ihre
Aussage macht, und lese in ihnen, dass sie sie entweder bemut-
tern, sich mit ihr anfreunden, sie trösten, für sie kämpfen oder
mit ihr vögeln wollen. Sie hat das gewisse »Etwas«: etwas für jeden. Man hätte Schauspielagenten und Caster einladen sollen,
damit sie Melias Vorstellung vor den Juristen und unter Eid stehenden, braven Staatsbürgern analysierten.

Verstehen Sie mich nicht falsch, mein Strafverteidiger ist ausgezeichnet und hinterfragt jede Ungereimtheit, aber sie antwortet
durchwegs aufrichtig und zuvorkommend – sogar entschuldi-

gend, dass ihre Aussagen womöglich durcheinandergeraten oder missverstanden werden könnten.

Ständig nestelt sie an diesem silbernen Liebesherz.

So, wie sie es erzählt, haben das vorgetäuschte Verschwinden und der Versicherungsbetrug niemals stattgefunden. Kit wäre niemals so dumm gewesen, einem solchen Plan zuzustimmen, selbst wenn sie dumm genug gewesen wäre, ihn vorzuschlagen. Ja, es *stimmte*, sie hatte am 27. Dezember ihrem Chef und ein paar von Kits Freunden erzählt, dass sie ihn über Weihnachten nicht erreichen konnte und sich schreckliche Sorgen machte, aber sie hätte nicht im Traum daran gedacht, ihn bei der Polizei als vermisst zu melden, da sie ja wusste, wie gern er feierte. In den Monaten vor seinem Tod war er häufig die ganze Nacht weggeblieben, einmal sogar mit dem Angeklagten höchstpersönlich, dessen Partnerin Melia selbst erzählt hatte, wie wütend sie gewesen war.

Richard untermauerte ihre Geschichte: Sie hatte ihm erklärt, dass Kit verschwunden war, jedoch mit keiner Silbe erwähnt, die Polizei eingeschaltet zu haben. Ganz im Gegenteil, sie hatte ihn jede Minute zurückerwartet. Die Idee, die Polizei könne involviert sein, war über Clare in ihr Büro gekommen – und Clares Informationen stammten direkt von mir.

Ja, während dieser angespannten Zeit hatte sie ein paarmal versucht, den Angeklagten zu erreichen, genau wie seine Partnerin, die auch ihre Freundin und Kollegin war. Aber keiner von uns hatte ihre Anrufe angenommen. Und ja, als wir sie in ihrer Wohnung in der Tiding Street besuchten, hatten Clare und ich die Polizei ins Spiel gebracht, aber Melia hatte unsere Anspielungen nicht nachvollzogen und sie als hypothetisch abgetan.

Dann war Kit am Samstag nach Weihnachten auch tatsächlich mit eingezogenem Schwanz wiederaufgetaucht, und im Chaos der

Feiertage hatte sie ganz vergessen, den Leuten Bescheid zu geben. Sie hatte »irgendwie Angst«, die anderen könnten glauben, sie führten eine toxische Beziehung, und schämte sich für ihre damalige »Überreaktion«. Ihr zufolge begann Kit anschließend eine Art amateurhaften Entzug in ihrer Wohnung, überwacht von Krankenschwester Melia. Versuche des Angeklagten, mit ihr durch Textnachrichten in Verbindung zu treten, wurden abgewiesen, da sie sich auf die Gesundheit ihres Ehemanns konzentrieren wollte und ihren Seitensprung ohnehin bereute. Natürlich gab es keinerlei Liebescode, sie waren doch keine Teenager! *Lass mich in Ruhe* bedeutete »Lass mich in Ruhe«. Ein unangenehmer Zwischenfall in einem Café in der Nähe ihrer Wohnung am Sonntag, dem 29., bestärkte sie darin, dass ihre Beziehung mit dem Angeklagten eine katastrophale Fehleinschätzung gewesen war – ebenso wie Kits Freundschaft mit ihm (sein Alkoholmissbrauch hatte sich seit den gemeinsamen Pendelfahrten der beiden verschlimmert).

Und so verwandelt die Lüge die Wahrheit in die Verschwörungstheorie eines Verrückten, mit einer Kette glaubhafter Zeugen, die sie stützen, wie etwa der Barkeeper im Hope & Anchor, der mein Auftauchen am 28. Dezember bei meiner Suche nach Kit folgendermaßen wiedergibt: Ich war ihm »labil« und »paranoid« vorgekommen. Er hatte sich über mein zerkratztes Gesicht und meine verletzte Hand gewundert.

Es war eine Verbrennung! (Das stimmte wirklich!)

Und dann war da noch Elodie, die obendrein gehört hatte, dass Melia Kit am Nachmittag des 29. vom Café aus angerufen hatte, um zu hören, wie es ihm ging. Sie bestätigt die »Belästigung« meinerseits: »Er wollte Kit unbedingt finden. Ich würde ihn als jemanden beschreiben, der sich nicht mehr unter Kontrolle hatte. Um ehrlich zu sein, mir hat er Angst eingejagt.«

Möchte Elodie dem Gericht ihren Beruf verraten? Ja, sie ist Pflegerin in einem Altenheim für ehemalige Soldaten und Soldatinnen.

Natürlich.

Nein, Melia tut es schrecklich leid, aber sie kann niemanden sonst nennen, der Kit während dieser stressigen paar Tage des Entzugs gesehen hat, aber er war ganz offensichtlich am Leben, nicht wahr, immerhin ist es eine unbestreitbare Tatsache, dass er in den frühen Morgenstunden des 1. Januar starb. In der fraglichen Nacht, seit Kurzem trocken und unerklärlicherweise zur Nachteule geworden, war er allein nach draußen gegangen, um »etwas frische Luft zu schnappen«. Es war das letzte Mal, dass sie ihn gesehen hatte, bis sie die grauenvolle Aufgabe auf sich nehmen musste, seinen Leichnam am Donnerstag, dem 2. Januar, zu identifizieren.

Die treue Elodie war natürlich nicht auch nur in der Nähe der Tiding Street gewesen – Melia hatte keine Erklärung, warum der Angeklagte darauf beharrte, dass dies der Fall gewesen sei, oder ihr unterstellte, sie habe ihre Freundin unter Drogen setzen wollen –, aber es stimmte, dass Melia sie morgens um halb drei Uhr angerufen hatte, als Kit von seinem Spaziergang nicht nach Hause zurückgekommen war. Elodie, deren Partynacht gerade erst geendet hatte, riet ihr, bis zum nächsten Morgen zu warten, und sie beteten beide inständig, dass der arme Kit nicht zufällig einem schlechten Einfluss aus seinem alten Leben über den Weg gelaufen und zu später Stunde in eine Kneipe gelockt worden war (ein Blick in meine Richtung bei den Worten »schlechter Einfluss«).

Was das Foto von Kit und mir betrifft, so weiß sie nichts davon, was auch immer der Angeklagte arglistig behaupten mag.

Wer sonst hat dieses entscheidende Beweismittel erstellt? Diese Frage wurde einem Mitglied des Ermittlungsteams gestellt, und dem Gericht wurde erklärt, das Bild sei ihnen anonym per E-Mail übermittelt worden. Ein anschließender Aufruf der Polizei, der geheimnisvolle Fotograf möge sich melden, brachte mehrere Personen zutage, einschließlich eines Mannes, der gelegentlich in Obdachlosenheimen in der Gegend schlief und der Polizei als wohnungslos bekannt war.

»Haben Obdachlose denn Handys?«, hatte mein Verteidiger gefragt.

»Jeder hat eins«, antwortete der Officer.

»Handys mit den nötigen Apps, um Daten per E-Mail zu verschicken?«

»Ungewöhnlich, aber nicht völlig ausgeschlossen.«

Müsste man diesen Mann dann nicht anzeigen, da er es unterlassen hat, eine Straftat zu melden?

Ohne eine abschließende Identifizierung kann keine Anklage erhoben werden. Wie dem auch sei: Zu dem Zeitpunkt, als das Foto gemacht wurde, war noch kein Verbrechen begangen worden. Vielleicht war es sogar ganz zufällig geknipst und erst nach den Nachrichten über Kits Tod als möglicherweise bedeutsam eingestuft worden. (Er ist ein aufrechter Staatsbürger, dieser Obdachlose. Jemand sollte ihm einen Orden verleihen.)

All das stützt praktischerweise den Todeszeitpunkt: irgendwann in der Nacht zwischen dem Moment, genau nachdem das Foto gemacht wurde, und drei Stunden danach.

*

Clare war natürlich Zeugin, wie ich hereingelegt wurde, aber jetzt deutet sie an, dass *ich* es war, der *sie* hinters Licht geführt habe. Sie nimmt Melias Erklärung über Kits Rückkehr für bare Münze und rekonstruiert im Nachhinein, dass mit Melia, die nicht in der Arbeit war, und den zwei Frauen, die sich wegen meiner Affäre entfremdet hatten, ihre einzige Informationsquelle über Kits Verschwinden ich war.

Nein, sie hatte das Auftauchen irgendeines Polizeibeamten in ihrem Haus am Morgen des 30. Dezember nicht persönlich miterlebt.

Merchison musste abgewartet haben, bis sie aus dem Haus war, bevor er direkt zur Tür kam, den Ausweis in der Hand, um mich zusammenzustauchen und mich weiter von seiner »Ermittlungsarbeit« zu überzeugen.

Einer der schlimmsten Momente in meinem Leben ist der, als Clare – konfrontiert mit meiner Aussage, sie habe persönlich einen Anruf von einem der Detectives angenommen –, erklärt, es wäre möglicherweise ich mit verstellter Stimme gewesen. »Ich kann nicht mit absoluter Sicherheit sagen, dass es er war, aber ich kann auch nicht mit absoluter Sicherheit sagen, dass er es nicht war.«

Frag Gretchen und Steve, will ich schreien, *sie hatten ebenfalls Anrufe von der Polizei!*

Doch als sie an der Reihe sind, sagen sie aus, dass sie von Melia angerufen worden waren, nicht von der Polizei. Das war eine fatale Annahme meinerseits gewesen. Melia räumt ein, dass sie nicht daran gedacht hat, ihnen von Kits Wiederauftauchen zu schreiben, und beide akzeptieren ihre Erklärung, dass sie geglaubt hatte, Kit habe sich sofort bei ihnen gemeldet. Immerhin waren sie seine Freunde, nicht ihre.

Steve bezeugt mein launenhaftes Verhalten während der Tage nach Kits »Verschwinden« – eine aggressive Nachricht, in der ich ihn beschuldigte, bei der Polizei gelogen zu haben, verworrene Theorien wegen Drogendealerei und einer Reise nach Marrakesch. (So viel zum Thema, einen Freund nicht anzuschwärzen – aber natürlich ist es etwas anderes, im Zeugenstand zu sein, als sich einen hinter die Binde zu kippen, und er stand Kit sowieso immer näher als mir.)

Gretchen ihrerseits räumt ihre Affäre mit ihm ein, aber irgendwie dient es nur dazu, das Gleichgewicht in Bezug auf Melias eigene Untreue wiederherzustellen.

Selbst diese Dumpfbacke Yoyo aus der Bar am 23. wird aufgerufen, um ihren Senf über mich dazuzugeben: »Ich fand ihn sehr bedrohlich.«

»In Bezug auf Mr Roper?«

»Ja, er sagte: ›Fick dich, Kit.‹ Es war, als würde er ihn *hassen*.«

Kit musste Melia davon erzählt haben. Jedes einzelne Detail hatte sie durchdacht, jeder einzelne Zeuge war manipuliert worden.

Außer … gewiss nicht Regan? Die zwei waren sich nie begegnet, weshalb sich die Frage nach Beeinflussung nicht stellt.

Regan bejaht, dass ich mehrfach von einem Freund erzählt hatte, der verschwunden war. »Es war häufig Gesprächsthema, nachdem er von der Polizei davon erfahren hatte. Er war so aufgewühlt. Kit war ein wirklich guter Freund von ihm.« Ja, es war definitiv Freitag, der 27. Dezember, gewesen, als der Beschuldigte befragt worden war. Sie ist sich hundertprozentig sicher, und ihre Kollegin Simona kann dies bestätigen.

Endlich eine Aussage, die meine deckt, von einer Zeugin, die keinen Grund hat, einen Meineid abzulegen!

Doch hatte sie die Detectives mit eigenen Augen gesehen? Hatte sie, abgesehen von meinem Wort, das eines anderen, dass das Verschwinden ein Fakt und keine Fiktion war? Wurde ihr ein Medienbericht oder eine Vermisstenanzeige in Bezug auf Christopher Roper gezeigt?

»Nein, aber …«

Wäre es möglich, dass ihr Kollege sich das ganze Drama ausgedacht hatte, um ein unerlaubtes Fernbleiben oder anderweitig nachlässiges Verhalten zu entschuldigen?

»Das ist möglich«, sagte Regan widerwillig.

Von nun an ging es steil bergab. War ihr aufgefallen, dass gegen Jahresende ein Messer verschwunden war?

»Nur das, das Jamie gehört hat, und ich war der Ansicht, er hätte es irgendwann wieder mit nach Hause genommen.«

»Handelte es sich dabei um das Universalmesser mit der Klingenlänge von zwölf Zentimetern der Marke Global, das ursprünglich Clare Armstrong gehörte?«

»Ja, es war richtig scharf. Ich hatte angenommen, er bräuchte es für Weihnachten.«

Für »Weihnachten«, sprich: für einen *Mord*, legt die Anklage nahe.

Hatte sie mitbekommen, dass der Angeklagte besondere Vorkehrungen getroffen hatte, um ein professionelles Kochmesser nach Hause zu transportieren? Immerhin ist es verboten, in der Öffentlichkeit Messer mit Klingen mit sich zu führen, die länger als 7,6 Zentimeter sind.

Da schob Regan nervös die Ärmel hoch und entblößte vor der Jury ihr Spinnentattoo. »Nein.«

Der Staatsanwalt gestattete den Geschworenen eine ausgedehnte Pause, damit sie sich den Angeklagten bildlich vorstellen konnten, wie er mit einer tödlichen Klinge in der Tasche in öffentlichen Verkehrsmitteln reiste – das Massaker, das hätte angerichtet werden können. Wie ich jederzeit einen Kunden aus keinem nichtigeren Grund hätte niederstechen können, als dass er ein Schokoladencroissant anstatt eines normalen Croissants bestellte.

Die Geschäftsführung hatte danach für ein Ersatzmesser gesorgt, erklärt Reagan, als könnte mir das helfen.

»Haben Sie mitbekommen, dass Mr Buckby am 26. November von einer Freundin besucht worden ist?«

»Das kann ich mir nicht vorstellen. Ihn kamen nicht wirklich Freunde besuchen.«

»Es wäre jemand gewesen, der ihm hinter dem Tresen ausgeholfen hat.«

»Niemand hat ausgeholfen«, berichtigt Regan ihn. »In den Servicebereich darf niemand, außer man ist Mitarbeiter. Ich bin die Managerin, und ich würde so etwas wissen.«

Na klar.

Ich werde nicht weiter fortfahren, abgesehen von der Anmerkung, dass die Jury nur zwei Stunden brauchte, um einstimmig das Urteil zu fällen. Bis dahin wusste jeder Anwesende, wovor ich von Tag eins an gewarnt worden war: Für eine Verurteilung wegen Mordes gab es in Großbritannien eine vorgeschriebene Mindeststrafe von 15 Jahren.

45

Einige Monate später

Lieber Kit …

Das habe ich nie gesagt, als du noch gelebt hast, nicht wahr? Diesen Ausdruck habe ich nie verwendet, diese Koseworte. Nur immer *Kumpel* und *Arschloch* und *Depp*. Jungs unter sich, generationenübergreifend.

Doch jetzt sage ich es die ganze Zeit über. Während der unzähligen Stunden, die mir geschenkt wurden, in denen ich die Ereignisse rekonstruiere, die mich hierhergeführt haben, und in denen ich alles durchgehe, von dem ich glaubte, ich wüsste es über mein Verbrechen und meine Strafe, bist du es, an den ich mich wende. Nicht an Melia oder Clare oder meinen Verteidiger, nicht an meinen Lieblingswärter, der früher einmal Barista bei Pret war und mit dem ich in einer anderen Version der Ereignisse vielleicht zusammengearbeitet hätte, um Flat Whites zu servieren. Und gewiss nicht an Gott.

Nein, in meinem Kopf bist es immer du. Vielleicht liegt es daran, dass du weißt, wie es sich anfühlt, von ihr aufs Kreuz gelegt zu werden (im doppelten Wortsinn). Vielleicht, weil sonst niemand übrig ist, den ich ansprechen kann.

Oder vielleicht vermisse ich dich auch nur.

Hier drinnen ist es gar nicht so schrecklich. Ich habe ein Dach über dem Kopf, bin satt und fühle mich sicher. Die jungen Insassen, die sich das Hirn mit Spice wegballern, haben kein Interesse an einem irrelevanten Generation-X-Typen wie mir, und außerdem ist es sowieso nicht wie im Fernsehen, wo die gesamte Gefängnispopulation auf einmal losgelassen wird, um den Hof oder Fitnessraum oder die Kantine zu stürmen, mit Alphatieren, die ihre Verbündeten und Feinde auswählen, und Betamännchen, die sich mitten in der Herde verstecken. Nein, den Großteil des Tages und die ganze Nacht über herrscht hier Lockdown.

Man würde glauben, das wäre der schlimmste Albtraum für einen Menschen mit Platzangst, nicht wahr? Aber allem Anschein nach stellt das Eingesperrtsein in einem engen Raum, die meiste Zeit sogar liegend auf einer Metallpritsche, für das Nervensystem nicht dieselbe Bedrohung dar wie ein Gedränge von sieben Pendlern pro Quadratmeter in einer U-Bahn zur Hauptverkehrszeit. In diesem Waggon gibt es nur Nabil und mich. Und es ist auch nicht so, als wären wir unter der Erde. Wir befinden uns im ersten Stock des Hauses, dem sie den Spitznamen »Premier Inn« verpasst haben – wenngleich eins mit massiven Stahltüren, die sich nur von außen öffnen lassen.

Und kein Scheiß, es ist das nächstgelegene Gefängnis von zu Hause – oder was früher einmal mein Zuhause war. Ungefähr 20 Autominuten von St Mary's entfernt. Im Grunde nicht allzu weit weg vom Fluss, obwohl man das Wasser von hier nicht sehen kann. Allerdings kann man den Himmel sehen – selbst wenn ich im Bett liege, ist ein kleines Stück zu sehen –, und er ist immer grau, Kit. Er ist immer grau, selbst wenn er blau ist.

Das nenne ich Philosophie, mein Freund. Das nenne ich Strafe.

*

Ja, ja, natürlich hätte ich den psychologischen Schwachstellen in der Geschichte mehr Aufmerksamkeit schenken müssen. Angefangen damit: Warum hätte eine heiße 29-Jährige eine Affäre mit einem unscheinbaren alten Sack eingehen sollen, der auf die 50 zugeht? Oder nehmen wir mal an, dass sie das Verhältnis in dem Glauben anfing, er sei wohlhabend, der Mitbesitzer eines imposanten Hauses mit einem unbezahlbaren Blick auf die Themse, warum hätte sie es dann fortgesetzt, sobald er reinen Tisch gemacht und den Irrtum ausgeräumt hat?

Zwei mögliche Gründe. Erstens: Sie war in ihn verknallt – Menschen sagen das die ganze Zeit, nicht wahr, zumindest die Romantiker unter uns. »Als ich es schließlich herausgefunden habe, war es zu spät, ich war bereits bis über beide Ohren verliebt ...« Vielleicht wegen seines einnehmenden Humors *(Oh! Clare hat gesagt, dass du lustig bist)*. Zweitens: Instinktiv hatte sie für seine Gegenwart in ihrem Bett eine andere Art von Nützlichkeit erkannt, nämlich seine gedankenlose Ergebenheit. Vielleicht war diese kleine Idee, die sie hatte, früher aufgekeimt, als sie vorgab. Ganz offensichtlich war sie eine Frau, die nicht auf den Kopf gefallen war – sogar wenn sie auf dem Rücken lag.

Und dann sind da die logistischen Fragen, die ich mir tatsächlich stellte, allerdings nicht laut genug und ohne die korrekten Kanäle zu benutzen. Wenn ich einmal, ein einziges Mal persönlich auf ein Polizeirevier – auf *irgendein* Polizeirevier – gegangen wäre und nach Parry oder Merchison gefragt hätte, oder selbst wenn ich mich mit einem von ihnen durch die Telefonzentrale der Polizei hätte verbinden lassen und nicht die Nummer angerufen hätte, die sie mir gegeben hatten. Wenn ich Clares Versuch nicht so effizient abgeschmettert hätte, sie online zu finden.

Sie scheinen dort keine Detectives zu listen ...

Mir einzureden, sie könnten keinen öffentlichen Vermisstenaufruf starten, weil sie in einem großen Drogenring ermitteln, das war Melias Glanzstück. Sie hat ein echtes Auge fürs Detail, nicht wahr? Sie sollte fürs Fernsehen Krimis schreiben.

Oh, es gab unzählige Missverständnisse meinerseits. Etwa als Elodie sagte: »*Glaubst du nicht, sie bräuchte etwas Ruhe in einer Zeit wie dieser?*« – Bedeutung: Nicht, während Melia wegen des Verschwindens ihres Ehemanns verzweifelt war, sondern während er ein paar Straßen entfernt einen selbst organisierten kalten Entzug machte! Eine einzige weitere Frage von mir hätte den Widerspruch ans Licht gebracht.

Jetzt ist mir deutlich bewusst, dass Melia auf meine Folgsamkeit, meine Feigheit, meinen Mangel an Fantasie gebaut hat. Ich folgte ihrer Brotkrumenspur wie ein Hänsel mittleren Alters, direkt hinein in das Häuschen der Hexe mit ihren großen Augen und den gespreizten Beinen.

Genau wie du, Kit, genau wie du. Das zum Thema »teilen und herrschen«! Was wäre gewesen, wenn du und ich uns ausgetauscht hätten, nur ein einziges Mal? Was wäre gewesen, wenn ich deine Warnung an jenem Abend auf den Stufen vor unserem Haus befolgt hätte? *Tu es nicht, ja? Fall nicht auf ihr theatralisches Gehabe rein* … Dann wärst du noch am Leben und ich ein freier Mensch.

Aber du weißt, was angeblich die zwei herzzerreißendsten Worte der englischen Sprache sind?

What if. Was wäre, wenn.

Jedenfalls *sollten* sie es sein.

＊

Eins muss ich dir sagen: Ich glaube, sie haben es übertrieben, ihre Detectives. Schauspielerfreunde von ihr, schätze ich, denn für das nichtsahnende Auge waren sie wirklich sehr gut. Lebensnah, ruhig, wortgewandt. Wahrscheinlich kennst du sie, vielleicht aus der Schauspielschule oder einer Selbsthilfegruppe für am Hungertuch nagende Schauspieler.

Du wusstest natürlich nichts von ihrem Auftritt. So wie ich hast du geglaubt, du wärst bei der Polizei, nicht bei zwei Hochstaplern als vermisst gemeldet worden. Du glaubtest, das allerletzte Darlehen über 10 000 Pfund wäre für deine neuen Pässe, deine Lebenshaltungskosten in deinem Versteck, während Melia euren Plan verfolgte, mich ins Gefängnis zu bringen, und nicht, um zwei arbeitslose Schauspieler fürstlich zu bezahlen.

Doch wie schon gesagt, ich denke, mit ihnen gingen die Pferde durch, und sie haben ihren eigenen Text hinzugefügt. Ich kann nicht recht glauben, dass Melia ihnen von meiner Platzangst erzählt hat – sie müssen meinen Namen gegoogelt und die Zeitungsartikel gefunden haben. Zeitweise war ich schrecklich verunsichert, obwohl ich wusste, dass ich damals nichts angestellt, dass ich keine Leichen im Keller hatte – noch nicht. Was wäre passiert, wenn sie mich so aufgewühlt hätten, dass ich einen Rückzieher gemacht hätte? Das wäre das Letzte, was sie gewollt hätte.

Oder vielleicht wusste sie einfach, dass sie mich jederzeit um den Finger wickeln und ins Boot zurückbringen konnte, egal, wie ich reagierte. Der abgewrackte Mann mittleren Alters, der ihr vorhersehbarerweise mit Haut und Haaren verfallen war. (Ein Blowjob in einer Seilbahn, hat sie dir *davon* erzählt?) Die größte Herausforderung, vor der sie stand, war wahrscheinlich, ihre Verachtung zu verbergen.

Ich fühle mich sehr zu dir hingezogen, Jamie … Manchmal, nein, oft frage ich mich, wo wir drei – wir vier – jetzt stünden, wenn sie das nicht gesagt hätte. Diese Worte, die nicht nur verhängnisvoll, sondern auch tödlich waren.

Was diesen anderen Passagier betraf, diese geheimnisvolle Zeugin, so gab es sie überhaupt nicht. Wie krank ist das? Da habe ich zu Hause gehockt und mir den Kopf wegen ihrer Identität zermartert, ihrer Macht, unseren sorgfältig ausgeheckten Plan zu durchkreuzen und meine Verteidigung zu sabotieren – was sogar meine Schuldgefühle wegen dieser Frau aus der U-Bahn wieder hochholte, die mich wahrscheinlich in der Sekunde vergessen hatte, als sie bei ihrer letzten rachsüchtigen E-Mail auf »Senden« drückte –, während die Männer, die sich als Detectives ausgaben, sie sich einfach ausgedacht hatten! Eine Weile war ich überzeugt, Melia müsste sie ins Skript geschrieben haben, um mich zu verunsichern, doch dann erinnerte ich mich an ihre Reaktion, als ich sie zur Sprache brachte *(Was für ein anderer Passagier?)*, einen dieser seltenen Momente, als sie aus dem Konzept kam, und ich wusste, dass sie improvisiert hatten.

Nein, dieser kleine sadistische Zug kam von ihnen, nicht von ihr.

Merchison und Parry hatten ihren Spaß mit mir.

46

Kurz darauf

Hör mal, Kit: Vielleicht kann ich dein Grab selbst besuchen – und schneller als gedacht. Ich glaube, ich könnte neue Beweise für ein Berufungsverfahren haben.

Ich weiß es!

Ich habe meinem Anwalt eine Nachricht geschickt und hoffe, dass er sich mit mir trifft, sobald es ihm sein Terminkalender erlaubt.

Lass mich dir eins sagen: Besucher sind hier so selten wie ein Goldstück im Rinnstein – falls jemand in deinem Alter überhaupt noch weiß, was das bedeutet –, oder zumindest sind sie es in meinem Fall. Dad und Debs haben mich anfangs besucht, aber als Dad drei Monate nach meiner Verhaftung an einem Schlaganfall starb, sagte mir meine Schwester durch die Blume, ich wäre für seinen Tod verantwortlich, und sie brächte es nicht mehr über sich, mich weiterhin zu sehen – zumindest nicht, bis die »Zeit die Wunden geheilt hat«. Für seine Beerdigung bekam ich keinen Ausgang genehmigt, weil ich ein Kategorie-A-Häftling bin, aber Debs schrieb mir immerhin, dass alles so gut über die Bühne gegangen war, wie man es sich nur erhoffen konnte, und fügte ein Foto von seiner Beerdigung bei, das meine Oberherren als sicher genug erachteten, dass sie es mir aushändigen durften. Clare war natürlich anwesend und sah älter und dünner aus, aber das mochte an der schwarzen Kleidung liegen – für Menschen mittleren Alters eine schreckliche, unvorteilhafte Farbe.

Und außerdem, kaum zu glauben, war auch Melia dabei. Sie wollte ihm anscheinend die letzte Ehre erweisen, nachdem Clare es bei einem »bewegenden« Gedenkgottesdienst für dich getan hatte. Frauen, die ihre Männer vereint beerdigen. »Wenn jemand weiß, wie wir uns alle fühlen, dann sie«, schrieb Debs. »Sie trauert ebenfalls noch.«

Im Ernst, Kit, gibt es denn niemanden außer dir und mir, der diese Frau durchschaut?

Oh, und Clare hat Debs erzählt, sie hätten bei deinem Gottesdienst »She's Not There« von den Zombies gespielt, das Lied, das wir uns damals auf der Treppe am Prospect Square angehört haben. Ich wusste nicht, dass es zu einem deiner Lieblingslieder geworden war. Hätten sie auch nur den blassesten Schimmer, dass ich derjenige war, der es dir vorgespielt hat, dann hätten sie es sicher nicht zugelassen. *It's too late to say you're sorry*, erinnerst du dich?

Wie dem auch sei: In den vergangenen Monaten hatte ich nur eine einzige Besucherin. Es stimmt, von all den Besuchsantragsformularen, die ich verschickt habe, wurde nur eines benutzt. Nein, bedauerlicherweise nicht von Clare, aber diese Vermutung wäre auch recht weit hergeholt. Auch nicht von Steve oder Gretchen oder einem meiner alten Freunde, denjenigen, die ich im letzten Jahr meiner Freiheit sträflich vernachlässigt habe – sie alle halten mich für einen Mörder und konnten mich höchstwahrscheinlich nicht schnell genug aus ihren Kontakten und ihren Erinnerungen löschen.

Nein, es war meine alte Arbeitskollegin, Regan. Oh, du hast sie natürlich nie kennengelernt, nicht wahr? Für deinen Geschmack wäre sie wohl etwas zu arglos gewesen, aber sie und ich sind immer gut miteinander ausgekommen. Unschuldige Zeiten im Comfort Zone, hm?

Wir saßen im Besucherraum des Gefängnisses auf blauen Polsterstühlen, getrennt durch einen niedrigen Tisch. Die Stimmung im Zimmer war munter, viele der Männer erhielten Besuch von ihren Frauen oder Freundinnen, überwacht hauptsächlich von Ehrenamtlichen. Regan gestattete mir, sie zu umarmen, und ich roch die Außenwelt in ihrer Kleidung, in ihren Haaren. Der Plastiküberzug des Overalls, den ich tragen musste, knisterte zwischen uns.

»Das ist so toll!« Ich strahlte sie an, aufgewühlt von Gefühlen, die ich seit Monaten nicht mehr verspürt hatte.

»Ja.« Durch das Meisterwerk, das sie mit ihrem Make-up erschaffen hatte, wirkte sie verunsichert, und ich versuchte, ihr die Befangenheit zu nehmen.

»Wie läuft's im Café?«

»Oh, da habe ich schon vor einer Ewigkeit gekündigt. Ich bin jetzt Assistant Manager in einer H&M-Filiale in der Victoria Station.«

»Wo wohnst du im Moment?«

Ihre ausführlichen Klagen über ein Apartment in Hounslow, das sie mit einer Trennwand aufgeteilt hatten, damit es genug Platz für sie und eine Freundin bot, die frisch mit einem zu psychotischen Anfällen neigenden Mann zusammengekommen und noch dazu sexuell sehr aktiv war, hätte mir mehr Mitleid entlockt, hätte ich nicht selbst eine WG in einer dreieinhalb mal zweieinhalb Meter großen Zelle gehabt. Egal, wo man sich hier aufhielt – einschließlich des Besucherraums –, waren trotz des Desinfektionssprays die Körpergerüche von 1500 überhitzten, unterbeschäftigten Männern bemerkbar.

»Bist du gut hergekommen?«

»War okay, auch wenn da diese echt unheimlichen Typen vor dem Tor gewartet haben. Die haben mir Drogen angeboten, kannst du das glauben?«

Ich machte eine wegwerfende Handbewegung. »Es hätte mich mehr überrascht, wenn du mir gesagt hättest, dass am Tor *keine* Dealer gewesen wären. Hier im Knast gibt es über 50 verschiedene Gangs, die haben alle Freunde, die sie erwarten, sobald sie rauskommen, und bei diesen Freunden handelt es sich höchstwahrscheinlich nicht um Astronauten.«

»Oh, stimmt.«

Ich sah, dass ich sie beleidigt hatte. Meine Sozialkompetenzen waren nicht mehr das, was sie einmal gewesen waren. Man vergisst, dass draußen anständige Menschen weiterhin nach denselben taktvollen Spielregeln leben, derselben Rücksicht auf die Gefühle anderer. »Danke, dass du heute gekommen bist, Regan. Das habe ich nicht erwartet. Und dass du vor Gericht für mich eingestanden bist. Das hat mir viel bedeutet.«

»Ich habe nicht … Ich meine, du warst so …« Sie gerät ins Stocken, schluckt nervös, zieht an ihren Haarspitzen.

»Ich war was? Du kannst alles sagen, Regan. Ich bin einfach nur froh, hier mit jemandem persönlich zu reden.« Mit einer Frau, einem Menschen, der mich früher einmal als gut, sogar ehrenwert erachtet hat.

»Du warst so *echt*«, brachte sie schließlich hervor.

»Was meinst du mit *echt*?«

»In der Arbeit, als du erfahren hast, dass er erstochen worden ist. Als die Polizei kam. Du warst so glaubwürdig, wo du die ganze Zeit über …«

Mein Lächeln erstarb. »Warum bist du heute gekommen?«

»Was?«

»Wenn du glaubst, ich hätte meinem Freund ein Messer in die Brust gerammt, warum willst du mich dann sehen?«

Ihre Stirn legte sich in Falten, als sie sich jetzt in ihren Stuhl zurückdrückte. Eine Abwehrhaltung. »Ich wollte schon immer mal ein Gefängnis von innen sehen. Bisher hat sich mir nie die Gelegenheit geboten.«

Gütiger Himmel, sie meinte es ernst. Ich hatte ihre Faszination an Straßenkriminalität vergessen. Als wollte sie ihren Wissensdurst veranschaulichen, drehte sie einmal übertrieben den Kopf um 180 Grad und musterte mit Stielaugen die anderen Häftlinge im Saal. Sie wollte fragen, was der dort drüben getan hatte, um hier zu landen, und auch der andere, der ganz hinten mit dem älteren Besucher, der ein Orangen-Fruchtsaftgetränk trank. Wer war der unheimlichste, der gefährlichste? Waren welche hier Pädos oder Gangster oder Promis? Wahrscheinlich hatte sie geglaubt, sie dürfte ihr Handy mitbringen und könnte auf Instagram ein paar Fotos von den Duschräumen der Gefangenen hochladen. Vielleicht erwartete sie auf dem Weg nach draußen einen Souvenirshop, in dem sie eine Tasse oder Weihnachtskarten kaufen konnte, die von den Kindern der Häftlinge gemalt worden waren. Den neuesten John-Grisham-Roman.

»Schön, dass ich dir zu Diensten sein konnte, Regan«, sagte ich.

Als sie sich verabschiedete, wusste ich, dass ich sie nie wiedersehen würde. Entweder das, oder sie würde versuchen, eine Liebesbeziehung mit mir anzufangen. Endlich kenne ich das Geheimnis, wie man als Mann mittleren Alters auffällt: Trag den neonfarbenen Overall, der dich als den Straftäter im Raum auszeichnet. Ein leises Knistern von Plastik, um die Säfte zum Fließen zu bringen.

*

Tut mir leid, ich schweife ab. Meinem Verstand mangelt es an Disziplin. Ich sprach von einem Besuch an deinem Grab. Neue Beweise für eine Revision.

Folgendes ist passiert: Ein Kumpel von Nabil hat an unserem Computer herumgebastelt, sodass wir Kabelfernsehen empfangen können, und da saßen wir nun und schauten den BBC-Krimi *Hackney Beat*, als ich auf der Mattscheibe ein bekanntes Gesicht erblickte.

DC Ian Parry.

Er spielte allerdings einen Verdächtigen. Anscheinend gibt es beim Casting einen schmalen Grat zwischen Helden und Schurken (wie im echten Leben). Sie hatten ihm ein ungepflegtes Äußeres verpasst, Typ harter Kerl, aber man konnte sehen, dass er ein professioneller Schauspieler war, ein Mann mit guten Zähnen und gestähltem Körper, der ein Star sein wollte, kein Zivilist. Der Abspann lief gerade langsam genug, dass ich seinen Namen lesen konnte: Simon Whiting.

»Ich glaub's nicht, verdammt noch mal«, sagte ich leise murmelnd.

Mein Nervensystem wusste nicht, was es mit dieser Entwicklung anfangen sollte, zumindest nicht sofort. Dann schüttete es Adrenalin aus, und ich musste an die Rettungswagen denken, die manchmal kommen, wenn ein Häftling eine Überdosis hat.

»Bullshit, was?«, rief Nabil. Er nahm an, ich hätte mein Missfallen wegen des klischeehaften Endes der Handlung zum Ausdruck gebracht – Verbrecher in Handschellen, Bullen im Pub, Pints, zur Feier erhoben –, und ich spielte mit. Ich hatte nicht die Absicht, diese wahrlich hochbrisante Neuigkeit mit ihm zu teilen. Du glaubst wohl, wir würden hier stundenlang quatschen? Uns in unseren Stockbetten unsere Lebensgeschichten bis ins kleinste Detail erzählen, uns eine Zukunft ausmalen, dem anderen helfen, die Hoffnung nicht zu verlieren? Aber so ist es nicht. Wir müssen zwar in der Gegenwart des anderen scheißen, aber der andere ist uns im Grunde scheißegal.

*

Treffen mit Anwälten finden in einem gesonderten Zimmer statt, aus Diskretionsgründen außer Hörweite des Personals. Meiner will nicht hier sein, das merke ich an der Art, wie er seinen Laptop öffnet, um eine Wand zwischen uns hochzuziehen, und an der Art, wie es ihn Mühe kostet, seinen eiskalten Blick in einen freundlichen, kooperativen zu verwandeln, sobald er merkt, dass es mir aufgefallen ist. Es ist sonderbar, wenn man mitbekommt, dass man in den Augen eines anderen so tief gesunken ist. Nicht weil man ein Häftling ist – er hat einen unerschütterlichen Respekt vor den Rechten von Gefangenen –, sondern weil er mich für einen Menschen mit einer blühenden Fantasie hält.

»Sie haben also neue Informationen, Jamie?«, sagt er und tippt gleichzeitig. Ich stelle mir die Zeile vor: *Neueste an den Haaren herbeigezogene Theorie* ...

»Ja«, erwidere ich. »Ich weiß, wer Ian Parry ist.«

»Ian Parry?«

Ich erinnere ihn an meine Aussage, die ich wegen der falschen Polizeibefragung wiederholt zu Protokoll gegeben habe. Selbst als sie vor Gericht angezweifelt und daraufhin von meinem Verteidigungsteam bagatellisiert wurde, habe ich nie gewankt, nie den leisesten Zweifel an meinen Worten erkennen lassen. »Wenn Sie Simon Whiting und Melia Quinn googeln, werden Sie gewiss sofort einen Treffer landen. Die beiden kennen sich. Ich bin ziemlich sicher, dass sie vor Jahren zusammen in *Die Katze auf dem heißen Blechdach* gespielt haben.«

Seine Finger verharren auf der Tastatur. »*Die Katze auf dem heißen Blechdach.*« Keine Frage, nur eine höfliche Wiederholung.

»Und sobald Sie ihn gefunden haben, wird er Ihnen sagen können, wer Merchison ist.«

Es kam mir vergangene Nacht, Kit: Simon Whiting und der Schauspieler, der Merchison verkörpert hat, müssen auf dem Foto auf deinem Kaminsims gewesen sein. Warst es im Grunde nicht *du*, der meinte, dass einer im Ensemble Si hieß? Das ist der Grund, warum Melia es versteckt hat. Sobald ich die beiden getroffen hatte, konnte sie das Risiko nicht eingehen, dass ich unangemeldet in der Wohnung aufkreuze und sie auf dem Bild wiedererkenne. Clare war aufgefallen, dass es verschwunden war, aber ausnahmsweise lag sie mit ihrer Theorie – die ich sowieso verwarf – falsch.

Mein Anwalt überprüft etwas in seinen Notizen auf dem Laptop, bevor er mit bedächtigem Tonfall sagt: »Mrs Roper arbeitete, wenn ich mich nicht täusche, zuletzt als Maklerin.«

»Ja, das stimmt, aber ich spreche von der Zeit davor. Sie hat eine Schauspielschule besucht und dann ein paar Jahre als Schauspielerin gearbeitet.« Ich beuge mich leicht vor, versuche, ihn mit meiner positiven Energie anzustecken. »Das könnte zu der Sorte neuer Beweise führen, die eine Berufung rechtfertigen, nicht wahr? Kommen Sie schon, wenn Simon Whiting zugibt, dass er sich als Polizist ausgegeben hat, dann müssen wir doch eine Chance haben?«

Er nickt leicht gereizt, bevor er mir in Erinnerung ruft, dass die polizeilichen Ermittlungen eingestellt sind und dass so gut wie keine Chance besteht, dass in diesem Stadium zusätzliches Personal abgestellt wird. »Aber ich kann nachfragen, ob jemand in meinem Büro freie Kapazitäten hat, um dieser Spur nachzugehen. Ich kann allerdings nichts versprechen, aber wenn es uns gelingt,

Mr Whiting zu kontaktieren, und falls er etwas Neues und Hilfreiches offenbart ...«

»Das wird er«, unterbreche ich ihn.

»Dann melde ich mich bei Ihnen. Doch eines müssen Sie verstehen: Es ist sehr unwahrscheinlich, dass wir die Erlaubnis erhalten, in Berufung zu gehen, selbst *wenn* seine Aussage Ihre untermauern sollte. Ich muss Ihnen gewiss nicht sagen, dass die Alternative ›Verabredung zum Mord‹ lautet, was ebenfalls ein hohes Strafmaß nach sich zieht.«

»Das weiß ich«, rufe ich, »aber dann würde ich mich schuldig bekennen, weil es die Wahrheit ist! Verstehen Sie denn nicht? Es geht mir ums Prinzip! Lieber bin ich hier drinnen für ein Verbrechen, das ich tatsächlich begangen habe.«

Lieber wüsste ich, dass sie nicht dort draußen ist und ein Leben in Saus und Braus führt – auf meine Kosten.

Und natürlich auf deine, Kit. Insbesondere auf deine.

*

Ich versuche, mir nicht den genauen Bruchteil an Aufmerksamkeit auszurechnen, den mein Fall im Lauf der folgenden paar Wochen im Bewusstsein meines Rechtsanwalts einnehmen wird. Ich versuche, nicht an die unzähligen – beruflichen und gleichzeitig privaten – Variablen in seinem Leben und dem seines ungenannten jungen Kollegen zu denken, die Auswirkungen darauf haben könnten, inwieweit Nachforschungen zu meiner neuen Spur angestellt werden. Das Warten ist immerhin zugleich meine Beschäftigung und mein Ziel, mein Raison d'Être.

Oh, aber es gibt doch etwas Interessantes in dieser ansonsten ereignislosen Zeit, das mir erzählenswert erscheint. Neuigkeiten von Debs in einem ansonsten schlichten und zurückhaltenden Brief, wie sie mir ähnliche alle zwei Monate schreibt:

Ich bin der Meinung, ich sollte dir Bescheid geben, damit du es nicht auf eine verletzendere Art mitbekommst, aber Clare wird heiraten. Ihr Verlobter ist dein Freund Steve …

Nun, alle Achtung! Clare und Steve. Sie hat sich ständig darüber beschwert, dass es nicht genug Beziehungen zwischen älteren Frauen und jüngeren Männern gibt. Es war immer andersherum (und wohin hat uns das geführt?). Ich bin kein bisschen verletzt. Nur froh zu hören, dass irgendjemand ein Happy End hat.

Das ist ein gutes Vorzeichen für mein eigenes, oder?

*

Schließlich meldet sich mein Anwalt, und ein zweites Treffen wird anberaumt.

Diesmal sieht er erschöpft aus, sogar ein bisschen schäbig. Seine Anzugjacke glänzt leicht am Revers – kein Vergleich zu der eleganten Kleidung, die du bei der Arbeit getragen hast, Kit. Ich habe den Eindruck, als erwarte er nicht, dass unser Gespräch lang dauern wird, und meine Nerven sind aufs Äußerste gespannt: Es kann nur daran liegen, dass es gute Nachrichten sind – er hat zu viel um die Ohren mit dem offiziellen Berufungsantrag!

»Haben Sie mit Simon Whiting gesprochen?«

»Das haben wir. Wie Sie wissen, konnten wir damals, als wir die Aufnahmen der Überwachungskameras der Royal Festival Hall überprüft haben, keinen Ihrer Begleiter identifizieren. Nun, als unser Ermittler sich an Mr Whiting wandte, haben wir ihm das nicht direkt auf die Nase gebunden.«

»Sie meinen, Sie haben ihn im Glauben gelassen, Sie hätten ihn auf diese Weise ausfindig gemacht?«

»Sagen wir mal so: Er war freundlich und hilfsbereit. Meinte, er erinnere sich an den Tag, weil es genau nach den Weihnachtsfeiertagen war und er nicht arbeiten musste. Er und der andere

Freund wären Ihnen zufällig am London Eye begegnet, hätten Sie von der Hochzeit der Ropers wiedererkannt, und Sie drei wären gemeinsam einen Kaffee trinken gegangen.«

Ich schüttle den Kopf, nachdrücklich, ungeduldig. »Nein, nein, das ist eine Lüge. Sie waren nicht auf der Hochzeit. Und warum sollte ich sie begleiten, außer ich dachte, ich hätte keine andere Wahl? Ich war auf dem Weg zur Arbeit, genau wie immer. Melia muss ihnen eingetrichtert haben, was sie sagen sollen, wenn ihnen jemand Fragen stellt. Sie hat die beiden genau angewiesen, sie ist extrem gründlich.« Ich denke einen Moment nach. »Können Sie die Überwachungsvideos von dem Pub beschaffen? Das große am Fluss in Greenwich. The Stag heißt es. Das wird beweisen, dass sie nicht auf der Hochzeit waren. Das war im August 2019, ein Samstag. Ich kann Ihnen das genaue Datum raussuchen.«

Dieser Vorschlag lässt ihn eigentümlich kalt. »Ich schätze, dass das nach so langer Zeit höchst unwahrscheinlich ist, Jamie. Und selbst wenn sie auf keinem Bildmaterial vorkommen, wäre das kein Beweis, dass sie nicht dort waren.«

Ich funkle ihn an, koche innerlich vor Wut. »Es hilft mir also nicht, wenn sie auf Überwachungskameras zu sehen *sind*, und es hilft mir nicht, wenn sie es *nicht* sind?«

»In diesem Fall, ja.« Er hält meinen Blick. »Und es wäre wahrscheinlich, dass Mrs Roper ihre Anwesenheit höchstpersönlich bestätigt.«

Es folgt ein Moment der Stille, der unverfälschten Erkenntnis. Meine Stimme wird schärfer, dann bricht sie: »Sie glauben mir nicht, oder? Das haben Sie nie.«

Da er die Wucht meiner Emotionen spürt, passt er seinen Tonfall an. »Der Prozess ist vorbei, Jamie. Es geht nicht um die Frage, ob Ihrer Darstellung geglaubt wird: Darüber wurde längst entschieden. Hier ist einzig und allein von Belang, ob ich glaube, dass eine Berufung Aussicht auf Erfolg hätte.«

»Und das tun Sie nicht?«

Seine Brust hebt sich, und sein Kinn sackt an seinen Hals. »Nein, das tue ich nicht. Jeder Beteiligte hat glaubwürdige Erklärungen, die sich mit denen der anderen decken, einschließlich dieses Simon Whiting.«

Nur meine sind widersprüchlich. Nur meine sind nicht überzeugend.

Er klappt den Laptop zu, schiebt ihn vom Tisch und hält ihn sich wie ein Klemmbrett vor die Brust – oder vielleicht wie einen Plattenpanzer. »Wollen Sie meinen Ratschlag?«

Nicht wirklich. »Der wäre?«

»Sorgen Sie hier drinnen für Struktur. Das ist jetzt Ihr Leben. Hier gibt es Möglichkeiten, nutzen Sie sie. Melden Sie sich für einen Dienst. Sehen Sie zu, dass diese Erfahrung für irgendetwas nützlich ist, denn eines Tages, wenn Sie sich an die Regeln halten und sich gut benehmen, werden Sie freikommen. Machen Sie Ihren Frieden damit, Jamie.«

Er ist jetzt aufgestanden und blickt mit Augen zu mir herab, die schon bald Autos auf der Straße, Hunde im Park, Schulkinder auf Spielplätzen sehen werden. Das Pint Lager auf dem Bierdeckel eines Pubs. »Ich wünsche Ihnen viel Glück«, sagt er.

Als hätte Glück mehr Chance gegen Arglist und Bosheit, als es die Wahrheit jemals hätte.

47

Und schließlich

Du verschwindest allmählich aus meinen Gedanken, Kit. Das ist unvermeidlich, schätze ich, wir können uns nicht ewig aneinander festklammern. Selbst an Orten wie diesem gibt es neue Freunde, neue Rettungsanker. Habe ich dir erzählt, dass ich jetzt einen Job auf der Krankenstation habe? Ich erarbeite mir Privilegien, sprich: eine Zelle für mich allein. Es gibt Verantwortung, und es gibt Belohnung.

Ganz ehrlich, ich bin mir nicht sicher, ob ich die zwei Dinge jemals miteinander in Verbindung gebracht habe. *Du* gewiss nicht.

Heute ist mein 50. Geburtstag. In einer anderen Version unseres Lebens hätten wir uns nach der Arbeit vielleicht ein paar Drinks genehmigt. Wenn wir ins Hope & Anchor gegangen wären, hättest du kurz nach draußen schlüpfen können, um deinen Dealer zu treffen, während ich die Getränke kaufe. Und sobald du zurück wärst, hätte ich mir zur Feier des Tages vielleicht eine Line gezogen, nur eine, wohlgemerkt, im Gegensatz zu deinen fünf oder sechs oder wie viele auch immer du am Ende gebraucht hast, um in Gang zu kommen. Und deshalb erscheint mir dieses Datum so vielversprechend wie jedes andere, dich gehen zu lassen. Es ist das Richtige, das Vernünftige (seit Kurzem lese ich viel über seelische Gesundheit).

Doch ich glaube, du willst mich vorher vielleicht noch ein letztes Mal in den Besucherraum begleiten. Du musst wissen, wir haben einen VIP-Besuch.

Ganz genau, *sie* ist gekommen. Deine und meine Sirene. Unsere gemeinsame Hexenmeisterin.

Es wurde mir als Teil einer Opferfamilieninitiative vorgeschlagen, für die sie ehrenamtlich arbeitet, und ich habe zugestimmt.

Warum?

Weil es immer noch Dinge gibt, die ich sagen will, Kit.

*

Obwohl das Treffen mit Melia im normalen Besucherraum zu den üblichen Besuchszeiten stattfindet, wird es von einem engagierten Wärter überwacht, für den Fall, dass ich es mir in den Kopf gesetzt haben könnte, sie anzugreifen. Und meine animalischen Instinkte *sind* geweckt, das gestehe ich ein, schon bevor ich sie sehe, schon bevor ich weiß, dass sie vor Ort ist. Ich bin ein Schwarzbär, der die Fährte seiner nächsten Mahlzeit in einem Mülleimer weit weg aufgenommen hat.

Nur dass ich *ihre* Mahlzeit bin, nicht wahr? Das war ich schon immer.

Als ich mich ihr gegenüber auf den Stuhl setze, sieht sie mir anfangs nicht in die Augen. Mir ist klar, dass sie sich sorgfältig gekleidet hat, um den Blick des Häftlings nicht auf sich zu ziehen. Jeder Zentimeter ihres Körpers ist bedeckt, abgesehen von ihren zarten, blassen Händen und dem glatten, herzförmigen Gesicht. Ihre Haare hat sie sich aus der Stirn gekämmt und im Nacken über dem hochgeschlossenen schwarzen Pullover zu einem Dutt frisiert. Sie hat ein paar Münzen in der Hand, anscheinend wurde ihr vorab erklärt, dass sie Tee oder Kaffee kaufen kann. Doch sie macht keine Anstalten, es zu tun, sondern bleibt mit zusammengepressten Knien und gesenktem Blick auf ihrem Platz sitzen.

Jegliche Berührung ist uns natürlich untersagt.

»Hallo, Melia.«

Erst jetzt blickt sie auf. Sie schaut mich wie hypnotisiert an, und in meinem Innersten kollabiert etwas – beängstigend, da ich nicht weiß, was da zusammenbricht. Meine Entschlossenheit? Mein Stolz? Mein Mittagessen? Die Erkenntnis, dass sie immer noch atemberaubend, immer noch verführerisch ist und ich ihr womöglich immer noch verfallen könnte – egal, mit welchen Worten und Bildern ich gelernt habe, mich an sie zu erinnern?

Jedenfalls wenn ich nicht von tiefstem Hass durchdrungen wäre.

»Hallo, Jamie«, sagt sie, und ihre Stimme – wie ihre Schönheit – ist genau wie früher. Ein leises, vertrauliches Murmeln, das nur mir gilt.

Ich würde lügen, wenn ich behauptete, ich hätte nicht lang und breit darüber nachgedacht, wie meine erste Frage lauten sollte. »Ist der Versicherungsscheck schon gekommen?«

Sie antwortet höflich. »Ja, danke.«

Zwei Millionen Pfund: Letztlich nicht der Preis eines Menschenlebens, sondern der von zweien. Eine Million jeweils für mich und dich, Kit. Ich frage mich, ob sie in St Mary's geblieben ist. Eine schickere Wohnung, irgendwo näher am Fluss vielleicht, denn sie würde den Wow-Faktor wollen. Ich frage mich, ob sie, wenn sie an dem Ort vorbeikommt, wo du verblutet bist, den Kopf hebt, das Gesicht gen Himmel gewandt, und ein kleines Gebet für dich spricht.

»Ich hoffe, das war es wert«, sage ich.

417

»Jamie«, erwidert sie mit einem missbilligenden Schnalzen (als
wäre *sie* in der Position, *mich* zu tadeln!).

Ich begegne ihrem Blick und suche dort nach Scham, Selbst-
vorwürfen, *irgendetwas* Echtem. »Warum sitzen wir hier, Melia?
Und erzähl mir keinen Scheiß über Angehörige von Opfern, denn
das nehme ich dir keine Sekunde ab.«

»Das weiß ich.« Sie überprüft ihre Lautstärke, wirft einen Blick
zu dem Beamten. Wir, die einstigen Verschwörer, reden so leise
wie möglich, ohne völlig unhörbar zu sein. »Ich bin gekommen,
weil ich gehofft habe, wir könnten …«

Sie bringt die Worte anscheinend nicht über die Lippen, aber
ich sehe es in ihren Augen: das Flehen um Vergebung. Und ein
Flehen mit einer Prise Erotik, als wollte sie einen Priester verführen. Für sie ist es immer noch ein Spiel – ein Spiel, das sie gewinnen will.

Nun, ich spiele nicht mit. Ich sage das Erste, was mir in den
Sinn kommt: »Du hast von Clare und Steve gehört, nicht wahr?«

Ein Hauch von Bestürzung legt nahe, dass sie gehofft hatte, *mir*
diese Neuigkeit zu unterbreiten. »Ich habe davon gehört, ja. Sie
haben sich natürlich auf unserer Hochzeit kennengelernt.«

Dann sieht sie sich um, und ihr Blick bleibt an den trostlosen Möbeln und abgeschlossenen Türen hängen. Ein schwaches
Stirnrunzeln huscht über ihr Gesicht, und ich spüre, dass sie
zum allerersten Mal über die Beschränkungen des Gefängnis-
lebens nachdenkt. Kein Wein, kein Sex, kein Spaß. Kein Tanzen
am Fluss in der nachmittäglichen Sonne mit Freunden und Geliebten.

Ich frage mich, mit wem sie gerade schläft. Es wird eine andere
Art von Anbetung sein, ein anderes Machtverhältnis, nun, da sie
Geld hat.

»Muss schlimm für dich sein«, überlegt sie.

»Überhaupt nicht. Ich freue mich für sie«, erwidere ich. »Obwohl ich immer dachte, Steve würde irgendwann mit Gretchen zusammenkommen.«

Sie zuckt mit den Schultern, scheint verärgert über diesen Vorschlag.

»Was? Ich darf ihren Namen nicht erwähnen? Natürlich ist es vor Gericht ans Licht gekommen, aber wusstest du zu dem Zeitpunkt, dass Kit mit ihr gevögelt hat? War das der Grund, warum du es getan hast? Es ging nicht nur ums Geld, nicht wahr? Hat es nicht gereicht, dass du dasselbe tust?« Seit geraumer Zeit war mir klar, dass dies eine banalere Geschichte war, als ich angenommen hatte. Damals hatte ich das klassische Thema einfach verkannt: Eifersucht. Die Jury kaufte es der Staatsanwaltschaft als Motiv ab, aber sie hatten keine Möglichkeit zu erkennen, um *wessen* Eifersucht es ging.

»Mach dich nicht lächerlich, Jamie.«

Melia spricht mit dem Grad an Ärger, den man vielleicht verspürt, wenn man einen eingerissenen Fingernagel bemerkt – aber ich bin mit ihrem Körper so vertraut, wie man es nur sein kann, und ich erkenne die Anspannung der Sehnen an ihrem Hals, wenn sie wütend ist, das Recken ihres Kinns. Diese Bernsteinaugen brodeln und schimmern, und mich überkommt eine Woge der Freude, dass ich immer noch eine Wirkung auf sie habe.

»Wie dem auch sei, ich will nicht über sie reden«, sagt sie. »Ich will über uns reden.«

Ich schnaube verächtlich. »Was gibt es da zu reden?«

»Nur dass …« Sie beißt sich auf die Unterlippe, berührt mit den Fingerspitzen ihre hübsche, kleine Nasenspitze, als wollte sie überprüfen, ob ihre Vorzüge noch vollständig sind. »Du sollst nur wissen, dass ich hier sein werde. Später.«

»*Später?*« Ich kann nicht glauben, dass ich sie richtig verstanden habe. Sie hat mich ins Gefängnis gebracht, sie hat mein Leben zerstört, und sie will, dass ich sie immer noch begehre: Das ist Narzissmus in Reinform, das ist typisch Melia. »Hast du vergessen, dass ich eine 15-jährige Haftstrafe bekommen habe? Von denen 14 Jahre noch abzusitzen sind? Willst du einen Tag im Kalender für Drinks markieren? Nein, danke.« Das Wörtchen *Nein* geht mir heute leicht über die Lippen. Hätte ich nur früher häufiger Nein zu ihr gesagt. »Wenn dir dort draußen in der freien Welt die Männer ausgehen, wie wäre es dann mit Parry und Merchison? Oh, lass mich raten, das sind überhaupt nicht ihre echten Namen. Ich weiß, dass es Simon Whiting ist, nicht Ian Parry, aber bei dem anderen wirst du mir auf die Sprünge helfen müssen.«

Schock blitzt in ihren Augen auf, und sie hebt das Kinn. Ich habe sie zurückgewiesen, und jetzt wird sie mich bestrafen wollen. »Es tut mir leid, ich habe keine Ahnung, von wem du sprichst. O ja, deine imaginären Freunde. Weißt du, wie verzweifelt du geklungen hast, bei deinem Versuch vor Gericht, über sie zu reden? Die Menschen waren peinlich berührt, selbst deine eigenen Anwälte.«

»Bullshit.«

Ich habe geflucht und damit die Regeln gebrochen, aber zu meinem Glück haben gerade zwei Tische weiter ein Gefangener und sein Besuch in einem plötzlichen Streit die Stimmen erhoben und die Aufmerksamkeit der Beamten, einschließlich die unseres ausgewiesenen Wärters, von uns abgelenkt. Ich nutze die Zerstreuung aus, um das Einzige zu sagen, was ich bei diesem Treffen wirklich sagen wollte: »Du bist ein dreckiges Miststück, Melia. Und glaub ja nicht, Kit hätte das nicht auch gewusst. Wahrscheinlich wollte er dir die Drecksarbeit überlassen, sich seine Hälfte schnappen und dann abhauen. Kein Wunder, dass er immer besoffen war und nächtelang weggeblieben ist. Er hätte dich bei der erstbesten Gelegenheit für Gretchen verlassen sollen – sie ist tausendmal besser als du.« All das wird in einem fröhlichen Tonfall, die Zähne fest zusammengebissen, gesprochen, um die Wärter keinesfalls durch einen Anflug von Wut in Alarmbereitschaft zu versetzen. Wut, pur wie ein Freudentaumel. »Geld wird dir niemals eine Seele kaufen, also denk nicht mal dran.«

Entrüstung verformt ihr Gesicht, verwandelt es in etwas Hässliches. Die Tränen kommen langsam, scheinen ins Stocken zu geraten. Noch ein Zucken ihres Gesichts, und sie werden fließen. Es erinnert mich an andere Tränen, ein anderes Zucken. Im Bett, wie sie geschrien und gestöhnt hat, gleich beim ersten Mal, in dem Apartment mit den Flugzeugen, die in die Höhe stiegen, beim Anblick der Gondeln, die wie Anhänger an einer Kette funkelten.

»Ich möchte jetzt gehen«, sagt sie, blinzelt und rückt ihre Schönheit wieder zurecht. »Das hier war ein Fehler.« Sie winkt dem Wärter zu, der unseren Ehrenamtlichen holt. Der Ehrenamtliche erinnert mich daran, dass dieser Besuch eine Geste der Vergebung auf Seiten der Opferfamilie ist, ein Akt der Tapferkeit.

Du solltest dich schämen, Jamie!

Melia ist aufgestanden, sieht sich suchend um, will sich erinnern, aus welcher Tür sie gekommen ist. Ich bin nicht sicher, wie viele Türen es zwischen hier und der Außenwelt gibt, wahrscheinlich ist es eine zweistellige Zahl, aber ich bin überzeugt, dass jeder Schlüssel sich zu ihren Gunsten drehen wird, bis sie zurück im Besuchsbereich ist, wo sie ihr Handy holen, ihr Auto finden, wegfahren kann. Oder vielleicht spaziert sie mit den anderen trostlosen Besuchern zum Bahnhof, niedergedrückt von der Last ihrer heutigen Erledigung und von den Ausdünstungen der Inhaftierung, die von den Kleidungsstücken der Gefangenen aufsteigen.

Dann höre ich den Ehrenamtlichen zu ihr sagen: »Wir geben ihnen einfach Bescheid, dass Sie früher als geplant gehen, und sie werden sich darum kümmern, dass jemand Sie zum Pier fährt.«

Zum *Pier?* Ohne nachzudenken, rufe ich: »Melia? Bist du mit dem River Bus hergekommen?«

Sie wirbelt herum, reagiert instinktiv auf meine dringliche Stimme. »Ja. Ich war in der Stadt und habe gesehen, dass gleich einer abfährt und ...« Als sie innehält, gibt der Ehrenamtliche dem Wärter ein Zeichen, kurz zu warten. Ein erhobener Finger, eine Minute. »Mir ist aufgefallen, dass ich nie mit einem gefahren bin, und wollte sehen, wie es ist. Ich wollte mir dich und Kit vorstellen. Bevor ... bevor das alles passiert ist.«

Während wir uns anstarren und der Wärter an meiner Seite sich näher zu mir beugt, um mich wegzuführen, erwächst etwas Ehrliches und Trauriges zwischen uns, etwas, das keiner von uns geplant haben könnte: Liebe. Nicht füreinander, sondern für dich.

Für dich, Kit.

*

Da ist eine unerwartete Leichtigkeit in meinem Gang, als ich den Besucherraum verlasse. Versteh mich nicht falsch, das hier ist nicht diese Art Ende, es gibt keine überraschende Wendung, keine wohlverdiente Strafe für die Teufelin – zumindest nicht durch meine Hand. Was es jedoch gibt, ist Akzeptanz.

Ich akzeptiere, dass die Tatsache, dass Melia hinter Gitter gehört, es aber nicht ist, nicht bedeutet, dass ich nicht genau dort bin, wo ich verdientermaßen hingehöre.

Ich akzeptiere, dass die Tatsache, dass ihre Freunde wegen ihrer geheimen Absprachen gelogen haben, nicht bedeutet, dass meine Lügen entschuldigt gehören.

Ich akzeptiere, dass bei meiner Freilassung in vielen Jahren niemand am Tor auf mich warten wird. Ich werde in meiner Zukunft allein sein, und jeder Schritt, jeder Fehltritt wird mein eigener sein.

Während ich an der Kapelle vorbeikomme, neben der kleinen Grünfläche, auf der Besucherkinder zum Spielen ermuntert werden, höre ich Möwen. Und weißt du, was? Bis zu dieser Begegnung, bis zu diesen Abschiedsworten mit Melia, bis zu diesen Möwen habe ich keinen einzigen Gedanken an unsere Stunden auf dem Fluss verschwendet. Nicht an die glücklichen. Doch jetzt rufe ich sie mir plastisch in Erinnerung.

Den Anlegesteg hinab und über die Gangway, durch die geöffnete Tür zum Passagierraum. Du und ich auf unseren cremefarbenen Ledersitzen, mit unseren Kaffees und Handys, unseren Bieren und Frotzeleien und zusammengefalteten Ausgaben des *Standard*. Unsere Gang, unsere Crew.

Oh, Kit. Hätte uns damals jemand gesagt, dass binnen eines Jahres einer von uns tot und der andere wegen des Mordes an ihm rechtskräftig verurteilt wäre, hätten wir es als vollkommen lächerlich abgetan. Wir hätten uns in diesen Sitzen zurückgelehnt, beobachtet, wie unsere majestätische, herzlose Stadt an uns vorbeigleitet, und dann gesagt: »Was für ein Leben, nicht wahr?«

Schau uns an.

Epilog

Es ist seine Stimme, die ihr als Erstes auffällt. Inmitten des banalen Geplappers der anderen Passagiere ist diese geduldig und liebevoll. Er redet am Telefon, beruhigt anscheinend jemanden, der besorgt ist. »Nein, alles wird gut, versprochen. Ich suche mir etwas Zentraleres, sobald die Scheidung durch ist. Mir geht's gut, Mum, ich brauche keine Hilfe. Was? Nein, auf dem Boot in die Stadt, um einen Arbeitskollegen zu treffen. Es ist tatsächlich ganz schön entspannend.«

Instinktiv gleiten ihre Finger zum Dutt an ihrem Nacken, um ihre Haare zu lösen. Ihr Spiegelbild im Fenster verrät ihr, dass ihre Wangen hübsch gerötet sind.

Er hat recht, die Fahrt auf dem Fluss *ist* entspannend. Eigentlich war sie nach der grässlichen Erfahrung im Gefängnis nicht in der Stimmung gewesen, aber die Mitarbeiter hatten sich derart ins Zeug gelegt, sie zurück zum Pier zu bringen, und sie wollte nicht unhöflich wirken. Immerhin war sie als *Opfer* dort gewesen, und es war wichtig, die Rolle bis zum bitteren Ende zu spielen. Das liegt wohl an ihrer Ausbildung. Außerdem besaß sie die Tageskarte bereits, und sie war ein echter Luxus.

Zumindest hatte Jamie ihr wegen des Gelds geglaubt. Okay, vielleicht wird er es auf einem anderen Weg herausfinden, von seinem Anwalt oder der Gerüchteküche, die es an diesem grässlichen Ort geben musste, aber sie ist gewiss nicht der Mensch, der ihm auf die Nase binden würde, dass ihr Versicherungsanspruch abgelehnt worden war. Eine Formsache, die mit der Anzahl an Kits Krankheitstagen zu tun hatte und wegen denen er verpflichtet gewesen wäre, einen Betriebsarzt aufzusuchen, was er aber nicht getan hatte. Kleingedrucktes, aber im Grunde hatte dieses arbeitsscheue Arschloch die Police damit ruiniert.

Hatte alles ruiniert.

Ihr bleiben noch zwei Wochen in Elodies Gästezimmer, bevor deren Cousine aus dem Ausland zurückkommt, wo sie gearbeitet hat. Die Wohnung gehört der Cousine, nicht Elodie, weshalb es keinerlei Verhandlungsspielraum gibt. Anschließend wird sie obdachlos sein. Was bedeutet, dass sie noch zwei Wochen Zeit hat, um einen Job zu finden, denn ohne feste Wohnadresse bekommt man keinen Job, selbst wenn man mit den Schulden, die sie hat – die von Kit natürlich inbegriffen –, keine Wohnung bekommt. Was seines war, gehört jetzt ihr.

Sie hatte angenommen, Jamie zu sehen, würde ihr ins Gedächtnis rufen, wie glücklich, wie frei sie ist. Das war der Grund, weshalb sie an dieser bescheuerten Selbsthilfegruppe teilgenommen hat. Andernfalls hätte er nie zugestimmt, sie zu treffen. Aber welchen Sinn hat Freiheit, wenn man es sich nicht leisten kann, sie stilvoll zu genießen? Jamie bekommt in diesem Dreckloch wahrscheinlich besseres Essen als sie hier draußen.

Sie meinte es nicht ernst, was sie über ein Wiedersehen nach seiner Entlassung gesagt hatte. Herrgott, er wäre dann Mitte 60, ein gebrochener Mann. Ein *armer* Mann. Es war nur das kurzzeitige Verlangen, einen Effekt zu erzielen, für ein bisschen Lust und Ärger zu sorgen, ihm in Erinnerung zu rufen, dass er sie früher einmal angebetet hat. Sie war seine Kleopatra, die sich vor seinen Augen aus dem Vorhang gewickelt hatte.

Nur dass dieser Mistkerl sie abgewiesen hat. Was ist sein Problem, dass er einen solchen Groll gegen sie hegt? Sie kichert über ihre eigene Dreistigkeit – ihre Selbstwahrnehmung ist nicht *völlig* gestört –, und der Mann am Handy, der sich gerade im Scheidungsprozess befindet, späht über die Schulter, um den Quell an Heiterkeit ausfindig zu machen. Als sie sich vorbeugt, hat sie zwischen den Kopfstützen einen besseren Blick auf ihn. Er ist Mitte bis Ende 40. Stilvoll gekleidet, mit einer kostspieligen Bräune, hat offensichtlich Geld. Er ist nett zu seiner Mutter.

»Nein, mir geht's gut. Wirklich, es ist die richtige Entscheidung. Wunderbar, ich rufe dich am Wochenende wieder an. Bye, Mum.«

Nach Beendigung des Telefonats nimmt er sie genauer in Augenschein und errötet ganz leicht.

Sie erhebt sich von ihrem Platz, und eine Hand gleitet in gespieltem Entsetzen vor ihr Gesicht. »O Gott, ich hoffe, Sie glauben nicht, ich hätte Sie *ausgelacht*?«

Er grinst. »Natürlich nicht.«

»Es war nur ein Insiderwitz, ich habe in mich hineingelacht.« Sie seufzt. »Okay, jetzt müssen Sie mich für völlig verrückt halten.«

»Das tue ich kein bisschen«, erwidert er, und sein Grinsen wird breiter.

Während sie vor ihm im Gang steht, bemerkt sie, dass er sich große Mühe gibt, den Blick nicht zu senken und sie genüsslich von oben bis unten zu mustern, wie es ältere Männer gern täten, aber wissen, dass es sich nicht schickt, nicht mehr. Die Zeit dafür ist längst vorbei, das wissen sie. Doch sie können immer noch träumen.

Sie setzt sich an den Rand des Sitzplatzes am Gang ihm gegenüber und lächelt. Ein süßes, unschuldiges Lächeln, nur für ihn.

Was folgt, kommt ganz natürlich. Es liegt ihr im Blut.

Dank

Mein besonderer Dank gilt dem S&S (UK) Dreamteam aus Suzanne Baboneau (unser erstes gemeinsames Buch, und was für eine Freude!), Ian Chapman, Sara-Jade Virtue, Hayley McMullan, Jess Barratt, Polly Osborn, Gill Richardson, Dom Brendon, Maddie Allan, Rich Vlietstra, Joe Roche, Louise Davies, Alice Rodgers, Clare Hey, Pip Watkins und Susan Opie. Und natürlich der brillanten Jo Dickinson, die früher das Steuer in der Hand hielt – wir vermissen dich!

Und ein großes Dankeschön an Berkley/Penguin Random House, insbesondere dem genialen Trio aus Danielle Perez, Loren Jaggers und Fareeda Bullert, ebenso an Ivan Held, Craig Burke, Jeanne-Marie Hudson, Claire Zion und Jenn Snyder. Es war ein solches Vergnügen, nach New York zu kommen und euch endlich zu treffen (zumindest die meisten von euch), während ich dieses Buch geschrieben habe!

Ich danke meiner Agentin Sheila Crowley, aka die Beste in dem Geschäft, und dem vielseitig talentierten und unermüdlichen Team bei Curtis Brown: Sabhbh Curran, Emily Harris, Katie McGowan, Callum Mollison, Luke Speed, Anna Weguelin und Alice Lutyens. Und in New York der legendären Deborah Schneider (mit der es einen so regen E-Mail-Austausch gab, vielen, vielen Dank!).

Mein tiefer Dank geht an die Buchhändler*innen, Journalist*innen und Blogger*innen, die mich auch weiterhin unterstützen und meine Arbeit so großzügig bewerben, sowie an die vielen schreibenden Kolleg*innen und die Mitarbeiter*innen in Verlagen, die sich die Zeit genommen haben, dieses Buch vor seiner Veröffentlichung zu lesen. Ich weiß, wie schwer es ist, ganz oben auf euren Bücherstapeln zu landen!

Diesmal gibt es keine Expert*innen, denen ich danken muss – die Verbrechen meiner Figuren sind rein amateurhaft –, aber ich sollte auf den Einfluss des Film noir wie *Frau ohne Gewissen* und die Bedeutung von Barbara Stanwyck hinweisen. Außerdem wurde das Buch zum Soundtrack von den Kinks und Lana Del Rey geschrieben (insbesondere ihre Coverversion von »Doin' Time« von Sublime, ein Lied, das auch in der Geschichte eine Rolle spielt).

Wie immer erhebe ich das Glas auf meine Freunde (einschließlich Mats & Jo) und die Familie, insbesondere Nips und Greta.

Zum Schluss danke ich allen Leser*innen, die *Der fremde Passagier* als zeitweiligen Begleiter ausgewählt haben. Ich hoffe sehr, dass Sie diese Reise mit Jamie und Kit genießen und Ihre eigenen Pendlerabenteuer ohne jegliche Verbrechen vonstattengehen.

Louise Candlish

Die Fremden in meinem Haus

Thriller

496 Seiten, ISBN 978-3-442-77107-3
Deutsch von Beate Brammertz

Stell dir vor, du kommst nach Hause, und da wohnt eine andere Familie ...

Als Fiona von einem Kurztrip zurückkehrt, ist ihr Haus leer geräumt, und ein fremdes Paar zieht gerade ein. Ihr einziger Gedanke: Das kann nur ein bizarrer Irrtum sein! Doch mit jedem Schritt, den sie unternimmt, um die Wahrheit herauszufinden, versinkt sie tiefer in einen Albtraum aus Verrat, Verbrechen und Lebenslügen ...

»Ein meisterhaft gezeichneter, fesselnder Pageturner.«
The Guardian

»Candlish ist der Superstar unter den psychologischen Thrillerautorinnen.«
Daily Mail

btb